一生最爱古诗词

秦圆 编著

北京工艺美术出版社

图书在版编目（CIP）数据

一生最爱古诗词/秦圃编著. — 北京：北京工艺美术出版社，2017.4（2021.5重印）
（第一阅读系列）
ISBN 978-7-5140-1112-8

Ⅰ.①一… Ⅱ.①秦… Ⅲ.①古典诗歌-鉴赏-中国 Ⅳ.①I207.2

中国版本图书馆CIP数据核字（2017）第061193号

出 版 人：陈高潮	封面设计：青蓝工作室
责任编辑：张 恬	责任印制：高 岩

法律顾问：北京恒理律师事务所　丁　玲　肖灵利

一生最爱古诗词

秦　圃　编著

出　　版	北京工艺美术出版社
发　　行	北京美联京工图书有限公司
地　　址	北京市朝阳区焦化路甲18号 中国北京出版创意产业基地先导区
邮　　编	100124
电　　话	（010）84255105（总编室） （010）64283627（编辑室） （010）64280045（发　行）
传　　真	（010）64280045/84255105
网　　址	www.gmcbs.cn
经　　销	全国新华书店
印　　刷	金世嘉元（唐山）印务有限公司
开　　本	720毫米×1020毫米　1/16
印　　张	24
版　　次	2017年4月第1版
印　　次	2021年5月第2次印刷
印　　数	5001～15000
书　　号	ISBN 978-7-5140-1112-8
定　　价	59.00元

前言

古人说，不读诗词，不足以知春秋历史；不读诗词，不足以品文化精粹；不读诗词，不足以感天地草木之灵；不读诗词，不足以见流彩华章之美。

中国是一个"诗歌的国度"，古典诗词是中国传统文化的奇葩，是我们民族文化遗产中极为珍贵的一部分。早在3000年前，我们的祖先就创作出以"诗三百"为代表的优秀诗篇，此后每个历史时期，诗歌创作都结出了丰硕的成果，其中不少名篇佳句脍炙人口，传诵至今。

诗词是传统文化的精粹所在，中国古典文学发端于上古三代，历周秦诗风之初立，孔子删诗书，对《诗经》的确立起了关键的作用，遂有"诗教"之说。后经过汉代的发展，散体大赋渐趋成熟，流彩华章，大汉气象，可知辞赋文章亦皆能吟春秋。迄汉末，以《古诗十九首》为代表的五言诗兴起，堪称五言之冠冕，后世诗人莫不吟仰。之后历魏晋建安文坛与六朝诗人的发挥，中间乐府诗纵贯数百年而不衰。及至唐代，盛世华彩，一时间国人识字解文者无不能读诗写诗，有唐不足三百年，留下来两千多位诗人的近五万首诗作。唐末五代，诗风不衰，转而长短句大兴，到了两宋，一发不可收拾，其在词风上一半是山河壮烈，一半是风花雪月，后世人遂约略以豪放和婉约两派，词更被冠上"宋词"之号，凡有井水处，皆有词可咏唱。元代文人无所用其长，转而萃力于元剧之作，其流行之盛况，雅俗共赏，至于塞外古道，市井勾栏，无处不见，达官贵戚，胡汉民氓，悉皆能论。散曲小令虽不及唐诗之绚烂，宋词之流媚，却活泼别致，兼有西风瘦峻之气，成为中国文学史上的又一枝奇葩。明清两代，诗文辞赋亦多佳作，其中尤以清纳兰性德之词见长，王国维称："纳兰容若以自然之眼观物，以自然之舌言情。此初入中原未染汉人风气，故能真切如此，北宋以来，一人而已。"

中国人的每一种心境，似乎都被古诗词吟咏过了。读这些古诗词的时候，自豪之情会油然而生，这就是中国人对古诗词的热爱之情。这种感情由来已久，人们从先秦的田野牧歌之中采撷快乐与甜美；从两汉辞赋当中感受大汉四百年的盛世传奇；从乐府诗中体验先民生活的朴素美好；从魏晋诗文中品味中华风骨；从唐诗中倾听大唐帝国的盛世欢歌；从宋词中体会那份凝结在文字中的美丽与哀愁；从元曲中获得直抵心灵的感悟；从纳兰词中发现大清第一词手的词文之美。

今天，随着古典文化风潮的再度兴起，中国人阅读古典诗词的热情亦空前高涨。读诗词更要懂诗词，即好读诗词也要有所选取，最忌滥读。为了让读者一次性读完最好的古典诗词，我们编写了这本《一生最爱古诗词》。本书按照时间顺序，兼及诗文体裁，收录了历代在思想上和艺术上具有较高成就的古诗词，包括"最美是《诗经》""汉赋奇葩，独秀芳华""乐府诗香醉千古""魏晋诗文，中华风骨""大唐诗情，盛世华章""宋词的美丽与哀愁""元曲，触及心灵的浅吟低唱""一生最爱纳兰词"8个篇章，包括了各个时期著名诗人和词人的最佳作品，是古诗词爱好者的枕边书，可做囊中之宝、案头之珍。

为了帮助读者提高阅读效果，本书还设置了"注释""赏析"等栏目，其中，注释将难理解的字句做解释，扫除阅读障碍，方便阅读；赏析则对这些经典名篇的内容与主旨进行传统解析，间或增补一些史实或诗文旧事，有利于读者更深入地领悟传统文化的意蕴。由于古诗词多难字，读者往往不会念或不认识，影响阅读，因此，我们对诗词中出现的一些难字、生僻字进行注音，并对其字形、字意加以解释，减小阅读难度，提升学习兴趣，增进学习的能力，方便读者更加深入地了解和把握古诗词。

古典诗词，是穿越千年依然至美的风景，是流传百代依然至纯的感情。它是中华民族永远的情感库藏，是历代中国人灵魂深处的至爱。惬意人生，哪能无诗词相伴？在这个时代，幸好还有古诗词，让我们去追忆曾经的美好……

目录

第一篇 最美是《诗经》

- 关雎 /2
- 卷耳 /4
- 桃夭 /5
- 芣苢 /7
- 鹊巢 /8
- 草虫 /10
- 采萍 /11
- 甘棠 /13
- 摽有梅 /15
- 绿衣 /17
- 北风 /18
- 静女 /20
- 桑中 /21
- 硕人 /23
- 氓 /25
- 木瓜 /27
- 君子于役 /28
- 将仲子 /29
- 风雨 /31
- 子衿 /32
- 野有蔓草 /33
- 溱洧 /35
- 伐檀 /37
- 硕鼠 /38
- 蒹葭 /40
- 月出 /42
- 株林 /43
- 蜉蝣 /45
- 七月 /47

第二篇 汉赋奇葩，独秀芳华

- 刺世疾邪赋／赵壹 /50
- 悲士不遇赋（节选）／司马迁 /53
- 吊屈原赋／贾谊 /55
- 答客难（节选）／东方朔 /58
- 长门赋／司马相如 /61
- 子虚赋／司马相如 /66
- 大人赋／司马相如 /70
- 李夫人赋／刘彻 /74
- 闻乐对／刘胜 /76

第三篇 乐府诗香醉千古

文木赋／刘胜 /78
士不遇赋／董仲舒 /80
逐贫赋／扬雄 /83
自悼赋／班婕妤 /86
东征赋／班昭 /88
归田赋／张衡 /90
青衣赋／蔡邕 /92
洛神赋／曹植 /93
雪赋／谢惠连 /97
月赋／谢庄 /100
别赋／江淹 /103

白头吟／卓文君 /108
北方有佳人／李延年 /110
秋风辞／刘彻 /111
八公操／刘安 /113
酒箴／扬雄 /114
怨词／王昭君 /116
五更哀怨曲／王昭君 /118
四愁诗／张衡 /119

团扇歌／班婕妤 /121
上邪／无名氏 /122
有所思／无名氏 /123
古歌／无名氏 /124
上山采蘼芜／无名氏 /125
江南曲／无名氏 /126
生年不满百／无名氏 /127
驱车上东门／无名氏 /128
青青河畔草／无名氏 /129
东门行／无名氏 /130
妇病行／无名氏 /131

第四篇 魏晋诗文，中华风骨

短歌行／曹操 /134
却东西门行／曹操 /136
杂诗（一）／曹丕 /137
杂诗（二）／曹丕 /138
感离赋／曹丕 /139
七步诗／曹植 /140
杂诗七首（其三）／曹植 /141
种瓜篇／曹睿 /142
短歌行／陆机 /143
胡笳十八拍／蔡文姬 /144
悲愤诗／蔡文姬 /145
杂诗／孔融 /146
七哀诗三首（其一）／王粲 /148
从军诗五首（其五）／王粲 /149
杂诗／王粲 /150
赠徐干／刘桢 /151
饮马长城窟行／陈琳 /152
酒德颂／刘伶 /154
咏怀八十二首（其一）／阮籍 /156
酒会诗／嵇康 /157
言志／何晏 /158
与妻李夫人联句／贾充 /159
悼亡诗三首（其一）／潘岳 /161

目录

兰亭诗二首（其二）／谢安 /162
泰山吟／谢道韫 /163
登池上楼／谢灵运 /164
庐山东林杂诗／慧远 /165
饮酒二十首（其五）／陶渊明 /167
饮酒二十首（其十四）／陶渊明 /168

第五篇　大唐诗情，盛世华章

蝉／虞世南 /170
赐萧瑀／李世民 /171
春游曲／长孙皇后 /172
进太宗／徐惠 /173
在狱咏蝉／骆宾王 /174
于易水送别／骆宾王 /175
如意娘／武则天 /176
腊日宣诏幸上苑／武则天 /177
从军行／杨炯 /178
代悲白头翁／刘希夷 /179
渡汉江／宋之问 /181
登幽州台歌／陈子昂 /182
回乡偶书／贺知章 /183
凉州词／王之涣 /184
春江花月夜／张若虚 /185
古意／李颀 /187
古从军行／李颀 /188
从军行三首／王昌龄 /189
出塞／王昌龄 /191
芙蓉楼送辛渐／王昌龄 /192
陇西行／王维 /193
渭川田家／王维 /194
山居秋暝／王维 /195
阳关三叠／王维 /196
杂诗／王维 /197
将进酒／李白 /198
独坐敬亭山／李白 /200
长干行／李白 /201
赠内／李白 /202
登太白峰／李白 /203
望天门山／李白 /204
黄鹤楼／崔颢 /205
长干曲（其一）／崔颢 /206

别董大／高适 /207
凉州词／王翰 /208
望岳／杜甫 /209
江畔独步寻花／杜甫 /210
客至／杜甫 /211
蜀相／杜甫 /212
八至／李季兰 /213
相思怨／李季兰 /215
白雪歌送武判官归京／岑参 /216
题都城南庄／崔护 /217
节妇吟／张籍 /219
新嫁娘／王建 /220
乌衣巷／刘禹锡 /221
秋词／刘禹锡 /222
上阳白发人／白居易 /223
题鹤林寺僧舍／李涉 /225
行宫／元稹 /226
离思／元稹 /227
菊花／元稹 /228
秋夕／杜牧 /229
过华清宫／杜牧 /230
遣怀／杜牧 /231
题乌江亭／杜牧 /232
赤壁／杜牧 /233
夜雨寄北／李商隐 /234
锦瑟／李商隐 /235
贾生／李商隐 /236
乐游原／李商隐 /237
己亥岁／曹松 /238
春怨／金昌绪 /239
虚池驿题屏风／宜芳公主 /240
陇西行／陈陶 /241
马嵬坡／郑畋 /242
题菊花／黄巢 /243
咏菊／黄巢 /244
伤田家／聂夷中 /245
小松／杜荀鹤 /246
贫女／秦韬玉 /247
金缕衣／杜秋娘 /248

第六篇 宋词的美丽与哀愁

相见欢／李煜 /250
虞美人／李煜 /251
江南春／寇准 /252
渔家傲·秋思／范仲淹 /253
苏幕遮·怀旧／范仲淹 /254
千秋岁／张先 /255
浣溪沙／晏殊 /256
浣溪沙／晏殊 /257
蝶恋花／晏殊 /258
生查子·元夕／欧阳修 /259
临江仙／晏几道 /260

目录

江城子 乙卯正月二十日夜记梦/苏 轼 /261
卜算子 黄州定慧院寓居作/苏 轼 /262
念奴娇 赤壁怀古/苏 轼 /264
满庭芳/秦 观 /265
鹊桥仙/秦 观 /266
踏莎行 郴州旅舍/秦 观 /267
青玉案/贺 铸 /268
如梦令/李清照 /269
永遇乐/李清照 /270
声声慢/李清照 /271
满江红 写怀/岳 飞 /272
钗头凤/陆 游 /273
诉衷肠/陆 游 /275
卜算子 咏梅/陆 游 /276
青玉案 元夕/辛弃疾 /277
鹧鸪天 元夕有所梦/姜 夔 /279
永遇乐 京口北固亭怀古/辛弃疾 /281
清平乐 村居/辛弃疾 /282
梅花引 荆溪阻雪/蒋 捷 /283
虞美人 听雨/蒋 捷 /284
摸鱼儿 雁丘词/元好问 /285

第七篇 元曲,触及心灵的浅吟低唱

一枝花 不伏老(节选)/关汉卿 /288
赵盼儿风月救风尘(节选)/关汉卿 /290
感天动地窦娥冤(节选)/关汉卿 /291
好酒赵元遇上皇(节选)/高文秀 /293
庆东原/白 朴 /295
墙头马上(节选)/白 朴 /296
天净沙 春夏秋冬(节选)/白 朴 /298
梧桐雨(节选)/白 朴 /300
满庭芳/姚 燧 /302
寿阳曲 潇湘夜雨/马致远 /303
汉宫秋(节选)/马致远 /304
西厢记(节选)/王实甫 /306
月明和尚度柳翠(节选)/李寿卿 /308
寿阳曲 答卢疏斋/朱帘秀 /310
清江引/贯云石 /311
粉蝶儿 西湖十景/贯云石 /312
赵氏孤儿 大报仇/纪君祥 /314

殿前欢 对菊自叹／张养浩 /316
雁儿落兼得胜令 退隐／张养浩 /318
鹦鹉曲／白贲 /319
迷青琐倩女离魂（节选）／郑光祖 /320
王妙妙死哭秦少游（节选）／鲍天祐 /322
醉太平 寒食／王元鼎 /324
塞鸿秋／薛昂夫 /325
殿前欢／薛昂夫 /326
柳营曲 叹世／马谦斋 /328
人月圆／张可久 /329
锦橙梅 遇美／张可久 /331
天净沙 探海／徐再思 /332
蟾宫曲 春情／徐再思 /333
清江引 相思／徐再思 /334
阳春曲 别友／李德载 /335
普天乐／张鸣善 /336
普天乐／张鸣善 /338
蟾宫曲／周德清 /339
一枝花 春日送别／刘庭信 /340
小梁州／汤式 /341

第八篇　一生最爱纳兰词

喜春来 四节／无名氏 /343
调笑令 /346
采桑子 /348
采桑子 /350
好事近 /353
江城子 /355
清平乐 /357
长相思 /359
浣溪沙 /361
浣溪沙 /363
减字木兰花 新月 /365
鹧鸪天 /366
鹧鸪天 /368
荷叶杯 /370

第一篇 最美是《诗经》

《诗经》被誉为『世界最美的书』，这部记载着周朝到春秋时期长达五百多年岁月的诗歌总集，在历史的长河中流淌而至，满载着远古意蕴，袅袅娜娜地走来。远古的和风拂过心灵，送来穿越千年依然至美的风景，在喧嚣的世界里，涤荡出清澈的乐感。其言辞是一幅幅质朴淡雅的国画中最美的注脚，凉夜、桑园、纤草、幽虫，莫不失古朴的意蕴。《诗经》的艺术形象，清纯简约，没有任何粉饰，却深深烙印在人的心里。

关 雎

关关雎鸠①，在河之洲。
窈窕淑女，君子好逑②。
参差荇菜③，左右流之④。
窈窕淑女，寤寐求之⑤。
求之不得，寤寐思服⑥。
悠哉悠哉，辗转反侧。
参差荇菜，左右采之。
窈窕淑女，琴瑟友之。
参差荇菜，左右芼之⑦。
窈窕淑女，钟鼓乐之。

【注释】

①关关：鸟鸣声。雎鸠：一种鸟。相传此鸟情意专一，生死相伴。②逑：配偶。③荇菜：一种水草。④流：求。⑤寤寐：醒来和入睡。⑥思服：思念。⑦芼：摘取。

【赏析】

这首《关雎》是诗三百中最著名的一首，诗的内容很单纯，描写了君子对淑女的爱慕之情，以及追求不得的苦恼与哀愁。古时被认为是歌颂"后妃之德"的，但后人一般视其为周秦爱情诗的典范。

关关和鸣的水鸟，相伴栖居在河中沙洲。那善良美丽的姑娘，是君子的好配偶。在船左右两边捞那长短不齐的荇菜。那善良美丽的姑娘，醒来睡去都想追求她。思念追求却没法得到，深深长长的思念啊，让人翻来覆去难以睡下……

在盈耳的鸟鸣声中，我们似乎不经意跨越了两千多年的历史，来到这片长满荇菜的沙洲，观望到两千多年前的淑女与君子的绵绵爱情。"关关雎鸠，在河之洲。"田野之中，空气清新，雎鸠和鸣，河水微澜，古朴单纯的情愫就以这样的暖色调渐渐氤氲开来。河岸之上，徘徊的小伙子对着河心发呆。密密麻麻的荇菜如翠玉凝成，青青成荫，它们的茎须在流水的冲刷下参差不齐。涟漪缠绵，那个勤劳美丽的姑娘已经闯进他的心怀。姑娘穿着和荇菜一样色泽的罗布裙子，在水边采摘青青的荇菜。荇菜上开着黄色的小花，和姑娘一样自然、美好。夜深的时候，"求之不得"的思念与忧愁令他辗转反侧，不能入眠。

在先秦时期，各地都有民谣，或者叫风。《诗经》中的"风"的意思就是各地的民歌，当时有专门的采集者到各地去收集歌曲。《汉书·食货志》中就有明确的记载：农忙时，周朝廷就派出专门的王官（采诗官）到全国各地去采集民谣，目的是了解民情。

从《关雎》可以看出，先秦之时，情窦初开的青年男女相思之情坦率，毫不掩饰自己的愿望。在面对真爱时，现代人相对古人来说有时反而少了那份勇敢。"窈窕淑女，琴瑟友之。"这也成为历代相互倾慕的青年男女表达内心感情的一种方式，众所周知的就有司马相如与卓文君的千古佳话，司马相如在卓府的一曲《凤求凰》换来了卓文君跟随相如私奔。

《关雎》的美妙，不仅美在窈窕，美在寤寐思服、辗转反侧的相思想念，美在琴瑟友之、钟鼓乐之的希望，更美在最初时候的那份在河之洲、左右流之的不可得。"文似看山不喜平"，《关雎》有这段"不得"，整首诗一下子鲜活丰富起来。

现代著名作家沈从文说美都是散发着淡淡的哀愁。《关雎》所体现出来的美天生带了一份哀愁，淳朴而高贵。

卷 耳

采采卷耳①，不盈顷筐②。
嗟我怀人，寘彼周行③。
陟彼崔嵬④，我马虺隤⑤。
我姑酌彼金罍⑥，维以不永怀。
陟彼高冈，我马玄黄⑦。
我姑酌彼兕觥⑧，维以不永伤⑨。
陟彼砠矣，我马瘏矣⑩。
我仆痡矣，云何吁矣！

【注释】

①卷耳：苍耳的古名，其果实上布满小刺叶子。②顷筐：斜口浅筐，前低后高，也就是如今的畚箕。③寘：同"置"。周行：大道。④陟：登高。崔嵬：山高不平。⑤虺隤：疲极而病。⑥罍：一种盛酒器皿。⑦玄黄：马过劳而眼花。⑧兕觥（sì gōng）：一种饮酒器。⑨永伤：长久思念。⑩瘏：马因疲劳生病。

【赏析】

卷耳本来普通到山间田头随处可见，但诗人含情脉脉地把它表述成为有情之物——卷耳漫山遍野，对远方的人的思念也蔓延无边。

本诗的大意是讲女子正在采摘卷耳，她把采到的卷耳放进自己身后的筐中，采了很久，仍然没有满筐。女子思念起远行的丈夫，显得有些心不在焉，于是放下筐子，在路边眺望起远方的人。一男子艰难地走在征途古道上，那场景可以说得上悲怆。仆夫病倒，马儿也将要倒下，男子姑且喝尽杯中之酒，来消解难耐的思念，长路漫漫，该怎么办？要是这杯中之酒不能够浇灭人的思念，那么真想换上更大的犀角觥，因为这悲怆铺天盖地而来，这长久的思念，无以释怀！

历代不乏表达相思之情的诗作，"明月高楼休独倚，酒入愁肠，化作相思泪"，"不耐相思酒消愁"，"髻子伤春慵更梳，晚风庭院落梅初，淡云来往月疏疏"。因为不得不分开，因为无法厮守，于是忧愁倍生。

这首《卷耳》已成了不朽的怀人佳作，后来很多文人墨客都根据它作怀人诗，当我们吟咏徐陵的《关山月》、张仲素的《春归思》、杜甫的《月夜》、王维的《九月九日忆山东兄弟》、元好问的《客意》等表达离愁别绪、叙写怀人思乡之情的名篇时，都可隐约回味起《卷耳》的意境。

桃 夭

桃之夭夭①，灼灼其华②。
之子于归③，宜其室家④。
桃之夭夭，有蕡其实⑤。
之子于归，宜其家室。
桃之夭夭，其叶蓁蓁⑥。
之子于归，宜其家人。

【注释】

①夭夭：桃树含苞欲放的样子。②灼灼：指桃花盛开色彩鲜明的样子。华：即花。③之子于归：这位出嫁的姑娘。④宜：和顺。室家：夫妇，现多指家庭。⑤蕡（fén）：肥大。⑥蓁蓁：叶子繁茂的样子。

【赏析】

桃树茂盛美如画，花儿朵朵正鲜美。这位花一样的女子要出嫁，祝福你建立一个和

美的家!

桃树茂盛美如画,果实累累结满枝。这位花一样的女子要出嫁,祝福你建立一个和美的家!

桃树茂盛美如画,绿叶茂盛展光华。这位花一样的女子要出嫁,祝福你建立一个幸福的家!

《诗经》里的爱情诗很多,300篇里大约占了1/4的数量。《毛诗序》旧说这首《桃夭》是"后妃之所至",但我们宁可相信《桃夭》本来就是一篇寻常女子出嫁的贺诗。

"桃之夭夭,灼灼其华。""夭夭"一般来说是美丽的意思,是专门用来形容桃花的。许多爱情诗歌都充满惆怅惆怅,薄命红颜一般,但是《桃夭》的欢快喜庆却让人不由自主地受到感染。一个女人在她最美的时候出嫁,让要娶她的男子不惜翻山越岭,不惧迢迢前路,把自己的命运同她的拴在一起,是一份对美的交代,还是一种对美的颂扬呢?也许是二者都有吧。

古代的嫁女并不简单,据《礼记·昏义》记载,古代女子出嫁前3个月,须在宗室进行一次教育:"教以妇德、妇言、妇容、妇功。教成祭之,牲用鱼,笔之以蘋藻,所以成妇顺也。"之后选择日子,女子出嫁的日子自然是在桃花盛开的季节,那摇曳多姿的桃枝之上,桃花似新娘的脸,鲜嫩、青春、妖娆,甚至闭上眼睛,依稀可见"绿叶成荫子满枝"的幸福日子。

那时的人们葛布粗裳,却创造出最朴素最简单的美好诗歌,桃花自此便与女人联系在一起,走进后世的文人骚客的文字里,真可谓源远流长。崔护因口渴推开一扇门,门内,三两株桃花盛开,"人面桃花相映红",而旧地重游之时,"人面不知何处去,桃花依旧笑春风"。孔尚任剧中李香君的桃花扇,点点鲜血被纤手妙思幻成了桃花的模样。还有曹雪芹笔下那伤情的黛玉手持花锄,泪雨纷飞,"桃花帘外开仍旧,帘中人比桃花瘦。花解怜人花也愁,隔帘消息风吹透"。不过,它们都没有《桃夭》中的吉祥之意。

芣苢

采采芣苢，薄言采之①。
采采芣苢，薄言有之。
采采芣苢，薄言掇之。
采采芣苢，薄言捋之。
采采芣苢，薄言袺之②。
采采芣苢，薄言襭之③。

【注释】

①芣苢（fú yǐ）：植物名，即车前草。薄言：发语词，无实义。②袺（jié）：提起衣襟兜东西。③襭（xié）：把衣襟插在腰带上放东西。

【赏析】

这首诗中，多数词语几乎不变，巧就巧在那变了的几个动词，一幅生动的画面便于眼前自然展开——春天的郊野，微风吹拂，三五个农妇，手挽着竹篮，采摘车前子，有的手捋草籽，有的用裙子兜着采好的药草，采得多的，索性把裙角系上腰间……轻快的动作配合着劳动间的闲谈，对唱着歌曲，又有美好的天气相伴。这样的生活虽和繁华奢侈毫不相干，却是人人心中都向往的画面。

诗中所体现的这种把劳作当成乐趣的生活真谛，绝非多数人能做得到的。也许是先秦之时，生活简单纯朴没有太多的琐碎与繁杂，才会使单调劳动中的乏味被驱散，在采摘果实的过程中，体验劳动的快乐，在自己的歌声里，听到远古的神秘，与大自然融合在一起，产生一种亲切与归属感。有了劳动，就会有收获，有了收获，便会有更大的快乐，当时的人们有着如此纯粹的体验和满足，使得整个劳作的过程都是快乐的，这持久的快乐变得简单而自然。

后世有一首《江南可采莲》，风格与此诗几乎一样，诗道："江南可采莲，莲叶何田田。鱼戏莲叶间，鱼戏莲叶东。鱼戏莲叶西，鱼戏莲叶南，鱼戏莲叶北。"清浅简单，却又活泼可爱。越是简单，越是容易欢喜，就像《芣苢》中展示的一样，有着单纯的愿望，唱着快乐的歌，把车前子采摘下来，用粗布衣裳把它们兜回去，漫步自然，聆听美好。

采了又采车前子，采呀快去采了来。

采了又采车前子，采呀快快采起来。

采了又采车前子，一支一支拾起来。

采了又采车前子，一把一把捋下来。

采了又采车前子，提着衣襟兜起来。

采了又采车前子，别好衣襟兜回来。

这劳作的歌声，清新爽利而没有繁文缛节，如方玉润《诗经原始》中所说的："想必每到春天，就有成群的妇女，在那平原旷野之上，风和日丽之中，欢欢喜喜地采着它的嫩叶，一边唱着那'采采芣苢'的歌儿。那真是令人心旷神怡的情景。"生活虽是艰难的事情，却总有许多快乐在这艰难之中。

鹊　巢

维鹊有巢①，维鸠居之②。
之子于归③，百两御之④。
维鹊有巢，维鸠方之⑤。
之子于归，百两将之⑥。
维鹊有巢，维鸠盈之。
之子于归，百两成之。

【注释】

①维：助词，无实义。鹊：喜鹊。②鸠：鸤鸠，即布谷鸟。③归：嫁。④百：指数量多。

御(yù)：同"迓"，迎接。⑤方：占据。⑥将：送走。

【赏析】

　　冬天过去，天气渐渐暖和，小麦疯长，桃花盛放，在这段比较清闲的日子里，先民们都会忙着办一些喜庆的事情，比如婚娶。

　　喜鹊树上搭个窝，斑鸠来住它的家，这个女子今出嫁，百辆彩车迎接她。

　　喜鹊树上搭个窝，斑鸠来住它的家，这个女子今出嫁，百辆彩车陪送她。

　　喜鹊树上搭个窝，斑鸠挤满它的家，这个女子今出嫁，吹吹打打成婚啦！

　　《鹊巢》中的弃妇（以喜鹊喻之）就如同一株桑树，茂盛的绿叶似青春年华时的满头青丝，在整日的劳作中渐渐地变为苍白，岁月让她的容颜老去，家族一天天兴盛与富足。然而丈夫再也不会站在她的身后，在她低眉的羞怯里把她抱起。她总是被冷淡，总是被责怪，有时候还被呵斥，曾经的亲切与山盟海誓也如风而去，剩下的只有回忆与痛苦。

　　这世界上很多事情是无能为力的，所以，当女人无限沧桑地看着自己丈夫的迎亲队伍时，没有做出出格的举动，只是微笑面对，那曾经夜夜来袭的疼痛，终于在岁月的深处麻木了。女人不去追求所谓的公平，其实她明白她被遗弃的根本原因——寒微的她和阔绰的新娘，实在是无法相提并论。

　　《鹊巢》中，女方陪送的彩车和男方迎亲的彩车汇合在一起，行成了壮观的场面。对新人双方来说，对观看的众多人来说，都是喜庆欢乐的。当新人的背景消失，旧人付出过的、得到过的、笑过哭过的昨日全部被抹去，人群散去，她剩下的只有孤单和凄楚，有什么比这更让人哀伤的呢？《鹊巢》中，女人用勤劳的双手辛苦搭建的温暖巢穴已经拱手让人，在后人看来，这无异于对封建时代男权的控诉。

草 虫

喓喓草虫①，趯趯阜螽②。
未见君子，忧心忡忡。
亦既见止③，亦既觏止④，我心则降。
陟彼南山，言采其蕨⑤。
未见君子，忧心惙惙⑥。
亦既见止，亦既觏止，我心则说。
陟彼南山，言采其薇⑦。
未见君子，我心伤悲。
亦既见止，亦既觏止，我心则夷。

【注释】

①喓（yāo）：虫鸣声。草虫：蝈蝈。②趯趯（tì）：昆虫跳跃的样子。阜螽：一种蝗虫。③止：之，他。④觏（gòu）：遇。⑤蕨：蕨菜，嫩叶可食用。⑥惙（chuò）：忧愁的样子。⑦薇：巢菜，一种草本植物。

【赏析】

《毛诗序》认为这首诗是"托男女情以写君臣念说"，是臣子对君王的忠诚与怀念等，但后人把它理解成一首描述女人思念在外丈夫的诗。诗歌用起兴的手法，从草虫展开：

草丛里的蝈蝈不停鸣叫，不时还会有几只蚱蜢蹦跶过。思念起想见却久未见的人，我怎么不忧心忡忡呢？要是我真的能够见到他，我的心才会降落下来，才会平静下来。登上高高的南山，来采摘蕨菜，见不到那个我想见的人，心里很不是滋味，又愁又烦无处宣泄。要是我真的能够见到他，我的思念才会停片刻，我才会高兴异常。登上高高的南山，来采摘蕨菜，见不到那个我想见的人，心里如此的悲伤。要是我真的能够见到他，我灼伤一般的心才能舒畅，我才能得以放心。

秋天本来就是一个伤感的季节，当虫子消溺、草木枯萎，寒冬将至，无疑将是最容易思家和思归的时候。远行的人啊，你在远方是否能将我想起？帘卷秋风，人比黄花瘦。你身边凋零的花朵，你看见了吗？那也是我憔悴的容颜。

在《草虫》里，本该是和煦宁静的春日，草长莺飞，卉木萋萋，蝈蝈在暗处弹琴，蚱蜢不时跳出来撒野。但在生机勃勃的季节里，周围的热闹与她无关，她的心里是哀伤的，她的眼里是灰暗的，只有她思念的那个君子，才是她全部的热闹和风景，只有见到他，她才能是季节的热闹中笑靥如花的另一种风情。

采　萍

于以采萍①？南涧之滨。
于以采藻？于彼行潦②。
于以盛之？维筐及筥③。
于以湘之④？维锜及釜⑤。
于以奠之？宗室牖下。
谁其尸之？有齐季女⑥。

【注释】

①萍：大萍，水草名。②行潦（háng lǎo）：沟中积水。③筥（jǔ）：圆形的竹筐。④湘：烹煮。⑤锜：三角锅。釜：无足锅。⑥齐：同"斋"，恭敬的样子。季：少。

【赏析】

诗中采集萍藻来做祭品的是位待嫁的少女，她的名字叫季女，或者那只是对一个女子的美称，其实这些都已经不再重要了，重要的是待嫁少女的美与纯洁，那种懵懂的感觉。草木溪石，五谷农桑，春夏交替，一切都清新无比，世事在她的眼中还有待进展，她似一幅还未画出的画，期待一切。只听她问道：

哪里可以采摘到绿萍？就在南边山麓溪水滨。哪里可以采摘到绿藻？就在清水塘那的浅水沟。用什么来装绿萍藻？有那圆篓和方筐。用什么煮鲜萍藻？有那锅和釜。何处安放这些祭品呢？祠堂那边窗户底下。这次谁来敬神祭祖呢？待嫁季女恭敬又虔诚。

在周秦时代，浮萍有着特殊的意义。宋代学者王质在《诗总闻》中说萍藻"脱根于水，至洁"。不过后世的浮萍，意义发生变化，因为无根，最容易让人想起漂泊，所以在历来诗人的笔下，被称为飘萍。

浮萍生于水中，长于水中，连根都在水中浸泡，远离不洁净的土壤，因此被当作最干净最纯洁的，以至于我们的先祖都愿意拿它们做祭品祭奠先人。而千年前的纯洁感觉，也只有水中那"至洁"的萍藻才能够与之媲美，因此诞生了这首优美的诗歌。

这首《采萍》里的季女即将出嫁了，她的心里充满了期待和憧憬。这些采集来的普通的祭品和烦琐的礼仪，都蕴含着当时人们的寄托和希冀，因而围绕着祭祀的一切活动都无比虔诚、圣洁、庄重。采萍、盛之、湘之、奠之、尸之，一个至洁的待嫁少女完成了她生命中这次最重要过程，在这之后，她一切都准备完毕，可以出嫁了，此刻她成为这个季节中最耀眼的花，等待着被采摘。

甘 棠

蔽芾甘棠①，勿翦勿伐②，召伯所茇③。
蔽芾甘棠，勿翦勿败，召伯所憩。
蔽芾甘棠，勿翦勿拜④，召伯所说⑤。

【注释】

①蔽芾（fèi）：树木高大繁茂的样子。甘棠：杜梨，一种形态高大的落叶乔木。②翦：同"剪"。③召（shào）伯：即召公。茇：草舍，这里指居住。④拜：拔。⑤说：同"税"，息止。

【赏析】

先秦或者更早时候的人们大多开口就能唱出美丽的歌谣。《诗经》中最为精彩的《国风》部分，就是我们的祖先当年在田间地头劳动时随口唱出来的。这些歌唱里有对爱情、劳动、美好生活的吟唱，也有怀故土、思征人及对压迫、欺凌的怨叹与愤怒，也有对好的领导者的歌颂，这首《甘棠》就是其中之一。

《甘棠》中说的召伯就是召公，作为周文王的庶子，他在周武王平定天下之后被封在陕右。武王去世之后，他与周公一起协助年幼的成王治理国家，当时他主张实行德政，时常会出巡在民间，为百姓解决实际的困难。每次外出，他从来不去扰民，住也自己解决，他经常在高大的甘棠旁搭建草屋，百姓有什么冤情也就都在甘棠树下被解决，召伯受到了百姓的爱戴。后来他曾经建过草屋的甘棠也被爱惜地保护起来，百姓甚至不忍去修剪，淳朴的劳动人民当然不会忘记他，写了诗歌来歌颂他。他们唱到：

郁郁葱葱棠梨树，请不要剪割不要砍伐，因为那曾经是召伯的居住处。郁郁葱葱棠梨树，请不要剪割不要毁坏，因为那曾经是召伯的休憩处。郁郁葱葱棠梨树，请不要剪割不要跪拜，因为那曾经是召伯的解脱处。

对统治者来说，能得到人民如此的拥戴，将是多么大的欣慰。人一生的记忆有着一定的容量,当一切都最终老去,一切都被时间洗刷干净的时候,谁还能属于谁,谁还能记得谁?而召伯却在这简约的诗经文字中,被永久的铭刻下来。

诗歌本来就是萌生于社会大众的最私人、最朴素、最原始、最难以剥夺的艺术样式,而这些民间的声音之所以流传下来,是和采诗官的劳动分不开的。

唐代诗人白居易曾写了一首关于采诗官的诗歌:"采诗官,采诗听歌导人言。言者无罪闻者诫,下流上通上下泰。周灭秦兴至隋氏,十代采诗官不置。郊庙登歌赞君美,乐府艳词悦君意。若求兴谕规刺言,万句千章无一字。不是章句无规刺,渐及朝廷绝讽议。净臣杜口为冗员,谏鼓高悬作虚器。一人负扆常端默,百辟入门两自媚。夕郎所贺皆德音,春官每奏唯祥瑞。君之堂兮千里远,君之门兮九重闭。君耳唯闻堂上言,君眼不见门前事。贪吏害民无所忌,奸臣蔽君无所畏。君不见厉王胡亥之末年,群臣有利君无利。君兮君兮愿听此,欲开壅蔽达人情,先向歌诗求讽刺。"

采诗而保存下来的古典诗歌集中在《诗经》当中,尤其是《国风》中,它在中国古典诗歌的发展和贡献上极为突出。

摽有梅

摽有梅①,其实七兮。
求我庶士,迨其吉兮②。
摽有梅,其实三兮。
求我庶士,迨其今兮。
摽有梅,顷筐塈之③。
求我庶士,迨其谓之。

【注释】

①摽(biào):坠落。有:助词,无义。②迨:趁。③塈(jì):取。

【赏析】

《摽有梅》是《召南》中具有代表性的诗,比恢宏壮丽的《周南》灵活有余,不时有口语点缀,似我们日常的对话,更加体现出当时的民风。

梅子落地纷纷,树上还留七成。有心求我的小伙子,请不要耽误良辰。梅子落地纷纷,枝头只剩三成。有心求我的小伙子,到今儿切莫再等。梅子纷纷落地,收拾要用簸箕。有心求我的小伙子,快开口莫再迟疑。

《摽有梅》运用比喻的手法,直白有趣。诗中的"七兮"和"三兮"都是虚指,七及其往上表示的是很多的意思,三及其往下就是很少。所以,在最前边的两句中说的意思就是,快去摘那些梅子吧,你看果子还有七成,还比较多,还可以多挑挑,你们这些小伙要是喜欢我的话,快去挑黄道吉日来求婚吧。

诗中的这个女孩子很聪明,可爱伶俐,她将自己比成杨梅,请小伙子们采摘,是对爱情直白大胆的表达。

随着梅子树上的果实渐渐掉落,身边的闺中密友也一个个陆续嫁掉,女子的心有点急切了,于是接下来唱出的日子数目就变少了:由"七"减到"三"——树上的梅子可就只剩下三成了,要来下聘礼今日也好,要是你不下,明天人家来迎娶了也说不定,到那时候你后悔可就来不及啦。女子的心确实有些急切了,梅子落地,眼看婚期将尽,怎能不急?

诗中女子毫不掩饰自己对爱情的渴求,大胆用语言表达出来,情感炙热。女性在内心深处对情感寄托的欲求是最真实的,所以对《摽有梅》的女主人公,人们一直给予讴歌与称赞。

据史记载,春秋时期晋国人范宣子来到鲁国,想请国君帮助晋国伐郑,却又猜不透鲁君的时候,就吟了这一段:"摽有梅,其实七兮。求我庶士,迨其吉兮。"诗歌运用到政治上,范宣子既表达了请求的意思,又给两国双方留下回旋的余地。鲁君是个明白人,听了以后,也吟诵了一段诗《小雅·角弓》:"角弓,翩其反矣。兄弟婚姻,无胥远矣。"意思是说,弯弓的弦线要时常调整,兄弟亲戚之间,也要时常叙叙旧,要不然关系都远了。言下之意是,我们两国是亲戚关系啊,彼此的事不分,我同意帮你们打郑国。诗的政治作用由此可见一斑。

与这首诗歌要表达的意思相近的是唐朝杜秋娘的《金缕衣》:"劝君莫惜金缕衣,劝君惜取少年时。花开堪折直须折,莫待无花空折枝。"诗中用鲜花来指代时光,花朵悄无声息地枯萎,留下无数叹息,意蕴犹在,相比起来《摽有梅》则更能让人触目惊心。因为它直奔主题——青春的大好时光,就随着杨梅落了一地,伴着哗啦啦的声音。青春与爱情多么令人焦急啊。

绿 衣

绿兮衣兮，绿衣黄裹。
心之忧矣，曷维其已①！
绿兮衣兮，绿衣黄裳。
心之忧矣，曷维其亡！
绿兮丝兮，女所治兮②。
我思古人，俾无訧兮③！
绤兮绤兮，凄其以风④。
我思古人，实获我心！

【注释】

①维：助词，无实义。已：止。②女：同"汝"。治：缝纫。③俾：使。訧：过错。④以：因为。

【赏析】

"绿兮衣兮"，只说了"绿衣"一物，用了两个"兮"字断开，似是哽咽。绿衣裳啊绿衣裳，绿色的面子绿色的里子。心忧伤啊心忧伤，什么时候才能止住我不忧伤！绿丝线啊绿丝线，是你亲手来缝制。我思念亡故的贤妻，使我平时少过失。细葛布啊细葛布，夏天的衣裳在秋天穿上，自然觉得冷。我思念我的亡妻，实在体贴我的心。

"生同衾死同穴"是古代男女长久的生活理想，即使不能同处，死也要同眠，而爱人先去之后，男人看着眼前妻子缝制的衣服，衣服整整齐齐摆放着，虽然有一些年头了，但看起来和新的差不多。用手抚摸它们的每一处针脚、每一个纽扣，件件都似珍宝，因为这些是世界上最懂他的人亲手做的，还因为这个人已经离他远去，并且，永远不会再回来。先秦之时的社会就是男尊女卑的社会，女人卑微依附，而男子则是顶天立地，可是在《绿衣》中，一位深情的男子就这样出人意料地表露出对亡妻的怀念。

　　《绿衣》是一首蕴藏深情的诗歌。有情人不能相伴到老，人生过半，痛失爱侣，这种巨大的哀痛宋代大家苏轼也经历过，他在《江城子》中的"十年生死两茫茫，不思量，自难忘。千里孤坟，无处话凄凉"何其伤感！清代纳兰容若在怀念亡妻卢氏的《浣溪沙》中这样写道："谁念西风独自凉，萧萧黄叶闭疏窗，沉思往事立残阳。被酒莫惊春睡重，赌书消得泼茶香，当时只道是寻常。"深秋的意境，萧萧残风中，一起走过岁月的那个人离去，以为是暂时的离开，而当酒醒之时，曾经的幸福真的被如今的残酷替代。昨日夫妻举案齐眉，今天上天拆散，生死离别，往后的日子怎么度过？

　　一样的都是死别，还有死别之后的不能相忘，都继承着《绿衣》的情感，深情至重，余韵悠长。

北　风

北风其凉，雨雪其雱①。
惠而好我②，携手同行。
其虚其邪③？既亟只且④！
北风其喈⑤。雨雪其霏⑥。
惠而好我，携手同归。
其虚其邪？既亟只且！
莫赤匪狐⑦。莫黑匪乌⑧。
惠而好我，携手同车。
其虚其邪？既亟只且！

【注释】

①雨（yù）：名词用作动词。雱（pāng）：指雪盛貌。②惠：爱。③虚邪：徐缓。④只且：语气助词，无实义。⑤喈：寒凉。⑥霏：雨雪纷飞的样子。⑦莫：没有。⑧匪：同"非"。

【赏析】

　　这首诗反映的是离开故土的留恋情怀。开句写北风其凉，雨雪其雱。用这种北风潇潇、雪花飘飘的景象暗示政局的恶劣。诗人和朋友的关系非常友爱，于是诗人建议友人与自己结伴去他乡！还呼喊着不要迟疑犹豫了，事情已经急如火烧了，不要指望着事情能够好转。

　　有关这首《北风》的诗旨，《毛诗序》说："《北风》，刺虐也。卫国并为威虐，百姓不亲，莫不相携持而去焉。"清代学者王先谦《诗三家义集疏》则称此诗乃"贤者相约避地之词"。方玉润亦持相同意见，他在《诗经原始》中指出《北风》是贤人预见危机之作。

　　从诗中，可以看到诗人的朋友的迟疑之心，事情已经紧急万分，他还是不想离开家国，似乎想等待政局的稳定。对于友人的这一态度，诗人说："莫赤匪狐。莫黑匪乌。"狐狸红毛，乌鸦黑羽，这些本色就是这样，怎么都不会有所改变的。他劝朋友赶紧一起走。

　　这首诗是一首反映贵族逃亡的诗作已是不虞之议。诗中并没有交代最后的结果，但是从字里行间，读者可以得知人们对土地深深的留恋之心，若非被迫，谁都不想离开自己的家园。

静 女

静女其姝①，俟我于城隅②。
爱而不见③，搔首踟蹰。
静女其娈④，贻我彤管⑤。
彤管有炜⑥，说怿女美⑦。
自牧归荑，洵美且异⑧。
匪女之为美⑨，美人之贻。

【注释】

①静女：娴雅的女子。姝：美丽。②俟：等。城隅（yú）：城边的角楼。③爱：同"薆（ài）"，隐藏。④娈（luán）：姣好。⑤彤（tóng）管：管，箫笛类乐器。⑥炜：明亮。⑦说怿（yì）：欣喜。说，同"悦"。怿，欢愉、欣喜。女：同"汝"。⑧洵：诚然。⑨匪：同"非"。

【赏析】

《静女》描写的是男子的等待。阳光四溢，万物生长，植物茂盛，花朵绽放，鸟雀歌唱，迅速飞翔，就在这样的良辰美景之中，男子徘徊徜徉，他却没有心思来观赏倾听，眼下四处张望，之前他急急如星火来到心上人定下的约会地方，生怕自己迟到。心爱的姑娘在哪？怎么看不见？

而始终迟迟不见的静女，给人以想象的空间，她应该是心地善良而单纯的，还应该是聪明伶俐的。

"自牧归荑，洵美且异。""非汝之美，美人之贻。"并不是因为白茅草离奇，它只是一根嫩嫩的草，令男子如此珍爱的原因在于它是姑娘亲手采摘，送给自己的物品。物微而意深，一如后世南朝宋陆凯《赠范晔》的"江南无所有，聊赠一枝春"，重的是感情。

元代有一首《寄生草·相思》的曲子也表达了女孩子对迟到的男子的埋怨："有几

句知心话,本待要诉与他。对神前剪下青丝发,背爷娘暗约在湖山下,冷清清湿透凌波袜,恰相逢和我意儿差,不刺,你不来时还我香罗帕!"意思就是说本想告诉你几句我的真心话,我还对着神像剪下头发,表明心迹,背着爹娘来湖边和你约会,谁知道让我等你等得鞋袜都湿透了,还没有见人来,快点把我送你的香罗帕还给我吧!这与《静女》中的某些情节有异曲同工之妙。

桑 中

爰采唐矣①?沫之乡矣②。
云谁之思?美孟姜矣③。
期我乎桑中④,要我乎上宫⑤,送我乎淇之上矣⑥。
爰采麦矣?沫之北矣。
云谁之思?美孟弋矣。
期我乎桑中,要我乎上宫,送我乎淇之上矣。
爰采葑矣⑦?沫之东矣。
云谁之思?美孟庸矣。
期我乎桑中,要我乎上宫,送我乎淇之上矣。

【注释】

①爱：在哪里。唐：莬丝子，一种寄生蔓草。②沫（mèi）：卫邑名，牧野。③孟姜：姜家长女。④桑中：桑林中。⑤要：邀约。上官：宫室。⑥淇：淇水。⑦葑：蔓菁菜。

【赏析】

《鄘风·桑中》所描绘的情愫质朴真切，从单纯的写情角度来看，不失为一首活泼可爱的前秦情歌。

在诗中，男主人公唱道："到哪里采集女萝？就在卫国沫水岸。谁是你梦中情人？美丽动人是孟姜。她约我到桑林里，邀我她家把亲攀。辞别归来送我行，依依惜别淇水边。收割小麦去何处？就在沫水岸北岸。谁是你梦中情人？美丽动人是孟戈。她约我到桑林里，邀我她家把亲攀。辞别归来送我行，依依惜别淇水边。采摘蔓菁去哪里？就在沫水河东岸。谁是你梦中情人？美丽动人是孟庸。她约我到桑林里，邀我她家把亲攀。辞别归来送我行，依依惜别淇水边。"

"桑中"是当时都城朝歌的别名，"上宫"也是朝歌附近的地名，都是采桑女幽会的地点，滨临河水，在春天的环境中流淌唱歌，诗情画意之中，滋润着爱的心田。

关于此诗的评论，《毛诗序》说："《桑中》，刺奔也。卫之公室淫乱，男女相奔，至于世族在位，相窃妻妾，期于幽远，政散民流而不可止。"宋代朱熹的《诗集传》也基本持有相同的观点，认为其为淫诗，并举姜、弋、庸乃等前秦贵族为例证。不过，今天看来，先秦遗风早已远去，人们更愿意单纯地从诗意来把握，所以不少人认为这首小诗轻快活泼，其所表现的不过是古代青年男女之间炽烈的爱情，并非是贵族男女淫乱之后的不知羞耻的自白，谈不上讽刺之意。

在古代，采桑缫丝应该是中国男耕女织时代的重要活动。战国铜器及汉代画像石上常有描绘桑树下桑女劳作的场景，使得千年后的我们可以看到这一幅幅"向春之末，迎夏之阳，仓庚喈喈，群女出桑"的古代采桑图。同样，在《桑中》中，我们看到的是那些浪漫的桑园诗意。在这一首朴素、深婉的先秦恋歌中，在桑园中相会后的故事令即便是千年后的人们也同样遐想不已。

硕 人

硕人其颀①，衣锦褧衣②。
齐侯之子③，卫侯之妻④，
东宫之妹，邢侯之姨，谭公维私⑤。
手如柔荑⑥，肤如凝脂⑦，
领如蝤蛴⑧，齿如瓠犀⑨。
螓首蛾眉⑩，巧笑倩兮⑪，美目盼兮⑫。
硕人敖敖⑬，说于农郊⑭。
四牡有骄，朱幩镳镳⑮，翟茀以朝⑯。
大夫夙退，无使君劳。
河水洋洋，北流活活。
施罛濊濊⑰，鳣鲔发发⑱，葭菼揭揭⑲。
庶姜孽孽⑳，庶士有朅㉑。

【注释】

①硕人：美人。颀（qí）：修长。②褧（jiǒng）：古代用麻类衣料做的罩衫。③齐侯：指齐庄公。④卫侯：卫庄公。⑤私：中国古时女子称其姐妹的丈夫。⑥柔荑：白茅柔嫩的芽。⑦凝脂：形容丰腴。⑧蝤蛴（qiú qí）：天牛的幼虫。喻妇女脖颈洁白丰美。⑨瓠（hù）：瓠瓜。犀：锋利、坚固。⑩螓（qín）：一种蝉。⑪倩：美人含笑的样子。⑫盼：眼珠转动。⑬敖敖：修长高大的样子。⑭说：同"税"，停车。⑮幩（fén）：缠在马口两旁上的红绸布。镳：盛美的样子。⑯翟：山鸡。茀（fú）：车篷。⑰罛（gū）：大渔网。濊（huò）：象声词，形容撒渔网入水产生的声音。⑱鳣（zhān）：黄鱼。鲔（wěi）：鲟鱼。发发：鱼尾击水的声音。⑲葭（jiā）：芦荟。菼（tǎn）：荻草。揭：修长的样子。⑳孽孽：高大的样子。㉑朅（qiè）：英武的样子。

【赏析】

这首《卫风·硕人》中所赞女子叫庄姜，虽然这首并没有具体描写庄姜的容貌身段，对她的描述宽泛笼统得犹如河面上氤氲的雾气，但在诗歌的一开始，这位女子便拥有如同女神一般完美修长的身躯，身着锦衣，嫁去他乡。

美丽高贵的庄姜的出嫁是隆重的，她的马车停在城郊，她的马匹雄壮有力。不但如此，随行人员也是英武高大，所带嫁妆同样华美奢侈。那稠密的芦苇挺拔而坚固，那奔腾的黄河水奔流不息。这等的美人，怎么能让她多等待，君主应当及早下朝，前来迎接。

"肤如凝脂，领如蝤蛴，齿如瓠犀。螓首蛾眉，巧笑倩兮，美目盼兮。"这种美几乎无人能及，可以说庄姜确立了千百年来美女的标准。

"硕人其颀，衣锦褧衣。""硕人"就是美人的意思，它的原义是高大俊美的人。由此可以想见几千年前的春秋时代，人们喜欢一种健康美，以高大丰满、皮肤白皙作为评析美人的标准。这种观念，千百年来一直被我们承认、追求，明末清初著名戏曲家李渔在《闲情偶寄·声容部》中就说："妇人本质，惟白最难。多受精血而成胎者，其人生出必白……"

如庄姜一样美貌与才智兼备的女子在先秦时候是难得的，也是少数以诗歌留名的女子之一。庄姜和齐国太子一母同胞，是邢候的小姨妹，也是谭公的小姨子。身份尊贵。庄姜不但出身高贵，还有着惊人的才华，所以卫人才这样歌咏她。

氓

氓之蚩蚩①,抱布贸丝。匪来贸丝②,来即我谋③。送子涉淇④,至于顿丘⑤。匪我愆期⑥,子无良媒。将子无怒⑦,秋以为期。

乘彼垝垣⑧,以望复关⑨。不见复关,泣涕涟涟⑩。既见复关,载笑载言⑪。尔卜尔筮⑫,体无咎言⑬。以尔车来,以我贿迁⑭。

桑之未落,其叶沃若⑮。于嗟鸠兮⑯!无食桑葚⑰。于嗟女兮!无与士耽⑱。士之耽兮,犹可说也⑲。女之耽兮,不可说也。

桑之落矣,其黄而陨⑳。自我徂尔㉑,三岁食贫㉒。淇水汤汤㉓,渐车帷裳㉔。女也不爽㉕,士贰其行㉖。士也罔极㉗,二三其德㉘。

三岁为妇,靡室劳矣㉙。夙兴夜寐㉚,靡有朝矣。言既遂矣㉛,至于暴矣。兄弟不知,咥其笑矣㉜。静言思之,躬自悼矣㉝。

及尔偕老,老使我怨。淇则有岸,隰则有泮㉞。总角之宴㉟,言笑晏晏㊱,信誓旦旦㊲,不思其反。反是不思,亦已焉哉!

【注释】

①氓(méng):指农民。蚩蚩(chī):同"嗤嗤",笑呵呵的样子。②匪:同"非"。③即:就,靠近。④子:你,古代对男子的美称。淇:淇水,卫国的河流,在今河南省北部。⑤顿丘:卫国的邑名,在今河南清丰。⑥愆(qiān)期:拖延日期。⑦将(qiāng):愿,请。⑧乘:登上。垝垣(guǐ yuán):坍塌的矮墙。⑨复关:为此男子所居之地。⑩涟涟:眼泪不断的样子。⑪载:又。⑫尔:你。筮(shì):用蓍(shī)草占卦。⑬体:卦象。咎(jiù)言:凶辞。⑭贿:财物,指嫁妆。⑮沃若:茂盛的样子,喻女子年轻美貌,像水浸过一般有光泽。⑯鸠:斑鸠,一种鸟。⑰无食桑葚:比喻女子不可为爱情所迷。⑱耽:迷恋。⑲说:同"脱",摆脱。⑳陨:落下。喻女子年老色衰。㉑徂(cú):往。㉒三岁:泛指多年。㉓汤汤(shāng):水势盛大的样子。㉔渐:溅湿。帷裳:车厢两旁的布幔。㉕爽:过失。㉖贰:偏差。㉗罔(wǎng)极:多变,反复无常。

极，准则。㉘二三其德：三心二意，德行不专。㉙靡：无，不。室劳：家务。㉚夙（sù）兴夜寐：起早睡晚。㉛言：助词，无实义。遂，犹久。㉜咥（xì）：讥笑。㉝躬自悼：独自伤心。㉞隰：低湿地。泮：同"畔"，边。㉟总角：古代男女未成年时头发的样式，这里指代童年。宴：欢乐。㊱晏晏：欢愉的样子。㊲旦旦：清楚明白。

【赏析】

在故事的开始，像所有爱情故事的开始一样甜美，甚至带着些浪漫的气息，一个善笑的男孩走向一个卖丝的女孩。这个男孩并不是来买丝的，而只是以买丝为借口来接近她，对她说好听的话，最后表达了自己的意愿：希望和她结为夫妻。这是《诗经》中最常见的青涩爱恋，男女相悦的初恋情愫在《氓》中展露无遗。这首诗一共6节，每节10句，叙述了一个古老的，至今还在无数次上演的爱情现实长诗。

接下来的故事便出现了逆转，女子在几经等待之后，男子依然不来接她，就在她以为男子变心的时候，爱人如期而至。原来相爱也是要经受种种等待的折磨才能成就好事的，女子怀揣着内心的幸福和忐忑坐上了男子的婚车。

新婚过后，爱情的甜美被繁杂的婚姻琐事取代，当日的青涩少年也不会再守候于城墙下等待那位卖丝的姑娘，他们虽然结为夫妻，却再也没有了当日花前月下的甜蜜，取而代之的是无休无止的操劳。他们还在自家的庭院桑树下许下永不分离的誓言，同时希望自家枝繁叶茂，多子多孙，幸福美满。女人守着这幸福的盟誓，原想同丈夫白头到老，但相伴到老将会使自己怨恨。淇水再宽终有岸，沼泽虽宽有尽头。少年时一起愉快地玩耍，尽情地说笑。回想起来都是欢乐，山盟海誓都还在，怎么会料到反目成仇。经过了时间的打磨，现在可以说是历经沧桑，她知道，如果自己不走，留在这个是非之地，对自己更加不利，离开这里，也许会有更大的机会与希望。于是发出一声"反是不思，亦已焉哉"的深深感慨，终于结束这无奈的爱情，女子无言离去。这就是人们常说的，好花不常开，好景不长在，韶华易逝，岁月无情。任何东西都会被时光无情地带走。

"琴尚在御，而新声代故。"女人面对旧物只能是"物是人非事事休，欲语泪先流"的感觉。在《氓》里，一位痴情、勤劳、善良的女子却被背信弃义、自私的男人始乱终弃。从这首《国风》中不多见的长诗中，隐隐还可听见远古时代一个女子的悲怆呼声。

木 瓜

投我以木瓜①，报之以琼琚②。
匪报也③，永以为好也④！
投我以木桃，报之以琼瑶。
匪报也，永以为好也！
投我以木李，报之以琼玖。
匪报也，永以为好也！

【注释】

① 木瓜：一种落叶灌木。古代有以此作男女定情信物的风俗。投：赠送，给予。② 琼琚：一种美玉，为古代的一种饰物。后"琼玖""琼瑶"同。③ 匪：同"非"。④ 好：爱。

【赏析】

《木瓜》中的女孩看见那位心仪已久的人走过，随手将一只木瓜投给了他。女孩笑而不语，而男孩早已心领神会，忙把自己随身携带的玉佩赠送给了姑娘。

在古代中国，甚至到现在，恋人之间的情谊就是以小物品为纽带的，古代时候经常以瓜果、玉佩、丝带等连接感情，在他们看来，一滴水、一朵花、一把扇子都能表达出深深爱意，如《郑风·溱洧》中的"维士与女，伊其相谑，赠之以勺药"，是互赠芍药作为定情之物。再如唐代女词人晁采的《子夜歌》："轻巾手自制，颜色烂含桃，先怀侬袖里，然后约郎腰。"意思是说我亲手为你缝制的这条轻盈的丝腰巾，颜色灿烂得像鲜红的桃花，我先把它放进我的衣袖中，然后再送给你来束扎你的腰身。

古代的男女，一相见便觉亲切，有爱慕就表现出来。木瓜、木桃、木李、琼琚、琼瑶、琼玖，这些信手拈来都是信物，随时相遇可定终身。欢快而活泼，令人羡慕。诚如诗所言：匪报也，永以为好也。对美好感情的忠贞和向往才是最珍贵的。

君子于役

君子于役①，不知其期。
曷至哉②？鸡栖于埘③。
日之夕矣，羊牛下来。
君子于役，如之何勿思！
君子于役，不日不月。
曷其有佸④？鸡栖于桀⑤。
日之夕矣，羊牛下括⑥。
君子于役，苟无饥渴⑦？

【注释】

①君子：指丈夫。②曷（hé）：何时。③埘（shí）：鸡舍。④佸（huó）：相会。⑤桀：鸡栖架。⑥括：同"佸"，聚集。⑦苟：也许，大概。

【赏析】

这首《君子于役》，讲述的是女子的夫君去边疆服役，女子对他的思念之情。她慨叹道：

我的夫君服役去了，何时才能回来？此刻太阳已经落山，鸡、羊和牛都回到自己的圈里去了。我的心只剩下思念和心神不宁，望眼欲穿，不住呼唤。君子于役，不日不月。不知你何时能得回来，相见遥遥无期，我的丈夫服役去了，他不要挨饿，不要受渴。

在这首诗中，诗人表达了女子对离家丈夫的殷切思念。一些细节的描写十分亲切感人。读来让人感觉这样的思妇就在你我眼前。

周公率军东征，使得四国的百姓深受教化感染，周公对百姓的哀怜体现了周公的善良，其实周公也是为了四国家人的生活平安才发动战争。有时候，战争并不是一味地涂炭生灵，而是要开创新的一片天地，只是这过程过于惨烈，使人不敢正视罢了。

残酷的战争造就了很多怨妇痴女，《诗经》中有不少作品是反映思妇等待丈夫归来却不能的。这首《君子于役》就是代表。征夫应该回乡却不见回来，女人心里悲伤啊。期限已过人不回，怎不叫人伤心怀！

将仲子

将仲子兮①，无逾我里②，无折我树杞③。
岂敢爱之④？畏我父母。
仲可怀也，父母之言，亦可畏也。
将仲子兮，无逾我墙，无折我树桑。
岂敢爱之？畏我诸兄。
仲可怀也，诸兄之言，亦可畏也。
将仲子兮，无逾我园，无折我树檀。
岂敢爱之？畏人之多言。
仲可怀也，人之多言，亦可畏也。

【注释】

①将（qiāng）：愿，请。仲子：称二哥。②逾：翻越。里：邻里。③树：种植。杞（qǐ）：杞柳。又名榉，一种落叶乔木。④爱：吝惜。

【赏析】

这是一首表达青年男女爱恋与相思幽会的诗篇。诗中的"仲"就是"二哥"的意思，翻译成白话就是"我的小二哥啊"，听起来十分亲切。

诗中反复咏唱道，我的小二哥啊，你要留点儿神，不要随便翻越我家的门户，我种的那株杞树你可以当梯子爬下来，可千万不要折断露了馅，要是被父母发现可不得了。

我的小二哥啊，你要留点儿神，不要随便翻越我家围墙，我种的那株桑树你也可以当梯子溜下来，可千万不要折断露了馅，要是我哥哥发现可不得了。我的小二哥啊，你要留点儿神，不要随便翻越我家菜园，我种的那株檀树你可以当梯子滑下来，可千万不要折断露了馅，要是邻居们发现可不得了……

在这首诗中，男孩为了见上女孩一面，不惜冒可能摔伤、被女孩子父母兄弟发现辱骂毒打的危险，爬上了女孩家的墙头。他们都是平凡人家的儿女，只是因为单纯的爱恋，却陷入了无可奈何的境地，男子只得夜夜爬上女子家的墙头，偷偷来看望他日思夜想的爱人。

对这首诗的解释历代有很多不同的观点和说法。《毛诗序》认为此诗是"刺庄公"之作，郑樵《诗辨妄》认为此诗是"淫奔之诗"，现在已经很少人取用这些观点。当代人大多数是读出了人言可畏、三人成虎的无奈。

《周礼·地官·媒氏》中规定："中春之月，令会男女，于是时也，奔者不禁。"在周代，男女谈恋爱有特定的时节，这一时节，即使男女两人在野外亲热，也没人认为是伤风败俗，却被看作是对大地丰产的祝福，是吉祥的。但是一过这个时间，比如《周礼》中说的"中春"，要是再私自交往就要受到处罚。《孟子·滕文公下》中就说："不待父母之命，媒妁之约，钻穴隙相窥，逾墙相从，则父母、国人皆贱之。"

所以，女孩虽然爱恋男子，言语中也流露出既娇又嗔且爱而有无奈的复杂感情。人之多言，亦可畏也。在《将仲子》中，这一切都得到了淋漓的展现。

风 雨

风雨凄凄,鸡鸣喈喈。
既见君子,云胡不夷①。
风雨潇潇,鸡鸣胶胶②。
既见君子,云胡不瘳③。
风雨如晦,鸡鸣不已。
既见君子,云胡不喜。

【注释】

①云:助词无义。胡:何。夷:平,即心中平静。②胶胶:鸡鸣声。③瘳(chōu):病愈,这里指愁思消除。

【赏析】

《风雨》所讲的内容比较简单,就是在一个风雨交加的日子里,女子在等待那位"君子"。闪电交加,风也呼啸,豆大的雨点打在地上,连鸡窝的鸡都惊得咯咯地叫。女子的心也不安起来。他还会来吗?这么大的雨,他也许就不来了,他最好也别来,这么大的雨,淋坏了怎么办?此时她的心里是矛盾的,既希望他能够冒雨践约,但是又怕淋坏了他。

结果是"既见君子,云胡不喜"。喜悦之情跃然眼前。这首诗抒写女子风雨之中怀念他人,并没有直接说她怎么想,心情怎样焦急难耐,只是反复通过"风雨""鸡鸣"这两种外界事物加以渲染女子的思绪,反衬出女子的担心与矛盾,加重苦苦等待之中一个人的孤独与沉闷。

《风雨》是《诗经》中众多借用外界景物的描述来加强诗歌本身感染力的代表篇之一。"风雨如晦,鸡鸣不已"的意象也成为后世许多诗词文人,包括艺术创作者所喜爱的题材之一。

子 衿

青青子衿①，悠悠我心②。
纵我不往，子宁不嗣音③。
青青子佩，悠悠我思。
纵我不往，子宁不来。
挑兮达兮④，在城阙兮⑤。
一日不见，如三月兮！

【注释】

①子：古时对男子的美称。衿：衣领。②悠悠：绵长不断的样子。③宁：难道。嗣音：寄声相问。嗣，通"贻"，给。④挑达（táo tà）：来回走动的样子。⑤城阙：城门两边的观楼。

【赏析】

"青"在古代就是蓝色，《毛诗序》中说："青衿，青领也，学子之所服。"在古代，对人们的穿着打扮都有着严格的规定，按着社会等级从穿着上区分身份。特别是汉代以前更有明文规定冠帽只有官员才能佩戴，商人还不得穿丝绸料子的衣服，只能穿葛麻料子的成衣。而读书人的地位很高，准许穿戴当时很优雅高贵的颜色——青色衣服。所以，书生又称为青衿，这便是《子衿》中的青青子衿。

《子衿》中的郑国女子这样说："纵然我不曾去找你，难道你从此断音信？纵然我不曾去找你，难道你不能自己来？"其实女子要表达的是"你来不来都一样，尽管我着急，我生怨，但心始终向着你"。于是发出"一天见不到你，就像过了三个月那么久"的慨叹。

后来曹操在他的《短歌行》之一中直接引用了这句："青青子衿，悠悠我心。但为君故，沉吟至今。"这就成了一个男人的政治抱负，对贤才的渴求和对雄伟霸业的忧思：

"你那青青的衣领啊,深深萦回在我的心灵。虽然我不能去找你,你为什么不主动给我音信?"曹操的这首诗作被视为建安文学的一颗明珠。而《子衿》所体现出来的清新细致的情境在宋代李清照早期的一首《浣溪沙》中似乎得到了延伸,词中这样写道:"秀面芙蓉一笑开,斜飞宝鸭衬香腮,眼波才动被人猜。一面风情深有韵,半笺娇恨寄幽怀,月移花影约重来。"这首词与《子衿》的意境几乎重合,精妙地绘出了一个处在热恋中的女孩子等待情人的娇憨之态。

或许对于许多人来说,曹操的《短歌行》更脍炙人口,而才气过人的李清照似乎也更有魅力,然而这篇《子衿》的美却从未消逝,反倒是在后人对其意境与语词的化用里,透露着《诗经》对于中国后来的古典诗歌文学不言而喻的巨大影响。

野有蔓草

野有蔓草,零露漙兮①。
有美一人,清扬婉兮。
邂逅相遇,适我愿兮。
野有蔓草,零露瀼瀼②。
有美一人,婉如清扬。
邂逅相遇,与子偕臧③。

【注释】

①漙(tuán):露水多。②瀼:露水多的样子。③偕臧:相爱。偕,同。臧,善。

【赏析】

这首诗的大意说:在郊野,蔓草青青,白露未晞,男子信步到此,希望与一位姑娘相遇,姑娘美目流盼,天地生辉。男子并不是随意寻求,相反,男子期望的是邂逅一位真正的知己。这位知己会不迟不早,奇迹般出现。她清扬婉兮,只有这样的女子才合男子意愿，也才能让男子渴望与之"偕臧"。

《野有蔓草》所表达的主题，即求知己，是历代文人情怀中一个永恒的主题，辛弃疾希望在灯火阑珊处遇见蓦然回首的惊喜，戴望舒希望在悠长又寂寥的雨巷里遇见丁香一样忧愁的姑娘……

诗中的男子并没有似《关雎》中那样具体："窈窕淑女，琴瑟友之……窈窕淑女，钟鼓乐之"，只是"邂逅相遇，与子偕臧"，"臧"就是"美好"的意思，以最美好的自己，遇见一个美好的人，然后和她一直走下去。这种美好是一种可遇不可求，一种能够给彼此留下欣慰与留恋，最终沉淀升华成愉悦的难忘记忆！

这是一首君子求美人的歌咏诗，我们可以理解成是男子对美好女子的向往，也可以理解成是作者对美好事物的向往。无论如何，诗中所表达的感情都真挚淳朴，十分动人。

溱 洧

溱与洧①，方涣涣兮。
士与女，方秉蕑兮②。
女曰："观乎？"士曰："既且③。"
"且往观乎④？洧之外，洵吁且乐⑤。"
维士与女，伊其相谑，赠之以勺药⑥。
溱与洧，浏其清矣⑦。
士与女，殷其盈矣⑧。
女曰："观乎？"士曰："既且。"
"且往观乎？洧之外，洵吁且乐。"
维士与女，伊其将谑⑨，赠之以勺药。

【注释】

①溱（zhēn）、洧（wěi）：河名。涣涣：冰河解冻奔腾的样子。②蕑（jiān）：兰草，一种香草名。③既且：已经去过了。④且，同"徂（cú）"。⑤吁（xū）：广阔无边。⑥勺药：又名辛夷，一种香草。古时候情人离别时互赠此草，用以寄托情怀，结"恩情"。⑦浏：水深而清的样子。⑧殷：多。⑨将：同"相"。

【赏析】

这是一幅美好的游春图面，带着浓郁的生活气息。其中传递出来的欣喜、兴奋的情感，带着读者回到了先秦时的上巳节，听到了鲜艳的芍药花瓣中开出的爱之声："维士与女，伊其将谑，赠之以勺药。"

"溱与洧，方涣涣兮。"春天到来，万物复苏，郊外的溱河和洧河解冻了，河水哗啦啦地流淌，人们如何来表达内心的喜悦和激动呢？只能陶醉在这一片春光里，爱情和喜悦之情一起在心底疯长。在众多的男男女女之中诗人抓住了一对男女细腻的瞬间对白：

女子说："我们过去看。"

男子说："我已经去过。"

女子又说："那就再过去看看吧！"

或许女孩子很早就喜欢这位男子，聚会之中正好找个理由一起玩儿。或许他们并不认识，只是一见钟情。在女孩儿大胆地邀请之后，爱情就有了火花。然后是无数的"士与女"互赠芍药，定情欢乐。

《本草纲目》中记载芍药时说："犹婥约也。婥约，美好貌。此草花容婥约，故以为名。"芍药读起来是"着约"的谐音，也就是守约、赴约的意思了，符合人们的美好理想。所以芍药成了古时的爱情之花。

少女们面色红润，手持鲜花，尽情将自己火热的目光和情感抛向自己的偶像，少年们衣着光鲜，青春的脸上洋溢着喜悦与任性，坚定而自然地牵起心上人的手。

《溱洧》是一幅欢乐无比的游春图，从溱、洧之滨踏青归来的男女，他们手捧芍药花，洒下一路芬芳。尽管当时郑国是个小国，还总是遭受到周边大国的侵扰，本国的统治者也并不清明，但对于普普通通的人民来说，春天的日子让人感到喜悦，他们有节日，他们有芍药，他们有对美好生活的信心与勇气。

先秦时候法令允许男女相会，就是仲春之会。《周礼》上记载说："于是时也，奔者不禁。"根据当时郑国的风俗，每年的仲春上巳之日是大规模的民俗节日，男男女女纷纷来到溱、洧水边，以新解冻的春水洗涤污垢，认为这样可以除去整个冬天所积存的病害，在新的一年里健康吉祥。

《后汉书·礼仪上》中记载道："是月上巳，官民皆絜（洁）于东流水上，曰洗濯祓除去宿垢疢为大絜。"而对年轻男女来说，这更是自由快活的春游，趁这个大好机会在野外踏青，泼水相戏，撞见心仪的男女，择偶成家。

上巳节在魏晋之时更多地演化成为文人雅士的娱乐活动，"永和九年，岁在癸丑，暮春之初，会于会稽山阴之兰亭，修禊事也，群贤毕至，少长咸集……"如著名书法家、文学家王羲之的《兰亭序》中记叙的聚会作文，更接近于上巳本色的还是《诗经》中的《溱洧》。

伐 檀

坎坎伐檀兮①，寘之河之干兮②，河水清且涟猗③。
不稼不穑④，胡取禾三百廛兮⑤？
不狩不猎，胡瞻尔庭有县貆兮⑥？
彼君子兮⑦，不素餐兮⑧！
坎坎伐辐兮⑨，寘之河之侧兮，河水清且直猗。
不稼不穑，胡取禾三百亿兮？
不狩不猎，胡瞻尔庭有县特兮⑩？
彼君子兮，不素食兮！
坎坎伐轮兮，寘之河之漘兮⑪，河水清且沦猗⑫。
不稼不穑，胡取禾三百囷⑬？
不狩不猎，胡瞻尔庭有县鹑兮？
彼君子兮，不素飧兮⑭！

【注释】

①坎坎：象声词，伐木声。②寘：同"置"，放。干：水边。③猗（yī）：语气助词。④稼：播种。穑（sè）：收获。⑤胡：为什么。廛（chán）：同"缠"，捆。⑥县：同"悬"。貆（huān）：猪獾。⑦君子：讽指有地位有权势的人。⑧素餐：不劳而获。⑨辐：车轮上的辐条。⑩特：小兽。⑪漘（chún）：水边。⑫沦猗：小波纹。⑬囷：束。⑭飧（sūn）：晚饭。

【赏析】

这首《伐檀》是诗经中为数不多的直接控诉统治者的诗篇。诗中直接严厉责问，用事实来揭露上层统治的暴行和苛政，抒发蕴藏在胸中的熊熊怒火，人们年复一年繁重劳动，苦难生活，却什么都得不到。在诗歌中，这种积压在胸中的情感被完全抒发出来。

伐檀的声音砍砍作响，一棵棵檀树被放倒在河边上，河水泛着清清的涟漪。那些人既不播种也不收割，为什么家中有着三百捆禾？既不冬狩也不夜猎，为什么你的庭院悬着猪獾？那些君子官爷们啊，不应白吃闲饭啊。砍下檀树来做车辐，把它们放在河边堆放一处。河水清清直着流淌。那些人既不播种也不收割，为什么要独取三百捆禾？既不冬狩也不夜猎，为什么你的庭院里悬着猎来的野兽？那些君子官爷们啊，不应白吃饱腹啊！砍下檀树来做车轮，把它们一棵棵放倒在河边堆起来。河水清清泛起波纹，既不播种也不收割，为什么要独吞三百捆禾？既不冬狩也不夜猎，为什么你的庭院里挂着鹌鹑？那些君子官爷们啊，不应白吃腥荤哪！

这首反抗诗歌，是讽刺奴隶主贵族们不从事生产劳动，但却有几百囤的粮食，家中还悬挂着各种各样的猎物，吃都吃不完。这是哪里来的？诗人一针见血地斥诉道：不稼不穑，不狩不猎，胡瞻尔庭有县貆兮？胡瞻尔庭有县特兮？胡瞻尔庭有县鹑兮？这些直接斥问显得很有力度，而最后的那句"彼君子兮，不素飧兮！"是近乎总结性的感叹，作为贵族统治者，本不应当这样，现在反而如此压榨劳动者，坐享其成，实在不是彼君子应当有的作为啊。

硕　鼠

硕鼠硕鼠①，无食我黍！
三岁贯女②，莫我肯顾。
逝将去女，适彼乐土。
乐土乐土，爰得我所③。
硕鼠硕鼠，无食我麦！
三岁贯女，莫我肯德④。
逝将去女，适彼乐国。
乐国乐国，爰得我直⑤。
硕鼠硕鼠，无食我苗！

三岁贯女,莫我肯劳⑥。
逝将去女,适彼乐郊。
乐郊乐郊,谁之永号⑦?

【注释】

①硕鼠:即田鼠,喻剥削无厌的统治者。②三岁贯女:侍奉你多年。女,通"汝",你,即指统治者。三岁,非实数,喻时间长。③所:安居之所。④德:感谢。⑤直:同"值",值得。⑥劳:慰问。之:表反问语气。⑦永号:长吁短叹。

【赏析】

《毛诗序》说:"硕鼠,刺重敛也。国人刺其君重敛,蚕食于民。不修其政,贪而畏人,若大鼠也。"

《魏风·硕鼠》形象地刻画出剥削者的丑恶面目,"三岁贯女,莫我肯顾",奴隶们长年劳动,用自己的血汗养活了奴隶主,而奴隶主却没有丝毫的同情和怜悯,残忍无情,得寸进尺,剥削的程度愈来愈强。"逝将去女,适彼乐土"到"乐国",再到"乐郊",奴隶们似乎已经有了对自由和幸福的向往,幻想着能找到一块理想的国土,自此摆脱严重的剥削,再也不用哀伤叹息地过日子了。

这首《硕鼠》是《诗经》中的又一首反抗诗,是对压迫和盘剥的控诉。在《硕鼠》中不但有愤怒,还有反抗,"硕鼠硕鼠,无食我黍!"贪婪的大老鼠,不要再吃我的粮食了!反映着劳动人民捍卫自己劳动成果的正义要求,有着深刻的进步意义。

蒹 葭

蒹葭苍苍①,白露为霜。
所谓伊人②,在水一方③。
溯洄从之④,道阻且长。
溯游从之⑤,宛在水中央⑥。
蒹葭萋萋,白露未晞⑦。
所谓伊人,在水之湄⑧。
溯洄从之,道阻且跻⑨。
溯游从之,宛在水中坻⑩。
蒹葭采采,白露未已。
所谓伊人,在水之涘⑪。
溯洄从之,道阻且右⑫。
溯游从之,宛在水中沚⑬。

【注释】

①苍苍:茂盛的样子。下"萋萋""采采"同。②所谓:指所怀念的。伊人:即思念追寻之人。③方:边。④从:追求、寻找。⑤溯游:顺流而下。⑥宛:宛然,好像。⑦晞(xī):晒。⑧湄(méi):水与草的交接处,即指岸边。⑨跻(jī):升高,这里指地势越来越高。⑩坻(chí):水中的小沙洲。⑪涘(sì):水边。⑫右:指道路迂回。⑬沚(zhǐ):水中的小块陆地。

【赏析】

诗的大意是,一个青年在白露茫茫、秋苇苍苍的水边徘徊,寻找他的"伊人"。"伊人"在哪里?她似乎就在眼前,却隔着一条无法渡过的河水,他只能看到佳人在水一方的倩影,美丽的笑容在雾中若隐若现。伊人可望而不可即,青年惘然若失。伊人之美,"宛在水中央"。男子为了保持心目中"伊人"若隐若现之美,不去接近,享受着水中望月的朦胧缥缈之美。

《蒹葭》诗中，青年从未真正清晰地看到过自己的心仪对象，但心中怕是早已有了她的模样，那么惹人喜爱。追寻的路途充满艰险，想要把那女子的模样忘掉，但怎么忘也忘不了。爱情，尤其是单相思带给人的常常就是悲苦与感伤，现在男子无法克制地思念那个人，迷离，恍惚，所以，他只好常常来这一片水边，只好傻傻地朝对岸遥望。女子也不能从"水中央"走出来，她只能属于水边，临水而居，与秋霜、芦苇为伴，才显得那么不染尘俗，盈盈一水间，脉脉不得语，《蒹葭》的若即若离美感，氤氲效果，让后世千年遐想万分。

距离产生美。人世间越是追求不到的东西，越是觉得可贵，爱情尤其如此。英国戏剧家萧伯纳曾说：人生有两大悲剧，一是得不到想得到的东西，一是得到了想得到的东西。得不到回报的爱情，带给人多少肝肠寸断，剪不断，理还乱。但无论如何，伊人在男子的心中，愈发高洁、可爱、可敬，更令他神往。

关于这首《蒹葭》的解释，《毛诗序》认为："蒹葭，刺襄公也。未能用周礼，将无以固其国焉。"近代学者方玉润作《诗经原始》，还有姚际恒的《诗经通论》，则认为这是一首招贤诗，其中的"伊人"即"贤才"，说"征求逸隐不以其道，隐者避而不见"。又说"贤人隐居水滨，而人慕而思见之"。但更多的学者是将其视为爱情诗。"河边芦苇青苍苍，秋深露水结成霜。意中人儿在何处？就在河水那一方。逆着流水去找她，道路险阻又太长。顺着流水去找她，仿佛在那水中央。"（程俊英先生译本）。其实说是爱情诗，更能让人接受，因为"在水一方"的伊人早已成为中国古典诗词里的一个经典影像。

关于此首诗的意境，《古诗十九首》中有一首《迢迢牵牛星》颇为神似，其最后两句诗"盈盈一水间，脉脉不得语"，似最得《诗经》风致，只不过《蒹葭》清浅明丽，古气紫溢，虽有忧思但温润而不失高贵，而《迢迢牵牛星》则多带了几分忧苦悱恻，有更多的世俗气息。

月 出

月出皎兮，佼人僚兮①。
舒窈纠兮②，劳心悄兮③。
月出皓兮，佼人懰兮④。
舒忧受兮，劳心慅兮⑤。
月出照兮，佼人燎兮⑥。
舒夭绍兮⑦，劳心惨兮⑧。

【注释】

①佼人：美人。僚：美丽。②舒：安闲轻盈的样子。窈纠（jiǎo）：女子体态窈窕的样子。③劳心：忧心，思念。悄：深忧。④懰（liǔ）：妩媚的样子。⑤慅：心神不安。⑥燎：形容女子样貌优雅，漂亮。⑦夭绍：形容女子优雅的样子。⑧惨：忧愁不安的样子。

【赏析】

"诗以言志"，古人认为诗是抒发内心的感受的。《月出》也是如此。看到自己喜欢的女子，在皎洁的月光下，男子就唱出了这一首歌。

天上月儿多么皎洁，照见你那娇美的脸庞，你那优雅苗条的倩影，只能使我心中忧伤！天上月儿多么素净，照见你那妩媚的脸庞，你那舒缓安详的模样，只能使我心中纷乱！天上月儿多么明朗，照见你那亮丽的脸庞，你那婀娜多姿的身影，只能使我黯然神伤！

对美人的相思之情，在中国的文学作品中屡见不鲜，在古代以诗歌为主要代表。《月出》便是这样一首吟唱的民谣。

月亮出来了，洒下皎洁明亮的光亮，照在她娇媚妩媚的脸庞，让他怀想。长久的相思牵动他的愁肠，痴恋的心情，如此令人烦忧。"明月当空引人愁，万家欢乐唯我忧。"

皓月当空，清辉皎洁，千里的明月光，却让歌者忧伤起来。"月出皎兮，佼人僚兮。"一个"皎"字，传达出后人对月光的永久记忆。拿月光来比美人，确实"劳心悄兮"，月光美人，成为一种意象，一种世间最动人的意象。《月出》的作者第一个用含情脉脉的审美眼光关照月亮，在冰冷的自然之物中发现了温情的诗意。因此，说中国的月亮就是从《月出》中升起的，也无可厚非。在后世的诗词曲赋中，月亮便成了表达美好寄托相思的固定意象。

这首《月出》连用了"月出皎兮""月出皓兮""月出照兮"循环往复，简单朴素，却给人一种真切的美感。足见诗韵之美不在华彩，而在情真。

株　林

胡为乎株林①？从夏南兮②！
匪适株林，从夏南兮！
驾我乘马③，说于株野④。
乘我乘驹，朝食于株⑤。

【注释】

①胡：为什么。株：陈国邑名。林：郊野。②夏南：夏姬之子。③我：指陈灵公。④说：同"税"，停车。⑤朝食：吃早饭。

【赏析】

这是一首讽刺诗，用冷峻犀利的笔墨讽刺揭露了陈灵公的狗彘之行。

"他们为什么兴冲冲地赶到株邑城外的郊野？只因为急着去见夏南吗？他们不是去株邑郊野吗？他们是要去找夏南的母亲吧。驾着打车赶起四匹马，停车在株邑的郊外。架起轻车赶着四匹宝马，抵达株邑歇息吃早餐。"

郑穆公的女儿嫁给陈国大夫夏御叔为妻子，按习俗从丈夫的姓，改名夏姬。夏御叔是陈定公的孙子，封地在株林地方。夏姬是一个美艳绝伦的女人，她未出嫁时，与自己的庶兄公子蛮私通，等嫁给夏御叔不到九个月，便生下了一个儿子，取名为夏南。虽然夏御叔有些怀疑孩子是否是自己的亲生子，但是惑于妻子的美貌，就没有深究。12年后，夏御叔病亡，夏姬也就隐居株林。寡妇门前是非多，而夏姬又是出了名的绝色美人，夏御叔一死，那些平时在暗地里垂涎夏姬美貌的男人就冒出来了。没有多久，经常进出株林的夏御叔的好友孔宁与仪行父都成了夏姬的床幕之宾。经过两个人介绍，国君陈灵公也加入了他们的行列。可耻的丑闻像是熊熊的山火在陈国肆虐蔓延，讽刺的歌谣在民间遍布流传。这首《株林》便是其中的代表。

尽管如此，陈灵公和他的大臣们并没有就此停下前往株林的脚步。最初，陈灵公还不敢声张，总是寻找种种借口偷偷摸摸前来。毕竟，与臣子的寡妻私通对一个国王来说并不是件光彩的事，夏姬的儿子夏南也一天天长大懂事起来。可是，日子一久，他与孔宁、仪行父就肆无忌惮、不再遮掩了。这样，君臣三人沉迷酒色的淫行成了陈国公开的秘密。陈灵公任命夏南承袭了他父亲生前的官职与爵位，执掌兵权，堵住了他的嘴巴和自尊心。面对君臣三人时常在朝堂上拿着夏姬的内衣嬉戏调笑，大臣们敢怒不敢言，选择视而不见。民间则开始用歌谣嘲讽君主的失威败德，荒废国事。

《毛诗序》认为"《株林》，刺灵公也。淫乎夏姬，驱驰而往，朝夕不休息焉"。

蜉 蝣

蜉蝣之羽①,衣裳楚楚②。
心之忧矣,于我归处?
蜉蝣之翼,采采衣服③。
心之忧矣,于我归息?
蜉蝣掘阅④,麻衣如雪。
心之忧矣,于我归说⑤?

【注释】

①蜉蝣:一种寿命极短的昆虫。②楚楚:干净整齐的样子。③采采:光洁鲜艳的样子。④掘阅:光洁的样子。⑤说:同"税",舍息,居住。

【赏析】

这首诗中,敏感的诗人借助一只蜉蝣写出了脆弱的生命在死亡前的短暂美丽和面临死亡的困惑。蜉蝣是一种生命周期很短的昆虫,它的幼虫在水中孵化以后,大概要在水中待3年才能达到成熟期,然后爬到水面的草枝上,把壳蜕掉成为蜉蝣,之后还要经过两次蜕皮才能展翅飞舞。之后,要在几个小时内交配、产卵,而后就要死去。

《淮南子》中记载说:"蚕食而不饮,二十二日而化;蝉饮而不食、三十二日而蜕;蜉蝣不食不饮,三日而死。"明朝李时珍在自己的药学巨著《本草纲目》中更是一语抓住蜉蝣的生态特征:"蜉,水虫也……朝生暮死。"朝生暮死,这是蜉蝣的命运,然而放大来看,也是天地苍生的共同命运——人生何其短暂。

蜉蝣的羽啊,明艳如穿着鲜明的衣衫。我的心充满了忧伤,不知哪里是我的归处?蜉蝣的翼啊,明艳如穿着鲜明的衣衫。我的心充满忧伤,不知哪里是我的归息?蜉蝣多光彩啊,仿佛穿着如雪的麻衣。我的心里充满了忧伤,不知哪里是我的归结?

这是一首对生命敬畏并且充满了忧伤的歌曲，作者想要淡然地面对生命这个严肃的话题，却又战战兢兢，无法克制内心对于时光飞逝的惊恐。

苏东坡在《前赤壁赋》也发过类似的感叹："寄蜉蝣于天地，渺沧海之一粟，哀吾生之须臾，羡长江之无穷。"古战场赤壁在，滚滚东流的长江也在，而那些曾经叱咤风云的英雄消失无踪。时间是如此无情，不会对任何一个人、一件事情客气，英雄人物以为自己改变的事情对时间来说，不过是一颗细小的尘埃罢了。

《曹风·蜉蝣》是千年前的古人唱出的对生命荒凉的惆怅。作者知道蜉蝣不久就会死去，可是蜉蝣似乎不知自己就要死去，还是穿着鲜艳好看的衣服，美丽无比，俏丽动人。身姿轻盈，宛如古代的宫女，尾部的两三根细长的尾丝，也如古代美女长裙下摇曳的飘带。作者不禁发出长叹：蜉蝣在有限的生命里还是在尽情展现自己，而我们人类有着漫长的生命，却不知道要走向何方。

七 月

七月流火①，九月授衣②。一之日觱发③，二之日栗烈④。无衣无褐⑤，何以卒岁？三之日于耜⑥，四之日举趾⑦。同我妇子，馌彼南亩⑧。田畯至喜⑨。

七月流火，九月授衣。春日载阳，有鸣仓庚⑩。女执懿筐⑪，遵彼微行，爰求柔桑。春日迟迟，采蘩祁祁⑫。女心伤悲，殆及公子同归⑬。

七月流火，八月萑苇⑭。蚕月条桑⑮，取彼斧斨⑯，以伐远扬⑰，猗彼女桑⑱。七月鸣鵙⑲，八月载绩。载玄载黄，我朱孔阳⑳，为公子裳。

四月秀葽㉑，五月鸣蜩㉒。八月其获，十月陨萚㉓。一之日于貉，取彼狐狸，为公子裘。二之日其同，载缵武功㉔。言私其豵㉕，献豜于公㉖。

五月斯螽动股㉗，六月莎鸡振羽㉘。七月在野，八月在宇，九月在户，十月蟋蟀，入我床下。穹窒熏鼠㉙，塞向墐户㉚。嗟我妇子，曰为改岁，入此室处。

六月食郁及薁㉛，七月亨葵及菽。八月剥枣，十月获稻。为此春酒，以介眉寿㉜。七月食瓜，八月断壶㉝，九月叔苴㉞，采荼薪樗㉟。食我农夫。

九月筑场圃，十月纳禾稼。黍稷重穋㊱，禾麻菽麦。嗟我农夫，我稼既同，上入执宫功。昼尔于茅，宵尔索绹㊲，亟其乘屋，其始播百谷。

二之日凿冰冲冲㊳，三之日纳于凌阴㊴。四之日其蚤，献羔祭韭。九月肃霜，十月涤场。朋酒斯飨㊵，曰杀羔羊，跻彼公堂。称彼兕觥㊶：万寿无疆！

【注释】

①流火：大火星。流，消逝降下的意思。②授衣：缝制冬衣。③一之日：即夏历十一月。

觱（bì）发：寒风发出的声音。④栗烈：凛冽。⑤褐：粗布衣。⑥耜（sì）：古代一种农具。⑦举趾：下地种田。⑧馌（yè）：送饭。⑨田畯（jùn）：监工的农官。⑩仓庚：黄莺。⑪懿筐：深筐。⑫蘩：白蒿。祁祁：妇女众多的样子。⑬归：出嫁。⑭萑（huán）苇：芦苇。⑮条：修剪。⑯斨（qiāng）：方孔的斧。⑰远扬：向上长的桑枝。⑱猗（jī）：攀折。女桑：嫩桑叶。⑲鵙（jú）：伯劳，一种鸟。⑳孔阳：色彩鲜艳。㉑葽（yāo）：一种药用植物。㉒蜩（tiáo）：蝉。㉓蘀（tuò）：落叶。㉔缵：继续。㉕豵（zōng）：一岁的小猪。㉖豣（jiān）：三岁大猪。㉗斯螽（zhōng）：蚱蜢。㉘莎鸡：纺织娘。㉙穹室：堵塞鼠洞。㉚墐：用泥涂抹。㉛薁（yù）：野葡萄。㉜介：求取。眉寿：长寿。㉝壶：葫芦。㉞叔苴（jū）：拾麻籽。㉟荼：苦菜。樗（chū）：苦椿树。㊱重：晚熟作物。穋（lù）：早熟作物。㊲索绹（táo）：搓草绳。㊳冲冲：凿冰声。㊴凌阴：凿冰的地窖。㊵朋酒：两壶酒。饗（xiǎng）：用酒食招待客人。㊶兕觥（sì gōng）：古时的一种酒器。

【赏析】

《七月》是源于豳地的民间歌谣。豳地在现在陕西省旬邑县、彬县一带，当时是个农业部落。七月火星向西落，妇女在九月的时候就缝制冬衣，因为十一二月的时候就会寒风彻骨，没有足够御寒的衣服，怎么能够抵御这寒冷的冬日呢？冬天一过，便要开始修理锄具，准备二月下地耕种。

《七月》叙述人们的艰辛努力，生活随着时令和季节的变换律动而改变。劳作不是因为敬畏神的力量，也不是为了祭祀神灵，而是为了获得生活的保障。他们一年四季的劳动生活，涉及当时生活的各个方面。

《七月》是一幅男耕女织时代的风俗画。三月里女孩子带着漂亮的篮子，采桑叶养蚕，六月采摘野葡萄，七月榨豆浆，八月打枣、收稻谷，九月打谷，重新做了菜园子，十月酿酒，十一月、十二月农活结束了，男人开始去打猎。夜晚归来还不休息，趁着农闲收拾好屋子，以抵御夜晚的风霜，还要准备过年，来年开春又要忙着种地了。

在诗中有很多细节描写，比如，蟋蟀爬进屋中，在灯下跳来跳去，提醒着北风的寒凉。人们赶紧锁上窗户，把门洞都堵塞上，屋中就暖和起来。

在平和的诗句下，诗人又向人们展现出另一幅古代农人生活画面。农夫辛辛苦苦地白日忙完庄稼，夜晚又要搓麻绳，在一年的最后时刻忙祭祀的种种活动，献上先前冷冻在冰窖里的韭菜和羊羔，分发美酒给宾客，与众人一起举杯为主人祝福，高呼万寿无疆。在这里，我们可以看到农民与贵族统治者生活的鲜明对比。农夫终年从事繁重的农事和劳役，在生活上却得不到相应的待遇。相反，贵族却则完全过着另一种生活：住的是防风耐寒的房屋，穿的是上等鲜亮的好衣裳，吃的是酒肉，没事还祭祀宴请，祈求多福多贵多长寿。

相似的内容在诗经中其他篇章中也有体现，如《魏风·伐檀》《魏风·硕鼠》。这两首体现了一种反抗精神，但在这首《七月》中我们几乎看不到同样的情感。

第二篇 汉赋奇葩，独秀芳华

文学和历史，形神交错，在经历了大汉初期的千锤百炼和百废待兴之后，更是难以剥离。在历史不断前进的脚步之中，那一篇篇大赋绝响再次唱起。没有诸子百家争鸣的胜景，不过却有《楚辞》遗风之美感；没有风雅《诗经》朴实的吟咏，却有着繁盛兴荣的一曲高音唱起。这些文字，在那段寒烟慕华的岁月中，充当了唯一的记录者。

刺世疾邪赋 / 赵 壹

伊五帝之不同礼①，三王亦又不同乐②。数极自然变化③，非是故相反驳。德政不能救世溷乱④，赏罚岂足惩时清浊？春秋时祸败之始，战国愈复增其荼毒。秦汉无以相踰越，乃更加其怨酷。宁计生民之命？为利己而自足。

于兹迄今，情伪万方⑤。佞谄日炽⑥，刚克消亡⑦。舐痔结驷⑧，正色徒行⑨。妪䐗名势⑩，抚拍豪强。偃蹇反俗⑪，立致咎殃。捷慑逐物⑫，日富月昌。浑然同惑，孰温孰凉⑬？邪夫显进，直士幽藏。

原斯瘼之所兴⑭，实执政之匪贤。女谒掩其视听兮⑮，近习秉其威权。所好则钻皮出其毛羽，所恶则洗垢求其瘢痕。虽欲竭诚而尽忠，路绝险而靡缘。九重既不可启⑯，又群吠之狺狺⑰。安危亡于旦夕，肆嗜欲于目前⑱。奚异涉海之失柁⑲，积薪而待然⑳？荣纳由于闪榆㉑，孰知辨其蚩妍㉒？故法禁屈挠于势族㉓，恩泽不逮于单门㉔。宁饥寒于尧舜之荒岁兮，不饱暖于当今之丰年。乘理虽死而非亡㉕，违义虽生而匪存㉖。

有秦客者，乃为诗曰：河清不可俟，人命不可延。顺风激靡草㉗，富贵者称贤。文籍虽满腹㉘，不如一囊钱㉙。伊优北堂上㉚，抗脏依门边㉛。

鲁生闻此辞，紧而作歌曰：势家多所宜㉜，咳唾自成珠；被褐怀金玉㉝，兰蕙化为刍㉞。贤者虽独悟，所困在群愚。且各守尔分，勿复空驰驱㉟。哀哉复哀哉，此是命矣夫！

【注释】

①伊：发语词。②三王：夏商周三代开国君主。③数：变化的程度。极：到了极点。④溷乱：混乱。⑤情：事情。情伪，假事情。万方：万端。⑥佞谄（nìng chǎn）：也作"谄佞"，这里指

谄佞之人，即靠虚情假言拍马奉承的人。⑦刚：直。克：能。刚克，刚直能干的人。⑧舐（shì）痔：舔痔疮。《庄子·列御寇》记载有人给秦王舔痔疮，结果得了好多车子。结驷：乘着四匹马拉的车子结队而行。⑨徒行：徒步走路。⑩妪偻（yù qǔ）：弯腰曲背。⑪偃蹇：高傲。⑫捷：快。慴：惊。"捷慴逐物"意思是急急忙忙、惊惊恐恐地追求物质利益。⑬"浑然"两句：意思是大家都在惑乱的追求当中，谁发烧谁清醒搞不清。⑭瘼（mò）：病。⑮女谒（yè）：皇宫里的女官。⑯九重：多重门，指达官贵人之门。⑰狺狺（yín）：狗叫声。⑱肆：放纵。⑲柂：同"舵"。⑳然：同"燃"。㉑荣纳：光荣地被接纳。闪榆：《后汉书·赵壹传》注："倾佞之貌也。"㉒嫫：同"嫫"，丑女。妍：美女。㉓法禁：法律和规章制度。㉔单门：与重门相对，指寒士之门。㉕乘理：乘载载道理之上。㉖违义：违背道义。㉗靡草：萎靡之草。乘着顺风萎靡之草也能被激活。㉘文籍：文章学问。㉙一囊钱：一袋钱。㉚伊优：屈曲佞媚之貌。㉛抗脏：高亢婞直之貌也。也作"肮脏"。㉜势家：有权有势之家。宜：便利。㉝被：同"披"。褐：粗布衣。㉞刍：喂牲口的草。㉟驰驱：奔走努力。

【赏析】

　　东汉灵帝时，大兴党人之狱，政局极其混浊。赵壹生性耿直，目睹世风日下，感愤颇深，遂作此赋。据史书记载，汉灵帝光和元年（178年），汉王朝一息尚存。汉朝廷召集了各郡的官吏到京城的所在地洛阳汇报他们一年的工作情况，无非也就是一些户口、垦田等琐碎事情。大多数官员匆匆赶往京城，当时正在汉阳郡上任的赵壹也来到了洛阳。司徒袁逢主持接见，见到袁逢，大家纷纷跪拜，唯独赵壹只站不跪，对袁逢作揖了事。大家都认为赵壹太孤傲。但赵壹却说，当日郦食其见汉王刘邦时也不过是作了一个长揖，如今他对司徒作揖，没有什么不妥当的地方。袁逢一听，便知道赵壹绝对不是一个泛泛之辈，所以，他当时就请赵壹上坐，坐到贵客的席位上，还对大家介绍赵壹，认为赵壹是忠臣良子，朝廷现任官员中没有一个人可以比得上他。因此次袁逢等人为其延誉，赵壹名动京师。

　　之后赵壹又借着出门的机会拜访了河南尹羊陟。羊陟是东林党人中的头面人物，他和赵壹一样都是清廉之人，看不惯豪强的所作所为，敢说敢干，可以说和赵壹惺惺相惜。赵壹的拜访，令羊陟印象深刻。据汉史记载，赵壹在拜访他的时候，所乘坐的车子不但破旧不堪，而且摇摇欲坠，几乎要散架了。要知道在当时的洛阳城里，官员们是十分讲究排场的，不论大官小官，出门所乘坐的车子都十分考究。而赵壹乘坐着这样一辆车子前来，并且十分坦然，让羊陟感到十分震惊。

　　在羊陟看来，赵壹就好像是一块藏在石头里的美玉，还没有被赏识的人发现，二人畅谈许久，十分投机。送走赵壹后，羊陟便和司徒袁逢一起举荐了赵壹，这个行为使得当时名不见经传的赵壹一下子成了轰动京城的名人，"名动京师，士大夫想望其风采"。

　　在返回汉阳的途中，赵壹拜访了弘农太守皇甫规，却因为下人的通报不及时而受了侮辱，当下驾车离开，虽然之后皇甫规几次道歉，并派人去请，赵壹就是不予理睬。

赵壹虽然为人耿直不阿，但是这种刚直使他不容于当时，因此赵壹一生多次历经牢狱之祸，幸得朋友多方面搭救。后来赵壹认识到无法改变世道，于是辞官归家，虽然朝廷几次派人征召，却从此再未出仕，直至老死家中。

这篇赋是赵壹一篇讽喻世事的作品。作者在开篇写道："伊五帝之不同礼，三王亦又不同乐。数极自然变化，非是故相反驳。德政不能救溷乱，赏罚岂足惩时清浊……秦汉无以相踰越，乃更加其怨酷。宁计生民之命？为利己而自足。"

在这里赵壹论述了一个道理，社会发展到一定阶段的时候，就会发生变化。这并不是故意而为之的，就好像是春秋战国，诸侯争霸之时，统治者永远只是为了自己的私利考虑，从不为民生作打算。

接着他说道："于兹迄今，情伪万方。佞谄日炽，刚克消亡。舐痔结驷，正色徒行。妪媮名势……孰温孰凉？邪夫显进，直士幽藏。"这一段正是作者对汉朝世风日下的针砭和忧叹。西汉建立以来，虚伪的感情和不正之风逐渐将原先的质朴民风压抑了下去，"邪夫显进，直士幽藏"。小人开始得利，清白士人却遭到排挤，人情冷暖，世态炎凉。

接下来是作者对于黑暗势力的一一批点，他说"原斯瘼之所兴，实执政之匪贤"。意思是说所有弊端兴起的根由，实在是由于统治者没有才能和德行所致。最后的两段，作者借秦客和鲁生发出感慨。秦客道：黄河的水清不可等待，同样人的生命也无法延长，小人得势后，士人便被排挤。鲁生则认为富贵人的吐沫也是金贵的，贫贱的人就算品德再高尚，也只能顾影自怜，所以还不如安守本分，不要白白浪费力气了，因为这就是命运。

赵壹言辞犀利，极尽讽刺，运用两段对话写出了他内心的无奈，他希望锐利的文章可以唤醒沉睡的灵魂，使得这个曾经的天朝再次焕发出新颜。整篇赋词慷慨激昂，但是最后笔锋一转，认为"被褐怀金玉，兰蕙化为刍。贤者虽独悟，所困在群愚。且各守尔分，勿复空驰驱。哀哉复哀哉，此是命矣夫"！表露出作者对于现实无法改变的无奈之情。

《刺世疾邪赋》是赵壹的名篇。作者借此文讽刺不合理的世事，对社会上邪恶势力给予强烈批判，表达了自己坚决不与邪恶势力妥协以换取个人荣华富贵的志节。文如其人，也正因为这篇《刺世疾邪赋》，赵壹在中国古典文学史上始终占有一席之地，为后人津津乐道。

悲士不遇赋（节选）／司马迁

悲夫！士生之不辰①，愧顾影而独存。恒克己而复礼②，惧志行而无闻。谅才韪而世戾③，将逮死而长勤④。虽有形而不彰，徒有能而不陈。何穷达之易惑⑤，信美恶之难分。时悠悠而荡荡⑥，将遂屈而不伸。使公于公者⑦，彼我同兮；私于私者⑧，自相悲兮。天道微哉⑨，吁嗟阔兮⑩；人理显然，相倾夺兮。好生恶死，才之鄙也⑪；好贵夷贱⑫，哲之乱也。

【注释】

①生之不辰：出生没遇到好时辰。一般以此表示所生之世未逢明主贤君或未逢盛世。②克己：抑制、约束自己的言行。复礼：合于礼的要求。③谅：信。才韪：才质美好。韪（wěi）：善。戾（lì）：违背，引申为不正常。④逮：及，达到。⑤穷：困厄。达：通达，显达。⑥悠悠：形容长久。荡荡：形容广阔无际。⑦公于公者：前一个"公"字是动词，用公心对待；后一个"公"字是名词，指国家或朝廷。⑧私于私者：前一个"私"字，用私心对待；后一个"私"字，指自己或自家。⑨天道：包含自然规律和天意两方面含意。微：精微，微妙。⑩吁嗟（xū jiē）：感叹词。阔：疏阔。⑪才：品质。⑫夷：削平，引申为轻视。

【赏析】

《悲士不遇赋》中，司马迁悲叹自己生于一个无法给予自己机会的时代，顾影自怜的同时，他也在时刻约束自己，生怕有违背礼节的地方令人厌烦。这样的情怀至死都不会放松，这样的世情却只能为他一人所有，时光悠长而无尽，司马迁却无法得到救赎。如赋中所说，他的心意无人能懂，也无人可以诉说，人世间的事情就这样显而易见，互相倾轧、贪生怕死是道德的堕落，嫌贫爱富是智慧的降低。

武帝天汉二年（公元前99年），司马迁46岁。就在这一年，司马迁经历了他从未经历过的沉重打击，不仅是精神上的，还有肉体上的。

这一年，大汉和匈奴进行了一次交战，李广利带兵3万，却劳而无功，几乎全军覆灭，李广利仓皇逃回，却将李广的孙子李陵留在了前线孤军作战。因寡不敌众，李陵被匈奴大军生擒后投降，大汉朝的这次围剿土崩瓦解。汉武帝苦心组织的一场消灭匈奴大戏没能如他所愿地落下帷幕，反而被无情地撕破，这对汉武帝来说是奇耻大辱。当时刘彻就李陵投降的事情征询司马迁的意见，作为一个史官，司马迁有他应有的公道与判断，他告诉刘彻李陵无错，错的只是这一场准备不足的战役。司马迁的坦白直言，令刘彻十分愤怒，将司马迁投入了监牢。一个史官仗义执言，却换来了阶下囚的下场。司马迁一夜之间前途尽毁，而往日交好者竟无人出力营救他。司马迁最终虽然活了下来，但比死还要难堪，在酷吏的折磨下，司马迁被施了宫刑。

武帝征和二年（公元前91年），司马迁穷其一生的心血完成《史记》。然而这部足以光耀后世的史家绝唱，也并不能抚平当年司马迁因为李陵之祸而带来的耻辱。"悲夫！士生之不辰，愧顾影而独存。"这是作者对生不逢时、英雄无用武之地的哀叹，同时也是对那个社会与时代的悲愤之情的抒发。

吊屈原赋 / 贾 谊

谊为长沙王太傅①，既以谪去，意不自得；及渡湘水，为赋以吊屈原。屈原，楚贤臣也。被谗放逐，作《离骚》赋，其终篇曰："已矣哉！国无人兮，莫我知也。"遂自投汨罗而死。谊追伤之，因自喻，其辞曰：

恭承嘉惠兮②，俟罪长沙③；侧闻屈原兮，自沉汨罗。造讬湘流兮④，敬吊先生⑤；遭世罔极兮⑥，乃殒厥身⑦。呜呼哀哉！逢时不祥⑧。鸾凤伏窜兮⑨，鸱枭翱翔⑩。阘茸尊显兮⑪，谗谀得志；贤圣逆曳兮⑫，方正倒植。世谓随、夷为溷兮⑬，谓跖、𫏋为廉⑭；莫邪为钝兮⑮，铅刀为铦⑯。吁嗟默默，生之无故兮；斡弃周鼎⑰，宝康瓠兮⑱。腾驾罢牛⑲，骖蹇驴兮⑳；骥垂两耳，服盐车兮㉑。章甫荐履㉒，渐不可久兮；嗟苦先生，独离此咎兮㉓。

讯曰：已矣！国其莫我知兮，独壹郁其谁语㉔？凤漂漂其高逝兮，固自引而远去。袭九渊之神龙兮㉕，沕深潜以自珍㉖；偭蟂獭以隐处兮㉗，夫岂从虾与蛭螾㉘？所贵圣人之神德兮，远浊世而自藏；使骐骥可得系而羁兮，岂云异夫犬羊？般纷纷其离此尤兮㉙，亦夫子之故也。历九州而相其君兮，何必怀此都也？凤凰翔于千仞兮，览德辉而下之；见细德之险征兮，遥曾击而去之㉚。彼寻常之污渎兮㉛，岂能容夫吞舟之巨鱼？横江湖之鳣鲸兮㉜，固将制于蝼蚁。

【注释】

①长沙王：西汉长沙王吴芮的玄孙吴差。太傅：官名。②恭承：敬受。嘉惠：美好的恩惠。③俟罪：待罪。④造：到。讬：同"托"，寄托。⑤先生：指屈原。⑥罔极：没有准则。⑦殒（yǔn）：死亡。厥：其，这里指屈原。⑧不祥：不幸。⑨伏窜：躲藏。⑩鸱枭：猫头鹰。

一类的鸟，泛指不吉祥的鸟，在这里喻指小人。翱翔：这里比喻得志升迁。⑪阘（tà）：小门。茸：小草。⑫逆曳：指不被重用。⑬随：卞随。夷：伯夷。二人皆为古代贤人的代表。溷（hùn）：混浊。⑭跖：春秋时鲁国人，大盗。蹻（juē）：庄蹻，战国时楚国将领。二人皆泛指"坏人"。⑮莫邪（yé）：古代宝剑。⑯铅刀：软而钝的刀。铦（xiān）：锋利。⑰斡（wò）弃：抛弃。斡，旋转。周鼎：比喻栋梁之材。⑱康瓠（hù）：比喻庸才。⑲罢（pí）：同"疲"，疲惫。⑳蹇：跛脚。㉑服：驾。㉒章甫：古时一种礼帽。荐：垫。㉓离：通"罹"，遭遇。咎：灾难。㉔壹郁：同"抑郁"。㉕袭：效法。㉖汩（mì）：深潜的样子。㉗俛（miǎn）：向。蜦獭（xiāo tǎ）：水獭一类的动物。㉘虾（há）：蛤蟆。蛭：水蛭，蚂蟥类动物。螾：同"蚓"，蚯蚓。㉙般：久。尤：祸患。㉚曾击：高翔。曾，高飞的样子。㉛污渎：污水沟。㉜鳣（zhān）：鲟一类的大鱼。

【赏析】

汉朝是中国历史上第一个巅峰时期，是大一统的封建中央集权统治下的盛世，然而盛世身影之下，其实累积了很多的弊端和问题，贾谊希望大刀阔斧地将这些问题提早解决，却触碰了那些他不该触碰的人和事。汉文帝虽然爱贾谊之才华，但满朝权贵却容不下他，不断向汉文帝进谗言，文帝逐渐疏远了贾谊。后来，贾谊被贬到长沙当太傅，被迫离开长安，当时贾谊仅23岁，正是年轻有为、意气风发的时候。

这篇赋即作于贾谊被贬途中。开篇交代自己"为长沙王太傅"，如今"既以谪去，意不自得"；文字间流露出作者内心的悲愤之情。贾谊只看到了生的苦，却没想过如何避免此种苦难。他奉旨来到长沙，在湘水边上想起了溺水而亡的屈原，因为生不逢时，所以悲壮落难，屈原是高飞的鸿鹄，却被一群燕雀埋没其中，这就是时也，命也。屈原的悲剧竟在百年后的自己身上重演，贾谊的悲愤无言以表。

接下来是吊屈原之辞，对于屈原遭受了世上无穷无尽的谗言，最终投身汨罗的命运，作者无尽悲叹，于是感慨道：现在的时局是鸾凤蛰伏，怪鸟翱翔，小人得志、享受尊贵，圣人却遭受谗言，无法立足，坏人被认为廉洁，莫邪这样的宝剑反而被认为锈钝；抛弃宝鼎，却觉得瓦盆为宝物；将跛足的牛当作骏马，反而让良驹拉车。哀叹屈原不幸的同时，贾谊也为自己哀叹，竟然遭遇了这样的不公正。

贾谊是敏锐的，他可以看到当下人们未能触及的问题，他能看到未来需要解决的弊端，然而对于正直激昂的文人来说，仕途总是格外不好走。仕途上的突然跌落不免让作者心灰意冷。

贾谊年纪轻轻便满腹文采，他从小就博览群书，旷古阅今，少年时期跟随着荀子的徒弟学习百家之术，温读《春秋左氏传》，18岁的时候就以出色的诗词歌赋才能崭露头角，而后被汉文帝赏识，进宫为博士，就此迈入了仕途。然而这些并没有带给贾谊多少快乐,贾谊为人耿直,直言快语,他将自己的一腔抱负宣泄了出来。他或许是一个文采斐然的才子,却不能算是一个合格的官员,他在自认为得到了汉文帝的赏识可以大有作为的时候,却没有看到历史的宿命正在延伸。

在这篇《吊屈原赋》中,贾谊将自己和屈原相比较,或许在他心里,自己有着和屈原一样高的情操,而命运偏偏对他们二人如此不公。

在最后一段中,作者表达了自己的志向。他认为屈原以死明志,但自己并不太认可这种做法,"彼寻常之污渎兮,岂能容夫吞舟之巨鱼?横江湖之鳣鲸兮,固将制于蝼蚁"。凤凰本应当是志存高远的神鸟,怎么能陷入泥潭无法自拔呢?远离浑浊的世界独自登高,老骥伏枥志在千里,怎么可以因一时的困难而放弃生命?只要坚持下去,那江湖中的鲸鱼,怎么能受制于蝼蚁鼠辈?这是贾谊真正的想法。与其毫无意义地死去,喂了鱼虾,不如忍辱活着。作者虽然感到前途渺茫不可预测,但他还是不愿放弃信念。贾谊蛰伏3年之后,再次被调入长安,担任梁怀王太傅。但好景不长,梁怀王在一次骑马中不慎坠马身亡,这再次给贾谊以沉重的打击,他深深自责,一年之后也泪尽而亡,年仅33岁。

刘勰称贾谊的文章:"理既切至,辞亦通畅,可谓识大体矣。"此赋可谓当之。

答客难（节选） / 东方朔

客难东方朔曰①："苏秦张仪，一当万乘之主。而身都卿相之位②，泽及后世。今子大夫修先王之术，慕圣人之义，讽诵诗书百家之言，不可胜记。著于竹帛，唇腐而不可释③，好学乐道之效，明白甚矣。自以为智能海内无双，则可谓博闻辩智矣④。然悉力尽忠，以事圣帝⑤，旷日持久，积数十年，官不过侍郎⑥，位不过持戟。意者尚有遗行邪⑦？同胞之徒⑧，无所容居，其何故也？"

东方先生喟然长息，仰而应之，曰："是故非子之所能备⑨。彼一时也，此一时也，岂可同哉！夫苏秦张仪之时，周室大坏，诸侯不朝，力政争权⑩，相擒以兵⑪，并为十二国⑫，未有雌雄。得士者强，失士者亡，故说得行焉。身处尊位，珍宝充内，外有仓廪，泽及后世，子孙长享。今则不然。圣帝德流⑬，天下震慑，诸侯宾服，连四海之外以为带⑭，安于覆盂⑮。天下平均，合为一家，动发举事，犹运之掌⑯。贤与不肖，何以异哉？遵天之道，顺地之理，物无不得其所。故绥之则安⑰，动之则苦；尊之则为将，卑之则为虏；抗之则在青云之上⑱，抑之则在深渊之下；用之则为虎，不用则为鼠。虽欲尽节效情，安知前后？夫天地之大，士民之众，竭精驰说，并进辐辏者⑲，不可胜数。悉力慕之，困于衣食，或失门户。使苏秦张仪与仆并生于今之世，曾不得掌故⑳，安敢望侍郎乎！传曰：'天下无害，虽有圣人，无所施才；上下和同，虽有贤者，无所立功。'故曰：'时异事异。'

"虽然，安可以不务修身乎哉！诗曰：'鼓钟于宫，声闻于外㉑。鹤鸣于九皋，声闻于天㉒'苟能修身，何患不荣！太公体行仁义㉓，七十有二，乃设用于文武㉔，得信厥说㉕，封于齐，七百岁而不绝。此士所以日夜孳孳㉖，修学敏行㉗，而不敢怠也。譬若鹡鸰㉘，飞且鸣矣。

"今世之处士㉙，时虽不用，块然无徒㉚，廓然独居㉛，上观许由㉜，下察接舆㉝，计同范蠡，忠合子胥，天下和平，与义相扶㉞，寡耦少徒㉟，固其宜也。子何疑于予哉？若夫燕之用乐毅㊱，秦之任李斯，郦食其之下齐㊲，说行如流，曲从如环，所欲必得，功若丘山，海内定，国家安，是遇其时者也。子又何怪之邪？

"语曰：以管窥天，以蠡测海㊳，以莛撞钟㊴，岂能通其条贯㊵，考其文理㊶，发其音声哉？犹是观之，譬犹鼱鼩之袭狗㊷，孤豚之咋虎㊸，至则靡耳㊹，何功之有？今以下愚而非处士，虽欲勿困，固不得已。此适足以明其不知权变，而终惑于大道也。"

【注释】

①难（nàn）：诘问。②都：居。③唇腐而不可释：比喻读书讽诵极为勤苦。释，舍弃，抛弃。④辩智：明智。辩：通"辨"。⑤圣帝：指汉武帝。⑥侍郎：官名，西汉属光禄勋。负责持戟守卫官殿门户，皇帝出行则充车骑。⑦遗行：失检的行为，有亏的德行。⑧同胞之徒：即兄弟。⑨备：充任。⑩力政：同"力征"。⑪擒：捉拿、制服，此处指争战。⑫十二国：战国时，除齐、楚、燕、赵、韩、魏、秦七雄外，尚有鲁、卫、宋、郑、中山五国。⑬德流：恩德流布。⑭带：指犹如带状相连。⑮安于覆盂：如倒扣的盆碗那样稳固。⑯犹运之掌：《史记》《文选》作"动发举事，犹运之掌"。⑰铰：谓安分守己，不出头。⑱抗：起用，树立。⑲辐辏（còu）：车轮上每根辐条凑集到中心的车毂上面。比喻从四面八方集中一处。⑳掌故：官名。汉文学官之一种，比文学掌故略高。㉑"鼓钟于宫"两句：见《诗经·小雅·白华》。比喻只要有所作为，人们便能知道。㉒"鹤鸣于九皋"两句：见《诗经·小雅·鹤鸣》。比喻身卑者其言论高远。㉓太公：指齐太公吕尚。㉔设用：使用，被使用。㉕信（shēn）：通"伸"，伸张。厥说：他的理论。㉖孳孳：同"孜孜"，勤勉，努力不懈。㉗敏行：指勉力修身。㉘鹡鸰（jí líng）：一种鸟，身体较小，黑色，捕食昆虫和小鱼。㉙处士：有才德而隐居不愿做官的人。㉚块然：独立不群。㉛廓然：空寂的样子，孤独的样子。㉜许由：相传为尧时代的高士，尧要把君位让给他，他逃至箕山下农耕而食；尧又请他做九州长官，他到颍水边洗耳，表示名禄之言污耳。㉝接舆：春秋楚国隐士，佯狂不仕。亦以代指隐士。㉞与义相扶：即修身自持。㉟寡耦少徒：耦，通"偶"，指朋辈。徒，同伴。"寡偶少徒"即谓没有情趣相投、志同道合的人。㊱乐毅：战国后期杰出的军事家，辅佐燕昭王振兴燕国。㊲郦食其：初为里监门吏，后为刘邦谋臣，献计克陈留，封广野君。劝齐王田广归降刘邦时，由于韩信乘机前来攻打，被齐王烹杀。㊳蠡（lí）：瓠瓢。㊴莛（tíng）：草茎。㊵条贯：条理，系统。㊶文理：条理。㊷鼱鼩（jīng qú）：食虫类动物，形似小鼠，体小尾短。袭：袭击。㊸豚：猪，小猪。咋（zé）：啃咬。㊹靡：毁灭，消灭。

【赏析】

东方朔是武帝时期的一位机智博学之士。《汉书》中写道："然时观察颜色,直言进谏。"东方朔试图通过一条特别的路来快速接近这个帝国的权力中心,但他更多的时候还是充当着陪伴在汉武帝身边讨巧调笑的人物。甚至于不少人批评东方朔哗众取宠,不过是扮演了一个小丑的角色。

其实在其讨巧的表面之下,东方朔同样有着一腔抱负,只是没有施展的平台罢了,这是东方朔的悲哀。据史书载,东方朔向武帝上书,"陈农战强国之计",结果遭到冷遇,于是他写下了《答客难》,希望通过文字来表达怀才不遇的不平,以及内心无可奈何的悲怆。

《答客难》采用主客问答的形式,开头假托有客话诘问东方朔,讥其官微位卑而务修圣人之道不止,然后便是东方朔的一番答对。他说现在与战国时士人所处环境不同,遭遇自然迥异;但是士人修身乃是其本分,不能因时而异。然而生在现在这样一个时代,现状却是即便有才能也无从施展,"贤"与"不肖"也没有什么区别,"用之则为虎,不用则为鼠",是对统治者不善用人才的讽谏,也是作者自感怀才不遇情绪的宣泄。

作者说道:"今世之处士,时虽不用,块然无徒……今以下愚而非处士,虽欲勿困,固不得已,此适足以明其不知权变,而终惑于大道也。"意思就是说,从古至今,多少贤人受到礼遇,上观许由,下视接舆,有像范蠡这样足智多谋的人,还有类似于子胥这样忠诚的臣子。天下太平的时候,与道义相符合是理所应当的事情,帝王为什么对自己还有怀疑呢?至于燕国启用乐毅为将军,嬴政任用李斯为丞相,郦食其说降齐王,都是因为需求才会有所得的。建功立业,四海升平,这是他们所遇到的好形势。君王为何要感到奇怪呢?如果以管窥天,以瓢量海,以草撞钟,考察通常的规律,又怎么能知道发音的原理呢?就好像是老鼠袭击狗,猪咬老虎一般,注定是要失败的。在当朝,贤人只能忍受着君王的冷眼旁观,不但得不到机会,还要忍受非难,因为他们不懂通权达变,所以他们真的是无法明白用人不疑的道理啊。

在这一段中,作者将内心苦闷一尽抒发,畅快淋漓。他认为自己是个人才,却得不到认可,长期的压抑令他心生郁结,郁郁寡欢。他渴望有朝一日能遇到明君,看到他身上治理国家的长处,而不仅仅是把他当作一个逗笑的小丑。

此赋语言明朗,颇具诙谐感,议论酣畅。刘勰《文心雕龙·杂文》称其"托古慰志,疏而有辨"。班固的《答宾戏》、扬雄的《解嘲》、张衡的《应间》等,都被认为受其影响。

长门赋 / 司马相如

　　孝武皇帝陈皇后时得幸①，颇妒。别在长门宫②，愁闷悲思。闻蜀郡成都司马相如天下工为文③，奉黄金百斤为相如、文君取酒④，因于解悲愁之辞⑤。而相如为文以悟上⑥，陈皇后复得亲幸⑦。

　　夫何一佳人兮⑧，步逍遥以自虞⑨。魂逾佚而不反兮⑩，形枯槁而独居。言我朝往而暮来兮，饮食乐而忘人⑪。心慊移而不省故兮⑫，交得意而相亲⑬。

　　伊予志之慢愚兮⑭，怀贞悫之懽心⑮。愿赐问而自进兮⑯，得尚君之玉音⑰。奉虚言而望诚兮⑱，期城南之离宫⑲。修薄具而自设兮⑳，君曾不肯乎幸临㉑。廓独潜而专精兮㉒，天漂漂而疾风㉓。登兰台而遥望兮㉔，神怳怳而外淫㉕。浮云郁而四塞兮㉖，天窈窈而昼阴㉗。雷殷殷而响起兮㉘，声象君之车音。飘风回而起闺兮㉙，举帷幄之襜襜㉚。桂树交而相纷兮㉛，芳酷烈之訚訚㉜。孔雀集而相存兮㉝，玄猨啸而长吟㉞。翡翠胁翼而来萃兮㉟，鸾凤翔而北南㊱。心凭噫而不舒兮㊲，邪气壮而攻中㊳。

　　下兰台而周览兮，步从容于深宫㊴。正殿块以造天兮㊵，郁并起而穹崇㊶。间徙倚于东厢兮，观夫靡靡而无穷㊷。挤玉户以撼金铺兮，声噌吰而似钟音㊸。刻木兰以为榱兮㊹，饰文杏以为梁㊺。罗丰茸之游树兮，离楼梧而相撑㊻。施瑰木之欂栌兮，委参差以椠梁㊼。时仿佛以物类兮，象积石之将将㊽。五色炫以相曜兮㊾，烂耀耀而成光㊿。致错石之瓴甓兮，象瑇瑁之文章㊗。张罗绮之幔帷兮㊙，垂楚组之连纲㊓。抚柱楣以从容兮㊔，览曲台之央央㊕。白鹤嗷以哀号兮㊖，孤雌跱于枯肠㊗。日黄昏而望绝兮㊘，怅独托于空堂㊙。悬明月以自照兮，徂清夜于洞房㊛。援雅琴以变调兮，奏愁思之不可长㊜。案流徵以却转兮，声幼眇而复扬(62)。贯历览其中操兮，意慷慨而自昂(63)。左右悲而垂泪兮，涕流离而从横(64)。舒息悒而增欷兮(65)，蹝履起而彷徨(66)。揄长袂以自翳兮(67)，数昔日之諐殃(68)。无面目之可显兮，遂颓思而就床(69)。抟芬若以为枕兮(70)，席荃兰而茝香(71)。

忽寝寐而梦想兮，魄若君之在旁(72)。惕寤觉而无见兮(73)，魂迋迋若有亡(74)。众鸡鸣而愁予兮(75)，起视月之精光(76)。观众星之行列兮，毕昴出于东方(77)。望中庭之蔼蔼兮，若季秋之降霜(78)。夜曼曼其若岁兮(79)，怀郁郁其不可再更(80)。澹偃蹇而待曙兮(81)，荒亭亭而复明(82)。妾人窃自悲兮(83)，究年岁而不敢忘(84)。

【注释】

①孝武皇帝：指汉武帝刘彻。陈皇后：名阿娇，是汉武帝姑母之女。武帝为太子时娶为妃，继位后立为皇后。得幸：受到宠爱。②长门宫：汉代长安别宫之一。③工为文：擅长写文章。工，善于，擅长。④文君：即卓文君。取酒：买酒。⑤于：为。此句是说让相如作解悲愁的辞赋。⑥为文：指作了这篇《长门赋》。⑦复：又、重新。⑧“夫何”句：这是怎样的一个佳人啊。夫，犹“是”。何，疑问之辞。⑨逍遥：缓步行走的样子。虞：度，思量。⑩逾佚：外扬，失散。佚，散失。反：同“返”。⑪“言我”两句：谓武帝曾说朝往而暮来，现在却恣乐于饮食而把人给忘记了。我，指汉武帝。人，指陈皇后。⑫慊（qiàn）移：决绝变化。省（xǐng）故：念旧。此句指武帝的心已决绝别移，忘记了故人。⑬得意：指称心如意之人。相亲：相爱。⑭伊：发语词。予：指陈皇后。慢愚：迟钝。⑮怀：抱。贞悫（què）：忠诚笃厚。懽：同“欢”。此句指自以为欢爱靠得住。⑯赐问：指蒙武帝的垂问。自进：前去觐见。⑰“得尚”句：谓侍奉于武帝左右，聆听其声音。尚，奉。⑱奉虚言：指得到一句虚假的承诺。望诚：当作是真实。⑲“期城南”句：在城南离宫中盼望着他。期，盼望。离宫，正宫之外供帝王出巡时居住的宫室。此指长门宫。⑳修：置办，整治。薄具：指菲薄的肴馔饮食。㉑曾：乃，却。幸临：光降。㉒廓：空寂，孤独。此指忧伤的样子。独潜：独自深居。专精：用心专一。此指一心思念。㉓漂漂：同“飘飘”。㉔兰台：华美的台榭。一说台名。㉕怳怳：同“恍恍”，心神不定的样子。外淫：指神不守舍。淫，游。㉖郁：郁结。四塞（sè）：遍布。㉗窈窈：幽暗的样子。㉘殷（yǐn）：形容雷的声音。㉙飘风：旋风。起闺：指吹开内室之门。闺，宫中小门。㉚帷幄：帷帐。襜（chān）襜：摇动的样子。㉛交：交错。相纷：杂乱交错。㉜芳：指香气。訚（yín）訚：形容香气浓烈。㉝相存：相互慰问。㉞玄猨：黑猿。猨，同“猿”。㉟翡翠：鸟名。胁翼：收敛翅膀。萃：集。㊱鸾凤：指鸾鸟和凤凰。翔而北南：南北飞翔。此指自由飞来飞去。㊲凭噫：愤懑抑郁。㊳攻中：攻心。㊴“下兰台”两句：谓走下兰台，在深宫中周游观览。极写百无聊赖。㊵块：屹立的样子。造天：达到天

上。造，达。㊶郁：形容宫殿雄伟、壮大。穹崇：高大的样子。㊷“间徙倚”两句：谓有时在东厢各处徘徊游观，观览华丽美好的景物。间，有时。徙倚，徘徊。靡靡，华丽。㊸“挤玉户”两句：推开殿门摇动金属作的门环，发出很大的像撞钟一样的声音。挤，排挤，推开。撼，摇动。金铺，金属作的门环。噌吰（zēng hóng），钟声。㊹木兰：树名，似桂树。榱（cuī）：屋椽。㊺文杏：即银杏树。以上两句形容建筑材料的华美。㊻“罗丰茸”两句：梁上的柱子交错支撑。罗，集。丰茸，繁多的样子。游树，浮柱，指屋梁上的短柱。离楼，众木交加的样子。梧，屋梁上的斜柱。㊼“施瑰木”两句：谓用瑰奇之木做成斗拱以承屋栋，房间非常空阔。瑰木，瑰奇之木。欂栌（bó lú），指斗拱。斗拱是我国木结构建筑中柱与梁之间的支承构件，主要由拱（弓形肘木）和斗（拱与拱之间的斗形垫木）纵横交错，层层相叠而成，可使屋檐逐层外延。委，堆积。参差，指斗、拱纵横交错、层层相叠的样子。槺梁，屋室空阔的样子。㊽“时仿佛”一句：时，时时的意思。仿佛，相似，近似。物类，以物比物。积石，指积石山。将（qiāng）将，高峻的样子。㊾炫：明亮。曜：照耀。㊿耀耀：明亮的样子。(51)“致错石”两句：用彩石铺成的地面，像玳瑁的花纹一样华丽。致，细密。错石，积众石而成彩。瓴甓（líng pì），铺地的砖。瑇瑁，即玳瑁。海龟类动物，背部有褐色和淡黄色相间的花纹。文章，花纹、色彩。(52)罗绮：皆指用丝织成的布。幔：帐幕。帷：帐子。(53)楚组：指楚地产的丝带。组，组绶，本用以系玉，以楚产最有名。连纲：指连接幔帷的绳带。纲，网上的总绳。(54)抚：按，摸。柱楣：柱子和门楣。楣，门上横梁。从容：舒缓。此处指神态消极。(55)曲台：宫殿名。旧注说在未央宫东面。央央：广大的样子。(56)噭（jiào）：鸟哀鸣声。(57)孤雌：失偶的雌鸟。跱：同“峙”，停留。(58)望绝：指久候而不至。(59)怅：惆怅，悲伤。托：指托身。(60)“悬明月”两句：谓明月高挂，孤独地照着自己，在洞房中消磨如此良夜。徂（cú），往，消逝。洞房，深邃的内室。(61)“援雅琴”两句：指操起琴来弹奏却改变了原来的常调，虽可抒发心中愁思但不能维持长久。援，引，操起。(62)“案流徵”两句：弹奏中转成徵声，声音由轻细而变成激扬。案，同“按”，此指弹奏。徵，古代五音中的第四音，声音激越。幼妙，同“要妙”，指声音轻细。(63)“贯历览”两句：将上述琴曲连贯起来看胸中情操，显示出意志慷慨不平。贯，连贯，贯通。自昂：自我激励。(64)涕：眼泪。流离：流泪的样子。从横：同“纵横”，此指泪流之多。(65)舒：展，吐。息悒：叹息忧闷。欷：抽泣声。(66)蹝（xǐ）履：趿着鞋子。彷徨：徘徊的意思。(67)揄（yú）：扬起。袂：衣袖。自翳：自遮其面。翳，遮蔽。(68)数：计算，回想。諐（qiān）殃：过失和罪过。諐，同“愆”。(69)“无面目”两句：自己无面目见人，只好满怀心事上床休息。颓思，愁思，伤感。(70)抟：揉。芬若：香草名。(71)荃、兰、茝：皆为香草名。此句说以荃、兰、茝等香草为席。旧注说以香草比喻修洁自己行为。(72)魄：魂魄。此指梦境。若君之在旁：谓像在君之旁。(73)惕寤：指突然惊醒。惕，急速，突然。寤，醒。(74)迋（guàng）迋：恐惧的样子。若有亡：若有所失。(75)愁予：即予愁。(76)月之精光：即月光。(77)毕昴：二星宿名，五六月间出于东方。(78)“望中庭”两句：望着中庭微暗的月光，虽然是盛夏，感受如同深秋一样。蔼蔼，月光微暗的样子。季秋，深秋。(79)曼曼：同“漫漫”，言其漫长。⑧郁郁：此指心中的愁苦。不可再更：指不能重有欢乐之时。㉗澹：荡动。偃蹇：伫立的样子。此句指心绪不宁，坐立不安等待天明。㉘荒：昏暗。亭亭：久远的样子。㉝妾人：自称之辞。㉞"穷年岁"句：穷年累月终不敢忘君。穷，终。

【赏析】

这篇有名的《长门赋》，是司马相如为汉武帝刘彻的陈皇后所作。

诗人开头写道："夫何一佳人兮，步逍遥以自虞。魂逾佚而不反兮，形枯槁而独居。言我朝往而暮来兮，饮食乐而忘人。心慊移而不省故兮，交得意而相亲。"佳人轻移玉步，香魂飘散而无法相聚，因为独自居住而身形俱损，圣上答应会前去探望，却因为新人笑，而忘记了旧人哭，从此绝迹不再相见，与别的美人相亲相爱时，早已忘记了旧人的苦楚。

在这里诗人寥寥数语，便切中要害，直入主题，阿娇往昔泼辣蛮横的形象荡然销毁，而只是以一个娇俏可人的小女子形象出现，楚楚动人、引人怜爱。

接着下文写："忽寝寐而梦想兮，魄若君之在旁。惕寤觉而无见兮，魂迁迁若有亡。众鸡鸣而愁予兮，起视月之精光。观众星之行列兮，毕昴出于东方。望中庭之蔼蔼兮，若季秋之降霜。夜曼曼其若岁兮，怀郁郁其不可再更。澹偃蹇而待曙兮，荒亭亭而复明。妾人窃自悲兮，究年岁而不敢忘。"这段以陈皇后口吻写，自己夜深时忽然觉得君王又躺在身边，惊醒后发觉原来是美梦一场，顿时魂魄失散，犹如死亡降临一般痛苦。鸡鸣虽然已经响起，但还是午夜时分，不得寐后，只能挣扎坐起，一直到天亮。看着天边的星光，犹如秋之霜降一般清冷，庭院深深深几许，却都是盛不下这许多的感伤。究竟是故人已然被遗忘于这深宫永巷之中，还是帝王太过繁忙不得来看？

这篇汉地散体大赋、辞藻华丽，时而气采宏流，时而细腻精巧，读者为之动容。作品将离宫内外的景物与人物的情感结合在一起，情景交融，为赋中别创。词文虽长，但无一不是在表述阿娇寂寞之中深感罪孽，夜半醒来，仿佛感觉到帝王就陪伴身边，哪料只是一场梦幻而已，情真意切，感人至深。失宠皇后的凄楚心境历历眼前。汉武帝不是无情之人，看到这里怎能不念及当日旧情？

南宋词人辛弃疾写过一首《摸鱼儿》："更能消几番风雨，匆匆春又归去。惜春长怕花开早，何况落红无数。春且住！见说道、天涯芳草无归路。怨春不语，算只有殷勤，画檐蛛网，尽日惹飞絮。长门事，准拟佳期又误。娥眉曾有人妒。千金纵买相如赋，脉脉此情谁诉？君莫舞，君不见，玉环飞燕皆尘土！闲愁最苦。休去倚危栏，斜阳正在，烟柳断肠处。"其中的长门事就是指汉武帝与陈皇后阿娇的这段故事。只是，司马相如的文笔再好，也只挽得君王一时的悔意和恩情，但这并不曾影响这篇著名的汉赋在文学史的光辉。

　　这篇《长门赋》，最早见于南朝梁萧统《昭明文选》。序言中说是西汉司马相如作于汉武帝时。由于序言里提及了武帝的谥号，而这是当时的司马相如不可能知道的，而且正史中并无武帝复幸陈皇后之事，所以顾炎武《日知录》认为其是"假设之辞"。何焯《义门读书记》也说："此文乃后人所拟，非相如作。其此细丽，盖平子之流也。"但是因为此文写得甚是动人，是历代文学称赞的成功之作。也正好切合了才子情种司马相如的性情与传闻，所以后世一般还是将其归到司马相如名下。

子虚赋 / 司马相如

楚使子虚使于齐,齐王悉发车骑与使者出田。田罢①,子虚过诧乌有先生②,亡是公存焉。坐定,乌有先生问曰:"今日田,乐乎?"子虚曰:"乐。""获多乎?"曰:"少。""然则何乐?"对曰:"仆乐王之欲夸仆以车骑之众,而仆对云梦之事也。"曰:"可得闻乎?"子虚曰:"可。王驾车千乘,选徒万骑,田于海滨。列卒满泽,罘罔弥山③。掩兔辚鹿④,射麋脚麟⑤。骛于盐浦⑥,割鲜染轮⑦。射中获多,矜而自功。顾谓仆曰:'楚亦有平原广泽,游猎之地,饶乐若此者乎?楚王之猎,孰与寡人?'仆下车对曰:'臣,楚国之鄙人也。幸得宿卫,十有余年,时从出游,游于后园,览于有无,然犹未能遍睹也,又乌足以言其外泽乎?'齐王曰:'虽然,略以子之所闻见而言之。'

"仆对曰:唯唯⑧。臣闻楚有七泽,尝见其一,未睹其余也。臣之所见,盖特其小小者耳,名曰云梦。云梦者,方九百里,其中有山焉。其山则盘纡茀郁⑨,隆崇嵂崒⑩,岑崟参差⑪,日月蔽亏。交错纠纷,上干青云。罢池陂陁⑫,下属江河⑬。其土则丹青赭垩⑭,雌黄白坿⑮,锡碧金银。众色炫耀,照烂龙鳞。其石则赤玉玫瑰,琳珉昆吾⑯,瑊玏玄厉⑰,礝石武夫⑱。其东则有蕙圃:衡兰芷若⑲,穹穷菖蒲⑳,江离麋芜㉑,诸柘巴且㉒。其南则有平原广泽:登降陁靡㉓,案衍坛曼,缘以大江,限以巫山;其高燥则生葳析苞荔㉔,薛莎青薠㉕;其埤湿则生藏莨蒹葭㉖,东蘠雕胡。莲藕觚卢㉗,奄闾轩于㉘。众物居之,不可胜图。其西则有涌泉清池:激水推移,外发夫容蔆华,内隐钜石白沙;其中则有神龟蛟鼍㉙,毒冒鳖鼋㉚。其北则有阴林巨树,楩柟豫章㉛,桂椒木兰,檗离朱杨㉜,楂梨梬栗㉝,橘柚芬芬;其上则有鹓雏孔鸾㉞,腾远射干㉟;其下则有白虎玄豹,蟃蜒貙犴㊱。

"'于是乎乃使刬诸之伦㊲，手格此兽。楚王乃驾驯驳之驷，乘雕玉之舆，靡鱼须之桡旃㊳，曳明月之珠旗，建干将之雄戟，左乌号之雕弓，右夏服之劲箭。阳子骖乘，孅阿为御，案节未舒，即陵狡兽；蹴蛩蛩㊴，辚距虚。轶野马㊵，穗騊駼㊶，乘遗风，射游骐。儵眒倩浰，雷动焱至，星流电击，弓不虚发，中心决眦㊷，洞胸达掖，绝乎心系。获若雨兽，揜屮蔽地。于是楚王乃弭节徘徊，翱翔容与，览乎阴林，观壮士之暴怒，与猛兽之恐惧。徼郄受诎㊸，殚睹众物之变态。

"'于是郑女曼姬，被阿锡㊹，揄纻缟㊺，杂纤罗，垂雾縠㊻，襞积褰绉㊼，郁桡溪谷。衯衯裶裶，扬衪戌削，蜚襳垂髾。扶舆猗靡，翕呷萃蔡；下摩兰蕙，上拂羽盖；错翡翠之葳蕤，缪绕玉绥。眇眇忽忽，若神仙之髣髴。

"'于是乃群相与獠于蕙圃，媻姗勃窣㊽，上金隄。揜翡翠，射鵕鸃，微矰出㊾，孅缴施㊿。弋白鹄，连驾鹅，双鸧下，玄鹤加。怠而后，游于清池。浮文鹢，扬旌栧，张翠帷，建羽盖。罔毒冒，钓紫贝。摐金鼓，吹鸣籁。榜人歌，声流喝。水虫骇，波鸿沸，涌泉起，奔扬会。礧石相击，琅琅磕磕，若雷霆之声，闻乎数百里之外。

"'将息獠者，击灵鼓，起烽燧，车案行，骑就队，纚乎淫淫，般乎裔裔。于是楚王乃登阳云之台，泊乎无为，澹乎自持，芍药之和具，而后御之。不若大王终日驰骋，曾不下舆，脟割轮焠，自以为娱。臣窃观之，齐殆不如。'于是王无以应仆也。"

乌有先生曰："是何言之过也！足下不远千里，来况齐国(51)；王悉境内之士，备车骑之众，与使者出田，乃欲戮力致获，以娱左右也，何名为夸哉？问楚地之有无者，愿闻大国之风烈，先生之余论也。今足下不称楚王之德厚，而盛推云梦以为骄，奢言淫乐，而显侈靡，窃为足下不取也。必若所言，固非楚国之美也；有而言之，是章君之恶也，无而言之，是害足下之信也。章君恶，伤私义，二者无一可，而先生行之，必且轻于齐而累于楚矣！且齐东陼巨海，南有琅邪，观乎成山，射乎之罘，浮渤澥，游孟诸。邪与肃慎为邻，右以汤谷为界。秋田乎青丘，仿徨乎海外，吞若云梦者八九，其于胸中曾不蒂芥。若乃俶傥瑰玮，异方殊类，珍怪鸟兽，万端鳞崪，充仞其中者，不可胜记，禹不能名，卨不能计(52)。然在诸侯之位，不敢言游戏之乐，苑囿之大；先生又见客，是以王辞不复，何为无以应哉？"

【注释】

①田：同"畋"，打猎。②过姹（chà）：访问。③罘（fú）罔：捕兔之网。④轔（lín）鹿：用车辗鹿。⑤脚麟（lín）：抓住大牡鹿。⑥骛（wù）于盐浦：在海滩上奔驰。⑦割鲜染轮：杀食猎物，染红车轮。⑧唯唯：是，好。⑨盘纡（yū）弗（fú）郁：迂回曲折。⑩隆崇𡾋崒（lǜ zú）：高耸危险。⑪岑崟（cén yín）参差：高峻不平。⑫罢池陂陀（pí tuó）：山坡宽广。⑬下属（zhǔ）江河：与河相连。⑭丹青赭（zhě）垩：朱砂、青土、红土、白土。⑮雌黄白坿（fù）：黄土、灰土。⑯琳珉（lín mín）昆吾：玉石、矿石。⑰瑊玏（jiān lè）玄厉：次玉石、磨刀石。⑱碝（ruǎn）石武夫：美石、白纹石。⑲蘅（héng）兰芷（zhǐ）若：杜蘅、泽兰、白芷、杜若。⑳穹穷菖蒲：两种香草名。㉑䕷芜（mí wú）：香草名。㉒诸柘（zhè）巴且：甘蔗、芭蕉。㉓陒（yǐ）靡：斜坡。㉔葴析苞荔：马蓝、菥草、苞草。㉕薛莎青薠（fān）：两种野草。㉖藏莨（zāng láng）蒹葭（jiān jiā）：荻草、芦苇。㉗觚（gū）卢：葫芦。㉘奄闾（ān lǘ）轩于：两种水草。㉙鼍（tuó）：扬子鳄。㉚鼋（yuán）：大龟。㉛楩楠（pián nán）：楩树、楠树。㉜檗（bò）离：黄檗、山梨。㉝楂梨梬（yǐng）栗：山楂树、梨树、黑枣树、栗子树。㉞鹓雏（yuān chú）孔鸾（luán）：凤凰、孔雀。㉟腾远射（yè）干：猿猴、小狐。㊱蟃蜒（wàn yán）：似狸而长的兽。貙犴（chū àn）：比狸大的猛兽。㊲刓（tuán）诸：勇士名。㊳靡（fēi）：挥动。桡旃（náo zhān）：曲柄旗。㊴蹙（cù）：踩倒。蛩蛩（qióng）：一种巨兽。㊵轶（yì）：超过。㊶辒（wèi）：用车头撞。骐骥：良马。㊷眦（zì）：开裂。㊸徼郤（yāo jù）受诎（qū）：拦住并收拾疲乏绝路之野兽。㊹被阿锡（xì）：披薄绸。㊺揄纻缟：拖着麻绢裙。㊻縠（hù）：轻纱。㊼襞（bì）积褰（qiān）绉：裙褶衣皱。㊽媻（pán）姗勃窣（bèi sù）：慢慢行走。㊾微矰（zēng）：短箭。㊿缴：箭上细绳。㉛况（kuàng）：古同"贶"，赐教。㉜禼（xiè）：尧之贤臣。

【赏析】

这是司马相如比较有名的一篇赋作，是在和梁孝王游山玩水之后所作。在此赋中，作者描述了两个虚构人物，即楚国的子虚先生和齐国的乌有先生的一番对话。

开篇写道："楚使子虚于齐，王悉发车骑与使者出田。"齐王与子虚田猎时，齐王问到楚国的事。之后就是子虚的一番回答，对于楚国的云梦之大和楚王田猎之盛极尽夸张之说辞，而齐国乌有先生听后不服，谓"是何言之过也"！于是，齐国乌有先生便极力夸耀齐国土地之广袤与物产之丰盈。

如果说枚乘的《七发》标志着汉代散体大赋的正式形成，那么司马相如的《子虚赋》《上林赋》便是其中最典型的作品。西汉的赋，据《汉书·艺文志》记载，共有

700多篇。而武帝时期就占400多篇。这两篇赋作虽然并不是作于同时，但在内容和风格上有着内在连贯性，《史记》和《汉书》都将这两篇赋作为一篇，后来在《昭明文选》中才拆分开成子虚、乌有两篇。

司马相如的赋继承了《诗经》的颂与《楚辞》的铺陈的特点，又融合宋玉、贾谊等人的抒情特色，对大赋的体制发展具有深远影响，成为这一时期汉代文学新文学范式确立的标志。

当然也有不少人批评此赋内容空洞，不过极尽辞藻铺陈而言。但这篇《子虚赋》以及后来的《上林赋》，确实对后世中国文学的散体文和骈体文都产生了一定的影响。

西晋时，左思曾作咏史诗八首，其一曰："弱冠弄柔翰，卓荦观群书。著论准《过秦》，作赋拟《子虚》。边城苦鸣镝，羽檄飞京都。虽非甲胄士，畴昔览《穰苴》。长啸激清风，志若无东吴。铅刀贵一割，梦想骋良图。左眄澄江湘，右盼定羌胡。功成不受爵，长揖归田庐。"其中三四两句是说，写论应以贾谊《过秦论》为典范，写赋则应以效仿司马相如的《子虚赋》。足见此赋艺术成就之高。

大人赋 / 司马相如

相如拜为孝文园令，见上好仙，乃遂奏《大人赋》①，其辞曰：

世有大人兮②，在于中州③。宅弥万里兮，曾不足以少留。悲世俗之迫隘兮④，朅轻举而远游⑤。乘绛幡之素蜺⑥兮，载云气而上浮。建格泽之长竿兮⑦，总光耀之采旄⑧。垂旬始以为幓兮⑨，抴彗星而为髾⑩。掉指桥以偃蹇兮⑪，又旖旎以招摇⑫。揽欃枪以为旌兮⑬，靡屈虹而为绸⑭。红杳眇以眩湣兮⑮，焱风涌而云浮⑯。驾应龙象舆之蠖略逶丽兮⑰，骖赤螭青虬之蚴蟉蜿蜒⑱。低卬夭蟜据以骄骜兮⑲，诎折隆穷躩以连卷⑳。沛艾赳螑仡以佁儗兮㉑，放散畔岸骧以孱颜㉒。蛭踱辖辖容以委丽兮㉓，绸缪偃蹇怵夐以梁倚㉔。纠蓼叫奡踏以艘路兮㉕，蔑蒙踊跃腾而狂趡㉖。莅飒卉翕熛至电过兮㉗，焕然雾除，霍然云消。

邪绝少阳而登太阴兮㉘，与真人乎相求㉙。互折窈窕以右转兮㉚，横厉飞泉以正东㉛。悉征灵圉而选之兮㉜，部乘众神于瑶光㉝。使五帝先导兮㉞，反太乙而从陵阳㉟。左玄冥而右黔雷兮㊱，前陆离而后矞皇㊲。厮征伯侨而役羡门兮㊳，属岐伯使尚方㊴。祝融惊而跸御兮㊵，清雰气而后行㊶。屯余车其万乘兮，綷云盖而树华旗㊷。使句芒其将行兮㊸，吾欲往乎南娭㊹。

历唐尧于崇山兮㊺，过虞舜于九疑。纷湛湛其差错兮㊻，杂遝胶葛以方驰㊼。骚扰冲苁其相纷挐兮㊽，滂濞泱轧洒以林离㊾。攒罗列聚丛以茏茸兮㊿，衍曼流烂坛以陆离〔52〕。径入雷室之砰磷郁律兮〔53〕，洞出鬼谷之堀礨嵬魁〔54〕。遍览八纮而观四荒兮〔55〕，朅度九江越五河〔56〕。经营炎火而浮弱水兮〔57〕，杭绝浮渚涉流沙〔58〕。奄息总极泛滥水娭兮〔59〕，使灵娲鼓瑟而舞冯夷〔60〕。时若薆薆将混浊兮〔61〕，召屏翳诛风伯而刑雨师〔62〕。西望昆仑之轧沕洸忽兮〔63〕，直径驰乎三危〔64〕。排阊阖而入帝宫兮⑥⑤，载玉女而与之归⑥⑥。舒阆风而摇集兮⑥⑦，亢乌腾而一止⑥⑧。低回阴山翔以纡曲兮⑥⑨，吾乃今目睹西王母⑦⑩。暠然白首戴胜而穴处兮⑦①，亦幸有三足乌为之使⑦②。必长生若此而不死兮，虽济万世不足以喜⑦③。

　　回车朅来兮⑦④，绝道不周⑦⑤，会食幽都⑦⑥。呼吸沆瀣餐朝霞兮⑦⑦，噍咀芝英兮叽琼华⑦⑧。僷侵浔而高纵兮⑦⑨，纷鸿涌而上厉⑧⑩。贯列缺之倒景兮⑧①，涉丰隆之滂沛⑧②。驰游道而修降兮⑧③，骛遗雾而远逝⑧④。迫区中之隘陕兮⑧⑤，舒节出乎北垠⑧⑥。遗屯骑于玄阙兮⑧⑦，轶先驱于寒门⑧⑧。下峥嵘而无地兮，上寥廓而无天。视眩眠而无地兮⑧⑨，听惝恍而无闻⑨⑩。乘虚无而上假兮，超无友而独存。

【注释】

　　①载《史记》卷一一七，《汉书》卷五七下，《艺文类聚》卷七八。这篇赋是因武帝喜好求仙而作的，也可能是迎合武帝心理的游仙文章，据说汉武帝读后非常高兴，称有飘飘然乘云气遨游天地之感。文中用骚体赋形式，大赋的手法，虚构夸张地铺叙"大人"游仙，对跨乘的各种龙描写得尤其生动形象。先写"大人"不满人生短促、人世艰难，于是驾云乘龙遨游仙界；然后分东南西北四方写遨游盛况；文末归于超脱有无，独自长存。有人说是用"归于无为"来"讽谏"，可能是超越人生，摆脱人世，融于自然造化，得到长生的意思。写游西方见"西王母"几句，就是用仙人居住在山谷中，形貌很瘦来劝诫求仙的。②大人：喻天子。③中州：中原，中国。④迫隘：窘迫艰难。⑤朅：通"盍"，何不。⑥幡：旗。睍：通"霓"。⑦格泽：星名。《史记·天官书》："格泽星者，如炎火之状，黄白，起地而上，下大上兑。"⑧总：系。采：通"彩"。旄：旌旗。⑨旬始：星名。《史记·天官书》谓其"状如雄鸡"。幓：旗旒下饰物。⑩扺：曳。臂：燕尾，此指燕尾状饰物。⑪掉：摇动。指桥："随风指麾"，柔弱的样子。偃蹇：夭矫的样子。⑫旖旎：婀娜。招摇：飘动的样子。⑬揽：摘取。欃枪：星名，又名欃天、天枪。⑭靡屈：使降下弯曲。绸：缠裹物。⑮杳眇：深远的样子。眩湣：眼花迷乱。⑯句谓如森风涌动，如样云浮游，形容轻举之状。⑰应龙：有翅膀的龙。象舆：太平盛世才出现的一种像车的精气。蠖：尺蠖虫。略：缓行。逶丽：通"逶迤"，曲而长的样子。⑱骖：三马驾一车。此为驾乘意。螭：一种似龙的动物。虬：无角龙。蚴蟉：屈曲行进的样子。⑲卬：高。夭蟜：屈伸的样子。据：直着颈。骄骜：纵恣奔驰。⑳诎折：通"曲折"。隆穷：通"隆穹"，隆起的样子。躩：疾行的样子。连卷：蜷曲的样子。卷，通"蜷"。㉑沛艾：昂首摇动的样子。仡：举头。佁儗：停止不前。㉒畔岸：自我放纵的样子。骧：举，抬头。嶚颜：高峻的样子。㉓蛭踱：忽进忽退的样子。辖辖（hè）：摇目吐舌。容：从容、安闲。容以委丽：闲适地曲身。㉔绸缪：掉转头。偃蹇：高耸的样子。怵：奔走。梁倚：如梁相倚。㉕纠蓼：通"纠缭"，相引。叫奡：通"叫嚣"，相呼。踏以艘路：踏上征途。艘：

至。㉖蠛蒙：通"蠛蠓"，一种小虫，性喜乱飞。狂趡：狂奔。㉗莅飒卉翕：飞奔相追逐。《汉书》注前二字曰："飞相及也"，注后二字曰："走相追也"。㉘邪绝：斜渡。邪：通"斜"。少阳：东方极地。太阴：北方极地。（均据《史记》"集解"引《汉书音义》）。㉙真人：仙人。相求：相交游。㉚窈窕：深邃，指深邃的地方。㉛厉：涉水，渡。《诗经·匏有苦叶》："深则厉，浅则揭。"注："连衣涉水为厉。"㉜灵圉：仙人名。㉝瑶光：北斗杓头第一星。㉞五帝：伏羲（太皞）、神农（炎帝）、黄帝、尧、舜。㉟反：通"返"。太乙：天神名。陵阳：陵阳子明，古仙人。㊱玄冥：水神，一说雨师。黔雷：一种神。或说是天上造化神，或说是水神。㊲陆离：神名。矞皇：神名。㊳厮：役使。征伯侨：古仙人名。羡门：羡门高，古仙人。㊴属：通"嘱"，叫。岐伯：相传是黄帝的太医。尚方：主管方药。㊵祝融：传说是古帝高辛氏的火官，后为火神。跸：清道。帝王出行，阻止行人。㊶雰气：恶气。雰，通"氛"。㊷绛：合，五彩杂合。㊸句芒：相传是古帝少皞氏的木官，后为木神。㊹娭：嬉戏。㊺崇山：狄山，《山海经·海外经》："狄山，帝尧葬其阳。"㊻九疑：九嶷山，又名苍梧山。相传虞舜葬此山。㊼湛湛：积厚的样子。差错：交互。㊽杂遝：众多而杂乱。方驰：驱驰。㊾冲苁：冲撞。纷挐：牵扯，纠结。㊿滂濞：众盛的样子。泱轧：弥漫。林离：众盛的样子。㊿攒罗列聚：聚集排列。芜茸：聚集的样子。㊿衍曼：即"曼延"，连绵不绝。流烂：布散。痋：众多的样子。陆离：参差众盛貌。㊿雷室：雷渊，神话中水名。砰磷郁律：皆形容深峻；一说雷声。㊿洞：通。鬼谷：众鬼所居之地。堀礨崴魁：不平的样子。㊿八纮：八极，八方。纮，维。四荒：四方荒远之地。㊿揭：往。九江：一说指长江水系的九条河，一说指九江郡，在今江西长江边。五河：仙境中的五色（紫、碧、绛、青、黄）河。㊿经营：经过，往来。炎火：炎火山。弱水：河水名。据《山海经·大荒西经》，山在昆仑山外，水在昆仑山下。㊿杭：通"航"，渡。绝：横渡。流沙：沙漠。㊿奄息：休息。总极：山顶。泛滥：漂流。㊿灵娲：女娲。传说伏羲制作琴瑟，使女娲鼓之。冯夷：黄河水神河伯的姓名。㊿菱菱：通"暧暧"，昏暗的样子。㊿屏翳：《史记》"正义"谓："天神使也。"风伯：风神。雨师：雨神。㊿昆仑：昆仑山，传说是天帝的下都。轧沕洸忽：不分明的样子。㊿三危：仙山名。㊿阊阖：天门。㊿玉女：神女，美女。㊿闾风：神山，传说在昆仑之巅。㊿亢乌腾：《史记》"集解"引《汉书音义》曰："亢然高飞如鸟之腾也。"亢，高。腾，飞腾。㊿低回：徘徊。阴山：传说在昆仑山西。㊿西王母：传说中神女。㊿暠（hé）然：白的样子。胜：玉胜，一种首饰。㊿三足乌：传说是为西王母取食的鸟。㊿济：渡。㊿回车：转车。揭：通"盍"，何不。㊿不周：不周山。传说在昆仑山东南。㊿幽都：极北之地，传说是日落处。㊿沆瀣：夜半气，露气。㊿嗽咀：咀嚼。叽：小吃。琼华：玉英。㊿侵浔：渐进。㊿鸿涌：波涛腾涌的样子。厉：扬。㊿贯：通。列缺：闪电。倒景：下射光。㊿丰隆：云神。滂沛：雨水盛。㊿游道：远游的路途。修：长。㊿骛：奔驰。遗雾：把云雾抛在身后。㊿迫：逼近。嗌陕：狭隘。㊿舒节：缓行。北垠：极北边际。㊿屯骑：官名，管骑士。玄阙：北方的山。㊿轶：通"遗"，留下。先驱：前导。寒门：北极之门。㊿眩眠：目不安的样子。㊿惝怳：模糊不清的样子。

【赏析】

　　这篇《大人赋》中有许多关于神仙的描写，看似是对汉武帝求仙访道行为的探讨，但实际上是对汉武帝的成仙梦的提醒，婉转地表达仙佛之道是无法走通的，因为那般旖旎的世界，只能是在海天的尽头，人世过后才可能拥有。所以，当世还是要清醒一些。而作者的主要宗旨是对于自己仕途进退的内心矛盾的流露，对于一个盛世不遇的文人来说，命运的可笑之处就在于自己生逢其时，却不谋其事。

　　文中写道，武帝你虽然在中原地区，拥有万里江山，但这丝毫不值得稍加停留。世事艰难险阻，不如飞身远游，旌旗翻动，乘坐云气漂浮于高空，以格泽星作为长杆，然后系上五彩祥云作为旗帜，以循始星作为旗帜下的幡，拉过彗星作为舞动的羽毛，以偃、蹇二星作为笙，摇曳着旖旎的虹。这些都是司马相如凭着想象描绘出来的。

　　在汉代的神话题材文学作品中，人们没有痛苦地呻吟和悲哀地感叹，而是很愉快地追求着羽化登仙的过程，希望可以早日得道成仙，将人生继续下去。就如同李泽厚先生在他的著作《美的历程》一书中所提到的那样："这个历史时期的人们并没有舍弃或否定现实人生的观念，相反，而是希求这个人生能够永恒延续，是对它的全面肯定和爱恋，所以，这里的神仙世界就不是与现实苦难相对峙的难及的彼岸，而是好像就存在于现实人间相距不远的此岸之中。"

　　司马相如写这篇赋词，实在是言者有意，听者无心。司马相如好像在闲话家常，但句句都是正经之言，对于高高在上的汉武帝，司马相如无法令其改变心意，对于成仙的执着，汉武帝变得固执而且不可理喻。司马相如的几句劝慰，又怎么能入他的耳朵呢？

　　其实，作者和汉武帝之间的心境是十分相似的，司马相如舍不去那片官场土地，而汉武帝则不愿意放弃寻找传说中的仙境乐土。两人都在为了一个不可能达到的目的地而前行，心情的迷茫几乎是相同的。

李夫人赋 / 刘彻

美连娟以修嫭兮①,命樔绝而不长②。饰新宫以延贮兮③,泯不归乎故乡。惨郁郁其芜秽兮④,隐处幽而怀伤。释舆马于山椒兮,奄修夜之不阳⑤。秋气潜以凄泪兮⑥,桂枝落而销亡⑦。神茕茕以遥思兮⑧,精浮游而出畺⑨。讬沈阴以圹久兮⑩,惜蕃华之未央⑪。念穷极之不还兮,惟幼眇之相羊⑫。函荾荴以俟风兮⑬,芳杂袭以弥章⑭。的容与以猗靡兮⑮,缥飘姚乎愈庄⑯。燕淫衍而抚楹兮⑰,连流视而娥扬。既激感而心逐兮,包红颜而弗明。欢接狎以离别兮⑱,宵寤梦之芒芒⑲。忽迁化而不反兮,魄放逸以飞扬。何灵魂之纷纷兮,哀裴回以踌躇⑳。势路日以远兮,遂荒忽而辞去㉑。超兮西征,屑兮不见㉒。寖淫敞恍㉓,寂兮无音。思若流波,怛兮在心㉔。

乱曰:佳侠函光㉕,陨朱荣兮。嫉妒闟茸㉖,将安程兮㉗。方时隆盛,年夭伤兮。弟子增欷㉘,洿沫怅兮㉙。悲愁于邑㉚,喧不可止兮㉛。向不虚应,亦云已兮。嫶妍太息㉜,叹稚子兮。悼栗不言㉝,倚所恃兮。仁者不誓,岂约亲兮?既往不来,申以信兮。去彼昭昭㉞,就冥冥兮。既不新宫,不复故庭兮。呜呼哀哉,想魂灵兮!

【注释】

①连娟:细长屈曲的样子。嫭(hù):姣好。②樔绝:断绝,这里指李夫人逝世。③延贮:久久伫立等待。④芜秽:荒废而充满秽气。⑤奄:同"淹",停滞。⑥秋气:肃杀之意,泛指意兴低沉的样子。⑦桂枝:代指李夫人。销:同"消",即香消玉殒。⑧茕茕(qióng):孤零零的样子。⑨精:精神。浮游:游荡。畺:边界。⑩圹久:永远。圹,同"旷"。⑪央:尽。⑫幼眇:即窈窕。相羊:游荡。⑬荾(suī):花穗。荴(fū):散发。⑭章:同"彰",鲜明。⑮容与:从容的样子。猗靡:婉约。⑯飘姚:同"飘摇"。⑰燕:欢乐。淫衍:极度欢乐的样子。⑱接狎:

亲密。⑲瘖梦：恍惚，半睡半醒。芒芒：渺茫。⑳裴回：往返回旋。㉑荒忽：隐约。㉒屑：疾速，快速。㉓寖淫敞怳：逐渐模糊。㉔怛（dá）：悲伤。㉕佳侠：美人。㉖阘茸：卑贱。㉗程：标准。㉘欷（xī）：抽泣声。㉙涛沫（wū huì）：泪流满面。㉚邑：忧愁。㉛喧：恸哭。㉜憔妍：因忧伤而消瘦。㉝怵栗：悲伤。㉞昭昭：明亮的样子。

【赏析】

这篇赋是汉武帝刘彻为她的爱妃李夫人所作。李夫人十分受宠，可惜染病早逝。刘彻日夜思念这位带给了他无数欢乐的女子，一生没能相忘，于是写下了一首赋词，悼念他的这位妃子。

上天创造这样美丽的可人儿，却又不让她带着美丽长存。作为皇帝，刘彻专门为李夫人修建了宫殿，希望可以与她在里面相会，但失去了她的宫殿就好像城郊凄惶的坟墓，充满了忧伤和静谧。诗人在李夫人的坟茔那里长久停留，从黑夜直到白天。秋日折落的桂枝就像美丽的李夫人一样，让人充满思念，但是这思念永远无法抵达彼岸，哪怕灵魂出窍，也始终无法抵达。

作者的哽咽，并没有回应，就这样随风而逝吧！李夫人留下的孩子还小，因为当初约定好要好好照顾他，便不能因为思念而使得自己身体削弱。不愿意再回到原来相爱的宫殿里，因为死亡真的无可挽回。

呜呼哀哉，冥冥之中的天意就真的这般残忍，将你带走便不留下丝毫的痕迹。呜呼哀哉，如果早知道是这样的结果，当初为何还要爱到痛彻心扉。呜呼哀哉，但愿你的魂灵可以安息，但愿对你的思念可以永久。

作者言行之间全是对李夫人痴情的思念，如果不是真的读到这篇赋词，谁又能相信这样缠绵悱恻的爱恋之情会是出自汉武大帝刘彻的内心深处。

就在李夫人恩宠正佳，还为刘彻产下皇子之时，她身患了重病，卧床不起，眼看就要香消玉殒、一命归西了，刘彻希望能探望他宠爱的李夫人一眼，却始终遭到了拒绝，刘彻不明白善解人意的佳人为何突然不近人情了。

他不明白，而李夫人却是很明白，她得宠于阿娇皇后被冷落于长门宫后，卫子夫日渐失宠之时，皇宫的女人哪个能与君王白头偕老，虽然人前荣耀，但人后的辛酸又有谁真的知道？她进宫以来深受宠爱，刘彻对她从无半点怨言，而今重病在身，如果刘彻见到自己现在这般容颜憔悴、衣衫不整的样子，必定会心生厌恶，与其被帝王遗弃，不如先决绝地保持距离，有朝一日等自己离去，也能给刘彻留下一段美好的回忆。

诗人感慨："是耶非耶，立而望之，偏何姗姗来迟。"这位诗中的佳人在一生最美丽的时刻离开了刘彻，让诗人还来不及不爱，似乎这是帝王宫苑里爱情的最好结局。

闻乐对 / 刘 胜

建元三年，代王登、长沙王发、中山王胜、济川王明来朝，天子置酒，胜闻乐声而泣。问其故。胜对曰：

臣闻悲者不可为累欷①，思者不可为叹息。故高渐离击筑易水之上，荆轲为之低而不食②；雍门子一微吟，孟尝君为之于邑③。今臣心结日久，每闻幼眇之声④，不知涕泣之横集也。

夫众煦漂山⑤，聚蚊成雷⑥，朋党执虎⑦，十夫桡椎⑧。是以文王拘于牖里⑨，孔子厄于陈、蔡⑩。此乃烝庶之成风⑪，增积之生害也。臣身远与寡⑫，莫为之先⑬，众口铄金，积毁销骨，丛轻折轴⑭，羽翮飞肉⑮，纷惊逢罗，潸然出涕⑯。

臣闻白日晒光，幽隐皆照；明月曜夜，蚊虻宵见。然云蒸列布，杳冥昼昏⑰；尘埃布覆，昧不泰山⑱。何则？物有蔽之也。今臣雍阏不得闻，谗言之徒蜂生。道辽路远，曾莫为臣闻，臣窃自悲也。

臣闻社鼷不灌⑲，屋鼠不熏。何则？所托者然也。臣虽薄也，得蒙肺附⑳；位虽卑也，得为东藩，属又称兄㉑。今群臣非有葭莩之亲㉒，鸿毛之重，群居党议，朋友相为，使夫宗室摈却㉓，骨肉冰释㉔。斯伯奇所以流离㉕，比干所以横分也㉖。《诗》云："我心忧伤，怒焉如捣；假寐永叹，维忧用老；心之忧矣，疢如疾首㉗。"臣之谓也。

具以吏所侵闻。于是上乃厚诸侯之礼，省有司所奏诸侯事㉘，加亲亲之恩焉。其后更用主父偃谋，令诸侯以私恩自裂地分其子弟，而汉为定制封号，辄别属汉郡。汉有厚恩，而诸侯地稍自分析弱小云。

【注释】

① 累：重。欷：歔。② "故高渐离击筑"两句：战国末年，燕人送荆轲去刺秦王，于易水之

上,高渐离击筑,荆轲因受感染俯首而不食。③"雍门子一微吟"两句:战国时,雍门子以善鼓琴见孟尝君,谈起人生不长,孟尝君听之喟然叹息。参考《说苑·善说篇》。于邑:同"呜唈",短气貌。④幼眇:精微。⑤众唲漂山:很多的吐沫能漂起来。唲(xǔ):吐沫。⑥聚蚊成雷:众蚊的飞声有如雷鸣。⑦朋党执虎:这里借用三人成虎的典故,比喻人多嘴杂,可以移易真伪曲直。执,固执。⑧十夫桡椎:比喻人多力量大。⑨文王:周文王。牖里:即里。在今河南汤阴北。⑩陈、蔡:古代两国名。陈都在今河南淮阳,蔡都在今河南上蔡。⑪烝(zhēng)庶:众庶。⑫身远:言离京师远。与寡:言党与少。⑬莫为之先:谓素为延誉。⑭丛轻折轴:载轻物超量,致使车轴折坏。⑮羽翮飞肉:展击翅膀,鸟可飞翔于天空。⑯渍然:泪流貌。⑰杳(yǎo)冥:幽暗。⑱昧:昧暗。⑲鼷(xī):鼠类最小的一种。比喻君王左右的小人。⑳肺附:这里谓同宗,即宗室。㉑属:宗属。㉒葭莩(jiā fú):芦苇里的薄膜,比喻疏远的亲戚。㉓摈却:谓斥退。㉔冰释:谓消散。㉕伯奇:周尹吉甫之子,事后母至孝,而后母谮之于吉甫,吉甫欲杀之,伯奇乃逃亡于山林。㉖比干:商末忠臣,直谏纣王,纣王怒,杀而剖其心。㉗见《诗经·小雅·小弁》。怒(nì):犹思伤痛。假寐:不脱衣帽打盹。维:因。用:犹而。疢(chèn):病。疾首:头痛。㉘省:减,免去。

【赏析】

《闻乐对》是西汉中山靖王刘胜所作。文中表现了自己作为藩王对前途难料的悲愁和畏惧心理,其实也是刘胜委婉为自己开脱求情,并为诸侯王鸣冤叫屈之作。时遭逢七国之乱,之后武帝对诸侯王忌心很重,刘胜随时都可能丢掉性命。史载,建元三年(公元前138年),武帝宴请诸侯王,刘胜忽然闻乐而泣,武帝奇怪地问他为何而哭,于是刘胜便将内心感言发表了一番,即这篇有名的《闻乐对》。

刘胜向武帝表达出自己终日惶恐的心情。无意蹚入浑水之中,却始终无法置身事外的局面令他难堪,每日想到这个心结,看到幼小的儿子,便没来由地悲伤哭泣。七国的叛乱,真的是害人不浅,自己已经被连累到心力交瘁了。当武帝被他的凄苦心境所感动的时候,刘胜便口风一转,开始为自己接下去的求情铺路。行走在刀尖上的刘胜开口便将自己放在一个很低的位置,令人对他的境遇心生怜悯。刘胜表明虽然自己远离是非,但是众口一词,足可以令他死上千万回,所以他面对这种无力扭转的局面,除了苍天可鉴之外,真的毫无其他澄清的办法。

《闻乐对》通篇充斥着一股文人式的悲伤,悲戚哀婉同时又不乏贵胄之气,刘胜的一番说辞有理有据,占情占理,且顿挫有致,一气呵成。不但将自己意在归隐说得入木三分,而且还将别人意欲对他加以陷害说得惟妙惟肖。

作者为自己求情并没有直接跪求武帝,而是借哭泣引起武帝的同情,让他有足够的耐心听自己的解释,然后在文辞中将原因讲清楚,同时也将求情的话顺带说出。不能不敬佩这位中山王的智慧韬略,当然更让人钦佩的是他的文采,短短一番说辞就免去了性命之灾，令武帝打消了杀他的念头，更为他在文学史上博得了一席之地。

《闻乐对》存世的原文见于《汉书卷五十三·景十三王传》。后人对这篇闻乐评价甚高，不仅限于辞采，更在于它的政治意义。通观《史记》不难得知，此文揭示了武帝以后中央与地方诸侯势力的关系变化。如清代学者查慎行曰："中山靖王胜传，《汉书》全载《闻乐对》，所以感动武帝，卒从主父偃谋，令诸侯以私恩自裂土分其子弟，与贾生、晁错二传相对应。此事不行于文景而行于武帝，是大有关系文字。"

陈子龙评论道："观《闻乐对》，知王非徒好酒色者，亦以汉法严、吏刻深，故以自晦耳。"近代学人梁玉绳亦引汪绳祖的话说："《闻乐对》词意悲壮，小司马称为'汉之英藩'，则非徒'乐酒好内'也。盖以汉法严吏深刻，托以自晦，有信陵、陈丞相之智识，史略之何与？"

文木赋 / 刘 胜

丽木离披①，生彼高崖。拂天河而布叶，横日路而擢枝②。幼雏羸㲉③，单雄寡雌。纷纭翔集，嘈嗷鸣啼。载重雪而梢劲风④，将等岁于二仪⑤。巧匠不识，王子见知。乃命斑尔⑥，载斧伐斯。隐若天崩⑦，豁如地裂⑧。华叶分披⑨，条枝摧折。既剥既刊⑩，见其文章⑪。或如龙盘虎踞⑫，复似鸾集凤翔。青纶紫绶⑬，环璧圭璋⑭。重山累嶂，连波迭浪。奔电屯云，薄雾浓雾⑮。麏宗骥旅⑯，鸡族雉群⑰。蜀绣鸳锦，莲藻芰文⑱。色比金而有裕，质参玉而无分。裁为用器，曲直舒卷。修竹映池，高松植巘⑲。制为乐器，婉转蟠纡。凤将九子，龙导五驹。制为屏风，郁崟穹隆⑳。制为杖几，极丽穷美。制为枕案，文章璀璨，彪炳焕汗㉑。制为盘盂，采玩踟蹰㉒。狩欤君子㉓，其乐只且。

[注释]

①离披：零落的样子。②日路：太阳经过的道理。擢（zhuó）：植物生长。③羸（léi）：瘦

弱。⑥彀（kòu）：待哺食的幼鸟。④梢：以树梢抵挡，名词作动词用。⑤二仪：指天与地。⑥斑尔：古代巧匠。⑦隐：象声词，指砍到树木的声音。⑧豁：同"隐"之义。⑨分披：分离。⑩刊：砍。⑪文章：五彩斑斓的花纹。⑫龙盘虎踞：神龙盘曲，猛虎蹲坐。这里形容文木的纹路曲折。⑬绹（guā）：紫青色的绶。⑭环璧圭璋：四种玉器。⑮雰（fēn）：雾气。⑯麚（jiā）宗骥旅：成群的鹿、马。⑰雉：野鸡。⑱芰（jì）：菱角。⑲巚（yǎn）：高峰。⑳郁弗（fú）：山势高峻的样子。穹隆：屈曲的样子。㉑彪炳：光彩焕发的样子。焕汗：同"彪炳"义。㉒采玩：光彩焕发的样子。踟蹰：自得的样子。㉓猗欤：感叹词。

【赏析】

这篇赋虽然不算太长，不比那些汉大赋的鸿篇巨制，但其中所用辞藻之华丽是丝毫不逊色的。

开篇写物图貌，散乱的树木生在崖边，枝叶拂过银河，拦截在太阳落山的道路上，幼雏在枝叶的遮挡下啼叫，这些文字承载日月，与天地同寿。其后接着叙事，虽然手巧的工匠不认识，鲁恭王却认得，于是他命人用斧头砍伐，声响如天地裂开，枝条摧毁，剥开树皮，可以看到精美的纹路。蔚似雕画的叙述令后人体会到了难言的自然之美。

刘胜所生活的时代，正是汉朝鼎盛之期，所以赋作的"闳侈巨衍"是可以理解的，而如果分析其文化背景，就会注意到当时社会追求宏大和豪壮，对文学风格也产生了影响。

在这篇赋词中，刘胜所描述的家具，都很名贵。色泽比金子还要黄润，质地与玉石没有分别，这样的材质制造的器具，能屈能伸，雕刻松柏便显得苍劲挺拔，而制造乐器，则可令乐声婉转，上刻凤生九子，龙导五驹，而屏风、杖几这些普通饰物亦穷奢华丽。

而作者所映射在赋词中的富贵也很雅致，作为衣食无忧的王爷，刘胜也是"猗欤君子，其乐只且"，享受富贵的同时，亦在享受文赋之美。刘胜的《文木赋》所谓"丽木离披"等，把自然生机的丰满和轻盈、充实和绮丽、萌动和生长，用简洁的文字描绘得十分活泼新鲜。

《文心雕龙·诠赋》说："赋者，铺也，铺采摛文，体物写志也。"李胜是这方面的代表，他侃侃而谈，徐徐道来，懂得铺陈，也不夸张，只是单纯描绘，就令人十分尽兴了。汉赋注重对自然景观的描绘，当代学者康金声在《汉赋纵横》中提到过，"汉赋有绘形绘声的山水描写，是山水文学的先声"。刘胜的这篇赋可为代表。

士不遇赋 / 董仲舒

呜乎嗟乎①！遐哉邈矣②。时来曷迟③，去之速矣④。屈意从人⑤，悲吾族（或作非吾徒）矣⑥。正身俟时⑦，将就木矣⑧。悠悠偕时⑨，岂能觉矣⑩。心之忧欤⑪，不期禄矣⑫。遑遑匪宁⑬，祗增辱矣⑭。努力触藩⑮，徒摧角矣⑯。不出户庭⑰，庶无过矣⑱，重曰⑲：

"生不丁三代之盛隆兮⑳，而丁三季之末俗㉑。以辩诈而期通兮㉒，贞士耿介而自束㉓，虽日三省于吾身㉔，繇怀进退之惟谷㉕。彼寔繁之有徒兮㉖，指其白以为黑㉗。目信娸而言眇兮㉘，口信辩而言讷㉙。鬼神不能正人事之变戾兮㉚，圣贤亦不能开愚夫之违惑㉛。出门则不可与偕往兮㉜，藏器又蛩其不容㉝。退洗心而内讼兮㉞，亦未知其所从也㉟。观上古之清浊兮㊱，廉士亦茕茕而靡归㊲。殷汤有卞随与务光兮㊳，周武有伯夷与叔齐㊴。卞随务光遁迹于深渊兮㊵，伯夷、叔齐登山而采薇㊶。使彼圣贤其繇周遑兮㊷，矧举世而同迷㊸。若伍员与屈原兮㊹，固亦无所复顾㊺。亦不能同彼数子兮㊻，将远游而终慕㊼。于吾侪之云远兮㊽，疑荒涂而难践㊾。惮君子之于行兮㊿，诫三日而不饭㈤¹。嗟天下之偕违兮㈤²，怅无与之偕返㈤³。孰若返身于素业兮㈤⁴，莫随世而输转㈤⁵。虽矫情而获百利兮㈤⁶，复不如正心而归一善㈤⁷。纷既迫而后动兮㈤⁸，岂云禀性之惟褊㈤⁹。昭同人而大有兮㈥⁰，明谦光而务展㈥¹。遵幽昧于默足兮㈥²，岂舒采而蕲显㈥³。苟肝胆之可同兮㈥⁴，奚须发之足辨也㈥⁵。"

【注释】

①呜：亦作乌。嗟（jiē）：叹息。嗟乎，感叹词。②遐：远。邈：遥远。③时：时机。曷：何。④去：离去。速：快。⑤屈：委屈，屈服。从：顺从，跟随。⑥悲吾族：让我们这类人悲

伤。非吾徒：此谓非己之意也。⑦正身：端正自身。⑧就木：入棺材，死。木，指棺材。⑨悠悠：形容长久。偕：一同，在一起。此句意谓将与时俱老。⑩觉：醒悟。⑪忧：忧闷。⑫期：期望。⑬惶惶：恐惧的样子。匪：通"非"。宁：安宁。⑭祇：恰好。⑮藩：篱笆。⑯摧：折断。⑰不出户庭：指不出门。⑱庶：庶几，差不多。⑲重：重复。⑳丁：逢，当。三代：指夏、商、周时期。盛隆：鼎盛。㉑三季：夏、商、周。俗：习俗。㉒辨：通"辩"，言辞动听。通：通达。㉓贞士：坚贞之士。耿介：正直。自束：自我约束。㉔日三省于吾身：每日多次反省自己。三，多次，非实数。㉕繇(yóu)：同"犹"。进退之惟谷：进退两难。㉖寔：同"实"，确实。徒：同党。㉗指其白以为黑：指颠倒是非。㉘信：的确。嫭(hù)：美好。眇：瞎了一只眼。㉙辩：口才好。讷：语言迟钝。㉚正：纠正。变戾：变异与乖戾。㉛愚夫：愚昧的人。违：违背。㉜往：去。㉝藏器：怀才不露。器，才能。蚩：同"嗤"，讥笑。㉞内讼：自我责备。㉟从：适从。㊱清浊：治乱。㊲廉士：廉洁之士。茕茕：孤独无依的样子。靡：没有。㊳卞随与务光：皆古代隐士。㊴周武：周武王。㊵遁迹：这里指投水自尽。㊶山：首阳山。㊷周：普遍。遑：闲暇。㊸矧(shěn)：何况。举：全。㊹伍员：字子胥，春秋楚人。㊺顾：回头看，这里形容留恋。㊻数子：指卞随、务光、伯夷、叔齐、伍员和屈原等人。㊼终慕：终生期慕。㊽吾侪：我辈。㊾涂：道路。㊿惮：怕。(51)三日而不饭：指旅途艰难。(52)违：违背。(53)怅：惆怅。(54)孰若：何如。素：一向。(55)输转：随波逐流。(56)矫情：违背真情。百利：多种利益。(57)复：反倒。正：端正。(58)纷：杂乱的样子。(59)褊(biǎn)：狭隘。(60)昭：光明。(61)展：省视。(62)遵：遵循。默足：箴默自足。(63)舒采：指表现才能。采，通"彩"。蕲(qí)：通"祈"，求。显：显赫。(64)苟：假如。肝胆：心意。(65)奚：什么，为什么。须发：胡须、头发。

【赏析】

　　董仲舒是为中国封建社会的发展做出创新性改变的人，他提出的"罢黜百家，独尊儒术"的建议，使得儒学在封建社会得到了充分的发展。也正因为如此，他得到了汉武帝的重用，他提出的"三纲五常"成为当时的官方哲学，而经学研究也因为董仲舒的大力推崇而在汉代盛行起来。

　　结合当时的社会大环境来看，董仲舒有着自己内心的不痛快。所以，如果要为汉代的文人评出一个最具争议人物的榜单来，那么董仲舒一定是名列前茅的。所以他的这篇赋序中便显出满腹的委屈，陈词激昂，开头一句"呜乎嗟乎！遐哉邈矣"，伍员、屈子、伯夷、叔齐都是士之不遇，可堪哀叹的例子，作者显然不想做这样的人物，抱憾终生。

　　接下来作者在第一段这样写道："生不丁三代之盛隆兮，而丁三季之末俗。以辩诈而期通兮，贞士耿介而自束，虽日三省于吾身，繇怀进退之惟谷。"立于长江边上吊唁屈原，董仲舒认为自己和古代的那些"贞士"一样难遇贤主，故而登碣石洒泪，望向流逝的江水滔滔，独自悲嗟哀叹，恨不得将天地间所有可以形容哀苦的词语都拿来用。草木凄惶，秋风萧瑟，独自一人站立在石头上，犹如天地间的一个孤独个体，这个世界在他的眼中完全颠覆。悲伤逆流而下，将他湮没其中，唯一永恒沉静的，便是头顶的日月更替，岁月流转。董仲舒的行文豁达令人折服，文中所充满的阴郁和不可抗拒的悲剧色彩，也是令人不能不为之动容的。

对于像董仲舒这样的传统士人来说，盛世不遇是他们最为尴尬的事情。作者经历了汉朝最为辉煌的两个时期，一为文景之治，二为汉武盛世，可以说他选择在一个最好的时代完成他一生的过渡，但是这个盛世并没有让他顺利地完成他的理想和抱负。

对于董仲舒的不遇，鲁迅《汉文学史纲要》说董仲舒《士不遇赋》"虽为粹然儒者之言，而牢愁狷狭之意尽矣"，一语道破了这位西汉鸿儒的内心隐痛，对他的怀才不遇进行了十分精准的解释。

大有作为的儒士，他们通常比埋头学术的儒士更勤奋、更刻苦，因为只有这样他们才能证明自己的做法是正确的。所以，董仲舒的一生著作等身，各类学术的研究是有目共睹的，这也令他得到了汉武帝的青睐。从此被任命为江都王相，董仲舒就此踏上了仕途。虽然对学术精通，但官场上如何和帝王打交道，想来他是不清楚的。汉武帝欣赏董仲舒所提出的独尊儒术，是因为这样可以巩固其权力统治，除此之外，董仲舒这个儒士和作为政治家的汉武帝之间不会有太多的共同语言。

这样，便可以理解作者因何感慨盛世不遇了，这不是时代的问题，而是在那种专制王权的统治下。"观上古之清浊兮，廉士亦茕茕而靡归……昭同人而大有兮，明谦光而务展……遵幽昧于默足兮，岂舒采而蕲显。苟肝胆之可同兮，奚须发之足辨也。"这一切不过是文人士大夫正常的感叹欷歔。

这篇《士不遇赋》是董仲舒晚年所写，作者在赋中抒发了他个人的不遇悲慨，同时也是一代士人在大一统政治环境下的普遍不遇的真实境况的反映。比较特殊的一点是这篇赋表现出十分浓厚的儒家色彩。作者借文表达了其人格与志趣，同时也有其对世事的关怀和政治理想的陈述。

逐贫赋 / 扬 雄

扬子遁居，离俗独处。左邻崇山，右接旷野，邻垣乞儿，终贫且窭①。礼薄义弊，相与群聚，惆怅失志，呼贫与语："汝在六极②，投弃荒遐。好为庸卒，刑戮相加。匪惟幼稚，嬉戏土沙。居非近邻，接屋连家。恩轻毛羽，义薄轻罗。进不由德，退不受呵。久为滞客，其意谓何？人皆文绣，余褐不完；人皆稻粱，我独藜飧。贫无宝玩，何以接欢？宗室之燕，为乐不盘。徒行负笈，出处易衣。身服百役，手足胼胝。或耘或耔，沾体露肌。朋友道绝，进宫凌迟。厥咎安在③？职汝为之④！舍汝远窜，昆仑之巅；尔复我随，翰飞戾天⑤。舍尔登山，岩穴隐藏；尔复我随，陟彼高冈。舍尔入海，泛彼柏舟；尔复我随，载沉载浮⑥。我行尔动，我静尔休。岂无他人，从我何求？今汝去矣，勿复久留！"

贫曰："唯唯。主人见逐，多言益嗤。心有所怀，愿得尽辞。昔我乃祖，宣其明德，克佐帝尧，誓为典则。土阶茅茨，匪雕匪饰。爰及季世，纵其昏惑。饕餮之群⑦，贪富苟得。鄙我先人，乃傲乃骄。瑶台琼榭，室屋崇高；流酒为池，积肉为崤⑧。是用鹄逝，不践其朝。三省吾身，谓予无愆⑨。处君之家，福禄如山。忘我大德，思我小怨。堪寒能暑，少而习焉；寒暑不忒，等寿神仙。桀跖不顾，贪类不干。人皆重蔽，予独露居；人皆怵惕⑩，予独无虞⑪！"言辞既磬⑫，色厉目张，摄齐而兴⑬，降阶下堂。"誓将去汝，适彼首阳⑭。孤竹二子⑮，与我连行。"

余乃避席，辞谢不直："请不贰过，闻义则服。长与汝居，终无厌极。"贫遂不去，与我游息。

【注释】

①窭：贫寒，此句语出《诗·邶风·北门》："终窭且贫，莫知我艰。"②六极：指上、下、东、南、西、北。③厥：犹"其"。咎：罪责。④职：语助词。⑤翰：鸟羽。戾：到达。⑥载：语助词，无义。⑦饕餮：一种传说中贪食的恶兽，此处比喻贪婪凶残者。⑧崎：此指山。⑨愆：同"愆"，过失。⑩怵惕：戒惧。⑪虞：贻误。⑫罄：器空为罄，此引申为尽。⑬兴：起。⑭首阳：山名，在今山西永济县南。相传伯夷、叔齐隐居并饿死于此。⑮孤竹二子：即伯夷、叔齐，因二人为商末孤竹的儿子，故名。

【赏析】

西汉虽然经过文景之治和武帝盛世的整顿，社会有了一定程度的恢复和繁荣，但是在汉末的时候，困顿再次来临，并且是以不可遏制的速度吞噬着整个王朝，这令所有的汉朝人民感到惶恐。

不但是平头百姓，就连一些大文豪也感到了江山末日所带来的恐惧。扬雄虽然写过一些极力赞扬汉朝盛世的赋词，但是他自己并没能因此而大富大贵。他也过着潦倒的生活，在不堪忍受的时候，他将自己的贫困写进文字中，或许只是一种心理慰藉，但是流传下来，给了后世一份了解当时社会的文献资料。

"扬子遁居，离俗独处。左邻崇山，右接旷野，邻垣乞儿，终贫且窭。礼薄义弊，相与群聚，惆怅失志，呼贫与语……"扬子是作者自指，贫是作者虚构的，就是西汉时期民俗信仰中的所谓的"贫鬼"。扬雄性格中一直有着不甘平庸的成分，所以他隐居他处，离群索居。然后，作者以一段虚构的和"贫"之间的对话展开行文。他说，在旷野之中，虽然贫苦，却能求得心安理得，不过时而也会惆怅哀叹。人间世事，不是随波逐流，便是逆流而上，何去何从值得思考，这个不能给予太多希望的地方，还是早日离开的好。

在《逐贫赋》第一段中，作者将一个文人生不逢时的尴尬论述出来，不论在当时，还是现在来看，都是一篇为自己感慨命运不公的文字。然而，这其实也只是聊以自慰，而最终无法撑起西汉末年阴霾的天空。在中国漫长的历史岁月中，像扬雄这样的人很多，数不胜数，而他们却几乎无一例外，往往愈到暮年，愈才发觉世事的荒唐，此生的苍凉无奈。

然后是贫的一番话，"唯唯。主人见逐，多言益嗤。心有所怀，愿得尽辞"，意识到自己的被逐，贫表明了其观点和志节，最后说："人皆重蔽，予独露居；人皆怵惕，予独无虞。"我因为是贫，反而"无虞"，我离开你，去寻找孤竹二子，也只有伯夷叔齐这样的真君子能与我同处。

扬雄的《逐贫赋》,以扬子与贫的一番对话展开全文,形式比较独特,极富想象力。但在汉赋中并不是唯一的,比如司马相如的《子虚赋》就是以虚构的子虚乌有二先生对话展开。但扬雄第一次以文学形式对中国历史上关于文人生存的一个重要问题进行了回答,即在污浊现实中,无法融合于主流政治领域时,文人如何安身立世。在文中最后一句,作者写道:"余乃避席,辞谢不直:'请不贰过,闻义则服。长与汝居,终无厌极。'贫遂不去,与我游息。"扬雄因为不堪,选择离去;因为理智,最终决定云游他方。这个回答多少是种无奈的选择。文人避世的清高,其实内里都透着股郁郁不得志的无奈与苍凉。

《逐贫赋》对后世文学产生了很大影响。洪迈《容斋续笔》卷十五中便指出,唐代韩愈的《送穷文》和柳宗元的《乞巧文》,显然都有扬雄的这篇《逐贫赋》的影子。钱锺书也曾评论道:"子云诸赋,吾必以斯为巨擘焉。创题造境,意不犹人。《解嘲》虽佳,谋篇尚步东方朔后尘,无此诙诡。后世祖构稠叠,强颜自慰,借端骂世,韩愈《送穷》,柳宗元《乞巧》,孙樵《逐痁鬼》出乎其类。"

自悼赋 / 班婕妤

　　承祖考之遗德兮，何性命之淑灵。登薄躯于宫阙兮，充下陈为后庭①。蒙圣皇之渥惠兮②，当日月之圣明③。扬光烈之翕赫兮④，奉隆宠于增成⑤。既过幸于非位兮，窃庶几乎嘉时。每寤寐而累息兮，申佩离以自思⑥。陈女图以镜监兮，顾女史而问诗。悲晨妇之作戒兮，哀褒、阎之为邮；美皇、英之女虞兮⑦，荣任、姒之母周⑧。虽愚陋其靡及兮，敢舍心而忘兹？历年岁而悼惧兮，闵蕃华之不滋。痛阳禄与柘馆兮⑨，仍褴褓而离灾⑩。岂妾人之殃咎兮，将天命之不可求。

　　白日忽已移光兮，遂晻莫而昧幽⑪。犹被覆载之厚德兮，不废捐于罪邮。奉共养于东宫兮，托长信之末流⑫。共洒扫于帷幄兮，永终死以为期。愿归骨于山足兮，依松柏之余休⑬。

　　重曰⑭：潜玄宫兮幽以清，应门闭兮禁闼扃⑮。华殿尘兮玉阶苔，中庭萋兮绿草生。广室阴兮帏幄暗，房栊虚兮风泠泠。感帷裳兮发红罗，纷綷縩兮纨素声⑯。神眇眇兮密靓处⑰，君不御兮谁为荣？俯视兮丹墀⑱，思君兮履綦⑲。仰视兮云屋⑳，双涕兮横流。顾左右兮和颜，酌羽觞兮销忧㉑。惟人生兮一世，忽一过兮若浮。已独享兮高明，处生民兮极休。勉虞精兮极乐㉒，与福禄兮无期。绿衣兮白华㉓，自古兮有之。

【注释】

①下陈：后列。②渥：厚。③日月：喻皇帝与皇后。④翕赫：《文选·甘泉赋》注：翕赫，盛貌。⑤增成：班婕妤受宠时所居住的宫殿。⑥佩离：系物于带曰佩。离，同"缡"，佩巾。古时女子出嫁，母亲临别训诫，并替她结好佩巾的带子。⑦皇、英：舜之二妃娥皇、女英。女：为妻。虞：虞舜。⑧任、姒：任，太任，文王之母；姒，太姒，武王之母。⑨阳禄与柘馆：二馆

名，婕妤曾在这里生孩子，都不幸早夭。⑩仍：频。离：遭。⑪晻莫：暗暮。⑫长信：太后之宫。⑬休：美。⑭重曰：文章已经写完，但意犹未尽，情志未申，又写了下面部分，为续篇。⑮应门：正门。闼：小门。扃：关门。⑯綷縩：象声词，行动时衣服摩擦的声音。⑰靓：同"静"。⑱丹墀：宫殿的地面。⑲履綦：卜饰。⑳云屋：即云房。原指山居，称隐士或僧道所居，此指长信宫。㉑羽觞：酒杯。㉒虞：同"娱"。㉓绿衣：指《诗经》的《绿衣》篇，写妾上僭，夫人失位。白华：指《诗经》的《白华》篇。幽王娶申女为后，后得褒姒又废申后。

【赏析】

这是诗人自悼以寄托忧思的一篇诗赋，诗人借《诗经》的《绿衣》《白华》之篇，抒发自己遭冷落的郁郁忧思之情。

作者开篇写的是入宫受宠遭妒，受谗言而入冷宫的凄凉际遇，暗示宫廷斗争的残酷。文章描写的是作者退居东宫之后的寂寞生活，不过寥寥几笔，幽怨之情、难言之痛，溢于言表。接着作者描写了东宫景物，无不呈现一股凄凉、冷落之感，正是作者悲凉身世的映射，以致借酒消愁。于是发出来这样的感慨，曰："惟人生兮一世，忽一过兮若浮。已独享兮高明，处生民兮极休。勉虞精兮极乐，与福禄兮无期。绿衣兮白华，自古兮有之。"班婕妤的过人之处即在于此。

作者哀叹道，自己的灾难是自己造成的。天命不可强求，白昼的日光已然移去，暮色的黯淡悄然降临，天地赋予的厚德不能因为自己被遗弃的罪过而丢掉，面对圣恩的冷淡，她知难而退，不再踏入后宫是非之地，情愿养于东宫而不外出，直到终老。但愿死后可以回归自由，依山傍水，埋于松柏之下。就是因为她明白，自己永远无法和这个宫廷相互适应。

成帝死后，班婕妤请愿为其守陵，终日与墓碑相伴。在继续孤独的日子里，班婕妤度过了她人生的最后5年时光，从容地离开了这个世界，也终于离开了那个禁锢了她一生自由与爱的后宫。

关于班婕妤，人们对她有诸多论断，其中梁代的钟嵘就在《诗品》中评论班婕妤道："从李都尉迄班婕妤，将百年间，有妇人焉，一人而已。"

东征赋 / 班 昭

惟永初之有七兮,余随子乎东征。时孟春之吉日兮①,撰良辰而将行。乃举趾而升舆兮②,夕予宿乎偃师。遂去故而就新兮,志怆悢而怀悲③!

明发曙而不寐兮④,心迟迟而有违⑤。酌樽酒以弛念兮⑥,喟抑情而自非。谅不登樔而椓蠡兮⑦,得不陈力而相追⑧。且从众而就列兮,听天命之所归。遵通衢之大道兮,求捷径欲从谁⑨?乃遂往而徂逝兮⑩,聊游目而遨魂!

历七邑而观览兮,遭巩县之多艰。望河洛之交流兮,看成皋之旋门。既免脱于峻崄兮,历荥阳而过卷。食原武之息足,宿阳武之桑间。涉封丘而践路兮,慕京师而窃叹!小人性之怀土兮⑪,自书传而有焉。

遂进道而少前兮,得平丘之北边。入匡郭而追远兮,念夫子之厄勤⑫。彼衰乱之无道兮,乃困畏乎圣人⑬。怅容与而久驻兮,忘日夕而将昏。到长垣之境界⑭,察农野之居民。睹蒲城之丘墟兮,生荆棘之榛榛。惕觉寤而顾问兮⑮,想子路之威神。卫人嘉其勇义兮,讫于今而称云。蘧氏在城之东南兮,民亦尚其丘坟。唯令德为不朽兮,身既没而名存。

惟经典之所美兮,贵道德与仁贤。吴札称多君子兮,其言信而有征。后衰微而遭患兮,遂陵迟而不兴⑯。知性命之在天,由力行而近仁。勉仰高而蹈景兮,尽忠恕而与人。好正直而不回兮,精诚通于明神。庶灵祇之鉴照兮,佑贞良而辅信。

乱曰:君子之思,必成文兮。盍各言志,慕古人兮。先君行止⑰,则有作兮。虽其不敏,敢不法兮。贵贱贫富,不可求兮。正身履道⑱,以俟时兮。修短之运⑲,愚智同兮。靖恭委命⑳,唯吉凶兮。敬慎无怠,思嗛约兮㉑。清静少欲,师公绰兮。

【注释】

①孟春：春季头个月。②升舆：登上车。③怆悢：悲伤，惆怅。④明发：醒。⑤迟迟：迟疑。⑥弛念：减弱对故居的思念。⑦橶：远古人类在树上的简陋居所。椓蠡（lí）：砸开螺壳。⑧陈力：尽力。⑨捷径：指不正之道。⑩徂逝：远行。⑪怀土：因怀念故地而不愿迁移。⑫夫子：指孔子。厄勤：困厄勤苦。⑬畏：同"围"，围困。⑭长垣：县名。⑮顾问：回头询问。⑯陵迟：衰败。⑰先君：先父。⑱履道：履行道义。⑲修：长。⑳靖恭：恭敬奉守。委命：听凭命运支配。㉑嗛约：谦恭自约。嗛，同"谦"。

【赏析】

班昭所写的《女诫》包括 7 部分内容：卑弱、夫妇、敬慎、妇行、专心、曲从和叔妹。这是一本用来教导班家女儿的私家教科书，但没有料到的是，这本书竟然会被一些世家争相传抄，后来竟然风行全国，成为闺中之女必读的一本书。而这本书中所讲的正是教导女子如何在这个男权的社会里，躲在男性背后，牺牲自己使这个男权社会运作得更加灵活。

班昭才思敏捷，在她的内心，定然有一捧清泉，脆弱清澈。当那清泉被捧出时，班昭才发现，原来自己竟然如此脆弱，究竟是该听从天命的安排，还是走自己的路，一向冷静的班昭也会在夜深的时候心生困惑。她随同儿子一起起程，来到新的居所，却充满悲伤的情怀，天亮还是无法入睡，明明知道内心的矛盾，却还是无力与命运抗争。

《东征赋》一文虽然文辞斐然，却已然透露出班昭当时疲惫的心理，不再年轻的她，就如同不再坚持的信念一样，令人担忧。如果说一个女人的坚强来源于她对外界的幻想，那么班昭那时的幻想已经被层层地拨开，令人觉得忧伤。于是，一首《东征赋》也是作得几分忧伤，几分怅然。透过书简，似乎还能读到淡淡的无奈。

这篇赋四句一转，曲尽其意，文辞典雅，颇具情韵。这是班昭和儿子路过陈留时写的赋，效仿她的父亲班彪《北征赋》而作，因为她说过："先君行止，则有作兮，虽其不敏，敢不法兮。"

赋中记录了她从洛阳到陈留的经历，对先哲进行歌颂，又借景抒情。人世间只有美德才能长存，班昭自认为自己的德行昭明，祈求上天垂怜，就算才思不够敏捷，无法达到父亲的高度，但她仍极力效仿。虽然人间的富贵不能强求，但命运总是公平的，就让自己洁身自好，坚持真理等待命运的转机吧，或许清心寡欲，日后才会从容不迫。

班昭一生无风无浪，凭着女性天生的敏锐将生活细节中的点滴都铭记心中。虽然《东征赋》没有班彪所写的《北征赋》那样气势磅礴，但在缠绵细腻的情感中，仿佛可以看到班昭内心的苦闷和矛盾，在曲曲折折的字里行间，淡然地流露出来，强自开解而又无可奈何，徘徊往复，而又有古淡的文风。

归田赋 / 张 衡

游都邑以永久①，无明略以佐时②。徒临川以羡鱼③，俟河清乎未期④。感蔡子之慷慨⑤，从唐生以决疑⑥。谅天道之微昧⑦，追渔父以同嬉⑧。超埃尘以遐逝⑨，与世事乎长辞⑩。

于是仲春令月⑪，时和气清；原隰郁茂⑫，百草滋荣。王雎鼓翼⑬，鸧鹒哀鸣⑭；交颈颉颃⑮，关关嘤嘤⑯。于焉逍遥⑰，聊以娱情。

尔乃龙吟方泽⑱，虎啸山丘。仰飞纤缴⑲，俯钓长流。触矢而毙，贪饵吞钩。落云间之逸禽⑳，悬渊沉之鲨鲌。

于时曜灵俄景㉑，系以望舒㉒，极般游之至乐㉓，虽日夕而忘劬㉔。感老氏之遗诫㉕，将回驾乎蓬庐。弹五弦之妙指㉖，咏周、孔之图书㉗。挥翰墨以奋藻㉘，陈三皇之轨模㉙。苟纵心于物外，安知荣辱之所如㉚。

【注释】

①都邑：指东汉京都洛阳。永：长。久：滞。言久滞留于京都。②明略：明智的谋略。这句意思说自己无明略以匡佐君主。③徒：空，徒然。羡：愿。④俟：等待。河清：黄河水清，古人认为这是政治清明的标志。此句意思为等待政治清明未可预期。⑤蔡子：指战国时燕人蔡泽。慷慨：壮士不得志于心。⑥唐生：即唐举，战国时梁人。决疑：请人看相以解除对前途命运的疑惑。蔡泽游学诸侯，未发迹时，曾请唐举看相，后入秦，待范雎为秦相。⑦谅：确实。微昧：幽隐。⑧嬉：乐。⑨超尘埃：即游乎尘埃之外。尘埃，比喻纷浊的事务。遐逝：远去。⑩长辞：永别。由于政治昏乱，世路艰难，自己与时代不合，产生了归田隐居的念头。⑪令月：吉日，好的时节。令，善。⑫原：宽阔平坦之地。隰：低湿之地。郁茂：草木繁盛。⑬王雎：鸟名。即雎鸠。⑭鸧鹒：鸟名。即黄鹂。⑮颉颃：鸟飞上下貌。⑯关关嘤嘤：指二鸟和鸣。⑰于焉：于是乎。逍遥：安闲自得。⑱尔乃：于是。方泽：大泽。这两句言自己从容吟啸于山泽间，类乎龙虎。⑲纤缴：指箭。纤，细。缴，射鸟时系在箭上的丝绳。⑳逸禽：云间高飞的鸟。㉑曜灵：日。俄：斜。景：同

"影"。㉒系：继。望舒：神话传说中为月亮驾车的仙人，这里代指月亮。㉓般游：游乐。般：乐。㉔虽：虽然。劬：劳苦。㉕感老氏之遗诫：指《老子》十二章"驰骋田猎，令人心发狂"。㉖五弦：五弦琴。指：通"旨"。㉗周、孔之图书：周公、孔子著述的典籍。㉘翰：毛笔。藻：辞藻。㉙陈：陈述。轨模：法则。㉚如：往，到。

【赏析】

这是东汉科学家、文学家、政治家张衡的最有名的辞赋之一。

此赋描写的是作者归园田居的生活画面。在湖边歌唱，在山丘吟诗，向云间射箭，往河里垂钓，这便是张衡赋闲后的生活，字里行间全是悠闲。就算夕阳下山，皓月升起，游戏的劲头也丝毫不减，只是想起圣贤告诫，便回到草庐，弹奏琴弦，品读诗书，提笔写下这一日的欢娱。在这里，人间的烦忧与荣辱，已经完全与自己不相干了。

作为东汉有名的科学家，张衡同时也像所有知识分子一样，希望能为国家效力，然而他始终无法改变当时残破的局面，被郭沫若评价为"如此全面发展之人物，在世界史中亦所罕见，万祀千龄，令人景仰"的张衡也无法逃避世事的苍凉。

东汉宦官外戚专权，官场的浑浊与政治的黑暗，使张衡感到忧愤，官僚体系已经不再适合他了。在朝为官，张衡走到了尽头，但对百姓，他是关怀备至的。张衡发现，一个帝国的统治者只有与百姓惺惺相惜，才能令这个国家长治久安，他清楚地看到，实现国家的富有，就要实现百姓的利益。张衡做了最后的抗争，然而宦官的力量实在过于强大，他再次落败。当汉顺帝问张衡如今天下百姓最憎恶何人时，在宦官的包围中，他竟然没有勇气说出真相。

他彻底明白了，这是一个他无法抗衡的团体，所以他充满了痛苦和矛盾，并退出了这个他曾为之奋斗的舞台。张衡晚年消极避世，归隐之后，他写诗作赋以表述内心的凄凉和不满。这篇《归田赋》是他的代表之作。正如结尾"苟纵心于物外，安知荣辱之所如"两句所说，作者挣脱樊篱，归隐田园，不再为尘世荣辱束缚。这种归隐的生活是令人遐想的，然而其中也渗透着作者浓浓的无奈之情。

青衣赋 / 蔡邕

金生沙砾，珠出蚌泥。叹兹窈窕①，生于卑微②。盼倩淑丽③，皓齿蛾眉。玄发光润④，领如蝤蛴⑤。修长冉冉⑥，硕人其颀⑦。绮绣丹裳，踯躅丝扉⑧。盘珊蹴躞，坐起昂低。和畅善笑，动扬朱唇。都冶武媚⑨，卓砾多姿。精慧小心，趋事若飞。中馈裁割，莫能双追。《关雎》之洁，不陷邪非。察其所履，世之鲜希⑩。宜作夫人，为众女师。伊何尔命⑪，在此贱微！代无樊姬，楚庄晋妃。感昔郑季，平阳是私。故因锡国，历尔邦畿。虽得嬿婉⑫，舒写情怀。寒雪翩翩，充庭盈阶。兼裳累镇，展转倒颓⑬。昒昕将曙⑭，鸡鸣相催。饬驾趣严⑮，将舍尔乖。蒙冒蒙冒，思不可排⑯。停停沟侧⑰，噭噭青衣。我思远逝，尔思来追。明月昭昭⑱，当我户扉。条风狎猎⑲，吹予床帷。河上逍遥，徙倚庭阶⑳。南瞻井柳㉑，仰察斗机。非彼牛女，隔于河维。思尔念尔，怒焉且饥㉒。

【注释】

①兹：这个。窈窕：美好的样子。②卑微：出生低微。③盼倩：出自《诗经·卫风·硕人》："巧笑倩兮，美目盼兮"，顾盼生姿之意。淑丽：娴熟美好。④玄发：黑发。⑤领：颈部。蝤蛴：金龟子的幼虫。⑥冉冉：柔美的样子。⑦颀：修长。⑧躩：踩。扉：鞋。⑨都冶：即美貌。武媚：同"妩媚"。⑩鲜希：稀少。⑪伊何：为何。⑫嬿婉：欢好的样子。⑬倒颓：精力消退。⑭昒（hū）昕：拂晓，黎明。⑮饬：整治。⑯思：助词。⑰停停：耸立的样子。⑱昭昭：明亮的样子。⑲条风：东北风。狎猎：重叠接连。⑳徙倚：徘徊。㉑井柳：指井宿、柳宿。㉒怒（nì）：忧愁伤痛。

【赏析】

这是一首描写处于恋爱中的人因为思念爱人而不得寐的作品。在皎洁如水的月光下，倚靠着窗户，当风吹过床上，轻纱漫动之时，远在他乡的爱人啊，你在哪里？就好像是天上的牛郎和织女，相爱的人之间的思念，遥遥无期。

　　这是隐喻地表达婢女对情郎的思念之情，从中可以看出汉朝人们对于人性自由的追求。除了蔡邕，还有许多文人也有类似的作品，例如司马相如的《美人赋》，虽然表面上是在谈政治，但其实也是在隐喻地说男女之间的隐讳之情。还有继蔡邕之后的阮瑀，他在作品《止欲赋》中写道："睹天汉之无津，伤匏瓜之无偶，悲织女之独勤。"

　　从《青衣赋》中可以看出，在当时的人们看来，或明确或隐喻地表达内心思慕男女之情并不是什么不可饶恕的罪过，反而是一种正常的情感宣泄。这篇赋词所写细节是比较大胆露骨的，也是十分细腻的。

洛神赋 / 曹　植

　　黄初三年，余朝京师①，还济洛川②。古人有言，斯水之神，名曰宓妃③。感宋玉对楚王神女之事④，遂作斯赋。其辞曰：

　　余从京域，言归东藩⑤。背伊阙⑥，越轘辕⑦，经通谷⑧，陵景山⑨。日既西倾，车殆马烦。尔乃税驾乎蘅皋，秣驷乎芝田，容与乎阳林，流眄乎洛川。于是精移神骇，忽焉思散。俯则未察，仰以殊观，睹一丽人，于岩之畔。乃援御者而告之曰："尔有觌于彼者乎？彼何人斯？若此之艳也！"御者对曰："臣闻河洛之神，名曰宓妃。然则君王所见，无乃是乎？其状若何？臣愿闻之。"

　　余告之曰：其形也，翩若惊鸿，婉若游龙。荣曜秋菊，华茂春松。髣髴兮若轻云之蔽月，飘飖兮若流风之回雪。远而望之，皎若太阳升朝霞；迫而察之，灼若芙蕖出渌波。秾纤得衷⑩，修短合度。肩若削成，腰如约素。延颈秀项，皓质呈露。芳泽无加，铅华弗御。云髻峨峨，修眉联娟。丹唇外朗，皓齿内鲜，明眸善睐，靥辅承权⑪。瑰姿艳逸⑫，仪静体闲。柔情绰态，媚于语言。奇服旷世，骨像应图。披罗衣之璀粲兮，珥瑶碧之华琚。戴金翠之首饰，缀明珠以耀躯。践远游之文履，曳雾绡之轻裾。微幽兰之芳蔼兮，步踟蹰于山隅。

于是忽焉纵体，以遨以嬉。左倚采旄，右荫桂旗。攘皓腕于神浒兮，采湍濑之玄芝。余情悦其淑美兮，心振荡而不怡。无良媒以接欢兮，托微波而通辞。愿诚素之先达兮，解玉佩以要之⑬。嗟佳人之信修兮，羌习礼而明诗。抗琼珶以和予兮，指潜渊而为期⑭。执眷眷之款实兮⑮，惧斯灵之我欺。感交甫之弃言兮，怅犹豫而狐疑。收和颜而静志兮，申礼防以自持。

于是洛灵感焉，徙倚彷徨，神光离合，乍阴乍阳。竦轻躯以鹤立，若将飞而未翔。践椒涂之郁烈，步蘅薄而流芳。超长吟以永慕兮，声哀厉而弥长。

尔乃众灵杂遝，命俦啸侣⑯，或戏清流，或翔神渚，或采明珠，或拾翠羽。从南湘之二妃⑰，携汉滨之游女。叹匏瓜之无匹兮，咏牵牛之独处。扬轻袿之猗靡兮，翳修袖以延伫。休迅飞凫，飘忽若神，陵波微步，罗袜生尘。动无常则，若危若安。进止难期，若往若还。转眄流精，光润玉颜。含辞未吐，气若幽兰。华容婀娜，令我忘餐。

于是屏翳收风⑱，川后静波。冯夷鸣鼓⑲，女娲清歌。腾文鱼以警乘，鸣玉鸾以偕逝。六龙俨其齐首，载云车之容裔，鲸鲵踊而夹毂⑳，水禽翔而为卫。

于是越北沚。过南冈，纡素领，回清阳㉑，动朱唇以徐言，陈交接之大纲。恨人神之道殊兮，怨盛年之莫当。抗罗袂以掩涕兮，泪流襟之浪浪。悼良会之永绝兮。哀一逝而异乡。无微情以效爱兮，献江南之明珰。虽潜处于太阳，长寄心于君王。忽不悟其所舍，怅神宵而蔽光㉒。

于是背下陵高，足往神留，遗情想象，顾望怀愁。冀灵体之复形，御轻舟而上溯㉓。浮长川而忘返㉔，思绵绵而增慕。夜耿耿而不寐，沾繁霜而至曙。命仆夫而就驾，吾将归乎东路。揽騑辔以抗策，怅盘桓而不能去。

【注释】

①京师：京城、国都，此处指魏都洛阳。②洛川：洛水。源自陕西省，入河南省，经洛阳，至巩县入黄河。③宓（fú）妃：相传为宓羲氏的女儿，溺死于洛水为神，即洛神。④感宋玉对楚王神女之事：宋玉曾作《高唐赋》《神女赋》，均记载楚襄王对答梦遇巫山神女之事。⑤东藩：东方藩国。当时曹植封为鄄（juàn）城（今山东省鄄城）王。鄄城位于洛阳东北，故称东藩。⑥伊阙：山名，又名阙塞山、龙门山，在洛阳南。⑦辕辕：山名，在河南省偃师东南。⑧通谷：山谷名，在洛阳城南。⑨陵：登。景山：在河南省偃师以南。⑩秾（nóng）：花木盛，这里指体态丰满。⑪靥（yè）：酒窝。权：通"颧"，颧骨。酒窝在颧骨下，所以说"承权"。⑫瑰姿：美妙的姿态。⑬要："邀"，约会。⑭潜渊：深渊，指洛神所居之处。⑮眷眷：通"拳拳"。⑯命俦啸侣：等于说呼朋唤友。俦：匹、侣。⑰南湘之二妃：指娥皇、女英，湘水之神。⑱屏翳：传说中的风神。⑲冯（píng）夷：河伯的名字。⑳鲸鲵（ní）：即鲸鱼，雄的叫鲸，雌的叫鲵。㉑清阳：女子眉清目秀，此指清秀的眉目。阳：一作"扬"。㉒神宵：神影消逝。宵：通"消"，消逝。㉓溯（sù）：逆流而上。㉔长川：指洛水。反：同"返"，返回。

【赏析】

这首《洛神赋》一般认为是曹植为了纪念甄氏而写的，当时甄氏早就嫁给曹丕为妃，而且曹丕也已经登基成了皇帝，曹植没有能力与他争夺女人，而且在作这首赋之前，甄氏也已经因为宫廷内部的权力斗争而死于非命。所以，曹植作的这首《洛神赋》系怀念之作。他到洛阳拜见曹睿，与甄氏的儿子曹睿吃饭，见到侄子，想起甄氏的红颜薄命，曹植自然是有感于心。据史料记载，曹植睹物思人，在回到封地的路上一直神情恍惚，夜里梦回，恍然看到了甄氏在他面前，待清醒之后才知道是南柯一梦，但更加难掩心中的悲伤，便写下了这首著名的赋。

这一首赋文辞优美，语言华丽，将甄氏的美好与动人之处描写得入木三分，使人看到赋就仿佛看到甄氏本人一样。曹植虽然放任自流，今日狂歌痛饮，明朝游猎山林，但是他对甄氏的思念不是一时兴起，而是深埋于内心的一种深沉情愫，但后人对此有过诸多怀疑。例如宋朝诗人刘克庄就曾认为这是好事之人"造甄后之事以实之"。明朝的王世贞又说："令洛神见之，未免笑子建（曹植字）伧父耳。"他们都认为曹植对甄氏的感情是虚拟而不真实的。但由于此文文采琉华，尤其是"其形也，翩若惊鸿，婉若游龙。荣曜秋菊，华茂春松。髣髴兮若轻云之蔽月，飘飖兮若流风之回雪。远而望之，皎若太阳升朝霞；迫而察之，灼若芙蕖出渌波。秾纤得衷，修短合度。肩若削成，腰如约素。延颈秀项，皓质呈露。芳泽无加，铅华弗御。云髻峨峨，修眉联娟。丹唇外朗，皓齿内鲜。明眸善睐，靥辅承权"一段，历来为人称引。作者描写洛神之美，说她体态轻盈，就像

起舞的鸿雁、嬉戏的游龙，容貌宛如绽放的秋菊、春日的松柏，形态就如同若隐若现的月亮，如同风中翩跹的雪花。她的美无法用辞藻形容，远远望去，就像是一抹朝霞，也像是水中亭亭玉立的荷花，丰满得恰到好处，身高也比例适中，总之，这个女子的铅华无与伦比。

相传曹植对甄氏一见钟情，但这或许只是他一厢情愿而已，历史上并未记载甄氏对曹植有过任何的青睐。在嫁给曹丕后，甄氏恪尽本分，为曹丕生儿育女。

这个女人拈花带笑，她的容貌倾国倾城，不然也不会被袁绍选为儿媳。可惜自古红颜多薄命，甄氏的荣华还未享尽，便因为曹操的大军来袭而改变。当她蓬头垢面地出现在曹氏父子面前的时候，她应该不会想到她会俘获三个人的心。曹操对于污垢依然不掩芳华的甄氏，十分喜爱，只可惜曹丕先声夺人，要将甄氏归自己所有，为了笼络人心，曹操只得忍痛割爱，于是甄氏嫁给了曹丕。后来，甄氏日益失宠，更因为谗言四起而被曹丕赐死，下葬的时候，"被发覆面，以糠塞口"，极为凄惨。

不论这篇赋中的女子是谁，都极度唯美，引人产生无限遐想。

雪 赋 /谢惠连

岁将暮，时既昏。寒风积，愁云繁。梁王不悦①，游于兔园②。乃置旨酒，命宾友。召邹生，延枚叟。相如末至，居客之右。俄而微霰零③，密雪下。王乃歌北风于卫诗，咏南山于周雅。授简于司马大夫，曰："抽子秘思，骋子妍辞，侔色揣称④，为寡人赋之⑤。"

相如于是避席而起，逡巡而揖⑥。曰：臣闻雪宫建于东国⑦，雪山峙于西域。岐昌发咏于来思⑧，姬满申歌于黄竹⑨。曹风以麻衣比色⑩，楚谣以幽兰俪曲⑪。盈尺则呈瑞于丰年，袤丈则表沴于阴德。雪之时义远矣哉！请言其始。

若乃玄律穷，严气升。焦溪涸，汤谷凝。火井灭⑫，温泉冰。沸潭无涌⑬，炎风不兴。北户墐扉⑭，裸壤垂缯。于是河海生云，朔漠飞沙。连氛累霭，掩日韬霞⑮。霞霏沥而先集，雪粉糅而遂多⑯。

其为状也，散漫交错，氛氲萧索⑰。蔼蔼浮浮⑱，瀌瀌弈弈⑲。联翩飞洒，徘徊委积。始缘甍而冒栋⑳，终开帘而入隙。初便娟于墀庑㉑，末萦盈于帷席㉒。既因方而为圭，亦遇圆而成璧。眄隰则万顷同缟，瞻山则千岩俱白。于是台如重璧，逵似连璐㉓。庭列瑶阶，林挺琼树。皓鹤夺鲜㉔，白鹇失素㉕。纨袖惭冶㉖，玉颜掩嫮。

若乃积素未亏，白日朝鲜，烂兮若烛龙㉗，衔燿照昆山。尔其流滴垂冰，缘溜承隅㉘。粲兮若冯夷㉙，剖蚌列明珠㉚。至夫缤纷繁骛之貌，皓皑皦絜之仪。回散萦积之势，飞聚凝曜之奇。固展转而无穷，嗟难得而备知。若乃申娱玩之无已，夜幽静而多怀。风触楹而转响㉛，月承幌而通晖。酌湘吴之醇酎，御狐貉之兼衣。对庭鹍之双舞，瞻云雁之孤飞。践霜雪之交积，怜枝叶之相违。驰遥思于千里，愿接手而同归。邹阳闻之，懑然心服㉜。有怀妍唱，敬接末曲。于是乃作而赋积雪之歌。

歌曰：携佳人兮披重幄，援绮衾兮坐芳褥。燎熏炉兮炳明烛，酌桂酒兮扬清曲。又续而为白雪之歌。歌曰：曲既扬兮酒既陈，朱颜酡兮思自亲。原低帷以昵枕㉝，念解佩而褫绅㉞。怨年岁之易暮，伤后会之无因。君宁见阶上之白雪，岂鲜耀于阳春。歌卒。王乃寻绎吟玩㉟，抚览扼腕㊱。顾谓枚叔，起而为乱㊲。

乱曰：白羽虽白，质以轻兮。白玉虽白，空守贞兮。未若兹雪，因时兴灭㊳。玄阴凝不昧其洁，太阳曜不固其节。节岂我名，洁岂我贞。凭云升降，从风飘零。值物赋象，任地班形㊴。素因遇立，污随染成㊵。纵心皓然，何虑何营？

[注释]

①梁王：即汉梁孝王刘武，好宫室苑囿之乐。②兔园：梁孝王曾建兔园，也称梁园。在今河南商丘以东。为游赏与延宾之所。③霰（xiàn）：下雪时的小冰粒。零：稀疏的飘落。④侔：等的意思。揣：即量。称：好。⑤寡人：自指。⑥逡巡（qūn xún）：有所顾虑而徘徊不前。⑦雪宫：离宫之名。⑧岐：周朝发源地。昌：周文王。⑨姬满：周穆王，周昭王之子。申：重，反复的意思。曹风以麻衣比色，以幽兰俪曲。⑩曹风：指《诗经·曹风·蜉蝣》："蜉蝣掘阅，麻衣如雪。"⑪楚谣：宋玉《讽赋》曰："臣尝行至，主人独有一女，置臣兰房之中，臣援琴而鼓之，为幽兰、白雪之曲。"俪：双并、对偶的意思。⑫火井：《博物志》记载：临邛火井，诸葛亮往视，后火转盛，以盆贮水煮之，得盐。后人以火投井，火即灭，至今不燃。又据传说，西河郡鸿门县亦有火井祠，火从地出。张衡《温泉赋》曰：遂適骊山观温泉。⑬沸潭：传说有潭水常年沸腾，郦道元《水经注》记载说生的食物投到潭中，一会便熟了。⑭墐：刷涂。⑮掩：覆盖的意思。韬：掩藏。⑯糅：糅杂。⑰氛氲：蔚盛的样子。⑱蔼蔼：盛貌。⑲弈弈：同"蔼蔼"。⑳甍：屋栋。冒：覆盖。㉑便娟：美好的样子，形容雪回旋飘落。庑：堂下周围的走廊、廊屋。㉒縈盈：同"便娟"。㉓璐：美玉。㉔皓：雪白。㉕白鹇：鸟名。㉖冶：妖冶。㉗烛龙：传说中的钟山之神，又名烛阴。《山海经》载："赤水之北，有章尾山，有神，人面蛇身，其瞑乃晦，其视乃明，是烛九阴，是谓烛龙。"㉘溜：屋宇。㉙冯夷：上古人物。渡河溺死，后为河伯。㉚剖蚌列明珠：剖蚌求珠。蚌即蜃，一种能生明月珠的蚌蛤。㉛楹：即屋柱。㉜潓：烦闷。㉝昵：亲近。㉞褫：夺衣。绅：宽大的衣带。㉟寻绎：理出头绪。㊱扼腕：用一只手握住另一只手腕，这里表示思虑、叹惜的情绪。㊲乱：古代乐曲的最后一章或辞赋末尾总括全篇要旨的文字称乱，此处指后者。㊳"因时兴灭"句是说随着自然季节的变化而兴起寂灭。㊴任：因，凭。㊵污：相染污。

【赏析】

　　这篇《雪赋》是令惠连享誉文坛的一篇景赋佳作，端丽优美，扣人心弦，与谢庄的《月赋》齐名。

　　赋中诗人假想梁孝王游园遇雪时的情景。开头一段讲冬季的天空万分忧郁，梁孝王闷得发慌，便叫来司马相如、邹阳、枚乘于兔园饮酒，看到漫天飘飞的雪景，灵机一闪，便命三人以雪作诗赋。司马相如才思敏捷，抢先一步大赞雪的芳姿，邹阳不甘示弱，也叹雪一番。梁孝王听罢笑着点头，转向枚乘，只听枚乘说道："白羽虽白，质以轻兮，白天虽白，空守贞兮。未若兹雪，因时兴灭。玄阴凝不昧其洁，太阳耀不固其节。节岂我名，节岂我贞。凭云升降，从风飘零。值物赋象，任地班形。素因遇立，污随染成。纵心皓然，何虑何营？"

　　白色的羽毛虽然洁白无瑕，但质地轻飘；白玉虽然皓洁，可是徒有永恒的色泽而无神韵；不像白雪皑皑，随着四时的更替浮现和消失，天空阴冷时不藏匿自己的玉洁冰清，太阳灼晒时也不固守形状。为什么一定要保持自己的永恒？只管从云而降，随风而走，遇到山峦沟壑、人情物事时便给其增色，随遇而安地活着该是多么逍遥，何必去汲汲营营，给自己制造什么高洁的形象呢？

　　从诗人假托枚乘所讲的这段话里，可以看出满是老庄的超脱旷达、虚无恬淡。这是枚乘从雪处悟到的真理，事实上也是惠连对雪的最真实看法，只不过借枚乘的嘴说出来罢了。而这篇赋中所传达的对生活无所求也不苛刻的观念，正是诗人本性的影射。

　　美则美矣，然时人言及《雪赋》，仍然批评它缺乏真正的内涵，所言虚空。或许《雪赋》的确有此弱点，但人们从赋中既能得到美的享受，又能领悟生活不必太过强求的道理，未尝不是一得。

月　赋 / 谢 庄

　　陈王初丧应刘，端忧多暇。绿苔生阁，芳尘凝榭。悄焉疚怀，不怡中夜。乃清兰路，肃桂苑；腾吹寒山，弭盖秋阪。临浚壑而怨遥，登崇岫而伤远。于时斜汉左界，北陆南躔①；白露暧空，素月流天，沉吟齐章，殷勤陈篇。抽豪进牍，以命仲宣②。

　　仲宣跪而称曰：臣东鄙幽介，长自丘樊，昧道懵学，孤奉明恩。

　　臣闻沉潜既义，高明既经，日以阳德，月以阴灵。擅扶光于东沼，嗣若英于西冥③。引玄兔于帝台，集素娥于后庭。朓脁警阙④，朒魄示冲。顺辰通烛，从星泽风。增华台室，扬采轩宫。委照而吴业昌，沦精而汉道融。

　　若夫气霁地表，云敛天末，洞庭始波，木叶微脱。菊散芳于山椒，雁流哀于江濑⑤；升清质之悠悠，降澄辉之蔼蔼。列宿掩缛⑥，长河韬映；柔祇雪凝，圆灵水镜；连观霜缟，周除冰净。君王乃厌晨欢，乐宵宴；收妙舞，驰清县；去烛房，即月殿；芳酒登，鸣琴荐。

　　若乃凉夜自凄，风篁成韵⑦，亲懿莫从⑧，羁孤递进⑨。聆皋禽之夕闻⑩，听朔管之秋引。于是弦桐练响，音容选和。徘徊房露，惆怅阳阿，声林虚籁，沦池灭波。情纡轸其何托⑪？诉皓月而长歌。歌曰：

　　美人迈兮音尘阙，隔千里兮共明月；
　　临风叹兮将焉歇？川路长兮不可越。

歌响未终，余景就毕；满堂变容，回徨如失⑫。
又称歌曰：
月既没兮露欲晞⑬，岁方晏兮无与归；
佳期可以还，微霜沾人衣！
陈王曰："善。"乃命执事，献寿羞璧⑭。敬佩玉音，复之无斁。

【注释】

①躔（chán）：兽迹，这里指山路。②仲宣：王粲。③西冥：古代传说西方日入处。④警阙：意思是儆戒君王的缺失。⑤濑（lài）：急流。⑥列宿：指众星宿，特指二十八宿。⑦风篁：谓风吹竹林。⑧亲懿：至亲。⑨羁孤：指羁旅孤独的人。⑩皋禽：即鹤的别称。⑪纡轸（yū zhěn）：委屈而隐痛的意思。⑫回徨：同"徊徨"。⑬晞：干。⑭羞：进献。

【赏析】

谢庄的这篇《月赋》自南北朝以来一直享有盛名。《月赋》以陈王曹植与建安七子之一王粲为主人公，写的是曹植思念起故友——死于瘟疫的应玚、刘桢，午夜无法入眠，惆怅非常，于是穿过满地芳草的亭台楼榭，登上寒山。迎面是瑟瑟的秋风，脚下是沟壑，远处是连绵的山峦，空气中是微薄的白雾，抬头看见一轮明月正在当空，一时间思念之情更浓，他便叫来王粲，与他闲话忆往事。按史载，王粲与应、刘死于同一场大瘟疫，可见诗中曹植与王粲相见的情景完全是诗人谢庄想象出来的，可能谢庄想不出哪个人比较适合与曹植说知心话了，毕竟建安七子陆续离世之后，曹植几乎失去了全部的朋友。

在诗人的臆想中，曹植把王粲叫到身边，让后者以天上的月作赋一篇，王粲并没有直接作赋，而是自谦一番：承蒙陈王恩宠，仲宣（王粲字）不才，姑且一试。然后他开始为赞美月亮而展开铺叙。王粲说，日代表着人的心智，而月代表人的灵魂，月的光华洗涤了地上的沼冥，吸引了男男女女的观望和思慕。然而，月相的变化事实上与地上的君主治世有关，例如江东吴氏梦月而生孙策，东吴因孙策而昌盛；汉元帝的皇后之母梦月而生女，女儿当上了皇后，汉朝的天下则四平八稳。

王粲说这些其实与月亮本身的美感毫无关系，不过是引几个典故给自己增加点文化底蕴，同时也借月亮来鼓励曹植，然后才真正说起月色之美。他说道："若夫气霁地表，云敛天末，洞庭始波，木叶微脱……柔祇雪凝，圆灵水镜。"在云敛的天际是洞庭湖水腾起的微波，湖边落叶旋飞而下，空气中弥漫着秋菊的淡淡香气，耳边听到的是雁群畏寒惧冷的浅吟。在这山水一色、雾气霭霭的景象中，江河托月而起，月盘水灵精透，光色如同雪凝。如此绝美的景致，恐怕连帝王都要被深深地吸引，停下身边的歌舞，对月饮酒奏琴。

然而，月儿虽美，可是却总在凉夜之中引来羁客的寂寞凄楚。独身在外，久别亲人，即便在月下听了天籁乐曲，也会更加悲伤，在房檐屋后怅然徘徊，对月长歌：美丽的人儿与我相隔千里，道路漫漫不可逾越，我们之间的联系只有那天上的明月，你看到了它，我也看到了它，如同我们看到了彼此。然而我的长歌尚未唱完，月已经消失在晨雾之中，我怅然若失，该如何是好，只有再唱一曲。既然月已经消失在天际，这一年也快过去，也该到了我早早归家的时候。在那一刹那间，轻轻掀起垂在眉际间的乌发，看着霜露化轻渺为凝珠，浸湿了衣襟，也浸湿了思乡人的心。

谢庄，字希逸，他家在魏晋时期是顶尖的大门阀。自谢安、谢玄开始，谢家能臣大将频出不断，山水田园诗的鼻祖谢灵运便是谢玄的孙子，而谢庄按辈分来说是谢灵运的族侄。

他的这篇《月赋》充满了浓烈的哀伤，在诗人口中，月亮既有美感又使人怅然，读起来令人为之纠结。后人在解读《月赋》的文字时，认为谢庄纯是怀古，依据曹植《秋思赋》与王粲的《登楼赋》《伤夭赋》，写曹、王之间的旧事。诗人借古说今，不过是在诗赋中借着王粲的嘴把游子共同的心意诉说出来罢了。人们读到谢庄的这篇《月赋》，每每被它的凄美感动，猜测谢庄借王粲的嘴表达的忧思从何而来，理当不是源于谢庄思乡的情感。谢庄的家世显赫，他本人的学识也是一流，又做了南朝宋明帝的光禄大夫，连北魏的人都对其非常熟悉。这样看来，他本不该如此多虑，但由于多年为疾病所苦，谢庄身心俱疲，他常自称已是"常如行尸"而"无意于人间"。被病体连累到不想再活的地步，足见谢庄活得很累，他笔下的月自然而然就多了一分忧，少了一分喜。

别　赋 / 江　淹

黯然销魂者①，唯别而已矣！况秦吴兮绝国②，复燕赵兮千里。或春苔兮始生，乍秋风兮暂起。是以行子肠断，百感凄恻。风萧萧而异响，云漫漫而奇色。舟凝滞于水滨，车逶迟于山侧③。棹容与而讵前④，马寒鸣而不息。掩金觞而谁御⑤，横玉柱而沾轼⑥。居人愁卧，若有亡⑦。日下壁而沉彩⑧，月上轩而飞光。见红兰之受露，望青楸之离霜⑨。巡层楹而空掩⑩，抚锦幕而虚凉⑪。知离梦之踯躅⑫，意别魂之飞扬。

故别虽一绪，事乃万族⑬。至若龙马银鞍⑭，朱轩绣轴⑮，帐饮东都⑯，送客金谷。琴羽张兮箫鼓陈⑰，燕、赵歌兮伤美人，珠与玉兮艳暮秋，罗与绮兮娇上春⑱。惊驷马之仰秣⑲，耸渊鱼之赤鳞⑳。造分手而衔涕㉑，感寂寞而伤神。

乃有剑客惭恩㉒，少年报士㉓，韩国赵厕㉔，吴宫燕市㉕。割慈忍爱，离邦去里，沥泣共诀，抆血相视㉖。驱征马而不顾，见行尘之时起。方衔感于一剑㉗，非买价于泉里㉘。金石震而色变㉙，骨肉悲而心死㉚。

或乃边郡未和，负羽从军㉛。辽水无极㉜，雁山参云㉝。闺中风暖，陌上草薰。日出天而曜景㉞，露下地而腾文㉟。镜朱尘之照烂㊱，袭青气之烟煴㊲，攀桃李兮不忍别，送爱子兮沾罗裾㊳。

至如一赴绝国，讵相见期㊴？视乔木兮故里，决北梁兮永辞，左右兮魄动，亲朋兮泪滋。可班荆兮憎恨㊵，惟樽酒兮叙悲。值秋雁兮飞日，当白露兮下时，怨复怨兮远山曲，去复去兮长河湄㊶。

又若君居淄右㊷，妾家河阳㊸，同琼珮之晨照㊹，共金炉之夕香。君结绶兮千里㊺，惜瑶草之徒芳㊻。惭幽闺之琴瑟，晦高台之流黄㊼。

春宫闷此青苔色[48]，秋帐含此明月光，夏簟清兮昼不暮[49]，冬釭凝兮夜何长！织锦曲兮泣已尽，回文诗兮影独伤。

倘有华阴上士[50]，服食还仙。术既妙而犹学，道已寂而未传[51]。守丹灶而不顾，炼金鼎而方坚。驾鹤上汉，骖鸾腾天[52]。暂游万里，少别千年[53]。惟世间兮重别，谢主人兮依然[54]。

下有芍药之诗，佳人之歌[55]，桑中卫女[56]，上宫陈娥[57]。春草碧色，春水渌波[58]，送君南浦[59]，伤如之何！至乃秋露如珠，秋月如圭[60]，明月白露，光阴往来，与子之别，思心徘徊。

是以别方不定，别理千名[61]，有别必怨，有怨必盈。使人意夺神骇，心折骨惊[62]，虽渊、云之墨妙[63]，严、乐之笔精[64]，金闺之诸彦[65]，兰台之群英[66]，赋有凌云之称，辨有雕龙之声，谁能摹暂离之状，写永诀之情著乎？

【注释】

①黯然：心神沮丧，形容凄惨的样子。销魂：失魂落魄的样子。②绝国：相隔极远的邦国。③逶迟：徘徊不行的样子。④棹（zhào）：船桨，这里指船。容与：缓慢的样子。讵前：滞留不前。⑤觞：酒杯。御：进用。⑥横：搁置。玉柱：喻指琴。⑦怳（huǎng）：失意的样子。⑧彩：日光。⑨楸（qiū）：一种落叶乔木，古时多植于道旁。⑩层楹：高高的楼房。楹，屋前柱子，这里指房屋。⑪锦幕：锦织的帐幕。⑫罹：即"罹"，遭受。踯躅（zhí zhú）：徘徊不定的样子。⑬万族：不同种类。⑭龙马：八尺以上的马。⑮朱轩：指尊贵的车。⑯帐饮：古人设帷帐于郊外以饯行。东都：东都门，长安城门名。⑰琴羽：琴中弹奏出羽声。张：调弦。⑱上春：即初春。⑲驷：古时四匹马拉的车驾称驷。仰秣（mò）：抬起头吃草。⑳耸：因惊动而跃起。鳞：渊中之鱼。㉑造：等到。衔泣：含泪。㉒惭恩：自惭未报知遇之恩。㉓报士：心系报恩的侠士。㉔赵厕：战国初期，豫让为给主人智氏报仇，变姓名为刑人，入宫涂厕，挟匕首欲刺赵襄子。㉕吴宫：春秋时专诸置匕首于鱼腹，在宴席上为吴国公子光刺杀吴王。㉖抆（wěn）：擦拭。抆血，指眼泪流尽后又继续流血。㉗衔感：怀恩感遇。衔，怀。㉘泉里：黄泉。㉙金石：钟、磬等乐器。震齐鸣。㉚骨肉：死者的亲人。㉛负羽：挟带弓箭。㉜辽水：即辽河。㉝雁山：雁门山。㉞曜景：闪射光芒。㉟腾文：露水在阳光下反射出绚烂色彩的美好情状。㊱镜：照。照烂鲜明的颜色。㊲青气：春天草木上腾起的烟霭。烟煴（yīn yūn）：同"氤氲"。雾气弥漫的样子。㊳爱子：爱人。㊴讵：岂有。㊵班：铺。㊶湄：水边。㊷淄：淄水。右：西面。㊸河阳：黄河北岸。㊹琼：琼玉。㊺结绶：指出仕做官。㊻瑶草：仙山中的芳草。这里喻闺中少妇。徒芳：虚度青春。㊼流黄：黄色丝绢，这里

指帷幕。㊽春宫：闺房。闭（bì）：关闭。㊾簟（diàn）：竹席。㊿傥：同“倘”。华阴：华山。上士：道士。(51)寂：进入微妙之境。(52)骖（cān）：指三匹马驾车。鸾：凤凰一类的鸟。(53)少别：小别。(54)谢：告辞。(55)佳人之歌：指李延年的歌，“北方有佳人，绝世而独立。”(56)桑中：卫国地名。卫女：指恋爱中的少女。(57)上宫：陈国地名。陈娥：同“卫女”义。(58)渌（lù）波：清澈的水波。(59)南浦：《楚辞·九歌·河伯》有“子交手兮东行，送美人兮南浦”。后用以泛指送别之地。(60)圭：一种圆形美玉。(61)名：种类。(62)心折骨惊：折、惊，都用以形容创痛之深。(63)渊：王褒，字子渊。云：扬雄，字子云。渊、云二人皆为汉代著名辞赋家。(64)严：严安。乐：徐乐。严、乐二人皆为汉代著名文学家。(65)金闺：聚集才识之士以供汉武帝诏询之地。彦：有学识才干的人。(66)兰台：汉代朝廷中藏书和讨论学术的地方。

【赏析】

这篇《别赋》在文学上负有盛名，千百年来一直为人称颂。“黯然销魂者，唯别而已矣”，开篇便沉暗幽怅，荡气回肠。最使人沮丧和失魂落魄的，莫过于此行一去三千里，离故乡遥远到不能望见的地步。就像秦国与吴国、燕国与宋国一样，永远没有接壤的一日。这是《别赋》中作者流露的久别故土之痛苦，他借“秦吴”“燕宋”相去千里来比喻家乡的遥不可及，当四季在他的眼前轮回时，他始终不曾有半分快乐。

春天的青苔刚刚浮现，本该为它欣喜，但转眼间秋风便迅速袭来，草木枯黄。风发

出不同的声音,漫漫白云呈现奇异的色彩,船在水中立而不动,车在山道间徘徊,船桨停滞不再滑动,马儿发出长嘶的悲鸣……作为游子,诗人看到的是满目凄怆的景象,这让他备觉凄凉,肝肠寸断,哪里还有心思再吞下酒水。于是,他随手盖上金杯,将琴瑟放入袋中,不觉泪水已经溅湿了马车前的轼木。

当夜晚到来,居留在家中的诗人抱愁而卧,常不成眠,恍然若失。看着墙上的阳光一点点消失,月光一点点铺撒开来,窗边的红兰挂着秋露,青楸蒙上了寒霜。抚摸着冰冷锦被,半掩起房门,这样的午夜,游子在梦中也一定是踟蹰不前、魂魄无依的。

离别的情绪,无论是因爱情还是因亲情产生,又或者因为留恋尘世不甘赴死而产生,其中的惆怅是相通的。诗人也是这样认为,他在《别赋》中亦透露出了这个意思:尽管别离的双方并无特定,别离也有种种缘由,但有别离必有哀怨,有哀怨必充塞于心,使人心神滞沮,饱受创伤和震惊,使人意夺神骇、心折骨惊。在这里,诗人并没有说他的"离别"是独一无二,可是它成就了世上绝无仅有的痛苦之词。

"黯然销魂者,唯别而已矣",没有什么比"离别"更伤痛,"有别必怨,有怨必盈……虽渊、云之墨妙,严、乐之笔精,金闺之诸彦,兰台之群英,赋有凌云之称,辨有雕龙之声,谁能摹暂离之状,写永诀之情着乎"?一曲《别赋》写尽古今人的离愁别绪,这离别中的愁与恨,言有尽而意无穷。

第三篇 乐府诗香醉千古

前人评汉乐府「感于哀乐,缘事而发」。质朴无华的乐府诗歌,在苍茫旷野上记录下了当时的风云骤变、民生野趣,还有世间百态。其从历史深处走来,不会独属于某一个人。其自身的厚重感令笔下的记忆无法负担,太多的历史积淀要消融进文字之中。虽然那个时代美得不可言说,但那些简短的章节诗歌,却是要用言语来深情款款地道出,道出其风华绝代,道出其沧海桑田。

白头吟 / 卓文君

皑如山上雪①,皎若云间月。闻君有两意②,故来相决绝③。今日斗酒会④,明旦沟水头。躞蹀御沟上⑤,沟水东西流⑥。凄凄复凄凄,嫁娶不须啼。愿得一心人,白头不相离。竹竿何袅袅⑦,鱼尾何簁簁⑧。男儿重意气⑨,何用钱刀为⑩。

【注释】

①皑:白。②两意:就是二心,指情变。③决:别。④斗:盛酒的器具。⑤躞蹀:行貌。御沟:流经御苑或环绕宫墙的沟。⑥东西流:即东流。"东西"是偏义复词,此处偏用东字的意义。⑦竹竿:指钓竿。袅袅:动摇貌。⑧簁簁(shāi):形容鱼尾像濡湿的羽毛。在中国歌谣里钓鱼是男女求偶的象征隐语。此处用隐语表示男女相爱的幸福。⑨意气:这里指感情、恩义。⑩钱刀:古时的钱有铸成马刀形的,叫作刀钱。所以钱又称为钱刀。

【赏析】

当年在卓王孙宴席之上,司马相如以一曲"……凤兮凤兮归故乡,遨游四海求其皇。时未遇兮无所将,何悟今兮升斯堂!有艳淑女在闺房,室迩人遐毒我肠。何缘交颈为鸳鸯,胡颉颃兮共翱翔……"赢得美人心,于是就有了一段传唱千年的爱情佳话。只是后来司马相如变心,在卓文君韶华不再、风光过后,司马相如有了纳妾的念头。在看到司马相如托人送来那首数字诗,"一二三四五六七八九十千万",卓文君怎么会不明白变了心的男人,如难收的覆水不可挽回呢?于是才会有这首《白头吟》。

"愿得一心人,白头不相离。"可是谁能想到两人还未见白头,离别却是必然的事情了。佛语有云:"前世五百次的回眸,换来今生的一次擦肩而过。"不知道用了前世多少次的擦肩而过,才能换来这半生的厮守。从决绝地随着司马相如私奔,卓文君就将自己的命运把握在了自己的手中。

同样的感情,卓文君还作过一首《怨郎诗》:"一别之后,二地相思。只说三四个月,谁知五六年。七弦琴无心弹,八行字无可传,九连环从中折断,十里长亭望眼欲穿。百思念,千系念,万般无奈把郎怨。万语千言说不完,百无聊赖十依栏。九重九登高看孤雁,八月中秋月圆人不圆。七月半,秉烛烧香问苍天,六月伏天人人摇扇我心寒。五月石榴似火红,偏遇阵阵冷雨浇花端。四月枇杷未黄,我欲对镜心意乱。忽匆匆,三月桃花随水转,飘零零,二月风筝线儿断。噫,郎呀郎,巴不得下一世,你为女来我做男。"

读完白头吟,再来看这首诗,令人难以相信,那个被她信赖、被她仰仗的男人,也同世间其他男子一样寡情薄幸。在她年色衰退之后,他便要负她,便要背弃他们两人早年的誓言,另结新欢。命运像远山顶上按捺不住的游云,随风袅袅,人生万里路,早已是飘散得不成形状了。其实,聪慧的女诗人,又怎是那晋通女子所能比的,"闻君有两意,故来相决绝"其实是一种爱情忠贞的示威,一句决绝,负心人岂能不明白这位与自己相爱私逃的女子的与众不同,美妾可得,佳人才女与爱妻却是此生难求的。"男儿重意气,何用钱刀为",负心这个名头司马相如着实担不得。也许,他在接到《白头吟》后后悔的神情早在卓文君的预料之中。

而之后两人重修旧好,共携手白头,也真的实现了卓文君"白头不相离"的诺言。

北方有佳人 / 李延年[1]

北方有佳人[2]，绝世而独立。一顾倾人城，再顾倾人国。宁不知倾城与倾国，佳人难再得。

【注释】

[1] 李延年（？~约公元前90年），汉武帝时造诣很高的音乐家，中山人（今河北省定州），父母兄弟妹均通音乐，都是以乐舞为职业的艺人。[2] 佳人：即后来的李夫人，武帝宠妃。

【赏析】

这首《北方有佳人》是汉武帝时期的乐者李延年所作之歌，是专门为了赞美他的妹妹美丽动人而作的。话说当年李延年为了将自己的妹妹献给汉武帝，便精心编排谱写了这首歌曲，虽然是高度的夸张，但是起到了一定的效果，令汉武帝对这位倾国倾城的美人起了好奇之心。相传那一日，本是汉武帝刘彻在宫中大摆宴席，宴请群臣的时候，平阳公主和宫廷的乐师李延年一起侍宴，就在汉武帝酒酣微醉之时，李延年献上了这首《北方有佳人》。

刘彻一生文治武功，家国天下，从不将儿女私情放在心上，却唯独对李延年歌词中所唱的这位佳人念念不忘。他认为天下间哪会有这样的女子，便感慨道："世间怎么会有你唱的这样的绝世佳人呢？"

李延年这才坦白承认，他口中的这位佳人便是他的妹妹，天子无法掩饰内心的悸动，他命李延年送美貌的妹妹入宫。李延年口中的佳人果然国色天香、倾国倾城，她不但容貌美丽，而且体态轻盈，舞姿曼妙，精通音律，更是知书达理。于是汉武帝将这位女子纳为妃子，后人称其为李夫人。《汉书·外戚传》中称李夫人为"实妙丽善舞"，刘彻更是对这位李夫人疼爱有加，从此后宫上千佳丽粉黛全无颜色，帝王只是终日与李夫人相偎相伴。这就是历史上有名的倾国倾城的故事。

秋风辞 / 刘 彻

秋风起兮白云飞，草木黄落兮雁南归。兰有秀兮菊有芳①，怀佳人兮不能忘。泛楼船兮济汾河②，横中流兮扬素波。箫鼓鸣兮发棹歌③，欢乐极兮哀情多。少壮几时兮奈老何！

【注释】

①兰：比拟佳人。"菊"同。秀：此指颜色。芳：花的香气。②楼船：上面建造楼的大船。汾河：起源于山西宁武，西南流至河津西南入黄河。③棹：船桨。这里代指船。

【赏析】

公元前113年，刘彻率领群臣到河东郡汾阳祭祀后土，归途中传来南征将士的捷报，所以，他将当地改名为闻喜，沿用至今。当时正值秋风萧瑟，大雁南飞迁徙，刘彻乘坐楼船泛舟汾河，饮酒赏景，触景生情，感慨万千，写下了这首千古绝唱的《秋风辞》。

开篇两句，清远流丽，清代文人沈德潜读后批出"《离骚》遗响"四个字。在这首短小的《秋风辞》中，诗人将自己一生的情感波折展露无遗。整首赋词以景物起兴，接着描写楼船中载歌载舞的热闹景象，透过这热闹繁华的景象，刘彻看到了人生的匆匆流逝，在感叹乐极生悲之时，又觉得岁月真是如风如雨，从指尖匆匆溜走，不留给人一丝喘息的机会。人生易老，是这位帝王内心深处始终忌讳的事情。

按照《汉书·武帝纪》，从时间上推算，刘彻作《秋风辞》时大概四五十岁，正是知天命的年纪，而且从《历代帝王诗》作者毛翰的口中，也可以得知刘彻为何悲伤："贵为天子，拥有三千佳丽、九州方园，比平民百姓更难抛舍，因而超前伤老，也在情理之中。"可以看出，刘彻是不愿意老去的，这就为他老年之后极力寻求仙方，妄想得道成仙的举动做了解释。正是壮年时期的成功和意气风发，才使得他更加不愿离开这个带给他许多成功和满足感的舞台,他要不惜一切代价地留下来。

从一句"欢乐极兮哀情多"就可以看出,诗人虽然是堂堂大汉朝的君王,但他依然不快乐。正因为这个世界带给了他太多的快乐,所以使得他愈加悲伤,这看似矛盾的命题其实是刘彻作为一个成功君主的心病所在。当盛年不再,看着自己渐渐老去,甚至死去,这对作为皇帝的诗人来说,应该是无法忍受的吧。清代文人王尧衢在《古诗合解》中对刘彻的此种心境一句道破天机,"乐极悲来,乃人情之常也。愁乐事可复而盛年难在。武帝求长生而慕神仙,正为此一段苦处难遣耳。念及此而歌啸中流,顿觉兴尽,然自是绝妙好辞"。

人生老病死难以避免,就算是君王也难逃这一劫,再多的荣华富贵也只是过眼云烟。当一切随着死亡而不复存在的时候,想到这一切,又该如何不忧伤呢?更何况在万物萧瑟的秋季,看着满目萧然的景色,又该如何释怀呢?如果成为神仙,就不会有这一切的担忧了,春夏秋冬就对生命无法构成威胁,就不用日夜在这里悲叹生命的短暂了。

草木易衰,人生易逝,与短暂的富贵相比,漫长的死亡将会令人心生感伤。《秋风辞》的最后突兀结尾,以凄婉含蓄的感叹收住,极尽曲折绵绵之情,就好像沈德潜所言:"《离骚》遗响。文中子谓乐极哀来,其悔心之萌乎?"虽然比起《离骚》的文辞来说,刘彻略输一二,但文中的情结并不逊色。

八公操① /刘安

煌煌上天，照下土兮。知我好道，公来下兮。公将与余，生毛羽兮。超腾青云，蹈梁甫兮。观见瑶光，过北斗兮。驰乘风云，使玉女兮。含精吐气，嚼芝草兮。悠悠将将，天相保兮。

【注释】

① 八公操：琴曲名。八公有三种说法：第一种说法是汉淮南王刘安门客，有苏非、李尚、左吴、田由、雷被、毛被、伍被、晋昌八人，称"八公"。他们奉刘安之招，和诸儒大山、小山相与论说，著《淮南子》。见汉高诱《〈淮南子〉注》序》。《史记·淮南王传》"阴结宾客"司马贞索隐引《淮南要略》，田由作陈由。毛被作毛周。魏、晋以来，《神仙传》《录异记》等道家著作以刘安好方技，遂附会八公为神仙。第二种说法，晋武帝时，以司马孚、郑冲、王祥、司马望、何曾、荀顗石苞、陈骞为八公。见《晋书·职官志序》。第三种，北魏明元帝时置八大人官，世号"八公"。

【赏析】

这一首《八公操》是汉代淮南王刘安所做。刘安在汉朝的时候，是文采与声名并著的贵族。相传他对于求仙访道的热情十分高涨，十分入迷。只要可以找到任何一点和神仙有关的信息，他都不放过。不论是远在深山的道士，还是民间土方，只要被他知道，就算花费重金他也要得到手。

诗文大意是：天上煌煌之光，将凡尘照耀，知道我喜好仙道，所以特派来术人帮助我羽化登仙、腾云驾雾。不但可以观赏瑶池之风光，更可以欣赏北斗的风云变幻。玉女口吐精气，令人嗅着犹如幽兰一般的芳香。这是诗人刘安心目中的得道成仙的境界。

诗文的确文辞优美，由此可见诗人的文字底蕴深厚，所描绘出的一幅羽化登仙、神游天上的境界更是惟妙惟肖，而刘安内心的膨胀和张扬之感也展露无遗。刘安希望远离红尘俗世，过神仙般逍遥自在的日子，但是事实总是事与愿违，刘安无法超脱自己内心的仇恨和欲望。

后来刘安叛乱被诛。其实这并不是偶然的，他虽然相信黄老之术，认为无为才是治理天下最好的方法，但是这一切不过是刘安给自己的一个幌子罢了。自古以来，基于对皇位的觊觎，多少人前仆后继地倒在了通往皇位的大道上，而刘安也不例外。他的野心最后终于膨胀到了无可附加的地步，虽然他信奉老子的无为思想，但求仙访道希望长生不老却违背了老子思想中消极否定的一面。然而最终的结果还是对历史的重演，刘安如同他的父亲一样，被人告密，还没有起兵就已经被通缉，被迫自杀。

关于这一首《八公操》还有一个典故。当日刘安在招人撰写《淮南子》的时候，所招来的方术之士多达上千人，而这些人之中又有八名方士尤为出名，分别是苏非、李尚、左吴、陈由、伍被、毛周、雷被和晋昌。他们因为仰慕刘安而来投奔，这令刘安感到欣喜若狂，认为天下的人才归他所用，便写下了这首诗歌来歌颂这件事情。

酒　箴 / 扬 雄

子犹瓶矣①。观瓶之居，居井之眉②。处高临深，动而近危。酒醪不入口③，臧水满怀④。不得左右，牵于纆徽⑤。一旦䘏碍⑥，为瓽所轠⑦。身提黄泉⑧，骨肉为泥。自用如此，不如鸱夷⑨。

鸱夷滑稽⑩，腹大如壶⑪。尽日盛酒，人复借酤。常为国器⑫，讬于属车⑬。出入两宫⑭，经营公家⑮。由是言之，酒何过乎？

【注释】

①瓶：古代汲水的器具，是陶制的罐子。②眉：边缘，和"湄"原是一字。③醪（láo）：一种有渣滓的醇酒。④臧：同"藏"。⑤纆（mò）徽：原意为捆囚犯的绳索，这里指系瓶的绳子。⑥䘏（zhuān）碍：绳子被挂住。䘏，悬。⑦瓽（dàng）：井壁上的砖。轠（léi）：碰击。⑧提：抛掷。⑨鸱夷：装酒的皮袋。⑩滑（gǔ）稽：古代一种圆形的，能转动注酒的酒器。此处借喻圆滑。⑪腹大如壶：《汉书》作"腹如大壶"。今从《北堂书钞》《艺文类聚》《初学记》等书所引。

⑫国器：贵重之器。⑬属车：皇帝出行时随从的车。⑭两宫：指皇帝及太后的宫。⑮经营：奔走谋求的意思。

【赏析】

中国的酒文化源远流长，中国古人赋予了它多重含义，酒可以表示"礼仪"的内涵，也可以是"爱情"的媒介，还可以充当"文化"的源泉。汉赋中就有许多描写酒文化的内容，例如，王粲《酒赋》说："暨我中叶，酒流犹多；群庶崇饮，日富月奢。"可见酒在汉朝的时候就已经深得人心。又如当年的卓文君随司马相如私奔他乡，因为盘缠不够而当垆沽酒，可见她对酒的情有独钟。还有曹操把酒临江，一腔愁绪无处宣泄，却能言出"何以解忧，唯有杜康"的诗句，可见酒在他心目中的地位之高。酒不仅能令这些文人恣意表达文采，而且还能够令胸中的忧愤喷发而出，抒发真性情，借酒性写诗作赋，最容易成就旷世名篇、千古绝唱。

扬雄是爱酒之人，同他一样的人在汉朝还有许多，可以说汉代的酒风盛行正是汉赋中酒文化盛行的原因。酿酒的技术在汉代已然发展成熟，大家都对酒爱不释手，从汉高祖衣锦还乡时曾把酒而唱《大风歌》就可以看出，酒在汉代很风行。汉朝许多人喝酒并不只是为了饮酒，酒对于他们除了是饮品之外，还是抒情感怀的媒介。扬雄的这首酒箴，就将酒与时政相融合，起到了劝诫的作用。扬雄的这篇酒箴就是代表之作。

作者在文中借着酒来劝导汉成帝，男子犹如盛水的容器，所停留的地方处于险境，酒壶却终日浑然不觉，自得其乐；水壶被绳索所缚，没有自由。井绳被井壁所挂住，碰撞打击，这里就是它的葬身之所。而盛酒的壶却是圆滑自如，被看成国宝，不论是皇帝出行，还是有权势的门庭，都对它爱护有加，但是和酒无关。扬雄以酒劝诫汉成帝不要亲近那些圆滑的小人而疏远了淡泊的贤人，借物言志，他将酒融入了政治文化之中。

关于酒实在是个说不完的话题，后世人借酒赋词，留下了太多的名篇佳话。扬雄的这篇箴词却显得比较特别，文小意深，也是古人借物言志的名作。

怨　词 / 王昭君

秋木萋萋，其叶萎黄，有鸟处山，集于苞桑①。养育毛羽，形容生光②，既得行云，上游曲房③。离宫绝旷，身体摧藏，志念没沉，不得颉颃④。虽得委禽⑤，心有徊惶，我独伊何，来往变常⑥。翩翩之燕，远集西羌⑦，高山峨峨，河水泱泱⑧。父兮母兮，进阻且长，呜呼哀哉！忧心恻伤。

【注释】

①苞桑：丛生的桑树。②形容：形体和容貌。③曲房：皇宫内室。④颉颃（xié háng）：鸟儿上飞为颉，下飞为颃。指鸟儿上下翻飞。⑤委：堆。⑥来往：此处指夜夜将佳丽送去给帝王宠幸。⑦西羌：居住在西部的羌族。⑧泱泱：水深广袤。

【赏析】

"千载琵琶作胡言，分明怨恨曲中论。"昭君的一曲《怨词》真唱出了她当时义无反顾和哀莫心死的心境。

秋日中葱郁的树木，已经枝叶金黄，那寄居山里的飞鸟，在放声歌唱。因为故乡的山水，使得它们体格鲜亮，天边的云霞，却将昭君带入了深宫。在宫中，就如同被困的金丝鸟一样的寂寞，当自由失去，梦想便如同大山沉沉地压下，虽然每日锦衣玉食，但总是觉得茶饭不思，而命运依然没有改变，如同远行的飞禽一般。王昭君将自己搁置在远离中原的匈奴，无论是思念还是目光，都无法穿越那层层大山的阻隔，山高水远，家里的父母亲人，大概便是后会无期了吧。

就在诗人 24 岁时，丈夫去世，按照匈奴的制度，王昭君应当嫁于新一任的单于，这对于从小恪守礼教的王昭君来说是如此的大逆不道。她写信回汉室求助，但可惜得来的只是冷冰冰的遵从旨意。王昭君虽然是无奈下嫁给了大阏氏的长子雕陶莫皋，但感情还算笃定。两人经过了十几年的夫妻生活后，单于再一次地去世。这时的王昭君已经年近四十，对于一个女人来说，她经历万事，已经没有什么看不开的了。随后的日子里，王昭君独自为匈奴和汉朝的边疆关系协调做着努力，使得边疆出现了少有的平和与宁静。

而后人对昭君出塞有过太多的咏叹。汉家秦地月，流影照明妃；一上玉关道，天涯去不归。汉月还从东海出，明妃西嫁无来日。燕支长寒雪作花，蛾眉憔悴没胡沙。生乏黄金枉图画，死留青冢使人嗟。昭君拂玉鞍，上马啼红颊。今日汉宫人，明朝胡地妾。《昭君怨》是唐朝盛世时期诗人李白为王昭君提下的一首哀婉怜惜的诗。

王昭君最后是抑郁而终，终身没能回到那个令她魂牵梦绕的中原故土。昭君死后，葬于当地，因为她的墓依山傍水，始终草色青葱，所以王昭君的墓地又被后人称为"青冢"。

五更哀怨曲 / 王昭君

一更天，最心伤，爹娘爱我如珍宝，在家和乐世难寻；如今样样有，珍珠绮罗新，羊羔美酒享不尽，忆起家园泪满襟。

二更里，细思量，忍抛亲思三千里，爹娘年迈靠何人；宫中无音讯，日夜想昭君，朝思暮想心不定，只望进京见朝廷。

三更里，夜半天。黄昏月夜苦忧煎，帐底孤单不成眠；相思情无已，薄命断姻缘，春夏秋冬人虚度，痴心一片亦堪怜。

四更里，苦难当，凄凄惨惨泪汪汪，妾身命苦人断肠；可恨毛延寿，画笔欺君王，未蒙召幸作凤凰，冷落宫中受凄凉。

五更里，梦难成，深宫内院冷清清，良宵一夜虚抛掷，父母空想女，女亦倍思亲，命里如此可奈何，自叹人生皆有定。

【赏析】

这首《五更哀怨曲》满腔幽怨，抒发了王昭君内心的无限感伤，以及她对未来的迷茫和憧憬。在宫中的日日夜夜，无时无刻不在思念着她远在家乡的父母亲人，漫漫长夜里每一更天都是无边无际的。从思念家人到现如今身在宫廷，从悲叹命运不公到怨恨画师的无情无义，从空度良宵到承认世事无常……每个夜晚，昭君似乎都将自己置于这样矛盾而无望的思索中不得抽身。

王嫱，字昭君，生活在汉代最为鼎盛的时期，在她最为美丽的年华，被选入宫中。虽然古时候的女子对于自身的命运并没有多大的掌控权，但身在民间，起码也可以享受夫妻之乐、家庭幸福。而一旦被选入皇宫，除非皇帝宠幸，不然只能日复一日地在宫墙之后虚度年华、空度余生。虽然王昭君年轻貌美、才艺双全，但是因为清高过甚，不肯贿赂画师毛延寿，所以遭到了毛延寿的报复，在她画像上做了手脚，故意将王昭君画得丑陋不堪，令汉元帝看后无心宠幸，所以，昭君在进宫之后，一直是孤身独处，独自挨过那寂寞的岁岁年年。

诗人写下这首《五更哀怨曲》,原本是打发在皇宫中的寂寞时光,就像她在结尾的自我开解所说,"命里如此可奈何,自叹人生皆有定",诗人在孤苦不堪地打发着漫漫白昼和长夜时,自我安慰地认为一切都是命运的安排。

四愁诗 / 张 衡

我所思兮在太山,欲往从之梁父艰①。侧身东望涕沾翰②。美人赠我金错刀③,何以报之英琼瑶④。路远莫致倚逍遥⑤,何为怀忧心烦劳。

我所思兮在桂林⑥,欲往从之湘水深⑦。侧身南望涕沾襟。美人赠我琴琅玕⑧,何以报之双玉盘。路远莫致倚惆怅,何为怀忧心烦怏。

我所思兮在汉阳⑨,欲往从之陇阪长⑩。侧身西望涕沾裳。美人赠我貂襜褕⑪,何以报之明月珠。路远莫致倚踟蹰⑫,何为怀忧心烦纡。

我所思兮在雁门⑬,欲往从之雪纷纷⑭。侧身北望涕沾巾。美人赠我锦绣段⑮,何以报之青玉案⑯。路远莫致倚增叹,何为怀忧心烦惋。

【注释】

①梁父:泰山下小山名。②翰:衣襟。③金错刀:刀环或刀柄用黄金镀过的佩刀。④英:同"瑛",似玉一样的美石。琼瑶:两种美玉。⑤倚:通"猗",语助词,无意义。⑥桂林:郡名,今广西壮族自治区地。⑦湘水:源出广西壮族自治区兴安县阳海山,东北流入湖南省会合潇水,入洞庭湖。⑧琴琅玕:琴上用琅玕装饰。⑨汉阳:郡名,前汉称天水郡,后汉改为汉阳郡,今甘肃省甘谷县南。⑩陇阪:山坡为"阪"。天水有大阪,名陇阪。⑪襜褕:直襟的单衣。⑫踟蹰:

徘徊不前的样子。⑬雁门：郡名，今山西省西北部。⑭纷纷：雪盛貌。⑮段：同"缎"，履后跟。⑯案：放食器的小几，形如有脚的托盘。

【赏析】

　　这是诗人内心的思索。从这首诗歌中，可以看到作者内心的犹豫和挣扎，他思念的人远在泰山，想要去寻找，却因为道路的险阻而泪眼蒙眬。他想要送给美人美玉，却因为道路太远，只能独自徘徊，为此烦忧。他思念的人远在桂林，虽然想去追随，但湘水深沉，不得过去，只能侧目相望。他想赠送美人双玉盘，但同样有心无力，继续烦忧。面对无法跨越的路程和层层阻隔，他心生烦忧，只能哀叹。

　　《四愁诗》的主旨便是一个"愁"字。

　　"美人赠我锦绣段，何以报之青玉案。路远莫致倚增叹，何为怀忧心烦惋。"最后一句还在为自己的无能为力而忧伤，其实更多的是感慨生不逢时，无法施展自己的才华来为社稷所用，不知道报国之路在何方。张衡极有气节，是一个不随波逐流的人，在政治舞台上，他无法做到同流合污，这样的他必定无法见容于当时的官场。

　　张衡所走的正是中国知识分子所追求的人生道路。对知识的渴望和累积令他一直出类拔萃。张衡的前半生可以看作是为知识而奋斗的历程，无论是在书本上还是在实践上，他都付出了很大的努力。

　　虽然淡泊名利，但张衡并不是一介儒生，他有着崇高的政治理想。在为官历程中，他总是坚持自己的立场，不畏强权。他终站在国家和人民的立场上，他希望当朝的统治者可以勤政爱民，使得大汉朝恢复汉武时期的辉煌。可惜，张衡所处时代的政治已经日益腐败，宦官、官员之间争权夺利，民间百姓痛苦不堪。张衡对这些尽收眼底，他向皇帝乞求依法治国，可惜人微言轻，而且那个混乱的局势已经根本无法控制，他彻底陷入了孤立之中。这首《四愁诗》便是诗人心境的写照。

团扇歌 / 班婕妤①

新裂齐纨素②，鲜洁如霜雪。裁为合欢扇，团团似明月。出入君怀袖，动摇微风发。常恐秋节至，凉飙夺炎热③。弃捐箧笥中④，恩情中道绝。

【注释】

①班婕妤：名不详。楼烦（今山西宁武）人。西汉女文学家。班固祖姑。少有才学，善辞赋，汉成帝时选入后宫，后立为婕妤，故人称班婕妤（又作倢伃）。②纨：细绢，一种很细的丝织品。③凉飙：凉风。④箧：一种箱子。

【赏析】

《团扇歌》，又名《怨歌行》《怨诗》，是诗人为宫中生活寂寞无奈所作。在这首诗中，诗人以团扇自比，道出这人世间翻云覆雨的变幻。"新裂齐纨素，鲜洁如霜雪"，诗人声声自问，本是干净如雪的团扇，代表了浓情蜜意的团扇，一直捧在君王的怀中，微摇清风，驱除暑气，怎么就突然被扔弃在一旁，一切恩情都通通决绝了呢？

班婕妤其人名字无法考究，只知汉成帝的后宫之中，有名女子为班氏，是越骑校尉班况的女儿，进宫后被选为婕妤，所以后人常以班婕妤来称呼她。班婕妤貌美、聪慧，更有着世间少有的才情。虽然汉成帝对班婕妤专宠多年，但班婕妤庄重自持，太过拘泥于礼教礼法，时间一久，成帝的热情自然在悄无声息中消散殆尽。后来，在一次微服出游时，成帝遇到了一名歌女，她娇艳动人，歌舞曼妙，成帝怦然心动，将此女子带回宫中，从此缠绵厮守，班婕妤便被冷落一旁，这名女子便是赵飞燕。

后世钟嵘《诗品》评此诗说："《团扇》短章，辞旨清捷，怨深文绮，得匹妇之致。"沈德潜《古诗源》评语中，也说它"用意委婉，音韵和平"。

上 邪 / 无名氏

上邪①！我欲与君相知②，长命无绝衰③。山无陵④，江水为竭，冬雷震震，夏雨雪⑤，天地合，乃敢与君绝⑥！

【注释】

①上邪（yé）：犹言"苍天啊"，也就是对天立誓。上，指天。②相知：相爱。③命：古与"令"字通，使。④陵（líng）：山头。⑤雨（yù）雪：降雪。雨，名词活用作动词。⑥乃敢：才敢。"敢"字是委婉的用语。

【赏析】

这首《上邪》出自《汉乐府·铙歌》，诗歌很短，是一位古代女子对爱情执着的宣誓。大胆直白，比起现代很多情书来显得情真意切，情感浓烈而毫不掩饰。就有这样一位烈性女子，甘愿冒着被世人耻笑的后果，也要勇敢地告诉她的爱人，她的爱是多么浓烈而不可熄灭。

"天地合，乃敢与君绝"，或许，这是天地间最为残酷的爱情誓言。《上邪》中，有着哀伤的声音，就好像是一种无形的力量，在无时无刻地揉打着内心最为柔软的地方，令其痛彻心扉。而这样大胆无畏的爱情表白，使得爱情之苦在千年前的那份执着追求中早就涅槃重生。

这首古诗词，是一个新婚不久的女性思念出远门的丈夫所作。这位女子在丈夫海誓山盟不久后，便要独自忍受寂寞，在等待中度过孤寂的时光。然而她始终相信丈夫的誓言为真，所以在期待中，依然抱有甜蜜的幻想。这是一首思念的诗歌，同时也是一首和爱有关的诗歌，如果爱人将誓言忘记，夜晚微弱的星光将会提醒他，远在家乡的妻子正在等他。当初以手指天，请求苍天为证的誓言还在耳畔，如果要想让这爱情消失，除非山峰不再，江水枯竭，冬日打雷，夏天飞雪。如此决绝的誓言，实在不应该被忘记。

有所思 / 无名氏

有所思，乃在大海南。何用问遗君①，双珠瑇瑁簪②，用玉绍缭之③。闻君有他心，拉杂摧烧之④。摧烧之，当风扬其灰。从今以往，勿复相思，相思与君绝！鸡鸣狗吠，兄嫂当知之。妃呼狶⑤！秋风肃肃晨风飔，东方须臾高知之。

【注释】

①何用：何以。问遗（wèi）："问""遗"二字同义，作"赠予"解，是汉代习用的联语。②瑇瑁（dài mào）：即玳瑁，是一种龟类动物，其甲壳光滑而多文采，可制装饰品。③绍缭：犹"缭绕"，缠绕。④拉杂：堆集。⑤妃（bēi）：训为"悲"。

【赏析】

《有所思》其实为《铙歌十八曲》中的一首。铙歌本是为"建威扬德，劝士讽敌"的军乐，但如今流传下来的十八曲里内容庞杂，已经不只是军队乐章了，而是包含战绩、情爱、军民等各方面内容。这首《有所思》将男女之间的爱情描写得惟妙惟肖，可见这位不知名的作者功力实在是不一般。

诗歌中最广为人知的"相思"要算晏殊《木兰花》中的名句："天涯地角有穷时，只有相思无尽处。"这个男人将思念化入骨髓，撒入风中，令其随风飞扬天南海北，处处都有其相思。

清人庄述祖云："短箫铙歌之为军乐，特其声耳；其辞不必皆序战阵之事。"《有所思》是用第一人称表现一位女子在遭到爱情波折前后的复杂情绪。和《诗经》中所表现的情感不同，这位女子的爱恨纠结，充满了忧思，却又无法割舍下过去的一切情感，所以沉迷在痛苦之中，无法自拔。

在《有所思》中，作者所要的已经不仅仅是单方面的情感付出了，而是需要对方给予回报，爱情在这里成为公平的砝码。在这架天平上，不再有高低之分，而是重量持平，这份带着爱情的思念是平等的。如果不再相爱，便当是挫骨扬灰，也要将这份感情断绝干净，犹如秋风的肃杀，干净利落。

这首乐府诗中，展现给读者的是爱情这个永恒话题，词句深得民间歌曲朴素直白的妙处，而又有着深远悠长的意境，有着盎然的古风，又不乏清新的气息。读到这样的乐府诗自然而然地会随着它的韵律而心绪转动。

古　歌 / 无名氏

秋风萧萧愁杀人①，出亦愁，入亦愁。座中何人，谁不怀忧？令我白头。胡地多飙风②，树木何修修③。离家日趋远，衣带日趋缓。心思不能言④，肠中车轮转。

【注释】

①萧萧：寒风之声。②胡地：古代胡人居北方，故后即用以代指北方。飙（biāo）风：暴风。③修修：与"翛翛"通，鸟尾散坏无润泽貌，这里借喻树木干枯，就像鸟尾一样。④思：悲。

【赏析】

这首《古歌》所表达的是远游在外的游子思念故乡的情感。诗人用质朴的语言抒发了他浓厚的思乡之情，如果非要说他的诗中有爱，那便是爱他家乡的土地。

"秋风萧萧愁杀人，出亦愁，入亦愁。"满篇的愁绪令人不想再看，就好像是那秋天飘落的树叶和满天的愁云惨淡，羁旅在外，任何事情都是灰色，尤其是看到那秋风落叶洒落一地，更是无限哀思。"座中何人，谁不怀忧？"是啊，谁还能不忧伤呢？而游子更是悲伤地连头发都斑白了，在无边的旷野上，漂泊者何时才能靠岸？羁旅之人就好像那被风吹散的落叶一样，萎靡不振。愁绪就好像车轱辘一样，在心中碾来碾去，在疼痛的时候，还有无限的反复。这份对故乡的爱，是一种对过往生活的思念，这样的爱更为持久，因为那片土地令其心神摇曳。

上山采蘼芜 / 无名氏

上山采蘼芜①，下山逢故夫。长跪问故夫，"新人复何如？""新人虽言好，未若故人姝②。颜色类相似，手爪不相如③。""新人从门入，故人从阁去④。""新人工织缣，故人工织素⑤。织缣日一匹⑥，织素五丈余。将缣来比素，新人不如故。"

【注释】

①蘼芜（mí wú）：一种香草，叶子风干可以做香料。古人相信蘼芜可使妇人多子。②姝：好。③手爪：指纺织等技巧。④阁（hé）：旁门，小门。⑤缣（jiān）、素：都是绢。素色洁白，缣色带黄，素贵缣贱。⑥一匹：长四丈，宽二尺二寸。

【赏析】

从诗中可以看出，这位妻子心灵手巧、勤劳能干，当初与丈夫结合后，想必也过了一段神仙眷侣的生活。至于之后为何被抛弃，丈夫为何另觅新欢，诗中并没有做解释。

有人通过考证认为，《上山采蘼芜》中的妻子是因为无法生育，不能为夫家传宗接代，所以才被驱逐出门的。无论如何，这位妻子的命运是凄惨的，在重新见到丈夫后，她关心的是接替她地位的女人是否比她更贤惠。而丈夫的回答似乎能让她宽心一些，虽然自己离开了，但接替她的人并没有比自己更好、更合适，这也能让丈夫有意无意中想念自己。

《上山采蘼芜》中的妻子是低眉顺目的，显然她没有抗争的意识，抑或是她没有这样的胆识，在休书下达的时刻便悄无声息地离开，在重遇前夫的时候低眉顺眼地问候。这些都是封建时代女性身上必有的品德，但也是她们不幸生活的源头。

江南曲① / 无名氏

江南可采莲，莲叶何田田②。鱼戏莲叶间，鱼戏莲叶东。鱼戏莲叶西，鱼戏莲叶南，鱼戏莲叶北。

【注释】

①《相和歌辞·相和曲》之一，原见《宋书·乐志》。② 田田：指荷叶茂盛的样子。

【赏析】

这首《江南可采莲》是《相和歌辞·相和曲》中的一首，可以算得上是采莲诗歌的开山鼻祖之作了。全诗通过简单质朴的描写将人生中快乐的因素展露无遗。所以在后人的眼中，这首民间诗歌显得十分可爱。

在这首看似反复吟唱的乐府诗歌中，其实有着古代民歌朴素明朗的风格，在这片江南的风景中，千年后的读者所能看到的已经不仅仅是荷叶之美，而是蕴涵、沉淀其中的盎然古意。从这些简单的诗句中仿佛可以看到当时那热闹非凡的场面，在采莲人的船下，那游来游去的自在小鱼，也为后来的读者带来了采莲人当时会心的微笑。

这种民歌的最初创作者已经不可考了，其实这并不重要，因为这种民歌大多是民间百姓的无心之作，他们只是将当时大自然的一片活泼生机表达出来，所以，这是可遇而不可求的不可复制的大自然之音。

清人沈德潜将《江南可采莲》这首诗看作是"奇格"，他认为这首诗意境清幽，文字朴素，十分易懂。另一位清代文人张玉穀认为《江南可采莲》虽然是在写采莲的乐趣，却是只写莲叶，令人读后心中展开一幅美好的景象，接天莲叶无穷碧中，能想象到荷花的清幽宜人。

生年不满百 / 无名氏

生年不满百，常怀千岁忧。昼短苦夜长，何不秉烛游①！为乐当及时，何能待来兹②。愚者爱惜费③，但为后世嗤④。仙人王子乔⑤，难可与等期⑥。

【注释】

①秉：执。秉烛游，犹言作长夜之游。②来兹：因为草生长一年一次，所以称"兹"为"年"，这是引申义。来兹，就是来年。③费：费用，指钱财。④嗤：轻蔑地笑。⑤王子乔：古代传说中著名的仙人之一。⑥期：待，期待。指成仙之事不是一般人所能期待。

【赏析】

这是《古诗十九首》中的一首。诗人认识到人世无常因而发出感慨。人生只有短短的数十载岁月而已，却常常怀着有千百年的愁忧无法消化，更无法释怀。及时行乐却又要抱怨白昼太短夜晚太长，那为何不执火烛夜晚游乐。然后诗人说道，既然韶光易逝，那么行乐就更要及时了，只有愚昧的人才吝啬那点财物而不舍得花费在游乐上，这难免被后世人嗤笑。想想羽化成仙的王子乔，那不是一般人所能实现的。换言说，还是要及时行乐，毕竟时不我予，时不我待啊。

东汉末年，官僚体系的腐化程度已经不言而喻。乱世之中身家性命最为重要。在朝不保夕的年月里，性命成为每日担忧的事情，看着周围烽烟四起，说不准哪天战火就烧到了自己的家门口。一辈子只活几十年都嫌短暂，而中间却还要担忧随时可能活不下去。在这样的环境下，不论是贵胄大家还是平民百姓，都会陷入绝望的状态之中。

东汉末年，人们承受了太多的压力和重负，早已不知道今日事，明日果，与其担惊受怕地生活，不如今朝有酒今朝醉，这从侧面反映了当时社会的黑暗。

驱车上东门 / 无名氏

驱车上东门①，遥望郭北墓②。白杨何萧萧③，松柏夹广路。下有陈死人④，杳杳即长暮。潜寐黄泉下⑤，千载永不寤⑥。浩浩阴阳移⑦，年命如朝露。人生忽如寄，寿无金石固。万岁更相迭，圣贤莫能度。服食求神仙，多为药所误。不如饮美酒，被服纨与素。

【注释】

①上东门：洛阳城东面三门最北头的门。②郭北：城北。洛阳城北的北邙山上，古多陵墓。③白杨：古代多在墓上种植白杨、松、柏等树木，作为标志。④陈死人：久死的人。陈，久。⑤潜寐：深眠。⑥寤：醒。⑦浩浩：流貌。阴阳：古人以春夏为阳，秋冬为阴。

【赏析】

这也是《古诗十九首》中的一首，大意是说：洛阳东门之外是一片一片的墓地，看到那无尽的墓地，活着的人更加悲伤，人死之后就坠入无尽的黑暗之中，死亡之后的另一个世界谁也没有去过。然而每一个人都会去的，春夏秋冬，季节流转，这是无可避免的事情。生命的短促令人们感到恐慌，这个世界上只有神仙才能长生不老，但是为了成仙服用丹药，往往还没有得道，就已经被丹药毒死了。与其痛苦地执着，还不如喝酒纵欢，只消度过眼前的快活。

这首诗的出处和作者都已经不可考了。在南朝时候，梁萧统太子将其选入《文选》之中，冠以以上名称，后人一直将这首诗歌列为杂诗系列。这首诗歌是东汉末年一些生活宽裕却在政治上无所作为的知识分子抒发其颓废心情的作品。

这首诗中表现出来的是对人生价值的探讨，最后得出的结论是人生苦短，不如行乐为先。古代文人一旦感到生不逢时，总喜欢用归隐来逃避现实，而生命的短暂却又让他们感到迷茫。屈原曾认为"乘骐骥以驰骋，来吾导夫先路"，希望可以走在时代的前端，却换来了投河自尽的下场。理想的崇高需要用生命的代价去换取，这让人心生胆怯。

青青河畔草 / 无名氏

青青河畔草，郁郁园中柳①。盈盈楼上女②，皎皎当窗牖③。娥娥红粉妆④，纤纤出素手。昔为娼家女⑤，今为荡子夫。荡子行不归，空床难独守。

【注释】

① 郁郁：茂盛的样子。② 盈盈：仪态优美。③ 皎皎：皎洁，洁白。④ 娥娥：漂亮。⑤ 娼家女：青楼女子。

【赏析】

这是一首描写从良妓女对丈夫相思的诗歌。

女子将她痴心的等候用直白的语言写进诗歌里，通过文字对这些讳莫如深的话题进行淋漓地演绎，虽然古代的男女在封建礼教的制约下显得拘泥，但他们也有着自己炙热如火的情感宣泄。从良的妓女，在自己窗前守候远行的丈夫，在时日深处的瓦砾上苦心等待。

诗中女子遵守的信念是要遵循妇德，不能因为丈夫出门在外，便夜夜笙歌。更多时候，她们将内心压制的欲望诉诸诗歌之中，就好像这首诗中描写的一样。

在这首诗中，可以看到单纯的情感释放。王国维在《人间词话》中曾对此做过这样的评价："可谓淫鄙之尤。然无视为淫词、鄙词者，以其真也。"这是对此诗很高的肯定，而这也是它之所以流传不衰的原因之一。

东门行 / 无名氏

出东门，不顾归；来入门，怅欲悲。盎中无斗米储①，还视架上无悬衣。拔剑东门去，舍中儿母牵衣啼："他家但愿富贵，贱妾与君共铺糜②，上用仓浪天故③，下当用此黄口儿④。今非！""咄！行！吾去为迟！白发时下难久居！"

【注释】

①盎：一种口小腹大的瓦盆。②铺糜：吃粥。③用：为了。仓浪天：指苍天。④黄口儿：幼儿。

【赏析】

这是一首凄苦的诗，主人公出了东门之后就不想回家，因为家中已经没有他留恋的温暖了。家中一贫如洗，只有惆怅悲愁。这个男人不能就这样看着家人悲惨地饿死，他愤怒地提剑想要出东门去，他想要和命运搏一搏，为他的妻子、孩子搏得一个温饱，哪怕只是一碗粥也可以。

主人公选择铤而走险,是官逼民反的血泪史,也是一幕活生生的人间惨剧。他明白这是一条不归路,所以他去而返,返而去。他的内心充满了矛盾和挣扎,因为他仅有的动力便是饥饿,这点可怜的支撑并不足以让他义无反顾地踏上这条未知的道路。

"咄!行!吾去为迟!白发时下难久居!"男子还是要走的,因为已经别无选择了。这就是东汉末年时期的缩影,大多数家庭都面临着这样的窘境,去也难,留也难,无论作何选择都将会通往死亡。

曹植有诗云:"家家有位尸之痛,室室有号泣之哀,或阖门而殪,或覆族而丧。"写的就是那个时代的社会现状。

这首《东门行》是汉朝的乐府诗歌中的一首,诗句简单质朴,令人想到的却是满目疮痍的社会景象。从刘邦建立西汉的黄老无为之治,到东汉末年的民不聊生,在历史长河中,这不过是弹指一挥间的事。自东汉顺帝即位以来,汉朝的政治日益腐败,先是外戚擅权,后是宦官专权,一些正直的士大夫为了维护汉朝最后一丝气息,与其做着艰难的斗争,但可惜天数已尽,曾经辉煌的汉朝已经走入了历史深处,取而代之的是那上至朝堂、下至民间的惨淡经营。在党人夺权失败之后,笼罩东汉王朝的阴霾更加低沉。根据《后汉书·党锢列传》里记载:"逮桓、灵之间,主荒政谬,国命委于阉寺。士子羞与为伍,故匹夫抗愤,处士横议,遂乃激扬名声,互相提拂,品核公卿,裁量执政,婞直之风,于斯行矣。"

统治者的腐败无能令人民的生活雪上加霜。人民不是死于贫穷,便是死于疾病。这首诗就是那个时代人们生活的写照,诗人几乎用写实的手法,刻画了人民水深火热毫无生路的困苦情形,人物的对白很具感染力。

妇病行 / 无名氏

妇病连年累岁,传呼丈人前一言。当言未及得言,不知泪下一何翩翩。"属累君两三孤子,莫我儿饥且寒,有过慎莫笞笞①,行当折摇,思复念之!"

乱曰:抱时无衣,襦复无里②。闭门塞牖,舍孤儿到市。道逢亲交,泣坐不能起。从乞求与孤儿买饵。对交啼泣,泪不可止:"我欲不伤悲,不能已。"探怀中钱,持授交。入门见孤儿,啼索其母抱。徘徊空舍中,"行复尔耳!弃置勿复道。"

【注释】

①笪笞(dá chī):鞭打。②襦:短袄。

【赏析】

  这首诗歌描述了一个病危的女子在临终前对丈夫的嘱托,她希望丈夫能在她死后好好对待她留下的孩子们,但是丈夫哪还有什么能力抚养这几个嗷嗷待哺的小生命,面对妻子含泪的双目,他又无法不做出承诺。他不知道今后的生活该如何继续下去,如果不把孩子丢掉,一家人都会被饿死,但丢掉孩子,又于心不忍。这是一个痛苦的抉择,妻子的死反倒成了一种解脱,她今后都可以不再忍受这无休止的折磨和痛楚了,反倒是活着的丈夫需要有更大的勇气去承受命运加在他身上的枷锁。

  这首通过描写一个生病妇女的家庭悲剧,生动地描绘出了汉代末年劳动人民在残酷的重压和剥削之下,苦苦徘徊在死亡边缘线上的生活惨状。那病榻前的叮咛令读者可以由衷地感受到这位母亲的无奈和悲伤。这就是在大汉朝最后的光景下,人们所过的日子。如果不是有这些诗歌留下来,谁能想到那个遥远的过去会有这样悲惨的事情发生过呢?

  《妇病行》通过一系列细节描写,将一个穷苦人家贫病交加的窘迫状况栩栩如生地表现了出来,他们那远在千年前的生活情形、语言动作就好像是在眼前展开的一幕幕独幕剧一般活灵活现,作者不需要对诗中所要表达的悲苦多加修饰,就可以让人感觉到那蕴涵其中的沉痛哀婉之情,令读过的人无不感到深切的痛苦。这样的艺术特色正是汉乐府"感于哀乐,缘事而发"的现实主义特色的体现。

第四篇 魏晋诗文,中华风骨

美学家宗白华曾言:「晋人风神潇洒,不滞于物。他们以虚灵的胸襟、玄学的意味体会自然,乃表里澄澈、一片空明,建立了最高的晶莹的美的意境。」其实何止晋人如此,魏晋南北朝数百年的分裂混乱,久经离患的文人们内心无一不具有空灵的美感。折戟沉沙,六朝如梦。诗人们把心灵自由之美和山川自然之美放大到了浑然遨游天地间的地步。

短歌行/曹操

对酒当歌①，人生几何②？譬如朝露，去日苦多③。慨当以慷，忧思难忘④。何以解忧？唯有杜康⑤。青青子衿⑥，悠悠我心⑦。但为君故⑧，沉吟至今⑨。呦呦鹿鸣⑩，食野之苹⑪。我有嘉宾，鼓瑟吹笙⑫。明明如月，何时可掇⑬？忧从中来，不可断绝。越陌度阡⑭，枉用相存⑮。契阔谈䜩⑯，心念旧恩。月明星稀，乌鹊南飞⑰。绕树三匝，何枝可依？山不厌高，海不厌深。周公吐哺⑱，天下归心⑲。

【注释】

①当：临。②几何：多少。意思是叹人生短促，时光易逝。③去日：过去了的日子。④这句对应首句，表达在感叹时光飞逝的同时，更应慷慨高歌，只是苦于忧思重重，难以释怀。⑤杜康：相传是古代最早的造酒人，此处代指酒。⑥子衿：周代读书人的服装，这里指代有学识的人。衿（jīn），衣领。⑦悠悠：形容忧虑不断。借用《诗经·郑风·子衿》里的诗句，表达对贤才的思念。⑧但：只。君：指贤才。⑨沉吟：指低声吟咏《诗经》中的《子衿》一诗。⑩呦呦（yōu）：鹿叫声。⑪苹：艾蒿。⑫鼓：弹奏。⑬掇：拾取。此句意将贤者比为高空明月，可望而不可即，喻指人才难得。⑭越陌度阡：指贤士远道而来。陌、阡，田野中纵横交错的小路。南北为阡，东西为陌。⑮枉用：指贤士屈尊相从。存：问候。⑯契阔：久别。谈䜩（yàn）：欢饮畅谈。䜩，通"宴"。⑰乌鹊：乌鸦。⑱吐哺（bǔ）：热情接待，不敢怠慢。哺，口中咀嚼着的食物。⑲归心：心悦诚服地归顺。

【赏析】

这首诗是曹操最有名的诗篇之一，千百年来流传甚广，以至于说起曹操，人们就会想起他的"对酒当歌，人生几何"，"何以解忧，唯有杜康"。当年曹操在平定北方后，率领着百万雄师，饮马长江，要与孙权争夺那江东之地，当夜明月皎皎，曹操为了稳定军心，鼓励士气，便大展酒宴，与众将士痛饮一番，期间诗兴大发，慷慨而歌，写下了这首脍炙人口的《短歌行》。

诗人用诗歌来表明自己在政治上的用意，在微微的醉酒之后，道出内心的期许，"青青子衿，悠悠我心"，而青衿在古代是被作为读书人的代称，开篇就点名了这个求人才的主题。接着诗人又唱道"我有嘉宾，鼓瑟吹笙。明明如月，何时可掇"？"绕树三匝，何枝可依"，在这里表达的是诗人求贤若渴的心情。在这首酒醉后的高歌中，诗人明明白白地将自己的内心感受吟咏出来，他虽然引用《诗经》中的词句，却没有《诗经》中那般幽怨的情感，而是寄托了自己最初和最终的理想。

曹操是一个为了千秋大业而活着的人，他在诗歌中毫不掩饰地表达自己求贤若渴的心情和希望名垂青史的愿望，虽然其中有着哀思的情调，却丝毫没有妨碍到整首诗歌的主题，那就是建功立业。

诗中名句颇多，像"何以解忧，唯有杜康"，"月明星稀，乌鹊南飞"，"山不厌高，海不厌深"等。曹操的《短歌行》是一首艺术性极高的古诗。在这首诗中，一个求贤若渴、忧国忧民的贤明领袖形象兀立在我们面前。

却东西门行 / 曹操

鸿雁出塞北，乃在无人乡。举翅万余里，行止自成行。冬节食南稻，春日复北翔。田中有转蓬①，随风远飘扬。长与故根绝，万岁不相当②。奈何此征夫③，安得去四方④！戎马不解鞍，铠甲不离傍。冉冉老将至⑤，何时返故乡？神龙藏深泉，猛兽步高冈⑥。狐死归首丘，故乡安可忘！

【注释】

①转蓬：菊科植物，亦称飞蓬，古诗中常以飞蓬比喻征夫游子背井离乡、在外漂泊的生活。②不相当：不相逢。当，值，遇。意思是蓬草飘扬远方，与故根分离，永不能会和。③奈何：如何。④安得：怎能。去：离开。以上两句意谓：可怜这些征夫们有什么办法能回家去呢？⑤冉冉：渐渐。⑥猛兽：即"猛虎"。

【赏析】

曹操的诗颇有风骨，大开大阖、舒缓从容，通常以沉郁悲凉的笔调描写非凡的气度和胸襟，这一首《却东西门行》写征夫思乡之情，浓郁感伤。文如其人，曹操的文字自然也透露出他的为人，通过这些苍劲有力的诗句，可以让后人窥出这位蛰伏在帝位下、久久不肯坐上龙椅的男人内心的真正所想。其实在他心中，始终隐藏着不变的道德底线，他徘徊在这条底线边缘，却始终不曾越过，或许是这样的道德制约，使得曹操最终没有登上皇位。

"冉冉老将至，何时返故乡？"曹操并不是一个不能体会民间疾苦的"奸贼"，相反在他的诗歌里，对于展示历史有着强烈的倾向，后人称其诗作为"汉末实录，真诗史也"。圣人讲不以言废人，不以人废言，是很有道理的，放在诗词的欣赏问题上，亦是如此。曹操的这一首《却东西门行》，十分真实地表现了诗人面对这样一个世界时内心的悲悯情怀。

杂 诗（一） / 曹丕

西北有浮云，亭亭如车盖①。惜哉时不遇，适与飘风会。吹我东南行②，行行至吴会③。吴会非我乡，安得久留滞。弃置勿复陈④，客子常畏人。

【注释】

①亭亭：耸立而无所依靠的样子。车盖：车篷。②我：浮云自称，指游子。③吴会：指吴郡和会稽郡（今江、浙一带）。④乐府诗套语，意为"抛开吧，不要再说了"。

【赏析】

这首诗写得很真诚，也很聪明，本来就文采很好的曹丕，因为偶尔的心情悸动，便能引申出无限的情思遐想。这首游子之诗以浮云起兴，隐含着人生如浮云、漂泊无依的感叹，这是曹丕最为常见的感叹内容。可见，他虽然高高在上，但内心却丝毫没有逃脱命运的苦闷压力。

其实，这只是说明曹丕的内心中蕴含着轻灵的情愫，因为帝王身，不便轻易表露，只得在诗作中一展胸臆。曹丕的能力无可怀疑，不然也不会成为魏文帝，曹操不肯跨越的底线，被曹丕视若无物，他没有父亲那样的谨慎细微，在这位年轻人看来，皇位根本就是唾手可得，既然如此，还要客气什么呢？于是，在曹丕的手中，天下改朝换代，魏朝兴起。

曹丕天生敏锐，有着捕捉新鲜事物特征的本领，这首杂诗被后人评为"风回云合，缭空吹远"。

杂 诗（二） /曹丕

漫漫秋夜长，烈烈北风凉。展转不能寐，披衣起彷徨。彷徨忽已久，白露沾我裳。俯视清水波，仰看明月光。天汉回西流①，三五正纵横②。草虫鸣何悲，孤雁独南翔。郁郁多悲思，绵绵思故乡。愿飞安得翼，欲济河无梁。向风长叹息，断绝我中肠。

【注释】

①天汉：指银河。②三五：星名，一般指参宿和昴宿。另一说指心宿和柳宿。

【赏析】

曹丕生性好伤感，而他的伤感与曹操的伤感是完全不同的，曹操虽然也会伤感，但那伤感之中更多的是一份豪情壮志，是一份壮志难酬的伤感，而所伤的大多与命运有关。

漫漫秋夜长，诗人借这首《杂诗》将满心的忧虑抒发出来。他说道：

秋夜漫漫，风凉如水，在夜不得寐的时候，起床独自彷徨。待到露水沾湿衣裳，才意识到时间过去大半。头顶的月光流转四溢，虫鸣声悲切难当，还有那孤独南飞的大雁，让人忧郁哀伤。想要渡河却苦于没有桥梁，对于故乡的思念只能向风倾诉，以表我的愁肠。

西晋文臣陈寿认为曹丕"文帝天资文藻，下笔成章，博闻强识，才艺兼该；若加之旷大之度，励以公平之诚，迈志存道，克广德心，则古之贤主，何远之有哉"！

从这首《杂诗》中可以看出，陈寿的夸赞绝对是所言非虚，曹丕的文采不在曹操之下，或者可以说是更胜一筹。在曹丕的文字中，有着一种幽然思远的感觉，令人感伤之余又有些心灵上相互碰撞的感觉。

感离赋 / 曹 丕

秋风动兮天气凉，居常不快兮中心伤。出北园兮彷徨，望众墓兮成行。柯条憯兮无色①，绿草变兮萎黄。感微霜兮零落，随风雨兮飞扬。日薄暮兮无悰②，思不衰兮愈多。招延伫兮良从③，忽踟蹰兮忘家。

【注释】

① 憯（cǎn）：忧伤。② 悰（cóng）：欢乐。③ 延伫：也写作"延竚"，久久站立的意思。

【赏析】

在曹丕的辞赋中，秋风是出现最多的词语，或许秋风起的时候，他内心的彷徨会令他心生诗意。这首《感离赋》是为祭奠思念而做，因为有思念无法到达的地方，便寄情于风，但愿风能到达那个他永远无法抵达的远方。

建安十六年（公元211年），西征途中，秋风四起，令天气清凉，心境随之忧伤。曹丕在园子中彷徨远望，前方的众多墓碑令枝叶都没了颜色。绿草变得凄黄，霜寒随着风雨飘摇落下，薄暮的落日令快乐消隐，升起的全是哀思，停驻良久，这哀伤竟让人连对家的思念都踟蹰了起来。

比起政治成就，曹丕的文学天赋更高，他"妙善辞赋"，是魏晋时期辞赋创作较多的作家之一。他的辞赋或叙事，或咏物，或写景，题材广泛，且以抒情见长。"便娟婉约，能移人情"，这是曹丕赋的总体特点。这固然与其浓厚的文士气质有关，但同时也是动乱时代的投影。曹丕的诗文最能以情动人，且清新淡雅，十分耐读。

杂诗七首（其三） / 曹 植

西北有织妇，绮缟何缤纷①。明晨秉机杼②，日昃不成文③。太息终长夜④，悲啸入青云。妾身守空房，良人行从军⑤。自期三年归，今已历九春。孤鸟绕树翔，噭噭鸣索群⑥。愿为南流景⑦，驰光见我君⑧。

【注释】

①绮：华丽的丝织品。缟：白色生绢。绮缟，泛指织物。缤纷：凌乱的样子。②明晨：清晨。秉：拿。杼：织布机上的织具。③日昃：日过午。文：纹理。④太息：叹息。⑤良人：对丈夫的称谓。⑥噭噭（jiào）：鸟鸣叫的声音。⑦景：阳光。南：向南。⑧驰：流驰。君：对丈夫的称谓。意为：思妇想要化为阳光，向南流驰而去，照见丈夫。

【赏析】

曹植的诗作大多大气有余，但这一首却是幽思阵阵。织妇独守空房，对远在他乡行军的丈夫无限思念。诗中织妇的丈夫从军时日已久，于是妇人看着孤鸟离群索居在树间低鸣，不觉感慨自身，也是此般无奈思情。

关于这首杂诗，有人认为是曹植感叹自身时运不济的寄情之作，也有人认为是一首怨妇思念远行丈夫的作品，更有人认为这是曹植思念甄氏的隐晦之作。其实，欣赏诗歌，大可不必穿凿附会，只要静静地看出诗歌中所蕴含的美感便可以了。

七步诗 / 曹 植

煮豆持作羹①，漉菽以为汁②。
萁在釜下燃③，豆在釜中泣。
本是同根生，相煎何太急。

【注释】

①持：用来。羹：用肉或菜做成的糊状食物。②漉：过滤。菽：豆。③萁：豆类植物脱粒后剩下的茎。

【赏析】

这首《七步诗》是曹植的名篇。南朝刘义庆《世说新语·文学》记："文帝尝令东阿王七步作诗，不成者行大法。应声便为诗曰：'煮豆持作羹，漉菽以为汁。萁在釜下燃，豆在釜中泣；本自同根生，相煎何太急？'帝深有惭色。"

曹植是曹操的第四子，从小才华出众，很受父亲的疼爱。曹操死后，他的哥哥曹丕当上了魏国的皇帝。曹氏兄弟间本来有阋，曹丕登上皇位后，以曹操亡故时曹植和曹熊（曹操五子）未来看望为由，要追查二人，结果曹熊因惧怕自杀了。曹植则被押进朝廷。幸得曹植生母卞氏开口求情，曹丕才勉强给曹植一个机会，命他七步之内作出一首诗，否则杀无赦。于是曹植作出了这首广为传颂的诗。

诗人在诗中以同根而生的豆萁和豆来比喻同胞兄弟，用萁煎其豆来比喻同胞骨肉的残害，生动形象，情挚感人，将诗人自身的艰难处境与一腔愤激沉郁之情表现得淋漓尽致。

诗人以纯比兴手法起笔，语言清浅直白，却寓意深刻。作者借用了一个极其纯朴巧妙的譬喻，读来令人称奇。"本是同根生，相煎何太急"两句，千百年来成为同室操戈、兄弟阋墙的警示名句。曹丕感于诗中所言的兄弟骨肉之情，又害怕杀了曹植会遭世人耻笑，最后放了曹植。

种瓜篇 / 曹睿

种瓜东井上,冉冉自逾垣①。与君新为婚,瓜葛相结连②。寄托不肖躯,有如倚太山。兔丝无根株③,蔓延自登缘。萍藻托清流,常恐身不全。被蒙丘山惠,贱妾执拳拳。天日照知之,想君亦俱然。

【注释】

①逾:超过,翻过。②瓜葛:瓜与葛都是蔓生植物。这里比喻夫妻。③兔丝:植物名,即菟丝子。常以喻妻室。

【赏析】

曹睿,魏明帝,字符仲,曹操之孙,曹丕之子。能诗文,与曹操、曹丕并称魏之"三祖",诗文成就不及操、丕。今存散文二卷、乐府诗十余首。

曹睿的这首诗写得颇有情趣,虽然曹睿的文采比起曹操和曹丕稍逊一筹,但从这一篇《种瓜篇》中,还是能够看出曹睿敏捷的才思和淡然的文风中蕴含着淡淡的风雅和悠悠的情思,意味深长,读后令人口齿留香。比起曹操的沧桑和曹丕的敏感,曹睿的诗作似乎更多了一份淡然。

或许这和个人经历有关,正因为经历不同,所以心性和作品也都不尽相同。他们三人的诗歌之所以受到人们的推崇,除了诗文本身的绮丽,更多的则是因为他们的诗歌中有着当时文人感同身受的认同感。

短歌行/陆 机

置酒高堂,悲歌临觞①。人寿几何,逝如朝霜。时无重至,华不再阳。苹以春晖,兰以秋芳。来日苦短,去日苦长。今我不乐,蟋蟀在房。乐以会兴,悲以别章。岂曰无感,忧为子忘。我酒既旨②,我肴既臧③。短歌有咏,长夜无荒④。

【注释】

①临觞:犹言面对着酒。觞,酒杯。②旨:美好,这里指酒的味美。③臧:好。④荒:废弃,荒废。

【赏析】

陆机是名门之后,他的祖父陆逊曾任东吴丞相,是三国时期著名的大将。从这首诗中可以看出,一个伤心的男人站于风中,衣衫作响,心中惆怅难言,饮酒高堂,感言人生苦短,最好及时行乐才能不辜负此生,长夜漫漫,还是借酒消愁的好。

陆机一生留下的诗作有很多,而这一首《短歌行》便是其代表作之一。在陆机的笔下,酒是他忘记现实的工具,这个男人想的只是来日苦短,去日苦长,今天不行乐,只怕日后就再没有机会了。从曹操到陆机,期间不过短短数十载的时光,光阴可以改变历史,也可以变动人心。同为政客,陆机远没有曹操的雄才大略和高瞻远瞩,因而,这首诗虽然与曹操的《短歌行》有着几分相像,但在气度开阖和艺术表现力上要逊色很多。

胡笳十八拍 /蔡文姬

胡笳本自出胡中，缘琴翻出音律同①。十八拍兮曲虽终，响有余兮思未穷，是知丝竹微妙兮均造化之功②。哀乐各随人心兮有变则通③，胡与汉兮异域殊风。天与地隔兮子西母东，苦我怨气兮浩于长空④，六合离兮受之应不容⑤。

【注释】

①缘琴翻出：用琴演奏胡笳曲。②丝竹：泛指乐器。丝，琴瑟等弦乐器。竹，笙箫等管乐器。造化：造物者。③有变则通：心里有什么活动就能通过音乐表现出来。④浩：充满。⑤六合：指上、下、东、西、南、北之内的整个空间。

【赏析】

蔡文姬是东汉大学者蔡邕的女儿，生于乱世，饱受苦难，又婚姻不幸，人生多舛，后来被掳去匈奴，嫁与匈奴王，并生下两个儿子。胡笳是匈奴人常吹的一种乐器。在南匈奴的那十二年里，蔡文姬也学会了一些胡笳的演奏，但是当她离开这片一直试图想远离的土地时，才知道时间真的可以将一个人的生命浸透，当你在一片土地上生活得越久时，你的回忆就越厚重。所以，蔡文姬虽然选择了返回故乡，但她的人生注定残缺，因为她的大半记忆都随着她的血脉一起留在了匈奴。

因与蔡邕有交，作为义气之举，曹操发函匈奴首领，要他务必交出蔡文姬。曹操的一纸书函彻底改变了蔡文姬逐渐平静下来的生活，他要蔡文姬回中土，匈奴不敢不放人。曹操势力强大，无人不忌惮。所以，蔡文姬十数年之后，踏上了回乡的路程，可是她的心情十分复杂，万般情思萦绕心头。十年前被掳至胡地，十年后又复归中原，何处才是她的故土，哪里才是她的家？这首诗就是在这样的心境和历史时代里写下的。

悲愤诗 / 蔡文姬

欲死不能得，欲生无一可。彼苍者何辜①，乃遭此厄祸。边荒与华异②，人俗少义理。处所多霜雪，胡风春夏起。翩翩吹我衣③，肃肃入我耳④。感时念父母，哀叹无穷已。有客从外来，闻之常欢喜。迎问其消息，辄复非乡里。邂逅徼时愿⑤，骨肉来迎己。己得自解免⑥，当复弃儿子。天属缀人心⑦，念别无会期。存亡永乖隔⑧，不忍与之辞。儿前抱我颈，问母欲何之。人言母当去，岂复有还时。

【注释】

①彼苍者：指天。辜：罪孽。"彼苍者何辜，乃遭此厄祸"意谓：老天啊，我们有什么罪孽，要遭受这般苦难？②边荒：偏远之地。指南匈奴。③翩翩：风吹动衣物的样子。④肃肃：风的声音。⑤徼：侥幸。⑥解免：脱离在南匈奴的屈辱生活。⑦天属：指直系亲属。缀：联系，指母子连心。⑧乖隔：隔离。

【赏析】

婚姻的不幸给蔡文姬带来了许多悲苦，这首《悲愤诗》中，言不尽的是悲愤。

"欲死不能得，欲生无一可。"生亦何欢，死亦何哀，对于蔡文姬这样一位一生坎坷的女人来说，再多的挫折也只是命运对她开的一次玩笑罢了。就好像季节更替，四时变动一般，无论是对于父母的思念，还是忍痛抛下子女的痛楚，对她来说都是可以忍耐的。

"儿前抱我颈，问母欲何之。人言母当去，岂复有还时。"对故乡的思念，令她含泪而去，当子女问她意欲何往时，她无言以对，因为她知道，再也没有回来的时候了。

蔡文姬一生三嫁，命运多舛。关于蔡文姬这一生的三次婚姻，丁廙在《蔡伯喈女赋》一书中是这样说的："伊大宗之令女，禀神惠之自然；在华年之二八，披邓林之曜鲜。明六列之尚致，服女史之语言；参过庭之明训，才朗悟而通云。当三春之嘉月，时将归于所天；曳丹罗之轻裳，戴金翠之华钿。羡荣跟之所茂，哀寒霜之已繁；岂偕老之可期，庶尽欢于余年。"

"处所多霜雪，胡风春夏起。翩翩吹我衣，肃肃入我耳。"这样细腻凄伤的景象，如何不令人心生悲意？更何况，"己得自解免，当复弃儿子。天属缀人心，念别无会期"。存亡永乖隔，诗人又怎忍心与之辞。然而感时念父母，哀叹无穷已，对故土和亲人的思念却又让诗人内心充满着煎熬，无比的矛盾与无奈化为一腔悲愤，催人泪下。后人在评价这首诗时说，"真情穷切，自然成文，激昂酸楚，自称一格"。

杂　诗 / 孔　融

岩岩钟山首，赫赫炎天路。高明曜云门，远景灼寒素。昂昂累世士，结根在所固。吕望老匹夫①，苟为因世故。管仲小囚臣，独能建功祚②。人生有何常，但患年岁暮。幸托不肖躯，且当猛虎步。安能苦一身，与世同举厝。由不慎小节，庸夫笑我度。吕望尚不希，夷齐何足慕③。

【注释】

①吕望：即吕尚，后世多称姜子牙。②功祚：指辅助帝王的功业。③夷齐：伯夷，叔齐。

【赏析】

孔融的诗文"体气高妙"，诚如这首诗开篇所言，"岩岩钟山首，赫赫炎天路"，慷慨的情辞中透露出诗人远大的抱负，在诗人看来，他并不认为天下之路就是为那些世子所铺设的，贫寒之人一样可以走通。大路朝天，光耀门楣之事并不只是局限于士族子弟。"安能苦一身，与世同举厝。由不慎小节，庸夫笑我度。"这样的人真是不拘小节，气度高尚的，他不立足于天地间，还有何人？可惜生不逢时，使他无法与时代同进退。

正是基于诗中所洋溢的这种情怀，孔融才不会因为人情世故就改变自己的原则，他看不起吕望那样的老匹夫，却欣赏管仲这样的人才。但他的刚直惹怒了曹操，而犯下了死罪。建安年间，曹操接到了一封这样的书信，"武王伐纣，以妲己赐周公"。写信的人是孔融，他是专门就曹操攻下邺城，其子曹丕纳袁绍儿媳甄氏为妻一事进行讽刺的。

曹操自然大怒，但碍于孔融名声过大，而且是儒家大学者，只能将恶气强压，但孔融丝毫没有因此而收敛。

孔融毫不收敛，他虽然聪明，却并不明白官场中的利益规则。他认为自己是"当时豪俊皆不能及"，对于他人总是一副恃才傲物的模样，就连曹操他也不放在眼里。曹操"挟天子以令诸侯"的行为，在孔融看来是大逆不道，十分不可容忍的，所以，但凡曹操出一点差错，孔融必定会唇齿相逼，惹得曹操大为不满。

孔融身为圣人后裔，自小学习儒术，却完全背弃了儒术的内在精神。孔融认为孝道是不足守的，他说："父之于子，当有何亲？论其本意，实为情欲发耳。子之于母，亦复奚为？譬如物寄瓶中，出则离矣。"孔融此言一出，即刻遭到了大众的反对。

作为当时正直的士族代表人物的孔融，一生傲岸，为人刚直，但也正是因为如此，他才落得了最后身首异处的结果。想来孔融一生跌宕起伏，也算是乱世一英杰，却祸从口出，而飞来横祸，不但自己遭殃，还连累妻儿共赴黄泉。实在是可悲可叹。

"吕望尚不希，夷齐何足慕"，这是何等大的口气！而曹操斩杀孔融的理由便是因为孔融那些肆无忌惮的言论，对于孔融将父母比作容器的话语，曹操为孔融戴上了不孝不贤的罪名。其实最初和最终的理由只有一个，便是他不能让孔融这样不安分的人妨碍了他的统治大业。

七哀诗三首（其一） / 王粲

西京乱无象，豺虎方遘患①。复弃中国去，委身适荆蛮。亲戚对我悲，朋友相追攀。出门无所见，白骨蔽平原。路有饥妇人，抱子弃草间。顾闻号泣声②，挥涕独不还③。未知身死处，何能两相完。驱马弃之去，不忍听此言。南登霸陵岸④，回首望长安。悟彼下泉人，喟然伤心肝。

【注释】

①豺虎：指董卓的部将李傕等。遘：造。②顾：回头看。③挥：挥洒。④霸陵：汉文帝刘恒的陵墓所在地。岸：高地，高冈。

【赏析】

后人对于《七哀诗》有很多解释，大都认为所谓哀，便是痛而哀，与人的七情六欲有关。但也有人认为哀主要围绕的主题与音乐有关，和韵律有关。

这一首《七哀诗》写于公元192年，当时长安刚刚经历过一场动乱。

在诗歌中，诗人交代了他远离长安的理由，也在诗歌中道出了长安已经变成了何等模样，"西京乱无象，豺虎方遘患"。在诗人离开长安前往目的地的路途中，他见到了最为残酷的景象：累累的白骨和荒芜的田野，路边有一饥饿难当的妇人，抱着自己的孩子丢弃在草丛间，回头看时，听到孩子的哭声，妇人洒泪却不抱回自己的孩子——自己尚且不知将来要死在何处，如何能母子两全呢？实在是不得已才抛弃孩子的呀。

这一幕令诗人不忍卒看，于是他骑马加快速度离去，不忍心听这世间哀号凄惨的声音。

王粲历经苦难，支撑他在乱世中存活下来的便是心中不灭的信念。在他的诗中，萧条凌乱的景象并不可怕，那些凋敝都会过去，然而此诗所描绘的景象触目惊心，"悟彼下泉人，喟然伤心肝"，何止是诗人自己，后世读到此诗的人莫不喟然而伤。"出门无所见，白骨蔽平原"，也成为那个时代的一个经典影像。

从军诗五首（其五）/王粲

悠悠涉荒路，靡靡我心愁。四望无烟火，但见林与丘。城郭生榛棘，蹊径无所由①。萑蒲竟广泽②，葭苇夹长流。日夕凉风发，翩翩漂吾舟。寒蝉在树鸣，鹳鹄摩天游③。客子多悲伤，泪下不可收。朝入谯郡界，旷然消人忧。鸡鸣达四境，黍稷盈原畴。馆宅充廛里④，士女满庄馗⑤。自非贤圣国，谁能享斯休。诗人美乐土，虽客犹愿留。

【注释】

①蹊径：小路，野径。②萑蒲：芦苇和蒲草。泛指水草。③鹳鹄：鹳与鹄。其形瘦长，飞翔极高。④廛（chán）里：城市聚居的地方。⑤庄馗：四通八达的道路。馗，同"逵"。

【赏析】

这首《从军诗》分为了两部分，前半部分描写了山河破碎的荒芜景象，而后半部分则对未来寄予了深切的厚望。

王粲，字仲宣，山阳高平人，初侍刘表，后跟随曹操。三国名臣，为七子之冠冕。善于诗赋，更有过目不忘之才能。对功名的急迫渴望，王粲毫不掩饰。在曹操帐下，王粲得到了从未有过的重视。谁说凋敝的王朝就注定荒芜一切？王粲的才气在曹操那里得到了完全的发挥，虽然曹操帐下人才济济，但王粲还是凭借着他的才能赢得了曹操的赞赏，而他自己对于曹操的知遇之恩也是感恩戴德，他曾说："帝王虽贤，非良臣无以济天下。"

文人自古以来便是以悲悯情怀为重的，王粲也不例外。就在跟随曹操征讨东吴的路途上，王粲写下了《从军诗》五首，这是其中之一。虽然是描述了动荡的汉末年月，但是从侧面抒发了希望可以拥有美好生活的愿望。生活在那个战乱的年代，诗人与众生一样不可避免地要历经磨难，但是他并不绝望，而是在艰险磨难之中，看到了未来的乐土，那里是让他的忧愁烟消云散的地方。

杂 诗 /王粲

日暮游西园,冀写忧思情。曲池扬素波。列树敷丹荣。上有特栖鸟①,怀春向我鸣。褰衽欲从之②,路险不得征。徘徊不能去,伫立望尔形。风飙扬尘起,白日忽已冥。回身入空房,托梦通精诚。人欲天不违,何惧不合并?

【注释】

①特:单的、独的,这里指没有配偶的鸟。②褰:揭起,撩起(衣服)。衽:同"衽"。

【赏析】

这首诗表达的是诗人对朋友的思念之情。诗人从游园写起,借景抒情,在弯曲的池水中,还有成行的木丛里,将满心的愁绪托付给了这一片赏心悦目的景色。明代文人王夫之有言道:"以乐境写哀,以哀景写乐。"王粲正是这样做的。他以文人独有的清明内心和强大的自我意识,以及细腻的情感,将他对人世间无常情感的看法一一描摹出来。

诗人以细腻的感情触角,想象到"上有特栖鸟。怀春向我鸣"。进而由树上孤独的飞鸟,想到了远方的友人。如同在对他召唤一般哀鸣,所以诗人快步向前,希望可以追随这份召唤的脚步。

但是道路险阻,举步维艰。游园之内自然不会难行,所以诗人隐喻的是世间动乱,难以前行,在这首诗歌中,诗人将自己的幽思和社会的动荡有机地结合在了一起。当现实与理想交织之后,所带来的冲击已经能掀起惊天的波浪。

由虚入实,王粲的内心情感随着诗句的延续而延伸下来,在无法抗拒的恶劣环境中,王粲最终也只得选择退回房中,暗自哀叹"人欲天不违,何惧不合并"?明明担心难以与友人再度重逢,却偏偏还要安慰自己有什么可怕的,纠结的内心在摇摆的世风中孤独地摇曳,深沉含蓄。

饮马长城窟行 /陈 琳

饮马长城窟①，水寒伤马骨。往谓长城吏，慎莫稽留太原卒②。官作自有程③，举筑谐汝声。男儿宁当格斗死④，何能怫郁筑长城⑤。长城何连连⑥，连连三千里。边城多健少⑦，内舍多寡妇。作书与内舍，便嫁莫留住。善侍新姑嫜⑧，时时念我故夫子⑨。报书往边地，君今出语一何鄙⑩。身在祸难中，何为稽留他家子。生男慎莫举，生女哺用脯。君独不见长城下，死人骸骨相撑拄。结发行事君⑪，慊慊心意关⑫。明知边地苦，贱妾何能久自全。

【注释】

①长城窟：长城附近的泉眼，古时供行役者饮马用。窟，泉窟，即泉眼。②慎：小心。稽留：滞留。太原卒：从太原地区调来服役之人。③官作：政府的工程。程：期限。④格斗：短兵相接的搏斗。⑤怫郁：烦闷。这一句和前一句意谓：男子汉宁可与敌人搏斗而死，怎能憋着一肚子气而在这里修筑长城呢！⑥连连：绵长的样子。⑦边城：亦指长城。健少：健壮的年轻人。⑧姑嫜：古时如此称呼丈夫的父母，即今日的"公婆"。⑨故夫子：原来的丈夫。上面四句是戍卒劝妻子改嫁的信中之语。⑩鄙：薄。⑪结发：古时男子二十束发而冠，以示成年。⑫慊慊：怨恨的样子。关：牵系。

【赏析】

《饮马长城窟行》是乐府古题之一。这一首诗歌，是通过描写修筑长城带给人们苦难，写出当时的哀风悲鸣。

陈琳是"建安七子"之一，在追随曹操之前，曾效力于袁绍，多次写文章辱骂曹操，历数他的罪行。后来陈琳被曹操俘虏，曹操惜才，便安抚陈琳，没有将他斩杀，反而收为部下。

"饮马长城窟,水寒伤马骨。"战乱的时代,造就了诗人独特的视角和笔触。边地水寒若此,连马喝了这种的水,都会因受不了寒气而被伤,戍卒苦役们的艰辛可想而知。诗人开句点题,直接进入主题。一个征夫对监管修筑长城的官吏诉苦说:"我已经到了服刑期满的日子了,千万不要延迟我的归期。"可以看出这位征夫归心似箭,也可以看出修长城是一项多么非人的徭役。

征夫提醒之后,官吏并不放行,只是打着官腔说官府自有定夺。这让归期已到的征夫十分不满,他认为大丈夫如果要死,就要战死沙场,轰轰烈烈,而不是在这里窝窝囊囊地做苦工。但他的怨言又有何用呢?战事一日不停,长城就不能停止修建。

如果要怨,也只能怨这无休止的战争和动荡的时局。长城绵延万里,何时才能修筑得完?可是生命有限,如果将全部的精力都耗费在修筑长城上面,那几时才能为自己打算和考虑?但不论征夫作何打算,他都无法违抗官府的命令。

在这首诗歌中,诗人用征夫绝望的心情来寓意当时的纷乱时代,与建安七子其他人相比,陈琳相对年长,所以,他对汉末魏初的动荡岁月有着刻骨的体会。

"明知边地苦,贱妾何能久自全",女子明知道丈夫生死难料,但仍甘愿以自己的一生作为赌注,等待丈夫最终的归来。征夫与妻子之间的这份情感在那个纷乱的时局中尤为可贵。正因为知道艰难,所以才愈加珍惜和耐心。

这首《饮马长城窟》一直是魏晋诗歌史上的名篇,给那个黑暗的年代增添了少许的光亮。可以说,这是陈琳一览民间疾苦,然后将自身所受之苦相融合,迸发出的情感汇总。

赠徐干 / 刘桢

谁谓相去远,隔此西掖垣①。拘限清切禁,中情无由宣。思子沉心曲,长叹不能言。起坐失次第,一日三四迁。步出北寺门,遥望西苑园。细柳夹道生,方塘含清源。轻叶随风转,飞鸟何翩翩。乖人易感动②,涕下与衿连。仰视白日光,皦皦高且悬③。兼烛八纮内④,物类无颇偏。我独抱深感,不得与比焉。

【注释】

①西掖：指宫阙西侧。垣：墙。②乖人：犹离人。③皦皦：明亮洁白。④八纮（hóng）：指八方极远之地。

【赏析】

建安七子中有一人颇得曹操和曹植的喜爱，他们总和此人饮酒作对，畅谈歌赋，对他委以重任，这人就是刘桢，后世称之为"文章之圣"。

刘桢放荡不羁，在曹丕所设宴席之上，甄氏出来与众人见面，大家纷纷下跪以示尊重，刘桢因为厌恶曹丕抢夺他人之妻，不肯对甄氏下跪。这惹得曹丕大怒，当下便要将刘桢处死，后来经人求情，才将其投入监狱。

本是耿直地想要表达自己内心的不满，却不料惹来了牢狱之灾。事有凑巧，刘桢被关押的北寺狱旁边，便是他的好友徐干办公的地方。

二人只有一墙之隔。刘桢陷入囹圄，是因为他的直言不讳。仕途断送，只有荒僻的监狱才是他的归宿。而隔壁的公堂就好像一个巨大的讽刺，那样的地方，曾经也是刘桢办公的地方，可是如今却成了禁锢他的工具。而他的好友徐干此刻却处于这样一个地方。想来刘桢当时的内心应当是充满了失意和惆怅的。于是他提笔写下了这首有名的《赠徐干》。刘桢的心中充满了向往，他看穿了这世事变化，将内心积郁的沉闷一吐为快。

这首诗歌倾诉了自己被囚禁的痛苦和不满，还抒发了对徐干的思念之情。虽然二人相距不远，但依据当时的法律法规，二人想要见一面，却并不是那么容易的。所以，刘桢只能将自己对好友的思念之情写入诗歌之中，以此来表达自己内心的愤懑。

"起坐失次第，一日三四迁。步出北寺门，遥望西苑园。"这是刘桢通过自己的坐立不安来衬托出他的痛苦。虽然因为口角太烈而受到了关押，但在这种情况下，刘桢丝毫不改，他依然语气激烈地抱怨现实的不公。

"仰视白日光，皦皦高且悬。兼烛八纮内，物类无颇偏。"刘桢从不忍气吞声，从不阿谀奉承的心性在这首诗中展露无遗。

刘桢在当时的七子中就是颇负诗名的，曹丕称他"五言诗之善者，妙绝时人"。钟嵘夸他："仗气爱奇，动多振绝。贞骨凌霜，高风跨俗。"刘桢作诗如做人，狂放不羁，凛冽傲骨，字里行间多是情骇言壮之辞。清代文人刘熙载说刘桢是"公干气胜"，是有些道理的。

酒德颂 / 刘伶

有大人先生者①，以天地为一朝②，万朝为须臾，日月为扃牖③，八荒为庭衢④。行无辙迹⑤，居无室庐，幕天席地⑥，纵意所如。止则操卮执觚⑦，动则挈榼提壶，唯酒是务，焉知其余？

有贵介公子，缙绅处士，闻吾风声⑧，议其所以。乃奋袂攘襟⑨，怒目切齿，陈说礼法，是非锋起。先生于是方捧罂承槽⑩，衔杯漱醪⑪。奋髯箕踞⑫，枕曲借糟⑬，无思无虑，其乐陶陶。兀然而醉⑭，豁尔而醒⑮。静听不闻雷霆之声，熟视不睹泰山之形，不觉寒暑之切肌，利欲之感情。俯观万物，扰扰焉如江汉三载浮萍；二豪侍侧焉，如蜾蠃之与螟蛉⑯。

【注释】

①大人先生者：德行高尚的老先生。②朝：天。③扃牖（jiōng yǒu）：门窗。④庭衢（qú）：庭道。⑤辙迹：轨迹。⑥幕天席地：以天为幕，以地为席。⑦卮：饮酒器具。"觚"同。⑧风声：名声。⑨奋袂攘襟：敛起袖子，绾起衣襟。⑩方：正。⑪醪（láo）：浊酒。⑫奋：拨弄。髯：胡须。⑬曲（qū）：酒曲。⑭"无思无虑"三句：昏沉的样子。⑮豁尔：猛然。⑯蜾蠃（guǒ luǒ）：细腰蜂。螟蛉：螟蛾的幼虫。

【赏析】

魏晋人嗜酒，而以竹林七贤尤甚。嗜酒者以借酒消愁的居多，唯有刘伶却多引以为乐趣。在一次酒醉之后，他写下这篇200余字的《酒德颂》，本作自赏用途，不成想写了亘古妙文，把喝酒升华到了一种玄奥的境界。

该篇颂里出现的主人公是个德行高尚的老先生，也可以说就是刘伶本人。在文章的起始处，老先生便称自己喝酒喝到一种超凡的境界。他可以把天地开辟作为一天，把万年作为须臾,把日月作为门窗,把天地八荒作为庭道;行走没有一定轨迹,居住无一定房屋。他还能以天为幕,以地为席,放纵心意,随遇而安。一个人可以"以天为幕,以地为席",该算得上是非常逍遥的人了。

接着在第二段,作者写道:"有贵介公子,缙绅处士,闻吾风声,议其所以。"由于他的行为乖张,有很多人时常在人前折损他,刘伶并不是不以为然,时常反唇相讥。激动时便跳起来敛袖缩襟,张目怒视,咬牙切齿予以反驳:礼仪法度又算得了什么,真正的是非自有公道人心去判定。

骂够之后,刘伶仍然继续衔杯痛饮,枕着酒槽睡觉,无忧无虑,其乐陶陶。困了便睡,醒了便饮,什么四时寒暑、声色货利,都像脚下随波逐流的"江汉三载浮萍",都如"蜾蠃之与螟蛉",渺小得不值一提。全颂洋洋洒洒,尽是作者不羁的风度。

竹林七贤虽都有饮趣,但是真正在喝酒方面有心得的只有刘伶一人。

对于酒完全没有抗拒力的刘伶,自然酒后就更加毫无约束。他曾因喝酒喝得太多,为了散热而脱光衣服,大字形躺在自家屋子里。一次客人进屋找他,发现他什么都没穿,便讽刺他放纵。刘伶笑嘻嘻地说:"天地是我的房屋,室内是我的衣裤,你们为什么要钻进我的裤裆里?"客人顿时无言,尴尬地离开。

刘伶在饮酒方面本身已达到可驭万物的境界,忘却生死,忘却荣辱,他在文才上或可永世不能企及阮、嵇二人,但他的洒脱中见可爱,是谁也到不了的境界。这篇《酒德颂》就是作者对于酒与性情的一种独特的个人体悟。

咏怀八十二首（其三） /阮 籍

嘉树下成蹊①，东园桃与李。秋风吹飞藿②，零落从此始。繁华有憔悴，堂上生荆杞③。驱马舍之去，去上西山趾④。一身不自保，何况恋妻子？凝霜被野草，岁暮亦云已⑤。

【注释】

①嘉树：桃李。蹊：小路。②藿：豆叶。③荆杞：树名。④西山：首阳山，伯夷、叔齐的隐居地。表达隐居的意向。趾：山脚。⑤已：停、止。

【赏析】

这首《咏怀》的前两句即引出了古代的一个典故——桃李不言，下自成蹊。此话的意思便是桃李虽不能言语，其开花之后的嫣然妩媚、结果之后的香甜美味，仍是人们心中的最爱。去欣赏和采摘它们的人自然会在树下踏出一条小路。据说诗人在庭院里种了许多桃李树木，每天看其花开花落，结出美好的果实。不过，秋风吹过，枝叶便凋零了，往日再美艳的树木一旦退下华丽的衣裳，不过变成了枯木衰草。

花开花落本是万物的生长规则，年复一年自然如此，可是在诗人眼中，却充满了惶惑与清冷。想起当年对功名的奢望如今已化作虚无，诗人顿感而发，说道："秋风吹飞藿，零落从此始。繁华有憔悴，堂上生荆杞。"诗人痛苦的并不是得不到显赫的地位，而是失去荣华富贵变得没落。没有繁就没有衰，就像花开得茂盛、果结得琳琅，可秋风扫过仍是不免要退去衣装变得沉寂。于是诗人写道："驱马舍之去，去上西山趾。"在他看来，能获得解脱的途径就只有驱车逃至山野，甚至不惜与妻子亲人离散。只是诗人并没有自己想象或诗歌中表现出来的那般潇洒豁达，不然也不会有"穷途之哭"。这样也就不难理解诗人在末尾回复到天地山野上来，"凝霜被野草，岁暮亦云已"，四时无惑，自然消息变幻，咏怀感慨只不过是人才有的。天地自然原本是无情的，并不会因人的情感而停止变化。

酒会诗 / 嵇 康

乐哉苑中游，周览无穷已。百卉吐芳华，崇台邈高跱①。林木纷交错，玄池戏鲂鲤②。轻丸毙翔禽，纤纶出鳣鲔③。坐中发美赞，异气同音轨。临川献清酤④，微歌发皓齿。素琴挥雅操，清声随风起。斯会岂不乐，恨无东野子。酒中念幽人，守故弥终始。但当体七弦，寄心在知己。

【注释】

①崇：高。高跱（zhì）：高耸。这句是说远远的高台耸立。②玄：深。③纤纶：钓鱼用的丝绳。出：钓到。鳣鲔：这里泛指各种鱼。④临川：在水边。酤：酒。

【赏析】

这首诗前六句主写作者的欣然。身处百花林木交错的风景优美处，上有山峦浩渺，下有游鱼临渊，举头观望鸟翔，附身可钓鲤鲫，容身于自然之中，嵇康一边饮酒，一边操琴而歌，其中的惬意不是三言两语能概括的。在极致的欢愉当中，他的心情陡然失落，乐而忽悲。"斯会岂不乐。恨无东野子。"原来他是突然思念起过去的朋友，感叹朋友"东野子"无缘再参加自己的音乐酒会。

"东野子"是嵇康深深思念的人，他本名为阮侃，身居河内太守，后迁居东野。由于二人多年不见，所以嵇康才借"东野子"来指代他，以表自己的念旧之情。其实，思故人只是诗人突然惆怅的一个诱因，他真正的悲伤皆由当时朝政混乱而起。对魏晋两股势力的角力，嵇康深恶痛绝，他常说自己决不能与这些俗人同流合污，因此他的言志诗大多都自表清白。所以诗人最后说："酒中念幽人。守故弥终始。但当体七弦。寄心在知己。"点明了诗人要笑傲山林、洁身自好的气节。

这里选的这首诗是嵇康传世不多的诗作之一。诗如其人，林、池、琴、友，既是作者表达心志高洁的一首诗，也是魏晋名士的一幅生活画面，展现的仍然是那个时代的精神风气。

言　志 / 何　晏

　　鸿鹄比翼游，群飞戏太清①。身常入罗网，忧祸一旦并。岂若集五湖，顺流唼浮萍②。逍遥放志意，何为怵惕惊？
　　转蓬去其根③，流飘从风移。芒芒四海途，悠悠焉可弥？愿为浮萍草，托身寄清池。且以乐今日，其后非所知。

【注释】

①太清：指天空。②唼（shà）：鸟吃食。③转蓬：指随风飘转的蓬草。

【赏析】

　　此诗的前四句道明了诗人内心的担忧。天上的鸿鹄遨游天际，比百鸟有更高的志向。可就是因为飞得太高反而更令人觊觎，容易遭到网罗，倒不如地面、水中集结的凡鸟，随波逐流，啄食萍草，活得更加逍遥自在。诗人以鸿鹄自喻，指出了自己身在高位更容易成为众矢之的，他羡慕那些身份卑微的人，起码不会有"死于非命"的担忧。

诗的后半部分,"转蓬去其根,流飘从风移",表达了诗人内心渴望挣脱现实的牢笼桎梏。"芒芒四海途,悠悠焉可弥?愿为浮萍草,托身寄清池。且以乐今日,其后非所知。"诗的后几句,从字面上来看是说欲做池塘里小小的浮萍,安栖在清水池中,"今朝有酒今朝醉",且得今日一时之自在,不去理会将来会如何。这里诗人表达了想要变得"渺小"的愿望。

河中的蓬草脱离自己的慧根,四海茫茫,随遇而安,身不由己;人生也如这浮萍一般,不能掌控。然而这安宁也不过是一瞬而已。未来是怎样,谁也道不清楚,能做的便是得过且过。

此诗充满了玄之又玄的道家虚无思想,对未来不可预料的诗人,无论在诗词文赋里怎样推崇老庄的逍遥与自在,却知道自己永不可能超越那道界限,因而他害怕不已,痛苦莫名,便把世间的一切想象成是虚无的,并极力地去推崇"万物以无为本"的观点,还凭借自己在文坛的地位,极力将此学说推到学术潮流的顶端。不过诗中也完全暴露了他的思想弱点,他甚至把自己所拥有的一切、经历的事情都看作是一场老天的骗局,不愿面对。

与妻李夫人联句 / 贾 充

室中是阿谁?叹息声正悲。
叹息亦何为?但恐大义亏①。
大义同胶漆,匪石心不移。
人谁不虑终,日月有合离。
我心子所达,子心我所知。
若能不食言,与君同所宜②。

【注释】

① 大义:指夫妻情义。② 所宜:妥帖,这里指夫妻安稳度日。

【赏析】

这是典型的联句形式对诗。联句据记载始于汉武帝时期，因为是两人或多人每人一句共同完成的诗歌，所以才称之为联句。

这是一首诉说离别之情的诗歌，缠缠绵绵又依依不舍，诗人和妻子仿佛都不晓得该如何安顿自己离别前的零乱心情，一人一语地表明各自的心迹。贾充首先领起全诗，道出室内悲叹，想来贾充口中的"室"应该就是二人日常所居住的卧室，藏匿了不少夫妻恩爱的欢乐往事。此时，贾充却问这房间内是谁在悲伤地叹息，自然是指身旁的妻子李氏。

贾充妻子李氏是尚书仆射李丰之女，不但有才情，还贤良淑德，对贾充照顾有加，只是可惜后来因为朝纲变动，李丰被当时掌握政权的司马师所杀，连累家人一同受到牵连，要发配边疆，早已嫁为他人妇的李氏也不能幸免。眼看分别在即，感情一向融洽的贾充和李氏便免不了悲戚一番。贾充问完，李氏作答，她说叹息只是担心夫妻情分就会到此终结，难怪李氏会这样想，古时的女子本就地位卑微，更何况如今成了犯妇的李氏，今朝一走，他日恐怕就难得与贾充见上一面了。

贾充作为丈夫，自然不能在离别之时说出伤人的话，他一番海誓山盟的表白，说自己的心就如同磐石一样坚固无转移，让李氏放心。可李氏也明白月有阴晴圆缺，生离死别的事情古来有之，这是无法强求的。贾充依然对天起誓，他对李氏的爱不会改变，李氏才稍微放心，黯然离去。

然而就在李氏离去不久后，贾充便再次娶妻。就在贾充的生活日益恢复平淡的时候，李氏却遭逢天下大赦而回归故土，这样的结果令两个人都始料未及，誓言依然，可惜物是人非。贾充的现任妻子郭氏不许李氏入门，而贾充也因为惧怕郭氏而迟迟不肯将李氏接回家门，昔日的承诺而今成了一纸空谈。

悼亡诗三首（其一） /潘 岳

荏苒冬春谢①，寒暑忽流易②。之子归穷泉③，重壤永幽隔④。私怀谁克从⑤，淹留亦何益⑥。黾勉恭朝命⑦，回心返初役。望庐思其人，入室想所历。帏屏无髣髴⑧，翰墨有余迹。流芳未及歇，遗挂犹在壁。怅恍如或存⑨，回惶忡惊惕⑩。如彼翰林鸟⑪，双栖一朝只。如彼游川鱼，比目中路析⑫。春风缘隙来，晨溜承檐滴⑬。寝息何时忘，沈忧日盈积⑭。庶几有时衰⑮，庄缶犹可击⑯。

【注释】

①荏苒：逐渐。谢：去。②流易：消逝。③之子：那个人，指妻子。穷泉：指黄泉。④幽隔：被幽冥之道阻隔。意谓妻子逝世，长眠地下，永远同生者隔绝了。⑤私怀：指悼念亡妻的心情。克：能。⑥淹留：久留。⑦黾勉：勉力。⑧帏屏：帐帏和屏风。无髣髴：帏屏之间连亡妻的仿佛形影也见不到。⑨如或存：好像还活着。⑩回惶：惶恐。惕：惧。⑪翰林：鸟栖之林。⑫析：分开。⑬承：顺着。⑭盈积：众多的样子，指忧伤越积越多。⑮庶几：但愿。⑯庄：庄周。缶：瓦盆，古时一种打击乐器。

【赏析】

这是一首著名的悼念亡妻的诗歌。荏苒冬春谢，寒暑忽流易，时光的流逝并没有减弱诗人对妻子的深爱，反而因为时间的积淀而更加深厚。

潘岳在12岁的时候和杨氏订婚，结婚之后，二人感情很好，可惜，在他们婚后第24个年头，杨氏因病去世，留下了潘岳独自一人饮泣。从诗作中可以看出，潘岳在妻子死后很长一段时间内都无法接受这个事实，"黾勉恭朝命，回心返初役"。他本是想要留在家中陪伴妻子的亡魂，却因为朝廷的公事繁忙，不得不离家远去。陪伴妻子的愿望难以实现，潘岳内心的悲戚从诗句中汩汩流淌出来。

潘岳悼念妻子杨氏的诗歌一共有三首，这是第一首，大概作于杨氏亡后第一年。诗人写道："庶几有时衰,庄缶犹可击。"在这里他想效仿庄周,冷淡对待妻子离世的事实,然而他越是想要忘记,记忆便越是深刻,令他愁锁眉心不得展。

唐朝诗人李商隐叹息道："只有安仁能作诔,何曾宋玉能招魂。"后世文人认为潘岳的悼亡诗有着"其情自深"的特点,十分感人。而潘岳也成了古来多情男人的代表。

兰亭诗二首(其二) / 谢 安

相与欣佳节,率尔同褰裳①。薄云罗阳景,微风翼轻航。醇醑陶丹府②,兀若游羲唐③。万殊混一理,安复觉彭殇④。

【注释】

①褰裳:撩起下裳。语出《诗·郑风·褰裳》:子惠思我,褰裳涉溱。②醇醑(xǔ):美酒。丹府:丹田。③羲唐:伏羲氏和唐尧。④彭殇:寿夭之意。彭指彭祖,传说中寿者,殇,未成年而死。这句是说不再感到长寿与早死的区别。

【赏析】

谢安传下来的诗仅有数首,在兰亭中所写的就有两首,上面这首便是其中之一。从这首诗中不难看出诗人当时的心情非常欢畅,与众人把酒言欢,仰望薄云美景,同褰衣裳,感受清岚徐来,"醇醑陶丹府"。唇齿间留有酒香,思绪飘若神仙。眼前此刻,只觉"万殊混一理,安复觉彭殇。"万物虽有不同,其实运行的道理一致,所以哪能看出早亡的人与八百岁的彭祖之间有什么区别呢?

受老庄影响的晋代士人,大多郁郁不得志,寻求问道一途。而谢安却是这样一个人物:他完全将自己放逐在官场里,来去如鲲鹏,自由高飞。

也许在别人看来,谢安的《兰亭诗》中所言实在托大,一逞口舌之快,但在某种程度上,也许生死在诗人心中并无明显的区别。诗里的谢安已经完全忽略了生死的含义,这明显是受到玄学洗礼的超然者,"兀若游羲唐",自然不惧怕生与死的苦痛。

泰山吟 / 谢道韫

峨峨东岳高,秀极冲青天。岩中间虚宇①,寂寞幽以玄。非工复非匠,云构岁自然②。器象尔何物?遂令我屡迁。逝将宅斯宇,可以尽天年。

【注释】

①间:分隔。②云构:指山中的岩洞。

【赏析】

曹雪芹在《红楼梦》中的金陵十二钗正册判词中咏道:"可叹停机德,堪怜咏絮才,玉带林中挂,金簪雪里埋。"其中"咏絮才"便是引用了东晋才女谢道韫的故事。谢道韫出身名门,当时的宰相谢安便是她的叔父,谢道韫从小便颇有才情,才思敏捷,不让须眉。一日天降大雪,谢安看到后,随口咏道:"白雪纷纷何所似?"兄长谢朗为了展示自己的才华,赶紧顺着谢安的诗句接着道:"撒盐空中差可拟。"

最后,谢道韫缓缓而言:"未若柳絮因风起。"

《晋书》上记载,谢道韫的这番对白,不但得到了叔父谢安的夸奖,还获得了在场宾客的一致好评,纷纷赞叹谢道韫的才情之高。

这里选取的《泰山吟》虽比不得咏絮有名,可也能看出这名女子不同寻常的气势和胆魄。泰山在谢道韫的笔下雄伟壮丽,不但传神而且还动感十足,质朴之间带有美感,十分耐读,冲净之余又有玄远,谢道韫的才情在这首诗歌中得到了彻底的体现。

古代才女的诗词以阴柔为多见,可是谢道韫的这首诗歌却是阴柔少之,刚劲有余。"逝将宅斯宇,可以尽天年"可以看作是谢家风范在谢道韫身上的展示。

登池上楼 / 谢灵运

潜虬媚幽姿①，飞鸿响远音。薄霄愧云浮②，栖川怍渊沉③。进德智所拙，退耕力不任。徇禄及穷海④，卧疴对空林⑤。衾枕昧节候⑥，褰开暂窥临⑦。倾耳聆波澜，举目眺岖嵚⑧。初景革绪风⑨，新阳改故阴⑩。池塘生春草，园柳变鸣禽。祁祁伤豳歌⑪，萋萋感楚吟⑫。索居易永久，离群难处心⑬。持操岂独古⑭，无闷征在今⑮。

【注释】

①虬：有角的小龙。②薄：同"泊"，止。③怍：惭愧。④徇禄：做官。及：到。穷海：边远的海滨。⑤疴：病。⑥衾：被子。⑦褰（qiān）：揭起。⑧岖嵚（qīn）：山高而险。⑨景：光。⑩新阳：指春。故阴：指冬。⑪祁祁：众多。⑫萋萋：草木茂盛的样子。⑬索居易永久，离群难处心：索居容易觉得岁月长久，但是难以安心做到。索居，散居。离群，离开朋友。⑭持操：坚持节操。⑮无闷：没有苦恼。征：验证。

【赏析】

出身大家族的谢灵运，自小被祖父谢玄捧在掌心呵护。谢玄因与谢安平前秦有功，在谢安死后，谢家受到朝廷极大的表彰，谢玄理所当然成了最大的受益者，被封为康乐公。谢玄有两子，灵运是其长子谢玦最小的儿子，本名公义，而"灵运"是成年之后得到的字。

谢灵运自诩才高八斗，在晋廷几乎可以说是呼风唤雨，文坛上亦倾倒众生，然而南朝宋武帝刘裕取晋而代之后，立刻将谢灵运的爵位削去，降为散骑常侍。谢家曾是晋王朝数十年安定的支柱，对刘裕而言却是不可信的毒瘤。之后，谢灵运在毫无准备之下再被降级，最后沦落为永嘉太守。自此诗人不再理政务，完全寄情山林，四处游玩，写诗作文。

这首《登池上楼》便是谢灵运在永嘉排忧解闷的诗。诗人在朝廷内受到排挤，让他的人生充满了忧郁的颜色,心智总是在动摇,于是在某日清晨时早早地起来,登楼眺望。看到远处的薄雾和山峦,心思转瞬神游。

"潜虬媚幽姿,飞鸿响远音",眼前情景令他想起龙、鸿之姿。沉潜的龙身形是那么幽闲曼妙,高飞的鸿鹄鸣叫是如此旷远幽深。诗人很想飞到在高空之上,却愧对飞鸿;他想要栖息川谷,却惭对深渊的潜龙。在这里,飞鸿和潜龙两个意象其实是诗人对仕途和归隐的形容。"进德智所拙,退耕力不任",诗人也曾积极地为进入仕途而修炼德行,苦于智慧拙劣;无奈之下退隐耕田,却又无法胜任农活。接着诗人写道:"徇禄反穷海,卧疴封空林。"被进退不得弄得思想纠结之时,他深深地感到疲累。被迫来到偏远的地方做官,又时常身染疾病,只能"衾枕昧节候,褰开暂窥临",面对窗外光秃秃的野林,浑然不知天地四时究竟变成了什么模样。

整首诗表达了一种久困之后的觉醒,诗人意识到浑噩下去就会抹杀自己的灵性,情不自禁地要为自己寻找生活和习作的灵感,于是披衣登池上楼远眺。他看到了崇山峻岭,也聆听到脚下不远处河流水波的叮咚声,原来初春的阳光早已降临,带着残余的冬风将人间的阴冷吹走。不知不觉间,池塘已经生满春草,园中柳条上的鸣禽也变换种类和叫声。

这首诗以登池上楼为中心,表达诗人内心的坚持与清高。从诗句中不难见出诗人百感交集的复杂感情。"池塘生春草,园柳变鸣禽"两句则被视为传世的佳句。

庐山东林杂诗 / 慧 远

崇岩吐清气①,幽岫栖神迹②。希声奏群籁③,响出山溜滴。有客独冥游,径然忘所适④。挥手抚云门⑤,灵关安足辟⑥。流心叩玄扃⑦,感至理弗隔。孰是腾九霄,不奋冲天翮。妙同趣自均,一悟超三益⑧。

【注释】

①崇岩:指香炉峰。②幽岫(xiù):深山中的岩洞。③希声:奇异的音响。④径:径直。

⑤云门：闸门。⑥灵关：指心。辟：疏辟。⑦玄扃：墓门。⑧三益：语出《论语·季氏》。"益者三友，损者三友。友直，友谅，友多闻，益也。"

【赏析】

　　这首诗是东晋名僧慧远所作。慧远是个极好云游的人，本持着纤尘不染的一颗佛心到处游历，时而普度旁人，时而观望微笑。

　　此诗所写即是慧远在庐山禅修参悟时所见，诗中首句所讲的"岩吐紫气"的情景，后世的李白等人都见过。山雾与阳光形成的霓虹造成雾气产生薄紫的现象，如同仙人的衣带，引人遐思。慧远深入山中，独行于小径，密林探幽，神思意远，脱离尘嚣，寻找自然同宇宙的玄机。于是诗人发出"孰是腾九霄，不奋冲天翮"的感慨，哪里才是九霄云外呢？偶触云门闸开，高山流水，看遗落凡尘的仙山，灵关顿开，神智翻腾而上，冲天幽游，翱翔宇内，心灵自足，最后两句"妙同趣自均，一悟超三益"，提点升华了整首诗的主题，也就是悟道。诗人终于明白道存何处。

　　然而道究竟在哪里则只可意会不可言传。凡心遗落不要紧，最要紧是获得精神境界的提高。

　　其实佛法道存何处，在每个修行者的心中都不一样，不管是慧远的在山间神往，还是惠琳的在世俗里探讨，所得都不尽相同。修行者的凡心如果遗落到山林间，或可偶得宇宙的玄机，但若是落在人世，往往招来是非。

饮酒二十首（其五）/陶渊明

结庐在人境①，而无车马喧②。问君何能尔③，心远地自偏。采菊东篱下，悠然见南山④。山气日夕佳⑤，飞鸟相与还⑥。此中有真意⑦，欲辩已忘言。

【注释】

①结庐：构筑屋子。人境：人居住的地方。②无车马喧：没有车马的喧嚣声。③君：作者自谓。尔：这样。④悠然：自得的样子。南山：指庐山。⑤日夕：傍晚。⑥相与还：结伴而回。⑦此中：此时此地的情和境，即隐居生活。真意：人生的真正意义。

【赏析】

这是陶渊明饮酒诗中最著名一首，诗的意境清新而淡远。

近处是清幽的爱菊，远处是杳杳的南山，头顶滑过的是逍遥的飞鸟，心中留存的是自在的归意。在山野里找到的乐趣，只能心领神会，是无法用语言表达出来的。"结庐在人境，而无车马喧"，这里毫无是非的叨扰。是什么缘故呢？"心远地自偏"。这是一句具有哲理的话，大有深意，心不为外物所累，自然能得清净。

在晋代以前的古人诗歌中很少有表现这种思想意境的诗作，而陶渊明虽不是开风气者，却是集大成者，他的诗追求的是人与自然的和谐，以及心与身的和谐。复归自然，成为魏晋田园诗的主题，也为后世确立了典范。"采菊东篱下，悠然见南山"，历来认为是难得之佳句。

魏晋时代，玄学为显学，诗人自然受其影响，这首诗末尾，诗人写道"此中有真意，欲辩已忘言"，用的就是庄子得鱼忘筌、得意无言的意境，是对人生真谛的体悟，给人悠远的想象空间。

饮酒二十首（其十四） /陶渊明

故人赏我趣，挈壶相与至。班荆坐松下①，数斟已复醉。父老杂乱言，觞酌失行次。不觉知有我，安知物为贵。悠悠迷所留②，酒中有深味。

【注释】

① 班荆：铺荆于地。② 悠悠：指趋名逐利的人。迷所留：指那些人迷恋于虚荣名利。

【赏析】

这是陶渊明以诗说理的一首饮酒诗，十分别致，富有生活气息，且寓哲理于其中，是同类诗中的佳作。

诗的开头一句便将诗的意境点出，即饮酒，自此以下贯穿这一主题，依次写了饮酒中的各种乐趣。"班荆坐松下，数斟已复醉。父老杂乱言，觞酌失行次"所写的松下坐饮的情境，淳朴可爱，一幅乡间饮酒图跃然眼前。然而诗人毕竟是诗人，他与众人不同是在这种宁静的乡间生活中，能够体悟到许多人无法体悟的东西，"不觉知有我，安知物为贵"，就有点物我两化，人与自然融合的味道了。

诗歌的末尾一句"酒中有深味"，大有意趣，全诗从酒开始，以酒结束，而诗人从酒中体味出深意，言有尽而意无穷。

纯真自然，东篱采菊，陶渊明得到的是最终的落魄隐者的逍遥。"悠悠迷所留，酒中有深味"，此种平淡，如山泉沁洒，令后世亦甘甜如饴。

第五篇 大唐诗情,盛世华章

"黄河之水天上来,奔流到海不复回。"大明宫的冷月辉煌,玉门关的胡笳羌笛,太多的人有过大唐梦。那个时代的风流才俊、豪士羁客,与红颜明媚,总是那么招摇迷人。这是一个以诗命名的时代,三百年诗唐留下无数诗行,山水田园、边塞怀古、感物忧思、闺怨悼离……若以花相拟,唐诗的绚烂唯牡丹之富贵雍容可以当之。

蝉 / 虞世南

垂绥饮清露①，流响出疏桐。
居高声自远，非是藉秋风。

【注释】

①绥（ruí）：即璎珞之类的东西，垂饰物。

【赏析】

　　清代沈德潜在《唐诗别裁》中说："咏蝉者每咏其声，此独尊其品格。"所以，古人说"餐风饮露"既有蝉的清高，也有做人的风骨。所以文人们都喜欢以咏"蝉"来自比高洁，而在唐诗中，咏蝉诗年代最早的一首，就是虞世南的这首《蝉》。

　　"绥"是古人帽带下垂，结在下颌的部分，类似于蝉的触须。垂绥是官宦、显赫的一种身份象征，与蝉饮"清露"似乎略有矛盾，既贵且清的人和事也并不多见。所以，虞世南说，蝉长长的鸣叫从梧桐树里飘出来，很响亮。这是什么道理呢？只要身居高位，并不需要借秋风吹送，声音也自然可以传得很远。这恰恰解释了"清"与"贵"的关系。"登高而招，臂非加长也，而见者远。顺风而呼，声非加疾也，而闻者彰。"一个人志存高远、心地清洁，其人格魅力显著，自然不需要靠权势、地位才能给自己树立声望。

　　唐太宗经常称赞虞世南的"五绝"，认为他"德行、忠直、博学、文词、书翰"方面均是上品。从这首《蝉》中，似乎可以读出虞世南的自信与从容。同为唐人"咏蝉三绝"之一，骆宾王说"露重飞难进，风多响易沉"，是一种不得志的抱怨；而"居高声自远，非是藉秋风"却显示了诗人淡定的气质、自省的精神。

赐萧瑀 / 李世民

疾风知劲草①，板荡识诚臣②。
勇夫安识义，智者必怀仁。

【注释】

①劲（jìng）草：茎坚韧的草。②板荡：指政局混乱、社会动荡。

【赏析】

　　这首诗是李世民送给萧瑀的。其中最著名的两句就是"疾风知劲草，板荡识诚臣"，讲的是"患难见真情"的主题。当年李氏兄弟争权，玄武门外刀光剑影，大臣萧瑀毫不犹豫地站在了他的身旁，同甘共苦的生活考验了他们的勇气和感情。当一个人身处顺境、左右逢源之时，锦上添花的人肯定会很多。但只有当身处逆境、需要雪中送炭的时候支持并帮助你的人，才是真正的朋友。李世民对此深有感触，所以他写诗送给萧瑀说，只有狂风大作，才知道哪一种草吹不弯、折不断；也只有在乱世之中，才知道谁是真正的忠臣。一介武夫怎么能够明白什么是道义和原则呢？只有智者才能始终怀有仁义之心。古语云"成者王侯败者寇"，刘邦和项羽，李世民和窦建德，都是这类的典型。胜利了就是一国之君，从此名垂千古；失败了就要遁入山贼草寇的行列，甚至有可能性命不保。

　　然而在诗人看来，这并不是历史博弈的真正原因，"勇夫安识义，智者必怀仁"才是胜者与为寇者的区别。诗人结合自己的人生经验，总结出精彩的诗句，引人深思也感人肺腑。

春游曲 / 长孙皇后

上苑桃花朝日明①，兰闺艳妾动春情。
井上新桃偷面色，檐边嫩柳学身轻。
花中来去看舞蝶，树上长短听啼莺。
林下何须远借问，出众风流旧有名。

【注释】

① 上苑：皇家的园林。

【赏析】

　　这首诗描写的是上林苑风景。诗中说上林苑的桃花迎着朝阳开得正绚烂，深闺里美丽的女子心中涌动着春情。井栏边的桃花仿佛她红润的面色，屋檐下的新柳仿佛她细腻的腰身。她在花间徘徊，看那飞来飞去的彩蝶；在树下乘凉，听那黄莺曲曲动人的歌唱。何必站在远远的林下询问呢？她的风流早就远近闻名，无人不知。

　　美景配美人，春色动春情。如此的清艳、风流，的确是唐代女子的第一首绝唱。

　　在历史的叙述中，长孙皇后端庄贤淑、勤俭公正，为唐代后宫的表率，也深得太宗的信任。她善良、高贵、优雅，不但是唐朝女子们争相效仿的对象，也是知性女子的典范。如此德高望重之人，应该是正襟危坐、不苟言笑才对。唯其如此，方能震慑三宫六院，母仪天下，立德、立言、立行。"兰闺艳妾动春情"这样的句子似乎很难与长孙皇后联想在一起。然而这确是《全唐诗》中所录的长孙皇后为数不多的诗作之一。恐怕没人相信，如此香艳的情诗竟然是堂堂一国皇后所作。事实上，大唐以开放的襟怀和气度闻名，年轻皇后的一腔春情，在这首诗中流露无遗，却正好也见证了大唐的奔放与唐诗流彩华章的风流。

进太宗 /徐 惠

朝来临镜台,妆罢暂徘徊。
千金始一笑,一召讵能来①?

【注释】

① 讵:岂,怎么。

【赏析】

  徐惠是太宗的一位妃子。她四五岁便熟读"四书五经",8 岁作诗《拟小山篇》歌咏屈原的高洁,并由此扬名:"仰幽岩而流盼,抚桂枝以凝想。想千龄兮此遇,荃何为兮独往。"唐太宗爱惜才俊,一道圣旨翻山越岭来到湖州,年仅 11 岁的徐惠就这样被召进宫门,封为才人。徐惠钟灵毓秀、天资聪颖,而且勤勉好学、温柔可人,深得太宗的喜欢。

  据说,有一次太宗下旨召见徐惠妃,结果左等右等,千呼万唤就是不见踪影。太宗非常生气,正要发火的时候却忽然见人送来徐惠妃写的一首诗。

  徐惠的诗上说,"从早上开始,我就整理妆容,为了迎接陛下。但是等了很久你都不来,急得我在屋子里团团转。古人说千金才能博佳人一笑,现在怎么能你一下诏我就来呢?"

  明明早上起来就梳妆等候心上人,然而终于等到了,自己却偏偏闹别扭,还嗔怪"你让我等了这么久"。这样的话当然是徐惠和唐太宗开的一个玩笑。能够如此毫不顾忌,足见二人的感情绝非一般。

  这首诗中,作者的娇嗔恰好显现出一份亲昵情思,太宗是绝顶聪明之人,自然能够读懂。女诗人的才情跃然纸上,让人心生怜爱和敬佩。相传太宗看完此诗之后,不仅没有大怒,反而哈哈大笑。只有解语之人方能如此洒脱。

  徐惠与太宗的感情应该是笃厚的,据说太宗死后,徐惠妃相思成灾并拒绝吃药,第二年也追随太宗而去,年仅 24 岁。

在狱咏蝉 /骆宾王

西陆蝉声唱①,南冠客思深②。
不堪玄鬓影,来对白头吟。
露重飞难进,风多响易沉。
无人信高洁,谁为表予心。

【注释】

① 西陆:指秋天。② 南冠:代指俘虏。

【赏析】

这是初唐诗人骆宾王的一首名作。写作此诗的时候,骆宾王因得罪武则天而落监,故而名为《在狱咏蝉》。

秋蝉声声,诗人在监狱里听得阵阵心寒。一个"客"字意味深长。他觉得自己本不属于此,却被关在牢中,所以他把自己当成客人。如此的心境,哪里经得住蝉鸣呢?你看秋蝉黑色的羽翼,而我已经白发苍苍。人无两度少年时,这种对比,实在令人心生伤感。

颔联两句,诗人运用比兴手法,委婉曲折地表达了一股凄恻之感情。"白头"二字,写出了不足40岁即鬓发花白的忧虑,也写出了为情所伤的惨痛。"白头吟"原是乐府曲名,据《西京杂记》记载,时司马相如对卓文君爱情不专后,卓文君作《白头吟》以自伤,"凄凄重凄凄,嫁娶不须啼,愿得一心人,白头不相离"。诗人在这里正是巧妙地运用了这一典故,隐喻自己对国家的一片忠爱之心却遭遇辜负。可谓一语双关,平添不少韵味。露水很重的时候,蝉翼淋水,没办法振翅高飞;风声呼啸,它再大的鸣叫也容易被淹没。所以,骆宾王不禁对蝉感叹,浊世昏昏,无人相信你的高洁,除了像我之外,还有谁能够知道你的心意呢?这句话似在对蝉低语,又仿佛安慰自己。蝉的心事没人知道,难道诗人的志向就有人明白吗?由蝉到人,因功力深厚,诗作结尾丝毫不见漂浮之意，反而顿挫有力，沉思哀婉。

骆宾王写作此诗后不久便被释放。但他继续反对武则天当政，而且写下著名的《伐武曌檄》，号召天下人群起讨伐武则天。武则天看过他的文章后，不但不怒，反而大赞其文采斐然，并感叹他确为人才，甚至有宰相之能。可惜的是，他最终还是投靠叛军，兵败身亡。

于易水送别 / 骆宾王

此地别燕丹①，壮士发冲冠②。
昔时人已没③，今日水犹寒。

【注释】

①此地：指易水，易水源自河北易县，是战国时燕国的南界。②壮士：指荆轲，战国卫人，刺客。③昔时人：即指荆轲。没：死亡。

【赏析】

诗人写此诗，虽是送别，但更多的是借诗抒发胸怀情感。荆轲是战国的勇士，骆宾王在易水畔，想起荆轲的故事，多少有些惺惺相惜的感怀。

当年荆轲刺秦，行至易水，高渐离击筑，荆轲慷慨悲歌，"风萧萧兮易水寒，壮士一去兮不复还"。天地愁云，送行之人无不变色。后来荆轲虽不幸失手，但他肝脑涂地的热忱与忠诚，却令后世深深铭记。昔日的侠客勇士已经随历史消逝在烟尘中，如今唯有寒风萧瑟，依然有当年的肃杀之气，易水桥下，流水还是如此冰寒。大有念天地之悠悠之感，只不过，骆宾王这首诗起首写得气势开阔，咏史感怀，却不落哀伤，带出几分悲怆与豪壮，末尾稍稍收抑，胸中的感情恰适而出。

寥寥四句，给人荡气回肠之感。不愧是借送别咏史言志的佳作，同时也开了初唐此类诗的风气先河。

如意娘 / 武则天

看朱成碧思纷纷，憔悴支离为忆君。
不信比来长下泪①，开箱验取石榴裙。

【注释】

① 比来：近来。

【赏析】

女皇武则天留存诗作并不算多，这首诗是其中比较有名的一篇。诗人眼见年华似水，却无法看到自己的幸福和未来，那份惶恐与忧伤呼之欲出。她说自己"已经看朱成碧，老眼昏花了。而这一切都是因为太过思念你。不相信的话，可以开箱验取，那些石榴裙上还有我滴下的泪光"。这是一首情诗，诗中表达的是年轻女子都会有的温柔和忧伤。

武媚娘从小就不喜欢女工，英武十足，少年时曾随父母游历大江南北。壮美的山河开阔了她的眼界和胸襟，也历练了她的胆魄和才干。据史书记载，武媚娘辞别寡母入宫时，曾对她的母亲说，"如今我进宫见皇上，怎么知道就不是好事呢？不要哭哭啼啼的，像小孩子一样！"深宅大院、宫门紧闭，能被皇帝宠幸固然是好事，但人生漫漫，哪一天不幸失宠，老死宫中恐怕也无人问津。媚娘母亲的痛哭想来也是人之常情。令人惊讶的倒是，年仅14岁的媚娘，面对未知的前途没有丝毫的恐惧，似乎人生的一切已然成竹在胸。

这首诗展现的却并不是野心勃勃的女皇气度。相反，此时的武媚娘，依然年轻貌美，同样有着对爱情的期盼与渴望。而诗中透露出的那份对爱情和相思的急迫表白，让人看到了作者身为女子的柔弱。

腊日宣诏幸上苑 / 武则天

明朝游上苑，火急报春知①。
花须连夜发，莫待晓风吹。

【注释】

① 火急：火速。

【赏析】

这首诗是很好理解的，说的是自己要游上苑，虽正值隆冬腊月，然而作者不管，她以自己女皇的威严，命令火急报春知，要那百花连夜开放，而且迟了一刻也都不行。想必武则天作此诗时心境是意气风发的，而一代女皇的霸道威严也在短短20字中淋漓彰显出来。

传说众花神接到命令后，迫于武则天的淫威都纷纷开放，唯有牡丹严守花令，拒不开花。结果第二天，武则天一怒之下令人将牡丹连根拔起，并火烧其根，贬往洛阳。

从军行 / 杨 炯

烽火照西京①,心中自不平。
牙璋辞凤阙②,铁骑绕龙城③。
雪暗凋旗画④,风多杂鼓声。
宁为百夫长⑤,胜作一书生。

【注释】

①西京:长安。②牙璋:古代发兵所用之兵符,分为两块,相合处呈牙状,朝廷和主帅各执其半。凤阙:皇宫。③龙城:汉代匈奴聚会祭天之处,此处指匈奴汇聚处。④凋:暗淡,模糊。⑤百夫长:军队的头目,泛指下级军官。

【赏析】

从军行,为乐府《相和歌·平调曲》旧题,多写军旅生活。诗人在首联两句写出,紧急的军情犹如燃烧的烽火迅速传到了西京。于是"国家兴亡,匹夫有责"的感受将书生意气层层激荡,心中的英气突然翻滚,再也不想端坐书斋,消磨青春与人生。

随后写辞别皇宫,从皇帝的手中领到那只令箭,铁骑龙城,奔赴金戈铁马的沙场。颈联是对朔北疆场的细致描写,大雪纷飞,军旗上的彩绘也在岁月的风尘里渐渐褪色,狂风怒吼,鼓角争鸣的喧闹夹杂在风中。

诗人戴叔伦在《塞上曲》中说:"愿得此身长报国,何须生入玉门关。"能够驰骋疆场,报国报民,又何必在乎自己的生死呢?可见,英雄之气,磊落风骨,早已存在胸中,为国为民为众生,肝脑涂地,哪里还顾得上生死!

诗作的最后两句,杨炯直抒胸臆,"宁为百夫长,胜作一书生",哪怕只是当个军队小官,也好过在书房里静坐。一股报国的急迫冲动,颇有阵阵轰鸣、气壮山河之豪气。

代悲白头翁 /刘希夷

洛阳城东桃李花,飞来飞去落谁家?
洛阳女儿惜颜色,行逢落花长叹息。
今年落花颜色改,明年花开复谁在?
已见松柏摧为薪①,更闻桑田变成海②。
古人无复洛城东,今人还对落花风。
年年岁岁花相似,岁岁年年人不同。
寄言全盛红颜子,应怜半死白头翁。
此翁白头真可怜,伊昔红颜美少年。
公子王孙芳树下,清歌妙舞落花前③。
光禄池台文锦绣,将军楼阁画神仙④。
一朝卧病无相识,三春行乐在谁边?
宛转蛾眉能几时⑤,须臾鹤发乱如丝。
但看古来歌舞地,唯有黄昏鸟雀悲。

【注释】

①松柏摧为薪:松柏被砍伐作柴薪。②桑田变成海:典出《神仙传》:"麻姑谓王方平曰:'接待以来,已见东海三为桑田。'"③这两句是说,白头翁年轻时曾和公子王孙在树下花前共赏清歌妙舞。④这两句是说白头翁昔年曾出入权势之家,过豪华的生活。光禄:光禄勋。此处指东汉马援之子马防的典故。《后汉书·马援传》载:马防在汉章帝时拜光禄勋,生活十分奢侈。文锦绣:指以锦绣装饰池台中物。将军:指东汉贵戚大将军梁冀。曾大兴土木,建造府宅。⑤宛转蛾眉:这里指女子的青春年华。

【赏析】

  诗歌的大意是说，洛阳城东开满了桃花与李花，飞来飞去，不知道都落在了谁家。洛阳的女子感慨落花，常常叹息犹如人生的绽放与凋落。今年落花，明年发新枝、开新芽，不知道还有谁能在。沧海桑田，大自然鬼斧神工还有什么不能改变吗？古人已经不会再经过洛阳城东了，而今天的人却依然对着风中落花感慨。年年月月，花都是一样开落；可是，月月年年，赏花的人却已然不同。诗的后半段写到白头老翁，说这老翁也曾经是红颜美少年，可惜一朝生病无人过问。言外之意，红颜少女也终有两鬓风霜的一天，韶光易逝，不过都是短促之间。诗歌的后半部分是感怀古人，多少风光显赫的贵胄，轻歌曼妙的丽人，最后也都只落得个须臾鹤发乱如丝。

  诗歌末尾四句最是悲情，真正应了诗题所谓的"白头吟"。

  此诗又名《代白头吟》，是一首拟古乐府。《白头吟》是汉乐府相和歌楚调曲旧题，古辞写的是女子毅然与负心男子决裂。诗人在这里则从少女写到老翁，咏叹人生的富贵无常、韶华易逝。抒情宛转，语词优美和谐，在初唐长诗中极受推崇，历来传为名篇。"年年岁岁花相似，岁岁年年人不同。"两句历来被作为佳句竞相传诵。

  这首诗很难说到底是悲伤还是快乐，又或兼而有之，总归是写出了自然的恒常与人生的无常。神龟虽寿，犹有竟时。不管你怎样看待人生，珍惜或者浪费，其都如滔滔江水般一去不复返。所以，中国有句俗话，"年轻别笑白头翁，花开花落几日红"。没有谁能够永远朱颜皓齿，"人生韶华短"，早一步或者晚一步而已，每个人都要步入白发苍苍的行列。

渡汉江 / 宋之问

岭外音书断①,经冬复历春。
近乡情更怯,不敢问来人。

【注释】

① 岭外:五岭之外。

【赏析】

　　诗人和家里断绝音讯已经很久了,从冬天到春天就一直没有消息。等到离家乡近了,心理上反而有了疏离与惊恐,因为不知道家里的情况会怎样,更不敢问家里的情况。这看似矛盾的心理背后,掩藏着诗人的焦灼与渴望。

　　杜甫说,"烽火连三月,家书抵万金"。当战乱的马蹄踏碎了家园,分别日久,不知道家中是否已经横生变故。对亲人的关切、家园的担忧,恰恰让人不敢轻易触碰。几番梦回故里,笑着睡去;如今荣归故里,反倒不知所措。

　　家中的一切是否如昔?老屋外的草地、草地边的小溪、小溪畔的垂柳、垂柳下的旧居,一切都在岁月的流逝中静静地数着年轮。而那长长久久的乡愁,盘旋在心头的熟悉,就这样在欢天喜地中渐渐扬起。

　　"近乡情更怯,不敢问来人",一个"怯"字,如点睛之笔,把诗人复杂的心情表现出来。读来令人心中不免为之一震。

登幽州台歌 /陈子昂

前不见古人，后不见来者。
念天地之悠悠①，独怆然而涕下②。

【注释】

①念：想到。悠悠：形容时间的久远和空间的广大。②怆然：伤感的样子。涕：古时指眼泪。

【赏析】

幽州台，即燕国时期燕昭王所建的黄金台，在今北京一代。诗人登上幽州台，目光穿越历史，回到战国，当年燕昭王筑黄金台招才纳贤，令天下臣服。而今，孤立在台上的诗人，回望前尘，张看身后，再也看不到贤王，也没有一位那样贤明的君王来效仿此法了。天悠悠之高远，地悠悠之壮阔，在这漫长的历史长河面前，诗人难掩心中万千感慨，孤独地兀立于此，怆然而泪下。

陈子昂生活在初唐时期，天下初定，万事更新，一切都处在激烈的变化中，含着历史层层断裂的悲痛，也有着对新生的渴望与追逐。所以，他没有辛弃疾那种"儒冠误身，英雄无路"的叹息，也没有张孝祥那种"匣剑空蠹，一事无成"的愁苦。相反，在他的诗中，始终贯穿着报国的激情。所以，即便悲伤、孤独，也都显示出格局的大气与开放。

李泽厚先生在《美的历程》中这样评价此诗："陈子昂写这首诗的时候是满腹牢骚，一腔愤慨的，它所表达的却是开创者的高蹈胸怀，一种积极进取，得风气先的伟大孤独感。它豪壮而并不悲痛。"

回乡偶书 / 贺知章

其一
少小离家老大回,乡音无改鬓毛衰①。
儿童相见不相识,笑问客从何处来。

其二
离别家乡岁月多,近来人事半消磨。
惟有门前镜湖水②,春风不改旧时波。

【注释】

①鬓毛:额角边靠近耳朵的头发。衰(cuī):疏落,衰败。②镜湖:湖名。在今浙江绍兴会稽山北麓。

【赏析】

贺知章36岁考中进士后便离开了家乡,所以自称少小离家。等到86岁的时候,在外奔波了将近半个世纪,终于在高龄的时候回到了家乡。一个人的生命能有多长呢?大概和记忆的铁轨一样漫长,深深地铺向生命的尽头。多少年过去了,他已然白发苍苍,可骨子里那份对故乡的依恋和执着,却从未有过任何的变化。年轻的孩子们却并不认识他,还笑着问他是从哪里来的。本来是故乡的人,却被误以为"客",世事苍茫,人生短暂,诗人心头不免涌起无限感慨。

在《回乡偶书》的第二首诗中,他将这份归乡之情描绘得更加直白。他说:离开家乡已经太久了,近来人事沧桑,所以返回家乡。实际上,贺知章一生仕途都较为平顺,虽然没有大红大紫,但也算善始善终。八十几岁告老还乡,得到玄宗赏赐的土地,而且有许多朝中大臣都来唱和送行,也算衣锦还乡了。但一切荣耀都抵不上返乡的渴望。沧海变幻,物是人非,少年已然不认识当年的老者,但老者当年走时又何尝不是少年?

贺知章漂泊一生,返乡不久后便过世了。漂泊半世,终回故里,可惜却又是这般匆匆地离世,不能不让人嗟叹。

凉州词 / 王之涣

黄河远上白云间①,一片孤城万仞山②。
羌笛何须怨杨柳③,春风不度玉门关④。

【注释】

①远上:远远向西望去。"远"一作"直"。②仞:长度单位。古时七尺或八尺为一仞。万仞,形容极高。③羌笛:是一种乐器。④度:越过,经过。玉门关:汉武帝置,因西域输入玉石取道于此而得名。故址在今甘肃敦煌西北小方盘城。

【赏析】

凉州词又名《凉州歌》,为当时流行的一种曲子配的唱词。凉州为唐属陇右道,州治在今甘肃武威。

这首《凉州词》虽是一首怀乡曲,却写得慷慨激昂、雄浑悲壮,毫无半点悲凄之音。"黄河远上白云间",既有奔涌磅礴的气势,也有逆流而上的坚韧。一片孤城,羌笛何怨,将冷峭孤寂的情思脱口而出,却没有消极和颓废之感。万丈雄心与盛唐气象如水银泻地,流畅自如。

春江花月夜 / 张若虚

春江潮水连海平，海上有月共潮生。
滟滟随波千万里①，何处春江无月明。
江流宛转绕芳甸②，月照花林皆似霰③。
空里流霜不觉飞④，汀上白沙看不见⑤。
江天一色无纤尘，皎皎空中孤月轮。
江畔何人初见月？江月何年初照人？
人生代代无穷已，江月年年只相似。
不知江月待何人，但见长江送流水⑥。
白云一片去悠悠，青枫浦上不胜愁⑦。
谁家今夜扁舟子？何处相思明月楼⑧？
可怜楼上月徘徊，应照离人妆镜台。
玉户帘中卷不去⑨，捣衣砧上拂还来⑩。
此时相望不相闻，愿逐月华流照君。
鸿雁长飞光不度⑪，鱼龙潜跃水成文⑫。
昨夜闲潭梦落花⑬，可怜春半不还家。
江水流春去欲尽，江潭落月复西斜。
斜月沉沉藏海雾，碣石潇湘无限路⑭。
不知乘月几人归⑮，落月摇情满江树。

【注释】

①滟滟（yàn）：波光闪动的光彩。②芳甸：遍生花草的原野。③霰（xiàn）：雪珠，小冰粒。④流霜：飞霜，古人以为霜和雪一样，是从空中落下来的，所以叫流霜。这里比喻月光皎洁，月色朦胧、流荡，所以不觉得有霜霰飞扬。⑤汀（tīng）：水边沙地。⑥但见：只见、仅见。⑦青枫浦：一名双枫浦，在今湖南济阳济水中。这里泛指荒僻的水边之地。⑧明月楼：月夜下的闺楼。这里指闺中思妇。⑨玉户：形容楼阁华丽，以玉石镶嵌。⑩捣衣砧：古人洗衣，置石板上，用棒槌捶击去污。这石板叫捣衣砧。捣，反复捶击。⑪光不度：意谓飞不过这片无尽的月光，也就是书信不到之意。⑫鱼龙：这里是偏义复词，龙字无义。古乐府《饮马长城窟行》："客从远方来，遗我双鲤鱼。呼儿烹鲤鱼，中有尺素书。"后以鱼书指书信，这句意思同上句，水成文，也就是虚幻同水花之意。⑬闲潭：幽静的水边。⑭碣石：山名，在河北。指北方。潇湘：水名，潇水在湖南零陵入湘水，这一段湘水叫潇湘，指南方。⑮乘月：随着月色。

【赏析】

张若虚乃是开元年间著名的"吴中四士"之一，至今存诗仅有两首，而这首《春江花月夜》以"孤篇盖全唐"的美誉，流传千古，被闻一多赞为"诗中的诗，顶峰的顶峰"。"春、江、花、月、夜"5个字包含了5种景色，诗题就令人心驰神往，而这5种意象，都包含了自然的循环往复与人世的更迭。集中体现了人世间最动人的良辰美景，构成了一片引人探寻遐想的奇妙艺术境界。轮回的春天，流动的江水，花开花落是时光的一份见证，千古月光照耀着古今的人们，而清凉的夜色也陪衬了如水般的岁月和生活。所以，张若虚说"人生代代无穷已，江月年年只相似"。不知道江月在等待什么人，只能看见长江流水，绵绵不绝。

《春江花月夜》是乐府《清商曲辞·吴声歌曲》中的旧题。关于此诗题创制者，"未详所起"；也有说是陈后主所作，或者隋炀帝所创作。据郭茂倩《乐府诗集》所录，题名《春江花月夜》的诗作共7首，除张若虚这一首外，隋炀帝二首，诸葛颖一首，张子容二首，温庭筠一首。而以张若虚这首最上，历来有"孤篇横绝，竟为大家"的盛誉。

古　意 /李　颀

男儿事长征①，少小幽燕客。
赌胜马蹄下，由来轻七尺②。
杀人莫敢前，须如猬毛磔③。
黄云陇底白云飞，未得报恩不得归。
辽东小妇年十五，惯弹琵琶能歌舞。
今为羌笛出塞声④，使我三军泪如雨。

【注释】

①事长征：从军戍边。②轻七尺：犹轻生甘死。③须：胡须。④羌笛：羌族乐器，属横吹式管乐。

【赏析】

自古幽燕一带多豪客，那里的男子都会沾染慷慨悲歌的士气，也便多了几分刚烈与彪悍。长大以后更是从军戍边，将勇武的气概泼洒在疆场之上，争做杀敌的英雄，为取胜甚至不惜生命的代价。凶煞的胡须如刺猬的毛刺一样密密地直竖在脸上，强敌当前，居然不敢向他靠近。

在这紧张的节奏中，一个手持雪亮战刀的七尺大汉的形象跃然纸上，在其背后黄沙漫漫，他怒目而视的眼神，吓倒敌军无数。就是这样的雄壮与伟岸，将男子汉的铮铮铁骨都展现出来，胸中的激情陡然升起，"未报国恩，未立战功，怎可回还"？

然而李颀笔下并不是一味这样渲染疆场战士勇莽的形象，反而一转笔，写出辽东少妇年方十五，善弹琵琶也善歌舞，今天忽然用羌笛吹奏了出塞的歌曲，曲波荡漾下，三军将士挥泪如雨。如此写来，不仅将虎虎生威的硬汉写得柔肠百结，也勾起了离家多年的军人浓浓的思乡之情。

古从军行 / 李颀

白日登山望烽火①，黄昏饮马傍交河②。
行人刁斗风沙暗，公主琵琶幽怨多③。
野营万里无城郭，雨雪纷纷连大漠。
胡雁哀鸣夜夜飞，胡儿眼泪双双落。
闻道玉门犹被遮，应将性命逐轻车。
年年战骨埋荒外，空见蒲桃入汉家。

【注释】

①烽火：古代用作警报信号。②饮（yìn）马：给马喂水。③公主琵琶：汉武帝时刘细君远嫁乌孙国王时，因途中烦闷而作琵琶之音。

【赏析】

诗人白天在山上望四方的烽火，晚上在交河边饮马。行军之人，白天以刁斗煮饭，晚上用此来省更。黄沙漫天，漆黑的夜晚，只能听得到巡夜的更声，还有如泣如诉的琵琶声。万里之内，没有城郭没有人烟，雨雪纷飞，苦寒之地，连着茫茫的大漠。胡雁胡儿的哀鸣和眼泪，就这样双双落下。谁不想回家呢？可玉门被遮，只能和敌人决斗分出你死我活。年年战骨，埋在荒野之外，只为了换"葡萄"种满汉家的庭院。

通过李颀的这首诗，人们对汉武帝的穷兵黩武似乎有了更全面的认识，但很多人似乎都忽略了一句深藏在诗中的落寞。

"公主琵琶幽怨多"。这句简简单单的唐诗描述了汉代公主细君的故事。刘细君本是江都王刘建的女儿，被汉武帝册封为公主，远嫁到乌孙王国做夫人。史书里记载，说她不但貌美且多才多艺，琴、筝等更是无不精通。唐人《乐府杂录》中就说："琵琶，始自乌孙公主造。"

和亲与远嫁,似乎是许多公主难逃的命运。在这条和亲的路上,留下的不仅有鼓乐喧天远嫁的欢歌,也有那些年轻公主们的泪水、屈辱、魂断故乡的执着。

从军行三首 / 王昌龄

其一
烽火城西百尺楼①,黄昏独坐海风秋②。
更吹羌笛关山月③,无那金闺万里愁④。

其二
琵琶起舞换新声,总是关山旧别情。
撩乱边愁听不尽,高高秋月照长城。

其三
青海长云暗雪山,孤城遥望玉门关⑤。
黄沙百战穿金甲,不破楼兰终不还⑥。

【注释】

①烽火:又称烽燧,古代边防报警的两种信号。②海:唐诗写西北边塞而称海者,非海洋。或谓即青海湖,又或说是瀚海,即沙漠。③关山月:乐府横吹曲名,内容多写戍边生活。④无那:即无奈。金闺:古时称年轻女子的居室为闺房。⑤玉门关:俗称小方盘城,位于中国甘肃省敦煌市西北约90公里处,是中国境内连通丝绸之路的重要关隘之一,在汉朝和唐朝两次建立。现在的玉门关是唐代玉门关的遗址。⑥楼兰:历史上西域三十六国之一。

【赏析】

这是王昌龄从军行四首中的三首,辽阔的疆土,壮丽的河山,常常能令诗人生发出一股豪迈;而这份冲天的志向,又以恢宏的诗篇丰富了大唐的雄壮。黄沙漫漫,白雪纷纷,边塞生活的劳苦与艰辛,恐怕是许多诗人早已料到的。

第一首诗的内容写的是烽火台上，孤独的城楼矗立在荒凉的狂野上。举目四望，秋意渐浓，凉风一起，更添寂寞之情。此时，忽然传来笛声，曲调悠扬，如泣如诉。想起久别的妻子，这个时候，也一定坐在深闺里想念远征的人吧。

　　读至此，不禁令人深深叹息。这长长的思念如漫长的征途，又像茫茫的荒漠，不知何时才是尽头！戍边出征的将士，他们的苦总是蕴含着浓烈的思乡情，对故乡亲人的思念，就像苍茫辽阔的大漠一样无边无际。

　　第二首诗角度显得新颖。诗人起笔本是一派歌舞欢腾的景象，音乐和舞蹈不断地变换，翻新出新曲调，但换来换去总是离别的伤情。这样的曲子总是能拨动人们的愁绪，而这愁绪又似乎总也听不尽。试问，这些烽火台上的征夫，歌舞欢庆的士兵，哪一个不是别家而来，谁能没有归家的渴望！平日战火纷飞，生死一念的战场让人无暇顾及内心的感情。唯有在寂静的秋风中，落日的余晖下，才能想起故乡的温暖。

　　第三首诗则是对古代戍边将士的军旅之苦与征战的决心的形象刻画，同时也展示了整个西北边陲的景象，大气苍茫。首句写到青海上空，长云漫卷，渐渐遮住了雪山。站在孤城之上，遥望远远的玉门关，不禁想起家乡和亲人。"黄沙百战穿金甲"，短短七个字中，深藏了战争的长久与艰苦，时间的流逝犹如滚滚黄沙，在身经百战中，渐渐磨透了将士们身上厚重的铠甲。这漫长的军旅生活不知道什么时候才能结束。可是，没有短暂的分离也便没有长久的相聚，只有打退了外族的入侵，才能回归田园，过幸福的日子。"不破楼兰终不还"，辛劳与责任，光荣与梦想，都在气势如虹的边塞诗中得到了充分的展现。王昌龄的这首《从军行》将环境氛围与人物的精神感情很好地融汇一起，极具感染力。

出 塞 / 王昌龄

秦时明月汉时关，万里长征人未还。
但使龙城飞将在①，不教胡马度阴山②。

【注释】

① 龙城飞将：实指李广，但在诗中不仅指其一人，更是指代众多汉朝抗匈名将。② 胡：古人对西北少数民族的称呼。阴山：山名，指阴山山脉，在今内蒙古境内。

【赏析】

自秦汉以来，冷月边关，一切似乎都没有变化；而月下关口的征战似乎也从未停止。在辽远的时空里，战争似乎成了明月、关隘唯一的主题。万里征途，将士们此去还没有回来。假如镇守龙城的卫青还在，抗击匈奴的飞将军李广还在，便再也不会有外敌入侵边境。诗中说的"秦时明月汉时关"，不能简单理解为秦朝的明月，汉朝的关塞，而应该将秦、汉、明月、关塞，都融合在一起，叠加成各种不同的画面。而龙城和飞将都不是特指，而是暗含了对良将名臣的呼唤。只要有这样勇猛的将军，便可以让人们过上和平的生活。

这首诗看似平常，写的是古代常见的边塞战争，实际上却暗含了一个主题：和平。王昌龄说只要有奋勇杀敌的将军，为国捐躯的战斗精神，就可以抵御外族的侵扰，还百姓以安宁。其实不仅是秦、汉，世世代代的人们所渴望的都不过是安居乐业的生活。这里，并没有"笑谈渴饮匈奴血"的胆魄，也没有"直捣黄龙"的野心，在他的心里，只要能够镇守住边疆的平安、祥和，对敌人有震慑力就足够了，并无攻城略地、挥师抢占别国领土的意图。而这份"点到即止"的战争观，其实就来自于传统文化的"平和"之气。

明代文学"后七子"的领袖李攀龙，将王昌龄的这首《出塞》评为"唐人七绝的压卷之作"，足见其成就之高。

芙蓉楼送辛渐 / 王昌龄

寒雨连江夜入吴①,平明送客楚山孤②。
洛阳亲友如相问,一片冰心在玉壶③。

【注释】

①吴:三国时的吴国在长江下游一带。②平明:清晨,黎明。客:指辛渐。楚山:春秋时的楚国在长江中下游一带。③冰心:比喻自己心地晶莹纯洁。

【赏析】

芙蓉楼原名西北楼,遗址在润州(今江苏镇江)西北。辛渐是唐代人,是作者王昌龄的朋友。这首诗大约写于开元二十九年(公元741年)以后,当时王昌龄为江宁(今南京市)丞。此诗写的是早晨在江边送别朋友的情景。第一句"寒雨连江夜入吴",描写烟雨迷蒙笼罩着江天,像是漫天里无边无际的离愁别绪。

这首诗不像普通"送别诗"那样极力渲染离情,而是以寒雨、孤山来衬托自己的孤独。虽然没有直说自己思念朋友的心情,却想象着朋友对自己的思念,而且叮嘱说,假如他们问起我的话,一定要告诉他们,我的心依然像冰一样纯洁,像玉一样高贵。

关于玉壶冰之典之前就有很多诗人用过,玉壶冰成为人格澄澈磊落的象征。诗人王昌龄几次遭贬,"谤议沸腾,两窜遐荒",大诗人仍然不拘小节不改初衷。在这首诗里,他托辛渐给洛阳亲友带去口信,用冰和玉来映衬自己的志向,传达的就是自己依然冰清玉洁、坚持操守的信念,深藏了巧妙的语言功力,也给人留下了深刻的印象,确是上乘佳作。

陇西行 / 王 维

十里一走马,五里一扬鞭。
都护军书至①,匈奴围酒泉②。
关山正飞雪③,烽戍断无烟④。

【注释】

①都护:官名。②匈奴:这里泛指我国北部和西部的少数民族。酒泉:郡名,在今甘肃省酒泉东北。③关山:泛指边关的山岳原野。④烽戍:烽火台和守边营垒。断:中断联系。

【赏析】

陇西行为乐府古题名之一。陇西即陇山之西,在今甘肃省陇西县以东。

王维素以山水田园诗著称,其笔调清新优美,常常流淌着静静的禅意,被尊为"诗佛"。然而少年时的王维也是一位深受儒家思想影响的人,有强烈的入世思想。这首《陇西行》起笔便以走马扬鞭的急迫态势,展示了十万火急的军情。风驰电掣的军书,只有简洁的一条消息:匈奴迫近,已经围住了酒泉。可是,抬眼望去,关山飞雪,一片白茫,根本看不到传递消息的烽火。这飞马疾驰传来的消息,该如何继续传递出去?刻不容缓的军情遭遇连绵的飞雪……

这首《陇西行》犹如边塞生活的横断面,切开了军旅生活紧张的节奏,然后便戛然而止,消失得无影无踪了。至于后面的故事,犹如茫茫白雪,无迹可寻,却引人想象。

宋代严羽在《沧浪诗话》中曾说:"唐人好诗,多是征戍、迁谪、行旅、离别之作,往往能感动激发人意。"而这首边塞诗无疑是最具豪情的。诗中所体现出来的快马加鞭的急促和风风火火的杀气,也算是对诗人早年积极进取的一种诠释。

渭川田家 / 王 维

斜光照墟落①，穷巷牛羊归②。
野老念牧童，倚杖候荆扉③。
雉雊麦苗秀④，蚕眠桑叶稀。
田夫荷锄至，相见语依依。
即此羡闲逸，怅然吟式微⑤。

【注释】

①墟落：村庄。②穷巷：深巷。③荆扉：柴门。④雉雊（zhì gòu）：野鸡鸣叫。⑤式微：此处表归隐之意。语出《诗经·邶风·式微》，曰："式微，式微，胡不归。"

【赏析】

诗人笔下的田园生活充满着宁静闲适，在夕阳晚照映红的村落里，在放牧归来的牛羊走进的小巷中，老人惦念着放牧的孩子，拄着拐杖，倚着门扉，等着他们回来。野鸡在鸣叫，吃饱了桑叶的蚕也开始渐渐休眠，荷锄归来的农夫们彼此寒暄，悠游地聊着家常。一切都被夕阳镀上了金色。

"夕阳返照桃花坞，柳絮飞来片片红"。在这美好的景致面前，诗人禁不住羡慕农村生活的悠闲与安逸，在这样的时空里，忽然想起《式微》。《式微》乃《诗经》中的名篇，"式微，胡不归"意思就是，天黑了，怎么还不回家？很多评论都说王维的这首诗表现了他的退隐精神。但纵观王维一生，他厌恶官场却又不能决然而去，所以始终过着半官半隐的生活。开荒、守园，看似简单，其实都透着不寻常。繁华落尽，能够守着恬淡生活固然是好事；但能将这"淡而无味"的生活守到云开雾散、甘之如饴的地步，却并不是件容易事。这需要清净的思想，绝尘的灵魂。

王维用佛学的理念来弥合了官与隐之间的缝隙，将田园的乐趣发挥到极致，建造了属于自己的"人间乐园"。而乡村,也因为有朴实的感情、热烈的骄阳、劳累后身体的疲惫与心灵的轻松,而受到人们的喜欢。孟浩然、王维等诗人,都能将自己的情怀放置在山水田园间,呼吸自由的空气,感受生命的真实。

山居秋暝 / 王 维

空山新雨后,天气晚来秋。
明月松间照,清泉石上流。
竹喧归浣女①,莲动下渔舟。
随意春芳歇,王孙自可留。

【注释】

① 浣女:洗衣的女子。

【赏析】

  雨后的山色一片翠绿,秋天的傍晚天高气爽。明月静静地照在松林之间,脉脉清泉静静地在石头上流淌。竹林里洗衣归来的妇女欢笑着离去,江上的莲蓬晃动,渔翁也在收线。春天的芳菲已然散去,但是他依然喜欢停留在这片山色湖光之中。

  王维用淡淡的笔墨写下了这首诗,也描绘了这幅美丽的水墨山水画。这正应了苏轼对王维的称赞,"诗中有画,画中有诗"。王维的每一首诗都是优美的画卷,山色、湖光、宿鸟、鸣虫、晚照、轻风、朗月、晴空,所有自然的景物都在他的诗作中拥有了自己的生命,活灵活现,栩栩如生。大自然似乎把所有的感情和景色都和盘托出,呈现在读者的眼中。

  诗人喜欢"随意春芳歇,王孙自可留"的淡然,欣赏"明月松间照,清泉石上流"的空静,生活犹如一杯淡淡的香茶,他的诗篇就像茶水中慢慢绽放的茶叶,尽情地舒展,然后释放出一缕缕浓香。也如一次次雨后的空间,清新洗练,荡漾着温润和松软。

阳关三叠 / 王 维

渭城朝雨浥轻尘①，客舍青青柳色新。
劝君更尽一杯酒②，西出阳关无故人③。

【注释】

①渭城：地名。在今陕西咸阳市东北，渭水北岸。浥（yì）：湿润。②更：再。③阳关：汉朝设置的边关名，因在玉门之南，故称阳关。是当时出塞必经的关口，旧址在今甘肃省敦煌西南。

【赏析】

离别本来是一件令人伤感的事，但酒入愁肠，也便化成了绵绵的情意，忧而不痛，哀而不伤。王维的这首诗歌是这类的典范。

轻轻的雨丝，青青的柳条，在这样的美景下，"请你再饮一杯酒吧，恐怕从今一别，就再也见不到老朋友了"。如此的深情，配上细雨后清新的空气，伤感中带着些温暖，从容而悠扬地流淌在彼此的心中。

这首诗一般又叫《送元二使安西》。此诗传唱时反复弹唱三遍，因而得名《阳关三叠》。旧题中的元二，是作者的友人元常，因在兄弟中排行老二，所以诗人称其元二。当时诗人的朋友元二将要去安西，即唐时候的安西都护府，离别之际诗人作了这首著名的七绝。

朝雨，客舍，绿柳，离酒，故人，唐朝诗人用诗和酒装点了一次送别的盛宴。其实唐代人最懂离别的含义。"后会有期"不过是互相宽慰的话，所以朋友离别之际，总要以酒相劝，因为"西出阳关无故人"。此去经年，便纵有好酒，可惜故友良朋皆不能陪伴身边，这是何等的惆怅。从此山高路远，道阻且长，何年何月才能重逢，只能是彼此心中的一个"问号"。但他们似乎不愿意将这样的惆怅带给朋友，所以，每一次送别除了互道珍重，还要喝酒、赋诗，将这曲离歌唱得更有情调。朋友离去，满目山河，尽是惆怅之情。

杂 诗 / 王维

君自故乡来，应知故乡事。
来日绮窗前，寒梅著花未①？

【注释】

① 著：指开花。

【赏析】

当王维遇到了自己故乡的人，他开心地问：你从故乡来，也应该知道故乡的事情。你来的时候，我窗前的梅花开了吗？诗人以最通俗平淡的语言，最寻常的小事发问，让人不免思考。

宋代杜耒有一首《寒夜》诗曰："寒夜客来茶当酒，竹炉汤沸火初红；寻常一样窗前月，才有梅花便不同。"两首诗有着几个相同的意象，即窗前、寒梅，但所表达的情感是不相同的，一者是思乡，一者是来客。只是古人以梅寄托情思的文人传统始终是一成不变的。

其实，故乡的青山绿水，柳暗花明，都在诗人的心底低回。往事如在目前，在心里温习了无数次。能够深深记起的，一定是当年最刻骨铭心的故事。或许是寻常的一件乐事，或许是一次浪漫的邂逅，又或者只是偏爱自己窗前的梅花。总之，是不起眼的小物件勾起了大诗人的乡情。在每一个孤独的夜晚，浓浓的思绪就这样，在慢慢地品味中荡漾开去。

将进酒 / 李白

君不见黄河之水天上来,奔流到海不复回。
君不见高堂明镜悲白发①,朝如青丝暮成雪②。
人生得意须尽欢,莫使金樽空对月。
天生我材必有用,千金散尽还复来。
烹羊宰牛且为乐③,会须一饮三百杯④。
岑夫子,丹丘生⑤,将进酒,杯莫停。
与君歌一曲,请君为我倾耳听。
钟鼓馔玉不足贵⑥,但愿长醉不复醒。
古来圣贤皆寂寞⑦,惟有饮者留其名。
陈王昔时宴平乐⑧,斗酒十千恣欢谑。
主人何为言少钱,径须沽取对君酌⑨。
五花马,千金裘,呼儿将出换美酒,与尔同销万古愁⑩。

【注释】

①高堂:有时可指父母,在此指高高的厅堂。②青丝:喻指黑发。雪:指白发。③烹羊宰牛:意思是丰盛的酒宴。④会须:正应当。⑤岑夫子、丹丘生:李白之友。⑥钟鼓馔玉:泛指豪门贵族的奢华生活。钟鼓,鸣钟击鼓作乐。馔(zhuàn)玉,精美的饭食。⑦寂寞:这里是被世人冷落的意思。⑧陈王:三国魏曹植,因封于陈,死后谥"思",世称陈王或陈思王。平乐:平乐观。⑨径须:直截了当。沽:通"酤",买或卖,这里指买。⑩销:同"消"。

【赏析】

李白既是诗仙,又是酒仙,诗借酒兴,酒壮诗情,常常给他的生活涂满了五颜六色的光彩。关于李白喝酒的故事有很多,最著名的就是"龙巾拭吐,玉手调羹,力士脱靴"。说的是有一次李白喝多了，玄宗用手帕帮他擦嘴，杨玉环亲自为他调了解酒的汤汁，而高力士亲自为他脱靴子。这种待遇，恐怕翻遍大唐历史，也没有第二个人能够享受到。

《将进酒》原是汉乐府短箫铙歌曲调，题目意即"劝酒歌"之义，所以古词有"将进酒，乘大白"之说。

诗人开篇说"君不见黄河之水天上来，奔流到海不复回"，一句将诗带入豪气与悲凉的沧桑感并行的境界里，这两组排比长句的发端，如挟天风海雨扑面而来。他的这种对历史和人世的感慨不同于陈子昂的念天地之悠悠，相反诗人并不沉痛，他说滚滚黄河之水从天而降，人生苦短，青丝染雪，很快就两鬓斑白。所以"人生得意须尽欢，莫使金樽空对月"。人生得意、快乐的时候，一定要开怀畅饮不要停杯问月，空留遗憾在心间。开篇几句前面是空间后面即时间。大开大合，气度不凡。

接着诗人说千金散尽，总会失而复得；但青春年华如水奔流，必须要好好珍惜。所以，喝酒要喝上三百杯，才能解忧怀，抒愁绪，让生命挥洒自如，有声有色。在这首诗的最后，诗人将"万古愁绪"化为一杯浓香烈酒，饮之思之，酣畅淋漓。

沈德潜曾评论此诗说"此种格调，太白从心化出"，指的是《将进酒》开篇的手法。所谓酒过三巡，就在"烹羊宰牛且为乐，会须一饮三百杯"的狂放之情趋于高潮之时，诗人转笔写道"岑夫子，丹丘生，将进酒，杯莫停"，几个短句兀然加入，使诗歌旋律陡然加快。

这首诗篇幅并不算长，气象不凡。诗人李白得意人生，要诗酒壮怀，化作满腔舒豪，尽情地泼洒。失意之时，也可以自斟自饮，与尔同销万古愁。李白的诗篇挥发出来的，是阵阵酒气、才气与豪气。而这一切似乎都源于那句"天生我材必有用，千金散尽还复来"，事实上这才是诗人无论人生得意失意都能保持豁达自信的原因所在。

独坐敬亭山 / 李白

众鸟高飞尽,孤云独去闲①。
相看两不厌②,只有敬亭山。

【注释】

①闲:形容云彩飘来飘去,悠闲自在的样子。②厌:满足。

【赏析】

敬亭山在宣州(相当于今安徽宣城),谢灵运、谢朓等都在宣州做过太守。据说李白一生七游宣城,此诗是唐天宝十二载(公元753年)秋天再游宣州时所写,意境正是诗人独坐敬亭山的情景,多少带有怀才不遇的孤寂之感。

这首诗被认为是唐代五绝佳作。开头两句"众鸟高飞尽,孤云独去闲",几只鸟儿高飞远去直至不见踪迹,而在那寂寂长空,有一片白云,也缓缓飘远,看似眼前景物,实则是一种高绝的孤独之感。短短两句将读者瞬间引入一个"静坐"境界。在手法上,诗人是以"动"写"静",透露出诗人"独坐"形象,从而引出下文。后两句,诗人运用拟人手法,写自己与敬亭山凝视独对,"相看两不厌"表达了诗人此时对自然的体会,是一种孤寂之后的淡然,甚至还隐含着某种喜悦。

全诗四句不提独坐,而实句句隐映着"独坐"二字,看似静,实则感情十分突出。意象鲜明,境界似跃出纸面,兀立在读者眼前。这首诗平淡恬静,历来评价十分高。沈德潜《唐诗别裁》评论此诗"传'独坐'之神"。

长干行 / 李白

妾发初覆额①，折花门前剧②。
郎骑竹马来，绕床弄青梅。
同居长干里，两小无嫌猜③。
十四为君妇，羞颜未尝开。
低头向暗壁，千唤不一回。
十五始展眉，愿同尘与灰。
常存抱柱信④，岂上望夫台。
十六君远行，瞿塘滟⑤。
五月不可触，猿声天上哀。
门前迟行迹，一一生绿苔。
苔深不能扫，落叶秋风早。
八月蝴蝶黄，双飞西园草。
感此伤妾心⑥，坐愁红颜老⑦。
早晚下三巴，预将书报家。
相迎不道远⑧，直至长风沙。

【注释】

①妾：古代妇女自称。初覆额：指头发尚短，刚刚盖着前额。②剧：游戏。③无嫌猜：没有嫌疑猜忌之心，指天真烂漫。④抱柱信：用《庄子·盗跖》记尾生等候相约女子不来，坚守信约，抱桥柱被水淹死典。⑤瞿塘：峡名，长江三峡之一，在重庆市奉节县东。滟滪堆，瞿塘峡口的一块大礁石。⑥感此：指有感于蝴蝶双飞。⑦坐：因而。⑧不道远：不会嫌远，即不辞远的意思。

【赏析】

长干行是乐府旧题《杂曲歌辞》调名，原为长江下游一带民歌，其源出于《清商西曲》，内容多写船家妇女的生活。长干为地名，今江苏省南京市。行是古诗的一种体裁。

　　此诗内容比较简单，却写得优美动人。开头以妾（我）的口吻写到，当头发刚刚能够盖过额头的时候，我会折些花在家门前玩耍。你骑着竹木马过来，我们就快乐地绕着井栅栏做游戏。因为从小就是邻居，在一起玩，一起度过美丽的童年，一起跟着时间长大，所以两颗心从来就没有猜忌。长大以后，两个人便结婚了。

　　然后又写男子出去经商，女子在家殷切地思念，并不断地回忆往事，觉得日子过得太快，因为思念丈夫，满面愁容逐渐令红颜苍老。最后，她还痴情地说，"什么时候回来，提前告诉我，我远远地就去迎接你的归来"。

　　其中的"郎骑竹马来，绕床弄青梅"、"同居长干里，两小无嫌猜"四句流传最广，也因而为后世流传出两个最美丽的爱情词：青梅竹马、两小无猜。实际上，这首诗不仅开创了一种"两小无猜"的爱情模式，也为后世提供了"两小无猜"的范本。《唐宋诗醇》评价此诗说"儿女子情事，直从胸臆间流出，萦迂回折，一往情深"，十分恰切。

赠　内 / 李 白

三百六十日，日日醉如泥①。
虽为李白妇，何异太常妻②？

【注释】

　　①醉如泥：烂醉貌。②太常：官名，掌宗庙礼仪，兼掌选试博士。

【赏析】

　　这是一首格调活泼的五言小诗，诗人说自己一年360天，天天烂醉如泥。醒来后觉得对不起妻子，害妻子担惊受怕，非常不好意思。所以，给妻子写情书，怜惜她嫁给李白也没什么好日子过，整天在收拾饭局。

　　整首诗笔法活泼，实在看不出太多的歉意，而更多的是活泼洒脱，这源于李白豪迈洒脱的个性，与他为文的情趣、乐观精神。

登太白峰 / 李 白

西上太白峰，夕阳穷登攀。
太白与我语，为我开天关。
愿乘泠风去①，直出浮云间。
举手可近月，前行若无山。
一别武功去，何时复更还。

【注释】

① 泠风：清风。

【赏析】

 李白本字太白，此番又费力攀登，终于登顶太白峰，又听太白金星对他说话，为他打开通天的途径。这一连串瑰丽的想象，似乎正是李白抑郁不得志的一种抒怀。天宝元年（公元742年），李白应诏入京，其时可谓踌躇满志。然而朝廷昏庸，不久之后，作者就遭权贵排斥，根本无法实现自己的政治抱负。诗人因此感到无尽惆怅和苦闷。在这首《登太白峰》中，便可以窥到诗人当时的心境。

 李白似乎已经登到了峰顶，仿佛体会了"峰顶绝顶，两手空空"的伤感。可即便如此，李白似乎并不死心，回望武功山，不知道这一别，何年何月才能再回来！一种失望、落寞与惆怅，徒然涌上心头。这种出入翰林中微妙、复杂而又矛盾的心态，实在耐人寻味。

 诗人登高怀古的时候，有一种辽远的胸怀。诗人不拘泥于一台一楼一山的景物，而是将深刻的历史感、悲壮的现实感都融汇在景物里，贯穿在诗篇中。一方面，唐代辽阔的疆域，给诗人放眼山河留下了巨大的空间；而唐代的大气、刚健和明朗，也令诗人壮志在胸，意气风发。登高，已经不单纯是一项写诗作赋的乐事，更升华成一种思想的萃取和提炼，一次精神和情操的攀越。

李白的诗与他的性情都有着很强烈的浪漫主义色彩。正如皮日休所说:"言出天地外,思出鬼神表,读之则神驰八极,测之则心怀四溟,磊磊落落,真非世间语者,有李太白。""太白与我语,为我开天关。愿乘泠风去,直出浮云间",无论仕途上如何失意,诗人的豪迈不羁性情总是贯穿在他的诗作当中。

望天门山 / 李白

天门中断楚江开①,碧水东流至此回。
两岸青山相对出,孤帆一片日边来。

【注释】

① 天门:即天门山。

【赏析】

天门山,古代又称博望山,即东梁山与西梁山,在今安徽。此地两山夹江对峙,像一座天然的门户,形势险要,"天门"即由此得名。

这首诗大气磅礴,第一句"天门中断楚江开",写天门山被楚江断开,碧绿的江水浩荡东流,到这个地方忽然掉转头回去,气势壮阔。两岸青山,对峙耸立,有一只小船沐浴在阳光中,从天边缓缓驶来。其壮阔、辽远的景致,水遇险峰的阔达,天门山雄奇的景色,不但内化了诗人的自我精神,也借此抒发了对山河壮美的热爱。

李白生活在盛唐,而盛唐诗人的典型特点就是喜欢昂扬高歌,将自己的一腔希望都铺洒在壮丽的河山之中。这种感情在李白的诗中几乎随处可见。

诗中畅然一体,"两岸青山相对出,孤帆一片日边来",点出一个"望"字来。在开篇的大气磅礴之后,诗人又以令人喜悦的笔触描绘出一幅江上来帆的景象,果然妙哉。

黄鹤楼 /崔颢

昔人已乘黄鹤去①，此地空余黄鹤楼②。
黄鹤一去不复返，白云千载空悠悠。
晴川历历汉阳树③，芳草萋萋鹦鹉洲④。
日暮乡关何处是⑤，烟波江上使人愁。

【注释】

①昔人：指骑鹤的仙人。②黄鹤楼：在今湖北武昌蛇山。③晴川：指白日照耀下的汉江。④萋萋：芳草茂盛。⑤乡关：故乡。

【赏析】

黄鹤楼因武昌黄鹤山而得名。《齐谐志》载古代仙人子安乘黄鹤过此；又《太平寰宇记》引《图经》说，云费祎登仙驾鹤于此。

崔颢的这首《黄鹤楼》历来被尊为唐诗七律之冠，众口交誉。这首诗的大意是：曾经的仙人已经驾鹤西去，这里只留下一座空空的黄鹤楼。黄鹤飞去后便再也没有回来，千百年来，只有朵朵白云依旧在楼前荡漾、漂浮。汉阳的树木在阳光下清晰可见，鹦鹉洲上，草木也无比丰盛。在这暮色将至的时候，我举目远眺，何处是我故乡？江上烟波荡漾，我无尽的愁绪随着这片暮霭弥散其中。

"树高千丈叶落归根"，这是传统文人的家园理想。而此时，傍晚的余晖拉长了诗人的愁绪，白云悠悠，无限苍凉尽收笔底，波澜壮阔时，很难分清这究竟是因为黄昏的惆怅还是故乡的渺茫。其中"晴川历历汉阳树，芳草萋萋鹦鹉洲"一联更是唐代律诗中对仗罕见的精绝之句，工整巧妙，意象鲜明，极富意境，高唱入云。"芳草萋萋"之语是出自《楚辞·招隐士》，"王孙游兮不归，春草生兮萋萋"。李白曾写《鹦鹉洲》一诗："鹦鹉东过吴江水，江上洲传鹦鹉名。鹦鹉西飞陇山去，芳洲之树何青青。"

据元人辛文房《唐才子传》记李白登黄鹤楼本欲赋诗,因见崔颢此作,为之敛手,说:"眼前有景道不得,崔颢题诗在上头。"珠玉在前,不得不暂时搁笔。当然,这只是传闻,却足以说明这首诗影响深远,也可见崔颢诗为人所推崇的程度。

沈德潜评此诗,以为"意得象先,神行语外,纵笔写去,遂擅千古之奇",元杨载《诗法家数》论律诗第二联要紧承首联时说:"此联要接破题(首联),要如骊龙之珠,抱而不脱。"而唐代严羽在《沧浪诗话》中谓此诗:"唐人七言律诗,当以崔颢《黄鹤楼》为第一。"

长干曲(其一) / 崔 颢

君家何处住?妾住在横塘①。
停船暂借问,或恐是同乡。

【注释】

① 横塘:古堤名。三国吴时修筑,位置大约在秦淮河南岸,也多指百姓聚居之地。

【赏析】

《长干曲》是南朝乐府中《杂曲古辞》的旧题。这里撷取的是诗人四首长干曲中的两首。第一首诗以一个女子的口吻来写。在碧波荡漾的湖面上,年轻的女子撞见了自己的意中人,只听她说道:"你的家住在哪里啊?"还未等人家回答,便着急地自报家门:"我家住在横塘,你把船靠在岸边,咱们聊聊天,说不定还是老乡呢。"

其淳朴的性情、直白的语言将年轻姑娘的潇洒、活泼和无拘无束生动地映现在碧波荡漾的湖面上,别有一番质朴和爽朗。

别董大 / 高适

千里黄云白日曛①,北风吹雁雪纷纷。
莫愁前路无知己,天下谁人不识君②?

【注释】

①曛:昏暗。白日曛,指太阳黯淡无光。②谁人:哪个人。

【赏析】

董大是诗人高适的一个朋友,名叫董庭兰,是盛唐时期的一位著名的琴师,也有传闻说他是著名的隐士,居住在山野林间,清心寡欲、如道如仙。

《别董大》是诗人送别友人董庭兰时所作,共有两首,这里选的是其中最有名的一首,堪称唐代送别诗的绝唱。黄沙漫天,白云也几乎被染成了黄色。北风呼啸,群雁在大雪纷纷中向南而飞。如此忧郁的天气里,高适即将告别这位著名的琴师。他鼓励董大说,不要担心前路茫茫没有知己,以你的才华和名气,天下哪有不认识你的人呢?言外之意,像你这样优秀的人,到哪儿都会受到人们的喜欢。如此宽慰朋友,对方也满载着祝福上路,这样的离别便冲淡了愁绪。

古人诗作中,离别诗占了很大的比重,但大多风格上是惆怅惜别,甚至如江淹《别赋》所说的"黯然销魂者,唯别而已矣"。到了宋代,柳永和青楼女子作别时,"执手相看泪眼,便无语凝噎",拉着她们的手,竟然哽咽无声,不知道说什么才好。哀婉忧伤,催人泪落。

但高适的这首别诗,却显得有些独特,不落俗套。开头起兴,用的是千里黄云、白日微曛、北风吹雁、雪落纷纷的意象,起笔气象就没有小家无奈的味道,接下来诗人一转笔,对朋友说道:不必忧愁前路没有知己,放眼这天下有几个人不知道你呢?这是赠别,是安慰,也是相知。天下谁人不识君,董庭兰是一时的名士,所以,高适对他的鼓励其实并不过分。

正是朋友彼此的相知和欣赏,才能使作者在离别之际有着这种气度,而这样的洒脱与释然恐怕只有王勃的那句"海内存知己,天涯若比邻"可以与之相媲美吧。

凉州词 / 王 翰

葡萄美酒夜光杯①,欲饮琵琶马上催②。
醉卧沙场君莫笑③,古来征战几人回。

【注释】

①夜光杯:用白玉制成的酒杯,光可照明。②催:催人出征。③沙场:平坦空旷的沙地,古时多指战场。

【赏析】

甘甜的美酒、通透的夜光杯、断断续续传来的琵琶声,汇成了独特的音乐,流淌在将士们的心里。谁都知道从军打仗总会有所死伤,那么不如开怀畅饮,醉卧沙场。就算是喝醉了,希望也不会有人笑话我们,自古征战,有几个人是活着回去的呢?

这本是一个引人伤感的话题,将士们为了家园的安宁必须出来打仗,而战争必然带来死伤,但这一切似乎并没有动摇他们的志向。相反,在将生死置之度外后,他们显得更加豪迈。功名利禄似乎并不重要,封侯拜相也不再计较,只有此刻盛宴的豪华,开怀畅饮的痛快,才是人生最可珍惜的经历。

林庚先生在《唐诗综论》中说,"边塞诗是盛唐诗歌高峰上最鲜明的一个标志"。而王翰这首《凉州词》,无疑是唐代同类诗中的佳作。

望 岳 /杜 甫

岱宗夫如何①？齐鲁青未了。
造化钟神秀，阴阳割昏晓。
荡胸生层云，决眦入归鸟②。
会当凌绝顶，一览众山小。

【注释】

①岱宗：即泰山。泰山为五岳之首，故称宗。②决眦：表示极目远视。

【赏析】

这首《望岳》是目前现存杜诗中年代最早的一首，也是杜甫诗歌中最为昂扬奋进的一首。当杜甫登上泰山，他用拟人的手法写大自然"钟情"于泰山，所以造就了他的美丽与灵秀。泰山高耸入云，向阳向阴只是一面之隔，却恍如晨昏之别。只有登上这座山，才能够一览众山的渺小！人们常以杜甫之诗沉郁顿挫，却不料他也有如此豪迈的气魄、浪漫的情怀。盛世唐朝，在他的诗里，原来也同样可歌可泣。

"会当凌绝顶，一览众山小"两句历来被人吟诵，文学大家萧涤非评论此诗时说道："从这两句富有启发性和象征意义的诗中，可以看到诗人杜甫不怕困难、敢于攀登绝顶、俯视一切的雄心和气概。这正是杜甫能够成为一个伟大诗人的关键所在，也是一切有所作为的人们所不可缺少的。这就是为什么这两句诗千百年来一直为人们所传诵，而至今仍能引起我们强烈共鸣的原因。"

明人莫如忠在《登东郡望岳楼》中对这首的赞誉甚高："齐鲁到今青未了，题诗谁继杜陵人？"清代浦起龙说"杜子心胸气魄，于斯可观。取为压卷，屹然作镇"，而杜诗"当以是为首"。

江畔独步寻花 / 杜 甫

黄四娘家花满蹊①，千朵万朵压枝低。
留连戏蝶时时舞，自在娇莺恰恰啼。

【注释】

① 蹊：路。

【赏析】

　　杜甫的大部分诗歌，都凝结着浓重的哀愁，所以后世常觉得他"苦大仇深"。倒是这首小诗，笔调轻快流畅，一洗往日的愁怨，春天的喜悦也在字里行间不断迸发。黄四娘家的小路上开满了缤纷的花朵，千朵万朵的花把树枝压得很低。彩蝶在花间飞舞流连忘返，自在的黄莺在娇嫩地啼叫。在这条乡村的小路上，繁花似锦，莺啼蝶舞，有美不胜收的景色，也有愉快的心情。

　　此时，杜甫已经在成都浣花溪畔建了一座草堂作为安身之地。经历了颠沛流离后，他更加珍惜这份来之不易的安定。春暖花开的时候，他的心情也变得异常轻快，来到江畔散步、赏花，并写下了这首著名的诗篇。

　　"黄四娘家花满蹊，千朵万朵压枝低"，只此一句，春天的意境便尽情地舒展，田园的乐趣也逐渐铺开。而在"留连戏蝶时时舞，自在娇莺恰恰啼"两句中，作者以其常喜用的叠字写出戏蝶与娇莺可爱生动的形象。"时时"和"恰恰"读起来很有律动感。

客 至 /杜 甫

舍南舍北皆春水，但见群鸥日日来。
花径不曾缘客扫，蓬门今始为君开①。
盘飧市远无兼味②，樽酒家贫只旧醅③。
肯与邻翁相对饮④，隔篱呼取尽余杯⑤。

【注释】

①蓬门：用蓬草编成的门，这里表示居处的简陋。②兼味：指各种美味佳肴。③旧醅：隔年的陈酒。古人好饮新酒，而诗人以家贫无新酒招待客人而感到歉意。④肯：能否允许的意思。⑤呼取：叫，招呼。

【赏析】

杜甫说，在我茅舍的南北两侧，都静静地流淌着春水，鸥群整日飞来飞去，环境幽雅静谧。我的花径已经很长时间没有清扫过了，落花无数，却并不曾有客来临。今天听说朋友要过来，紧闭的大门也将为你而打开，酣畅淋漓的快意挥洒自如。等朋友来后，又可见到杜甫频频劝酒：自己家离菜市场太远，只能吃点简单的饭菜；买不起太昂贵的酒，也就只能喝点自己酿造的酒。虽然并不阔绰，但盛情却十分纯朴。估计朋友也并不介意，所以酒酣处，竟然想到与邻居那个老翁对饮，隔着篱笆，高声呼唤邻居过来一起痛饮。

这是很有意思的一个场景，诗人在家与朋友喝酒，兴高采烈处，竟然向隔壁的老翁高呼："我的朋友来了，你也过来一起喝酒啊！"诗作至此戛然而止，虽然没有写到后来的欢闹，但料定一定比杜甫停笔处更为热烈，而邻里乡情也在这其中得到了充分的展现。

"花径不曾缘客扫，蓬门今始为君开"，这种田园式的浪漫，这种古风般田园生活，让人引颈遐想。

蜀　相 /杜　甫

丞相祠堂何处寻，锦官城外柏森森①。
映阶碧草自春色，隔叶黄鹂空好音。
三顾频烦天下计，两朝开济老臣心。
出师未捷身先死，长使英雄泪满襟。

【注释】

①锦官城：古城名。故址在今四川成都南。成都旧时就有大城、少城，其中少城为掌织锦官员之官署，因称"锦官城"，后世以之为成都别称。

【赏析】

这首诗以问句开篇，到哪儿去找武侯诸葛亮的祠堂呢？只有到城外柏树茂密的地方去找。那里既庄严肃穆，也静谧凄凉。台阶上，碧草深深，只有黄鹂在树上兀自鸣叫。当年，刘备三顾茅庐请先生出山，为苍生济世定天下三分，作为开国元老，承业先臣，诸葛亮一生鞠躬尽瘁，忠肝义胆。可惜的是，出师尚未成功却病死军中，以致后世英雄每每提起，都替他悲哀，涕泪满衣襟。杜甫写此诗的时候，安史之乱尚未平息，在江山社稷风雨飘摇的时候，杜甫想起了曾经披肝沥胆的蜀相，他当年的功勋已经被历史所磨灭，荒草丛生、柏树林阴森，还有谁能在意丞相的祠堂呢？换句话说，还有几个人记得宰相的功劳呢？

本诗是一首比较典型的咏古诗。古代的诗人常常选取符合自己人生理想的人物来歌颂，在称颂他们的同时，也表达了自己的心愿和心声，在慨叹他们命途多舛，生不逢时之际，也抒发了自己对现世的情怀。所以，后人在吟诵这些篇章的时候，不仅想起诸葛亮，也感叹起杜甫，会产生双重的悲伤和同情，也会对前后两个时代有清晰的比较和深刻的印证。

"出师未捷身先死，长使英雄泪满襟。"这最后两句尤其感人。后世爱国将领宗泽因无法杀敌报国，收复失地，愤懑成疾，临终时不断吟诵这句，足见杜甫这首诗感人之深，影响之远。

周汝昌评论此诗说："……长使英雄泪满襟袖的英雄……是指千古的仁人志士，为国为民，大智大勇者是，莫作'跃马横枪''拿刀动斧'之类的简单解释。老杜一生，许身稷契，志在匡国，亦英雄之人也。说此句实包诗人自身而言，方得其实。"又说："老杜又绝不是单指个人。心念武侯，高山仰止，也正是寄希望于当世的良相之材。他之所怀者大，所感者深，以是之故，天下后世，凡读他此篇的，无不流涕，岂偶然哉！"

八 至 / 李季兰

至近至远东西^①，至深至浅清溪。
至高至明日月，至亲至疏夫妻。

【注释】

① 至：极，最。

【赏析】

唐代才女李季兰写下这样的诗行后，人们纷纷推断她一定曾经历尽沧桑、阅尽人生，所以才能于繁华绚烂的背后，抽出这样深刻的思想。

最远最近的就是东西两个方向，最深也是最浅的就是"水"，如小溪之浅，海量之深。最高也最明亮的就是太阳和月亮，最亲密也最疏远的关系，莫过于人间的夫妻。她用极平淡的语言道尽了复杂的人性与人生，没有浓墨重彩的熏染，却含义隽永。

后人评论此诗说，其当得平淡二字，可谓得之。

李季兰是唐玄宗开元年间有名的才女。原名李冶，据说当她6岁时，父亲觉得其年纪虽小，然性情不宁，将来恐生事端，遂将她送入剡中玉真观出家，从此易名李季兰。

李季兰16岁的时候，开始逐渐感到观中生活的寡淡无味，对外面的世界充满了向往。当时有不少雅士常来观中游览，见这个清秀的小道姑，就常与她逗笑，情窦初开的李季兰每每以秋波暗送。一日，李季兰偷偷跑到剡溪中荡舟，遇到了当时隐居此地的名士朱放，二人一见如故。后朱放常到溪边与她相会，一同游山玩水。后来朱放去江西为官，二人挥泪告别。

就在李季兰对朱放日思暮想、情意难舍之时，另一位才华横溢的男子前来拜访她，此人便是陆羽。这个男子的到来弥补了李季兰此时失落的情绪，二人经常一同对坐清谈，烹茶煮雪，日子倒也快活起来。李季兰重病之时，陆羽细心热情地一直在她身边照料，李季兰对此感动不已。李陆二人感情从未间断，只是碍于各自身份，不能婚嫁，一生也只是互为知己而已。安史之乱爆发后，玄宗仓皇逃离长安。兵燹烽烟中，李季兰不知所终，一代才女给世人留下了一个扑朔迷离的传奇人生。

相思怨 / 李季兰

人道海水深,不抵相思半。
海水尚有涯,相思渺无畔。
携琴上高楼,楼虚月华满①。
弹著相思曲,弦肠一时断。

【注释】

①月华:月光。

【赏析】

世人只识海水深,却不知道比海水更深更寒的便是相思的苦楚。毕竟,海水的尽头还有海岸,但相思的尽头却依旧是无尽的相思。在这长长的叹息中,诗人只能独倚高楼,轻抚琴弦。可是人去楼空,抬头却望见一轮满月,月华深浓。曲调悲切处,不禁折断琴弦。

这首《相思怨》语言直白,通俗易懂。全诗不着一个怨字,但句句似含无尽幽怨。即便远隔千年,她当年的缕缕情丝依然历历如新。

白雪歌送武判官归京 / 岑参

北风卷地白草折①，胡天八月即飞雪②。
忽如一夜春风来，千树万树梨花开③。
散入珠帘湿罗幕④，狐裘不暖锦衾薄⑤。
将军角弓不得控⑥，都护铁衣冷难着⑦。
瀚海阑干百丈冰⑧，愁云惨淡万里凝⑨。
中军置酒饮归客⑩，胡琴琵琶与羌笛⑪。
纷纷暮雪下辕门⑫，风掣红旗冻不翻⑬。
轮台东门送君去⑭，去时雪满天山路。
山回路转不见君，雪上空留马行处。

【注释】

①白草：西北的一种牧草。②胡天：指塞北的天空。③梨花：春天开放，花为白色，这里比喻雪花积在树枝上，像梨花开了一样。④珠帘：以珠子穿缀成的挂帘。罗幕：用丝织品做的幕帐。⑤狐裘（qiú）：狐皮袍子。锦衾（qīn）：锦缎做的被子。⑥角弓：用兽角装饰的硬弓。不得控：天太冷而冻得拉不开弓。控，拉开。⑦都护：镇守边镇的长官，此为泛指。铁衣：铠甲。⑧瀚海：沙漠。这句说大沙漠里到处都结着很厚的冰。阑干：纵横交错的样子。⑨惨淡：昏暗无光。⑩中军：古时分兵为中、左、右三军，中军为主帅的营帐。饮归客：宴饮回去的人，指武判官。饮，动词，宴饮。⑪胡琴琵琶与羌笛：胡琴等都是当时西域地区兄弟民族的乐器。这句说在饮酒时奏起了乐曲。羌笛，羌族的管乐器。⑫辕门：军营的大门。⑬风掣（chè）：红旗因雪而冻结，风都吹不动了。掣，拉，扯。冻不翻：旗被风往一个方向吹，给人以冻住之感。⑭轮台：唐轮台在今新疆维吾尔自治区米泉。

【赏析】

武判官其名不详。判官为唐时官职名，唐代节度使等朝廷派出的持节大使，可委任幕僚协助判处公事，称判官，是节度使、观察使一类的僚属。

塞外风光的奇特莫测，是安居中原内地的人们所无法料到的。如果不是亲历战争，恐怕岑参也很难从变幻莫测的气候中捕捉到灵感的火花。作为由南方而来的战士，岑参对北方的生活充满了好奇。

这首长诗便是对塞北风光的生动描绘。平地而起的北风，吹折了"白草"。八月秋高气爽之际，胡地竟然已经开始大雪纷飞。而大雪骤然降落，犹如千朵万朵的梨花沉沉地压在枝头。北风吹，大雪飞，塞外苦寒美，诗人在这里就像"发现新大陆"般，以惊喜的笔触来描绘北方的风景，一切都显得那么神奇。诗的末尾处，岑参送客来到路口，漫天飞雪再也找不到客人。山回路转，只有雪上留着马蹄的痕迹。在这歪歪斜斜的脚印中，岑参看到了什么呢？苦寒之地的奇景、豪情，抑或是如白雪一般悠悠不尽的思乡与惆怅？

本诗被作为唐朝边塞诗的上品佳作，尤其那句"千树万树梨花开"，更是脍炙人口，令人称绝。

题都城南庄 / 崔护

去年今日此门中，人面桃花相映红①。
人面不知何处去，桃花依旧笑春风②。

【注释】

①人面桃花：原指女子的面容与桃花相辉映，后用于泛指所爱慕而不能再见的女子，也形容由此而产生的怅惘心情。也作"桃花人面"。②笑：形容桃花盛开的样子。

【赏析】

诗的大意很简单，去年的这个时候，我在这扇门前喝水，看到青春的姑娘和盛开的桃花交相辉映。今年的这个时候，故地重游，发现姑娘已不知所踪，只有满树的桃花，

依然快乐地笑傲春风。

关于诗中所隐喻的这段故事，在唐代孟棨的笔记小说《本事诗》中有过记载。在那年清明节的午后，刚刚名落孙山的崔护独自出城踏青。后来崔护忽觉口渴，恰好行至一户农家门外，便轻叩柴扉，讨一杯水喝。大门打开，年轻美丽的姑娘温柔地端了一碗水送给崔护，自己悄然地倚在了桃树边。崔护见姑娘美若桃花，不免怦然心动。可是，即便大唐再开放、宽容，但生活在"非礼勿视、非礼勿言"的封建时代，男女之间的禁忌还是颇多的。所以，这次偶然的邂逅并没有更多的情节了。第二年的清明，崔护又去南郊踏青。据传，他看到门上一把铁锁，怅然若失地写下了这样的诗行。崔护题完诗后，依然有许多放不下的心事，到底惦念着，几天后又返回南庄。结果，在门口碰到一位白发老者，老者一听崔护自报家门，便气急败坏地让崔护抵命。

原来，去年自崔护走后，桃花姑娘便开始郁郁不乐。前几天，刚好和父亲出门，结果回来看到这首诗写在墙上，便生病了。不吃饭不睡觉，没几天就把自己折腾死了。崔护听后，深深地感动了，他跑进屋里，扑倒在姑娘的床前，不断地呼唤姑娘。这感天动地的痛哭，竟真的令姑娘奇迹般地活了过来，与崔护有情人终成眷属。

在封建社会，除了父母之命、媒妁之言，很多年轻人根本接触不到其他的异性。所以像这首诗中隐喻的那种一见钟情对于他们来说，显得尤为珍贵。"人面桃花"的明媚和"人面不知何处去"之落寞，吟诵出的就是诗人的感喟。

整首诗以"人面"和"桃花"为线索，贯串通篇，同"去年与今日物是人非的映照对比，反映出诗人对失去美好事物的无限怅惘之感。而结尾两句"人面不知何处去，桃花依旧笑春风"，更是被传为诗坛佳句。

节妇吟 / 张 籍

君知妾有夫，赠妾双明珠。
感君缠绵意，系在红罗襦。
妾家高楼连苑起，良人执戟明光里①。
知君用心如日月，事夫誓拟同生死。
还君明珠双泪垂，恨不相逢未嫁时。

【注释】

① 良人：指女子的丈夫。

【赏析】

  这首诗的大意如下：你知道我是有夫之妇，却赠给我一对明珠。我感激你的情意，将它们系红罗襦上。我丈夫家也是有地位、有权势的名门望族；所以，我尽管知道你对我情深意浓，也只能和丈夫"共进退，同死生"。今天，将这对明珠含泪送还给你，只能怪造化弄人，没有让我们在未婚时相遇。诗作的最后两句尤其深婉，历来为人所称道。

  诗人笔下的"节妇"似乎比现代人更有智慧。"还君明珠双泪垂"，既不乏对别人感情的尊重和感谢，也没有突破道德和婚姻的规范，有情有义却也有礼有节。实在是一个懂得感情又珍惜生活的才女！

  张籍这首诗表面上写的是男女之情，实则寄托了诗人的政治理想。原本在诗题下有注云："寄东平李司空师道。"李师道是唐朝时平卢淄青节度使，兼任数种官衔，势力很大。张籍是韩愈的大弟子，对当时的藩镇割据局面是十分痛恨的。而这首诗便是其为拒绝大军阀李师道的拉拢所作。钱仲联、徐永端等学者就曾评论，认为此诗"通篇运用比兴手法，委婉地表明自己的态度。单看表面完全是一首抒发男女情事之诗，骨子里却是一首政治诗，题为《节妇吟》，即用以明志"。

因为此诗写得委婉动人,"还君明珠双泪垂,恨不相逢未嫁时"更成为唐诗佳句。这首《节妇吟》一般被人们当作爱情诗的典范佳作。

新嫁娘 / 王 建

三日入厨下,洗手作羹汤。
未谙姑食性①,先遣小姑尝②。

【注释】

①姑:婆婆。②小姑:丈夫的妹妹。

【赏析】

按照习俗,新媳妇过门三天后,要下厨房为大家做饭。但是,新媳妇刚入门,并不知道公婆的饮食喜好,但是这是个灵秀的女子,她想出了一个办法:就是让自己的小姑来尝尝口味,看是否符合婆婆的喜好。

"未谙姑食性,先遣小姑尝"两句,几个瞬间场景,让读者看到了一个聪明、细心的新嫁娘。因为厨房必定是小姑常出入的地方,这第一天做羹汤给公婆,因为掌握不好其口味,所以才想出了这个妙招。显然这是个会讨巧的新娘子,作者对这个新嫁娘无疑是十分欣赏的。

读这首诗多少会让人联想起朱庆馀的那首《近试上张水部》:"洞房昨夜停红烛,待晓堂前拜舅姑。妆罢低声问夫婿,画眉深浅入时无?"同样的聪明,只是朱诗中的女子更娇媚温婉,因为她所面对的是自己的丈夫,而所问之事也是妆容,而王建笔下的女子则更显得活泼甚至带几分狡黠,可爱得让人心生亲近之意。

古人讲唐诗绝句最难,因为要在短短的四句20字中将一个意境或形象表现出来,是十分不易的。这首《新嫁娘》,简简单单20个字,却将新媳妇聪明乖巧的性格刻画得栩栩如生。正如沈德潜评论此诗所说:"诗到真处,一字不可易。"一首《新嫁娘》活泼短小,堪称五绝中的佳作。

乌衣巷 / 刘禹锡

朱雀桥边野草花①,乌衣巷口夕阳斜。
旧时王谢堂前燕②,飞入寻常百姓家③。

【注释】

①朱雀桥:故址在今江苏省南京市江宁区,横跨于秦淮河上。②王谢:即王导、谢安两大家族。③寻常:平常。

【赏析】

这是刘禹锡非常有名也是最得意的怀古名篇之一。自古王朝更迭,人世变迁,楼台殿宇都随历史的江水滔滔逝去,又或如云烟过眼。然而能够带走的是历史风卷残云后的硝烟,而月色、夕阳,花草树木深埋地下的根却依然如故。

诗人有感于斯,遂写下了这首乌衣巷:朱雀桥边冷冷落落,长满了野花野草。乌衣巷口的断壁残垣,也正横七竖八地倒在夕阳里。原来王导和谢安家的堂前燕子,如今也飞入了寻常百姓家筑巢。曾经车水马龙的繁华街道,如今也已经遍地荒凉,只有筑巢的燕子飞来飞去,不知人世沧桑。

乌衣巷是东晋时期氏族大家的聚居区,故址在今南京市东南,文德桥南岸,当时是三国东吴的禁军驻地。因为禁军身穿黑色军服,所以民间俗称其为乌衣巷。东晋时王导、谢安两大家族,都住在这里,人称其子弟为"乌衣郎"。到了唐朝,乌衣巷已经沦为废墟。

白居易曾盛赞刘禹锡的这首《乌衣巷》,说此诗令自己"掉头苦吟,叹赏良久"。近代学人范之麟评价这首诗说,《乌衣巷》在艺术表现上集中描绘乌衣巷的现况;对它的过去,仅仅巧妙地略加暗示。诗人的感慨更是藏而不露,寄寓在景物描写之中。因此它虽然景物寻常,语言浅显,却有一种蕴藉含蓄之美,使人读起来余味无穷"。

秋　词 / 刘禹锡

其一
自古逢秋悲寂寥，我言秋日胜春朝①。
晴空一鹤排云上，便引诗情到碧霄。

其二
山明水净夜来霜，数树深红出浅黄。
试上高楼清入骨，岂如春色嗾人狂②。

【注释】

①春朝：即初春，此处指春天。②嗾（sǒu）：教唆，指使。

【赏析】

第一首《秋词》历来被看作刘禹锡的代表作，也是他一反前人悲秋落寞情怀的昂扬赞歌。一句"自古逢秋悲寂寥"道尽了千古文人的悲秋情结。而在刘禹锡看来，秋高气爽的天气，似乎比春天还要给人以鼓舞。晴空之上，一只展翅高飞的鹤冲天而上，排云的斗志激励了诗人，将他的诗情倏忽间便引到了碧霄之上。其通达的态度、乐观的精神，令刘禹锡的诗从所有吟诵秋天的苦恼中解脱出来，想到秋天的辽阔、壮美。

自此诗一出，便受到很高的评价。学者倪其心评语此诗说："诗人通过鲜明的艺术形象表达深刻的思想，既有哲理意蕴，也有艺术魅力，发人思索，耐人吟咏。"

第二首描写秋色的诗，与前面一首虽然写作的重点不同，但是放在一起，却相得益彰，将秋天的骨气与景色，都融化在了舒远与旷达中。

明朗的山，纯净的水，夜里的霜，都如此清透、洁净。树木上那些各色花朵也开始渐渐透出浅黄。登上高楼，清气入骨，哪里像春色那样撩人情思，引人发狂。

刘禹锡将春和秋放在一起对比，写出了秋天的朴素、爽朗与纯净。第一首诗，志向远大,如一鹤冲天;第二首诗,心地高洁,如明山净水。两首诗既纠正了前人"逢秋寂寥"的忧伤,也展示了诗人的志向与情操,可谓"一箭双雕"。

"以诗言志"是中国诗歌历来的传统,文人们常常借助诗歌来表达自己的感情和志向。《秋词》中对秋高气爽的歌颂,正是唐朝蓬勃激情的具体显现。

上阳白发人 / 白居易

上阳人①,红颜暗老白发新。
绿衣监使守宫门②,一闭上阳多少春。
玄宗末岁初选入,入时十六今六十。
同时采择百余人,零落年深残此身。
忆昔吞悲别亲族,扶入车中不教哭;
皆云入内便承恩③,脸似芙蓉胸似玉。
未容君王得见面,已被杨妃遥侧目④。
妒令潜配上阳宫,一生遂向空房宿。
宿空房,秋夜长,夜长无寐天不明。
耿耿残灯背壁影⑤,萧萧暗雨打窗声⑥。
春日迟,日迟独坐天难暮;
宫莺百啭愁厌闻,梁燕双栖老休妒。
莺归燕去长悄然,春往秋来不记年。
唯向深宫望明月,东西四五百回圆。
今日宫中年最老,大家遥赐尚书号。
小头鞋履窄衣裳⑦,青黛点眉眉细长;
外人不见见应笑,天宝末年时世妆。
上阳人,苦最多。
少亦苦,老亦苦,少苦老苦两如何?

君不见昔时吕向《美人赋》；又不见今日上阳白发歌！

【注释】

①上阳：唐宫名，指当时东都洛阳的皇帝行宫上阳宫。②绿衣监使：太监。唐制中太监着深绿或淡绿衣。③承恩：蒙受恩泽。④遥侧目：远远地用斜眼看，表嫉妒。⑤耿耿：微微的光明。⑥萧萧：风声。⑦履（lǚ）：鞋。

【赏析】

此诗是白居易《新乐府》五十首中的第七首，是一首著名的政治讽喻诗。诗人以老宫女的口吻解说上阳宫中的生活，字字寂寞、句句幽怨，如泣如诉，饱含岁月的血泪和辛酸。白居易做这首诗的时候，旁边加了小序，说杨贵妃专宠后，后宫就再也没有人能够受到皇上的宠幸，但凡长得有几分姿色的妃嫔和宫女，都被送往别处幽闭。"上阳宫"便是其中之一。

诗的开头说，上阳宫女红颜渐渐地苍老，而白发却在不断地增多，入宫的时候才仅仅16岁，现在已经60岁了。当年一起进宫的百余人，现在都逐渐凋零，在寂寞的深宫，只剩下我独自一个人。幽闭的宫门重重关上，寂寥的岁月无边无际。

在这首诗的结尾，上阳人说，现在我的年龄是宫中最大的了，皇帝恩典我，赐我为"女尚书"。但这空空的头衔对于我来说，又有什么用？我依然还是穿着"小头鞋""窄衣服"的过时的女人，根本不知道外面已经流行宽袍大袖了。外面的人看不到也就罢了，要是真的看到了，一定会笑话我的，因为我现在的装束还是天宝末载的打扮。对此诗中人自我解嘲了一番，其中，似乎又带着深深的苦痛与悲愤。

三千佳丽被深锁在上阳宫中，没有君王的召见，也无法与家人团圆。风霜雪雨，她们就这样不声不响地凋落成残花败柳，人老珠黄，只在寂寞的日子里，倾听岁月的怀想。上阳宫就是一座禁锢青春、绞杀热情和希望的坟墓，是一座无情无义、无声无息的监牢。诗人通过对这位老宫女一生遭遇的描写，形象而极富概括力地向世人展示了"后宫佳丽三千人"的悲惨命运，揭露了封建旧制度下皇宫内院里对无辜女性的摧残。

此诗融叙事、写景、抒情和议论于一体，形象生动，极富感染力，正如王夫之说，"以乐景写哀，以哀景写乐，一倍增其哀乐"。含泪的微笑、隐忍不发的情绪，才容易深深地把人感染。此诗一直以来被认为是唐代写深宫闺怨题材的佳作。

题鹤林寺僧舍① /李 涉

终日昏昏醉梦间,忽闻春尽强登山②。
因过竹院逢僧话③,又得浮生半日闲④。

【注释】

①鹤林寺:晋时建成,原名古竹院(今江苏省镇江)曾为镇江南郊著名古寺之一。②强:勉强。③过:游览,拜访。④浮生:《庄子》中有"其生若浮",意谓人生如无根的浮萍,漂浮无止,无力自制,由此出之。

【赏析】

人生一场大梦,世间几度秋凉。建功立业的志向,常常压得人没有喘息的机会。所以李涉说,终日碌碌无为地奔忙,仿佛在梦中一般。忽然听说春天就要过去了,所以还是决定出来登山。路过竹林深处,偶遇寺庙里的僧人,闲谈中受到智慧的点拨,令俗世麻木之心获得了片刻的轻松和欢愉。一句"浮生半日闲"道尽了人世沧桑事,也点醒了世俗混沌人。

相传,元代名士莫子山某次出游,途径寺庙,想起李涉当年的幸运,希望自己也可以得遇高僧指点。不料,寺中方丈竟然比红尘中人更贪钱财,俗不可耐;而且非要他赠诗一首留作纪念。莫子山不讲情面,便将李涉的句子顺序重新调整,得了首新诗:"又得浮生半日闲,忽闻春尽强登山。因过竹院逢僧话,终日昏昏睡梦间。"虽然只是句式的调整,却写出了自己尴尬的"半日闲",庸僧的鄙俗也轻松地见诸笔端。

"天下熙熙,皆为利来;天下攘攘,皆为利往。"为加官晋爵,为仕途功名,为建功立业,芸芸众生以各种理由在不懈地奋斗着,珍惜了青春,却辜负了年华。惜取少年时固然是昂扬的一种状态,但于忙碌中品一杯香茶,也是人生应有的一种潇洒。

"偷得浮生半日闲",退去浮华,才能给心灵以宁静的港湾。诗人正是对这一切有了深深地体会,所以才能写出这样的句子。

行 宫 / 元稹

寥落古行宫①，宫花寂寞红。
白头宫女在，闲坐说玄宗。

【注释】

① 行宫：帝王外出所住的离宫。

【赏析】

　　元稹的这首五绝用了"寥落""寂寞""闲坐"三个词，有白发宫女对岁月的感触，也有历史的变迁与伤怀，写得很是细致动人。她们回忆天宝旧事，说玄宗却不说玄宗的是非对错，令人不胜感慨。

　　"枯木逢春犹可发，人无两度少年时。"寒来暑往中，见宫花年年火红，而宫女们的黑发却日渐雪白。满怀希望入宫来，不料却被安置在上阳宫，除了遥想贵妃的丰腴、玄宗的恩宠，留在心里的记忆还能剩下什么呢？她们只能寂寞地打发时光，而时光又因为寂寞显得无比漫长。

　　在诗中，诗人暗示，宫女们满怀希望入宫来，不料却被安置在上阳宫，佳丽三千，只专宠一人，她们只能寂寞地打发时光。最后一句余韵深长，一个闲字，将宫女的寂寞与凄凉一生皆尽写出，寂寞宫花连同这孤寂的行宫，令人万千感慨。

离 思 / 元 稹

曾经沧海难为水①,除却巫山不是云②。
取次花丛懒回顾③,半缘修道半缘君④。

【注释】

①曾经:曾经历。曾,副词。经,经历。②除却:除了。③取次:循序而进。④半缘:一半因为。修道:作者既信佛也信道,但此处指的是品德学问。

【赏析】

这是唐代诗人元稹为悼念亡妻韦丛所写的一首诗。诗里说,曾经体验过沧海的波澜壮阔,别的水便无法再吸引我,曾经深味过巫山的云蒸霞蔚,别处的风景便不能再令我陶醉。即使我从百花丛中穿行而过,也不会留恋任何一朵,更别说回头张望。这一半是因为修道的原因,另一半就是因为你的缘故。

古人说,"观山则情满于山,看海则意溢于海",山山水水总能留人愁绪,抒怀解忧。但是,在元稹看来,这一切似乎都毫无意义。他经历过最美的巫山云雨,体味过动人心魄的沧海波澜,世间任何的景物也不能打动他了。全诗写的虽然是景致,不著半个"情"字,却烘托出了无限的爱意,也点出了对亡妻刻骨铭心、矢志不渝的爱情。

此诗历来被认为是元稹最具代表性的一首,也是古代爱情诗中的经典佳作。

菊 花 / 元 稹

秋丛绕舍似陶家①，遍绕篱边日渐斜。
不是花中偏爱菊，此花开尽更无花。

【注释】

① 陶家：指陶渊明的住处。

【赏析】

在中国古典诗词中，咏物诗占了很大分量，有咏树、咏柳、咏春，甚至咏蝉、咏梅，等等，其真实意图都不是单单描写纯色的自然，而是把自己的感情夹杂在情景之中，借大自然的山川万物来抒发自己的情趣与志向。菊花，没有牡丹的华丽，兰花的名贵，却常常以迎风傲雪之姿态，深得文人的喜爱，也成为古人最细化咏叹的题材之一。

元稹的这首菊花，从比喻入手，将菊花与陶渊明的气质迅速对接。陶渊明说"采菊东篱下，悠然见南山"，静谧的菊花是陶渊明隐逸生活的象征，也是他躲避尘世烦恼的栖息之所。元稹说，绕着这个院子走了很久，太阳已经开始落山，我还是流连忘返，不忍离去。并不是我偏爱菊花，而是因为一旦菊花凋谢，自然界也便没有别的花好欣赏了。"不是花中偏爱菊，此花开尽更无花"，只此一句，就点出了诗人偏爱菊花的原因。

菊花通常是百花中最后凋落的一种，历尽风霜，许多温室里的花朵都早早凋谢，却唯有菊花可以迎风傲雪，守候最后的绚烂。也因此，在百花凋零的季节，人们便会偏爱得天独厚依然绽放的菊花，欢唱其风骨，也颂扬其坚贞。诗人在这后凋的菊花中，参悟的不仅是自然的哲理，还有人生的操守和坚持。

秋 夕 / 杜 牧

银烛秋光冷画屏①，轻罗小扇扑流萤②。
天阶夜色凉如水③，坐看牵牛织女星。

【注释】

①银烛：白色而精美的蜡烛。冷：清冷。②轻罗小扇：轻巧的丝质团扇。③天阶：天庭，即天上。

【赏析】

杜牧的这首《秋夕》描绘了一幅深宫图景。白色的烛光让屏风上的画面更添幽冷，深深的夜色，清冷如水，坐在这一片月光中，看着牵牛、织女星，举着团扇的宫女正在意兴阑珊地扑打着"流萤"。天阶上的夜色，有如井水般清凉；坐在榻上仰望夜空里的牵牛和织女星。

诗写宫女的幽怨生活。"轻罗小扇"暗示着宫女孤寂被弃的命运。自汉代班婕妤《怨歌行》后，古典诗词中便常有人以团扇、秋扇代女子遭弃或失宠。

古人说腐烂的草容易化成流萤，宫女居住的庭院却有飞来飞去的流萤，足见其荒凉。团扇本是夏天用来纳凉的，到了秋天，气候寒冷，扇子也就没有用了。所以，秋天的扇子常常用来比喻古代的弃妇。而宫中的夜色与人情一样淡薄凄凉，宫女们只能凭借扑流萤来解闷。日子太漫长了，千篇一律的都是寂寞，甚至可以望见人生的尽头也是寂寞堆砌的时光。

这首《秋夕》在艺术上十分有特点。诗中并没有直接的抒情或议论，然而宫女那种哀怨与期望相交织的复杂感情见于言外，从一个侧面反映了封建时代妇女的悲惨命运。

过华清宫 / 杜牧

长安回望绣成堆①，山顶千门次第开②。
一骑红尘妃子笑③，无人知是荔枝来。

【注释】

①绣成堆：锦绣拥簇。②千门：即夸张形容所有山门依次大开，以便送荔枝的马飞驰无阻。③妃子：指杨贵妃。

【赏析】

唐玄宗为了让杨贵妃吃上新鲜的荔枝，常常令官差快马加鞭、日夜不息地赶路。身为一国之君，唐玄宗缔造了盛世如莲的美梦，也亲手摧毁了所有的成就。劳民伤财，只为博美人一笑。曾经英武果断，贤明天下的君王，变得如此昏聩。

杜牧的这首诗就是对那段历史的咏怀。诗人写道，从长安回望华清宫，茂盛的草木，华美的宫殿，看起来一片花团锦簇。山顶上的宫门一层层地打开，杨贵妃看到有一骑快马飞奔而来，不禁开心地笑了。百姓还以为这疾驰的驿马送的是紧要的军情，只有杨贵妃知道送来的是自己爱吃的荔枝。

学者张明非评价杜牧这首诗，认为其"艺术魅力就在于含蓄、精深"，又说此"诗不明白说出玄宗的荒淫好色，贵妃的恃宠而骄，而形象地用'一骑红尘'与'妃子笑'构成鲜明的对比，就收到了比直抒己见强烈得多的艺术效果"。

《过华清宫》共三首，这里选取的是其中最有名的一首，此诗全篇并没有关于安史之乱的描写，但其中却句句透着"渔阳鼙鼓"的声音。"一骑红尘妃子笑，无人知是荔枝来"，用语流畅自然，毫不堆砌，却深刻含蓄，堪称唐诗中的咏史佳作。

遣 怀 /杜 牧

落魄江湖载酒行①,楚腰纤细掌中轻②。
十年一觉扬州梦,赢得青楼薄幸名③。

【注释】

①落魄:失意,多指仕途潦倒而漂泊江湖。②楚腰:代指细腰美女。掌中轻:形容女子体态娇美、轻盈,传说赵飞燕"体轻,能为掌上舞",由此得之。③薄幸:薄情,负心。

【赏析】

杜牧在这首诗的起笔处,就写下了自己放荡不羁的生活。一个落魄的文人,漂泊四方,走到哪里都不忘喝酒解愁。那些秦楼楚馆里的姑娘们,舞姿曼妙,撩人动情,风流韵事自然不必细说。

然而,人生如梦。诗人在惊觉十年岁月恍如隔世一梦的时候,悲从中来,令人痛不欲生。杜牧诗文俱佳,才华横溢,又是名门之后,然而平生志向却始终未得施展。十年的努力,他依然做人幕僚,屈居人下;除了放浪形骸,还能怎么样呢?只换来了"青楼薄情人"的名声。

杜牧虽然人在烟花深处,纵情畅饮,但他的心并没有在青楼驻足,总是怀着一展宏图的志向。因此,他既不能安心在青楼里尽情挥霍感情,也无法完成自己的愿望。深深的自责交织着沉重的失意,纠结在他的心中。

从诗人的感怀诗中,读者似乎可以读出晚唐的凄凉:越来越多的诗人无法施展自己的才华,完成自己的志向。他们甚至只能借助青楼女子的情感与人生,来感慨蹉跎岁月后建功立业的虚妄。如果说盛唐时李白等人的怀才不遇是"愤怒的咆哮",那么到了杜牧的晚唐,所有的愤懑都化作了一声叹息——"十年一觉扬州梦,赢得青楼薄幸名"。

题乌江亭 / 杜 牧

胜败兵家事不期①，包羞忍耻是男儿②。
江东子弟多才俊③，卷土重来未可知。

【注释】

①期：预料。②包羞忍耻：指大丈夫能屈能伸的气度和博大的胸襟。③江东：指项羽起兵之地。

【赏析】

当年乌江亭长劝项羽暂避一时，等待卷土重来的机会，可项羽仰天长叹，觉得自己愧对江东父老，终于还是没有冲破自我的桎梏，刎颈身亡。乌江亭，又叫乌江浦，在今安徽和县东北。据《史记》记载，项羽兵败时，因感无颜面见江东父老而自刎江边。至此，后世对项羽的评价，便坐实了"英雄豪杰"的美誉，而"宁为玉碎不为瓦全"的观念也由此深入人心。

面对众口一词的称颂，杜牧在《题乌江亭》中却写下了自己迥然不同的观点。在这首诗中，他提出了一个"成败乃是兵家常事"的道理，并且认为能够"包羞忍耻"才是真正的男子汉，所谓"大丈夫能屈能伸"就是这个道理。

杜牧在诗中不但提出了自己的观点，还提出了充足的论据，他说："江东子弟多才俊，卷土重来未可知。"意思是说江东之地藏龙卧虎，人才济济，假如能够忍得一时的"失败"，回江东等待东山再起，说不定卷土重来之时也能成就一代霸业。言外之意，项羽刚愎自用，一再错失良才和机会，甚至在最重要的时候都放弃了最有价值的生命，实在有愧"英雄"之名。韩信受"胯下之辱"却终成一代名将，司马迁受"宫刑"愤而著《史记》成千古绝唱，而项羽却没能忍得一时的失败，西楚霸王死得这般羞愧，令杜牧不胜唏嘘。

赤 壁 /杜 牧

折戟沉沙铁未销①，自将磨洗认前朝②。
东风不与周郎便③，铜雀春深锁二乔④。

【注释】

①戟：古代的一种兵器。销：销蚀。②将：拿起。磨：磨光。洗：洗净。认前朝：认，认出。这里是说，认出戟是东吴破曹时的遗物。③东风：指火烧赤壁。周郎：周瑜，字公瑾，人称周郎。吴军大都督。④铜雀：铜雀台，是曹操所建的一座楼台（在今河北临漳），楼顶有大铜雀，故得此名。传说铜雀台上住有姬妾歌妓，是曹操暮年时的行乐之处。二乔：指东吴乔公的两个女儿。

【赏析】

这首诗的大意是：折断的兵器埋在泥沙中，虽然日子过了这么久，仍然没有消融。拾起来后，经过仔细地磨洗，可以隐约认出这是前朝赤壁大战时的遗物。假如当年东风不给周瑜以方便，曹操的铜雀台里恐怕就会深锁二乔了。

大乔是孙策的夫人，小乔是周瑜的夫人；二人皆为东吴美女。以她们的命运来反衬战争的结局，有历史兴衰的感慨，也同样影射了战争的含义与指向。

在诗人看来，历史存在着极大的偶然性，就像诗里提到的"东风"；假如重新编排这场历史大戏，或者假如那一天的东风没有来，那么说不定历史都要被重新书写。战争的输赢常常是"天时、地利、人和"，尤其在古代战争中，"天时、地利"似乎是决定输赢的关键。所以，中国人常喜欢说"谋事在人，成事在天"。这也暗示了在历史的很多"必然规律"中，总是有偶然性的因素在起着重要的作用。也因此，杜牧觉得项羽实在不应该自刎，兴衰成败，常常是历史的一次偶然，只有留得住自己，才能留得住反败为胜的机会。

夜雨寄北 /李商隐

君问归期未有期,巴山夜雨涨秋池①。
何当共剪西窗烛②,却话巴山夜雨时③。

【注释】

①巴山:也叫大巴山,在今四川省南江县以北,此处泛指巴蜀之地。秋池:秋天的池塘。②何当:什么时候才能够。③却:副词,还,且。表示小小的转折。话:谈论。

【赏析】

这首诗在《万首唐人绝句》中题为《夜雨寄内》,"内"在古代是内人、妻子的代称。所以一般认为李商隐这首诗是写给妻子的。但也有人说是写给朋友的信,因为李商隐的妻子在他写作此诗的时候已经去世了。

李商隐的诗一般比较晦涩,但这首写得清浅动人,诗人说:"你问我什么时候才能回家,我也说不清楚。我这里巴山的夜雨已经涨满了秋池,我的愁绪和巴山夜雨一样,淅淅沥沥,凝结着我思家想你的愁绪。什么时候才能够回家呢?和你一起剪烛西窗,到那个时候再和你共话这巴山夜雨的故事。"

短短的四句诗中,第一句回答了妻子的追问,第二句写出了雨夜的景致,第三句表达了自己的期待,最后一句暗示了如今的孤单。四句话,简而有序,层层铺垫,写出了羁旅的孤单与苦闷,也勾画了未来重逢时的蓝图,甚至把连绵细雨也写进笔底波澜,堪称最为简短而又全面的情书。一波三折,含蓄深婉地衬托了与妻子隔山望水的深情。

锦　瑟 / 李商隐

锦瑟无端五十弦①，一弦一柱思华年②。
庄生晓梦迷蝴蝶③，望帝春心托杜鹃。
沧海月明珠有泪，蓝田日暖玉生烟④。
此情可待成追忆⑤，只是当时已惘然。

【注释】

①锦瑟：弦乐器，似琴。古有五十根弦，后为二十五根或十六根弦。②华年：美好的年华。③庄生晓梦迷蝴蝶：典故，出自《庄子·齐物论》"庄周梦为胡蝶，栩栩然胡蝶也；自喻适志与！不知周也。俄然觉，则蘧蘧然周也。不知周之梦为胡？胡蝶之梦为周与"。李商隐此处引庄周梦蝶故事，以言人生如梦，往事如烟。④蓝田：在今陕西省蓝田县东南，古代著名的美玉产地。⑤可待：岂待，何待。

【赏析】

这首《锦瑟》是李商隐爱情诗的代表，也是历来爱诗者最喜吟诵的诗篇。宋元之后，对此诗的解读更是众说纷纭。周汝昌先生认为以"锦瑟"开端，实则暗示了"无题"之意，是李商隐爱情诗中最难理解的一首。

在锦瑟一音一节的弹奏中，李商隐似乎也看到了曾经逝去的流年。庄生迷梦，理想转眼成空；望帝啼鹃，如生活的忧思；明珠有泪，泣血而成；良玉生烟，可望而不可即。四句诗，四个典故，四种意象。

李商隐的爱情诗一般都给人以晦涩之感，此诗尤甚。不论是锦瑟年华，还是如玉如珠，最终换来的却只是一片怅惘。然而这一份怅然若失，又正是人们在面对感情时的共鸣。也正因此，尽管李商隐的诗晦涩难懂，意象朦胧，却千百年来为人所钟爱。

贾　生 / 李商隐

宣室求贤访逐臣，贾生才调更无伦。
可怜夜半虚前席，不问苍生问鬼神。

【赏析】

　　据《史记·屈贾列传》记载：贾生征见。孝文帝方受釐（刚举行过祭祀，接受神的福祐），坐宣室（未央宫前殿正室）。上因感鬼神事，而问鬼神之本。贾生因具道所以然之状。至夜半，文帝前席（在座席上移膝靠近对方）。既罢，曰："吾久不见贾生，自以为过之，今不及也。"

　　诗人在这里借贾谊之身世，独辟蹊径，并不去写贾谊遭贬长沙、怀才不遇的事，而是将诗歌定格在贾谊被召回长安、宣室夜对的那一幕上。

　　诗人说汉文帝到处求贤才，而贾谊的才气更是无人能及。可惜，文帝半夜不眠，所问的并非天下苍生的大事，而只是些乱离怪神的奇谈。李商隐感慨贾谊的才华不能施展，也哀叹自己的志向无法实现！但是，无法否认的是，汉文帝时期，经济发展迅速，社会比较安定，甚至出现了封建社会辉煌的盛世"文景之治"。可见，国家并无忧患，皇帝也并不昏庸，只是在诗人们的眼中，国家的前途、个人的命运都应该比现在更好才对。也许正是这份希望与失望的落差，才让他们在理想与现实间难以平衡吧。

　　而事实上，诗人壮志难酬的现实，并不是因为真的生逢乱世、怀才不遇，而是他们对自己人生的期待无法实现。故而诗人在这里借贾生之故事来比喻自己的不得志，正是借古讽今的意思。

乐游原 / 李商隐

向晚意不适①,驱车登古原。
夕阳无限好,只是近黄昏。

【注释】

① 不适:不悦。

【赏析】

乐游原,是唐时著名游览胜地,汉宣帝时候所立,是长安(今西安)城内地势最高处,于其上可观望长安城。据说文人墨客亦多爱来此,咏诗抒怀,李商隐便是其一。

这首《乐游原》流传很广,也因此给了人们一种固定的惆怅:夕阳的景色虽然十分美好,只可惜已经接近黄昏,日暮西山,再多的浪漫也挽不住人生的时光了。叹息,就在这样的余晖中悄悄袭来,将世世代代的人击中,涌起无数的伤感。

在中国传统的感情中,人们对清晨的喜欢要胜过黄昏,对春天的喜欢胜过秋天。因为"一年之计在于春,一日之计在于晨"。晨与春都象征一种开始,唯有欣欣向荣的时光才能带给人希望,催促人奋进。所以,那些送别、离愁多是在秋雨迷蒙的傍晚,似乎也只有这样的落幕,才能将时光交错,人世无常都溶解在这一片夕阳之中。在这晨昏之间,数不清的是似水流年。建功立业的人、告老还乡的人、打算一展雄才伟略的人,在黄昏时分反思自我与人生。

己亥岁 / 曹松[1]

泽国江山入战图[2],生民何计乐樵苏[3]。
凭君莫话封侯事[4],一将功成万骨枯。

【注释】

①曹松:唐末诗人,字梦徵,舒州(今安徽桐城)人。②泽国:江汉流域。③樵:打柴。苏:豁草。④封侯事:特指含义。己亥岁时,镇海节度使高骈在淮南镇压黄巢起义军,以"杀人多"之功绩受到封赏。

【赏析】

安史之乱后,战争开始蔓延到全国,加上唐末开始接连不断的农民起义,所以曹松说,举国的江山都绘入了战图,满目疮痍的时候不要再说什么生民乐于生计的话(樵为打柴,苏为割草,合为"生计"之意)。所谓"宁为太平犬,不为乱世民",说的就是这个道理。颠沛流离,家园离散,哪里还有什么活着的快乐可言。看到人民如此艰难,曹松不免感叹,千万不要说什么封侯拜相的事情,哪一个将军的荣誉不是死伤千万条生命换来的。

曹松的这首诗,揭示了所有战争的实质,"一将功成万骨枯"。那些累累的白骨,似乎还泛着淋淋的血迹。但是这掷地有声的哀号却不是所有的人都能够听到。战争,让人们离开了家园,也让人们的灵魂无所依靠。那些堆积如山的白骨,那些望眼欲穿的思妇,都没办法再迎来人间的团圆。"匈奴未灭,何以家为"的豪言壮语似乎还依稀回荡在人们的耳畔,但是没有了完整的家园,还能有什么人生的希望和幸福?

春 怨 / 金昌绪[①]

打起黄莺儿，莫教枝上啼。
啼时惊妾梦[②]，不得到辽西[③]。

【注释】

①金昌绪：唐时余杭（今浙江杭州）人，生平不详。②妾：女子自称。③辽西：古郡名（今辽宁省辽河以西），当时少妇的丈夫征戍之地。

【赏析】

诗中可怜的少妇，终年不见自己的丈夫，想念、惦念、思念，欲诉无人能懂。只能凭借自己的幻想、猜想，一次次在心中勾画丈夫的形象；也只能一次次低声问自己，他现在过得怎么样？

全诗大意是说：一个年轻的少妇起来后，云鬟花偏径直走到窗前，嗔怒地赶走了清晨中欢快啼叫的黄莺。她责怪它们的叫声惊醒了她的美梦。在梦中，她正走在通往辽西的路上，日夜思念的丈夫马上就可以见到了，所有的相思和喜悦都凝成了一团，结果却不幸被黄莺吵醒。那一串思念的美梦，不知熬了多少个日夜，盼了多少回月圆，不能相见，便只能期待梦中团圆。连虚幻的美梦都做得不甚齐全，难怪她愤怒地赶走了这些无辜的鸟儿。

虚池驿题屏风 / 宜芳公主[①]

出嫁辞乡国，由来此别难。
圣恩愁远道，行路泣相看。
沙塞容颜尽，边隅粉黛残。
妾心何所断，他日望长安。

【注释】

①宜芳公主：本豆卢氏女，有才色，唐玄宗的外甥女，姓杨。

【赏析】

从此远嫁异邦，不知何时再能回乡，绵绵的远道上，边走边哭，泪湿罗裙。塞外沙漠将磨尽所有的花容月貌，看年华老去，粉黛消残。这思乡的感情不知道什么时候才能中断，今生有缘，何时还能回望长安！这首诗虽然称不上工巧，但出自一个远嫁公主之手，载着辞家别国的苦楚，所以读来字字心寒。

然而更令人心寒的是，公主嫁过去大概仅仅过了半年，那些边界的胡人便起兵造反。深陷狼窝，宜芳公主定然做了叛军刀下的冤魂。

有的人翻唐诗，究唐史，想要考证出宜芳公主的身世，说她并非"正牌"公主，十有八九只是皇室的旁系。但实际上，宜芳到底是怎样的身份也许并不重要，一个花季少女带着和平的使命，最后惨死异邦，这本身就是一出悲剧。"沙塞容颜尽，边隅粉黛残"，宜芳公主恐怕也曾想过老死他乡吧！可惜她没有王昭君幸运，能够千古留名，恩爱终老。当然也不如蔡文姬，毕竟曹操当年还愿以城池换回一个女子。

算起来，从古至今，在和亲的路上，辞别父母家园、深味骨肉离散之苦的公主还真不在少数。只可惜，盛世欢歌，掩盖了公主们低低的诉说。

陇西行 / 陈 陶

誓扫匈奴不顾身,五千貂锦丧胡尘①。
可怜无定河边骨②,犹是春闺梦里人。

【注释】

①貂锦:装备精良的精锐之师,即指战士。②无定河:地处陕西北部。

【赏析】

陈陶的这首诗,开篇气势雄伟,发誓扫平匈奴,所以兵将们都奋不顾身。不幸的是,五千将士惨死在战争中。可怜那些倒在河边的累累白骨,依然是妻子春闺中深深思念的丈夫。诗作从起初的昂扬到转为哀伤,至最后一句,思念之情如断肠草,令人不忍卒读。

这个春闺梦里人,是让人牵挂的,大多数的人也只是注意到"梦里人",而事实上,在这首诗里最凄凉的应该是那个做梦的人,即春闺里的女子、思妇,在古时丈夫出门远征,妻子便从此在家中日夜思念牵挂。

思念已经是如此令人忧伤,然而更加可怕的是,她们甚至不知道自己的梦中思念的丈夫是否还活着。"可怜无定河边骨,犹是春闺梦里人",这才是最大的悲剧所在。

马嵬坡 / 郑畋

玄宗回马杨妃死，云雨难忘日月新①。
终日圣明天子事，景阳宫井又何人②。

【注释】

①"云雨"句：意谓玄宗、贵妃之间的恩爱虽难忘却，而国家却已一新。②景阳宫井：故址在今江苏省南京市玄武湖边。

【赏析】

马嵬坡即马嵬驿，在今陕西兴平市西。安史之乱爆发后，唐玄宗被迫离开长安，在走到马嵬坡时，兵士们发生了动乱，说"红颜祸水、奸妃误国"，若杨玉环不死，军队便不再前行。唐玄宗万般不舍，然而贵妃不死，众怒难平。最后，三尺白绫将这段帝王宫苑情挽了一个死结。

杨贵妃的身世后人有过许多描写，罗隐也写过一首《帝幸蜀》："马嵬山色翠依依，又见銮舆幸蜀归。泉下阿蛮应有语，这回休更怨杨妃。"马嵬坡前，山色青翠依旧，这一次是黄巢攻入长安，唐僖宗仓皇出逃。唐玄宗泉下有知，恐怕会发出这样的感慨，这一回可不要再埋怨杨贵妃了。言外之意，当年玄宗为堵众人之口，赐死杨贵妃，既是逼不得已，也是嫁祸于人。拿一个与政治无关的女人开罪，折损了玄宗的一世英名。

《围炉诗话》说，"古人咏史但叙事而不出己意，则史也，非诗也；出己意、发议论而斧凿铮铮，又落宋人之病"；又说"用意隐然，最为得体"。历代对唐明皇与杨贵妃的这段情事，多有诗作，郑畋的这首历来被认为写得温厚动人、讽喻评论有度，可谓是咏史诗中的佳作。

题菊花 / 黄 巢

飒飒西风满院栽，蕊寒香冷蝶难来。
他年我若为青帝，报与桃花一处开。

【赏析】

  据说此诗写于黄巢 5 岁之时，也有人说他当时已经 8 岁了。那年秋天，父亲和祖父在庭院里咏菊。按照古代文人的审美习惯，自陶渊明后，菊花便成了隐者志洁与高贵的象征；而咏菊也成了诗坛雅士的一种传统。但归根结底，所有的主题都脱不了孤高傲世的精神底色。当父亲和祖父还没有写好菊花诗的时候，黄巢就抢先说了一句："堪与百花为总首，自然天赐赭黄衣。"这句诗的意思是，能够与百花共存，而且被尊为花王，上天自然会赐我为王。赭黄衣是皇帝袍服的代称，象征了无比的权贵。

  彼时，黄巢还仅仅是个学龄前儿童，不料却吟诵了这样奇怪的诗。父亲生气了，欲责打他不学无术；反倒是祖父替他解围，说让他再赋一首试试。思忖片刻，黄巢高声吟诵出这首七绝。

  秋风萧瑟中，满院秋菊赏心悦目。可是，在这寒冷的冬天，花蕊渗透着料峭的秋意，冷韵幽香扑面而来，毕竟不是风和日丽的春天，连蝴蝶也很难过来采摘。如果有一天，我当了号令春天的花神，定要让菊花和桃花一起在盎然的春色中绽放。

  有评论说，这十足体现了诗人打算执掌大权，救百姓于肃杀的秋天中，让他们体会春天温暖的雄心壮志。也有人说，凭什么桃花能在最浪漫的春天开，菊花却要独守寂寞呢？让百花都在一个季节开放，深刻体现了古人朴素的平等观念。然而这些理想，很显然都是后人根据他的英雄事迹分析出来的。在当时，也许他只是一时兴起，并无明确的称帝念头。但不管怎么说，能够咏出"若为青帝"的诗句，黄巢在未来岁月"振臂一呼，应者云集"的态势，已然初露端倪。

咏 菊 / 黄 巢

待到秋来九月八，我花开后百花杀。
冲天香阵透长安，满城尽带黄金甲。

【赏析】

　　这首《咏菊》，是黄巢流传最广、影响最深的一首诗，也有人称为《不第后赋菊》，说是黄巢落第后，写此诗表达强烈的反抗精神。但就诗中的气度来看，应该是他人生鼎盛时的作品，也就是他率领数十万起义军围困长安时所作。黄巢在兵围长安之时，胸中止不住豪情荡漾，想到未来将一鼓作气，以激越、湍急之势冲抵长安，更增添了对胜利的磅礴想象。

　　九月初九本为中国传统的重阳节，这一天人们登高、赏菊，与亲人团聚。秋高气爽、心旷神怡，以登高来祝福生活的步步高升。既有节日的喜庆，也有一层成功的寓意。所以，黄巢说，九月初八的时候，当菊花开遍京城时，百花都已经凋落了。只有秋菊的香气，四处弥散冲透长安，而遍地开放的，正是犹如黄金铠甲般的菊花！

　　此诗最为精妙处在于，虽然题为"咏菊"，但全诗不着一个"菊"字，通过对色彩、气味、状态、场景的描绘，将菊花和起义军的气魄，合二为一，形神兼备，斗志昂扬。而那直逼长安、迫不及待的感情，也随着菊花的浓郁直冲云霄。历来咏菊者甚众，但多为意境高远、避世消难的象征。唯有黄巢，以不可匹敌之势，改写了菊花的风采，令其在隐士的气质上，增添了战士的豪迈，也由此刷新了"咏菊诗"的主题。

　　关于黄巢的结局，始终众说纷纭。有人说他兵败后自尽，也有人说他削发为僧。《全唐诗》一共收录了黄巢三首诗，而这一首的真实性，常常因为他人生扑朔迷离的谢幕而变得富有争议。

伤田家 / 聂夷中

二月卖新丝，五月粜新谷①。
医得眼前疮，剜却心头肉。
我愿君王心，化作光明烛。
不照绮罗筵②，只照逃亡屋③。

【注释】

①粜：卖。②绮罗筵：指富贵人家的宴会。绮罗，绫罗绸缎。③逃亡屋：逃亡庄户的茅屋。

【赏析】

按理说，春种秋收是天经地义的事，但是在诗人聂夷中所描述的晚唐，这种正常的要求显然已经得不到满足。二月份正是养蚕的季节，五月份正是插秧的时候，哪里有新丝、新谷拿出来卖呢？但是不卖又不行。苛捐杂税多如牛毛，只能将这些还没有成熟的丝和谷低价出售。"杀鸡取卵"和"养鸡生蛋"，谁都知道哪一个更为有利，但时间不等人，那些盘剥的税收，让人只能先顾眼前的燃眉之急了。"医得眼前疮，剜却心头肉"一句，可谓是这首泣血之作的"诗眼"。

谁都愿意悠闲地想着未来，但所有的发展都要以眼下的生存为首要。鲁迅说："人必生活着，爱才有所附丽。"在动荡的社会里，如何能够活下去，就是首要的问题。至于没有了新丝和新谷，来年的生活怎么办，都还是暂时顾及不到的问题。

所以，诗人不无悲痛地说："我愿君王心，化作光明烛。"意思是说我希望可以得遇明君，他的心像明亮的烛火一样温暖、光明。不要只看到达官显贵的绫罗绸缎、金碧辉煌，而是要关心一下那些流离失所、多灾多难的人民。

小 松 / 杜荀鹤

自小刺头深草里①，而今渐觉出蓬蒿②。
时人不识凌云木③，直待凌云始道高④。

【注释】

①刺头：长满松针的小松树。②蓬蒿：蓬草和蒿草，泛指草丛。③凌云：高耸入云。④始道：才说。

【赏析】

松树在刚刚破土而出的时候，长得非常微小，以至于被埋没在深草之中。而到了现在，才感觉它慢慢长大，长得比蓬蒿还要高。世人不知道它其实是凌云木，只有到了它长成参天大树的时候，才开始夸奖其高大。

杜荀鹤出身寒微，也有人考证说他是杜牧的私生子，无论怎么说，都不是很受器重的"身世"。寒门求考，屡试不第，杜荀鹤空有一腔才华，却不得施展。多年的积怨压在心头，借小松这一意象，抒发内心的愤懑。

杜荀鹤生于寒门，以小松初年没于荒草自比，可谓恰如其分。在没能顶天立地的时候，任何一棵稻草都不应该受到歧视，这便是杜荀鹤最深切的渴望与表达。

贫 女 / 秦韬玉

蓬门未识绮罗香①，拟托良媒益自伤②。
谁爱风流高格调③，共怜时世俭梳妆④。
敢将十指夸针巧，不把双眉斗画长。
苦恨年年压金线⑤，为他人作嫁衣裳。

【注释】

①蓬门：代指穷人家。蓬，蓬茅。绮罗：丝织品，代指富贵妇女奢华的衣服。②拟：打算。托良媒：拜托好媒人。③风流：形容意态优雅、娴静温婉的样子。格调：品格和情调。④怜：爱惜。时世：当今。⑤压金线：用金线绣花。压，一种刺绣手法，用作动词，即刺绣。

【赏析】

这首《贫女诗》因其语意直白、内蕴丰富而为人所传诵。诗作开篇就写到，自己是一个贫家女子，不像富贵人家的女孩子那样能够穿漂亮的绫罗绸缎。如今，我也到了应该出嫁的年纪了，也想托媒人帮我找一户好的人家。可是，现时社会，人们都喜欢达官显贵，谁会欣赏我一个贫家女子的高洁情操呢？谁又能喜欢我这不合时宜的打扮呢？我能够值得骄傲并夸赞的只有一双巧手，也不愿意效仿她们那样将眉毛画得细长。可惜的是，我年年以金线刺绣，绣出一件件美丽的嫁衣，却都是做给别人穿的。而自己这么多年来却没有找到一个可以托付终身的人！

"苦恨年年压金线，为他人作嫁衣裳"，这是贫家女感慨爱情的叹息；更是多少才俊志士怀才不遇的愤慨与无奈心境的反映。

整首诗字里行间流露了诗人的委屈和不甘。贫士怀才，犹如贫女怀德，必然也决定了不愿意与人同流合污的高洁志向。也因如此，才不得不转而感叹自己的"怀才不遇"。这份不平之气，渐渐郁结在心头，一针一线，自己的心每时每刻也都受着深深的刺痛。

金缕衣 / 杜秋娘

劝君莫惜金缕衣[1]，劝君惜取少年时[2]。
花开堪折直须折[3]，莫待无花空折枝[4]。

【注释】

[1]金缕衣：缀有金线的衣服，比喻荣华富贵。[2]惜取：珍惜。[3]堪：可以，能够。直须：尽管。直，直接，爽快。[4]莫待：不要等到。

【赏析】

关于这首《金缕衣》，一直有学者说并非杜秋娘所作，她不过是中唐时一个著名的歌女，因为曾经唱过此曲，所以便有幸被冠名。这首诗的大意是：我劝你不要在乎那华丽的金缕衣，我劝你还是要好好珍惜青春年少的光阴。花开的时候，不要犹豫，直接折下来便可以了。不要等到花谢之后，徒然折下一段空枝。

曹雪芹在《葬花词》里写道："试看春残花渐落，便是红颜老死时。一朝春尽红颜老，花落人亡两不知！"花开花落，最能触动女子细腻的情思。而诗人杜秋娘似乎也悟到了这自然的常态，但她并不消极。她鼓励并劝勉世人，不要贪图金缕衣的物质吸引，要将自己的热情和年华投入积极进取之中。唯有把握时机，拮取人生最灿烂繁华的光阴，才算不辜负宝贵的生命。

这首诗千百年来广为传唱，"有花堪折直须折，莫待无花空折枝"两句更成为后世人劝喻珍惜光阴，及时行乐的经典诗句。

第六篇 宋词的美丽与哀愁

这是一个自由又任性、开阔又禁锢、舒适又离乱的朝代。盛与衰在此交融、高雅与低俗在这里磕碰，尘世的欲想与来世的幻想在这里纠结。只有动荡并立、雅俗同分的时代，才能够看到如此妖娆与壮烈。一带江水，将大宋一分为二，一半给了风花雪月，一半给了山河壮烈。悲壮与妩媚同存，贪逸与愤慨并彰，还有数不清的繁华，汴梁的车水马龙、杭州的暖风熏醉、勾栏烟巷里的醉酒弹歌，宋词是一幅旖旎又壮烈的山河画卷。

相见欢 /李 煜

林花谢了春红①，太匆匆，无奈朝来寒雨晚来风。
胭脂泪②，留人醉③，几时重④？自是人生长恨水长东。

【注释】

①谢：凋谢。②胭脂泪：指女子的眼泪。女子脸上搽有胭脂泪水流经脸颊时沾上胭脂的红色，故云。③留人醉：一本作"相留醉"。④几时重：何时再度相会。

【赏析】

这首《相见欢》初读字字写景，细品却句句言情。花开花谢，时光匆匆，人世间最无常的就是自然的更迭，恰如晨起的寒雨晚来的冷风。在苦雨凄风的岁月中，不禁想到了分别时的场景。人生的哀痛莫过于"生离死别"，娇妻的泪水点点滴落，可惜连这样伤感的时光都不知几时还能再有？人生的遗憾犹如东流之水连绵不休。

正所谓"一切景语皆情语"，岁月匆匆，不仅有红花凋落，也有国破山河碎的悲凉。"朝来寒雨晚来风"，简简单单的7个字，既写出了晨昏的景致，也写出了处境的凄苦。

李煜被软禁期间，虽然名为侯，实则与外界几乎隔绝。"违命侯"这三个字对这位南唐后主的羞辱恐怕是外人无法真正体会的。人间的悲欢离合、春秋苦度，深深地刺痛着词人。

除了风雨，真的再也没有什么来客了。人生长恨水长东，这般恨，真个无有尽了。

虞美人 / 李 煜

春花秋月何时了①，往事知多少。小楼昨夜又东风，故国不堪回首月明中！

雕栏玉砌应犹在，只是朱颜改。问君能有几多愁③，恰似一江春水向东流。

【注释】

①了：了结，完结。②君：作者自称。能：或作"都""那""还""却"。

【赏析】

据史书记载，南唐旧臣徐铉探望，李煜拉着徐铉的手悲切地哭了起来，感慨当初听信谗言错杀忠臣，抚今追昔，悔恨难平。不料，徐铉是宋太宗派来的"眼线"。贰臣终究是贰臣，被宋太宗一逼问，吓得什么都说了，当然吞吞吐吐透露出的还有李煜对近况的哭诉。这是宋太宗所无法忍受的。

很快，李煜四十二岁的生日到了。明月当空，故国不堪回首。后主的文人情思在这夜色和月色中被深深地唤起，"雕栏玉砌应犹在，只是朱颜改。问君能有几多愁，恰似一江春水向东流"。推杯换盏之际，竟然忘了寄人篱下需低头的道理，酒入愁肠，一时兴起，国仇家恨喷薄而出。

一首《虞美人》，成就了李煜个人词史上的辉煌，也葬送了他宝贵的生命。据说宋太宗被"小楼昨夜又东风"激怒，赐下毒酒一杯。李煜死后被追为吴王，爱妻小周后悲痛欲绝，不久也随之而死。美人香消玉殒随爱仙逝，空留一段《虞美人》孤独遗世千古传唱。

纵观李煜的一生，半是词人，半是帝王。为词，他香艳旖旎；为王，也多如此。

李煜走后，世间留下了他的词作。人们记不得他当皇帝时候的词，却感慨他阶下囚生活的无尽心酸，"梦里不知身是客，一晌贪欢。独自莫凭栏，无限江山，别时容易见时难"，字字看来皆是血，今非昔比痛断肠。所以王国维评价说："后主之词，真所谓以血书者也。"

江南春 / 寇准

波渺渺，柳依依。孤村芳草远，斜日杏花飞。江南春尽离肠断，蘋满汀洲人未归①。

【注释】

①蘋：一种生活在水中的蕨类植物。

【赏析】

这是寇准流传于世的一首小词，词中写道：江南春水荡漾，烟波飘渺，绿柳条条，绵绵思绪，柔柔芳草。夕阳映照下，杏花飘飞。孤村，芳草，斜阳，总归是离愁别绪，断肠苦，人未归；青春年华如浮萍遇水，聚散两依依。

堂堂宰相，写此柔情似水的小词，难免让人联想其弦外之音。

寇准出身世家，十九岁就高中进士。当时的皇帝宋太宗赵光义选官时，喜欢倾向于老成持重的人，于是有人建议寇准把年龄填大一点，不料遭到寇准的拒绝，理由是："准方进取，可欺君耶？"从步入仕途的那一刻，寇准的正直就为他迎来了无数的荣耀。

寇准其人虽正直、率真，但识人的眼光并不准。早年时，老臣王旦一直对他十分赏识，并在太宗面前推荐他为宰相。结果他却毫无知觉，并常奏本揭发王旦的短处，连皇帝都替王旦叫屈。良相未能善待，而后辈奸臣丁谓又出其门下。丁谓等人不断排挤寇准，终于把他挤出了朝廷，贬到千山万水外，不知所终的地方。

晚年的寇准，不但在政界惨遭排挤，铺张浪费也屡遭指责。他生性奢豪，飞黄腾达后更是极度奢侈，家里从来不点油灯，都是用蜡烛照明。相传，连寇准家的厨房、厕所里，烛光都彻夜不熄，天明便可见烛泪遍地堆积。南宋大诗人陆游，在巴东叩拜寇准遗像时，曾作诗云，"人生穷达谁能料，蜡泪成堆又一时。"寇准在仕途上无限风光，但在生活方面却多为后世诟病。素以节俭著称的司马光就经常以他为反面教材，教育儿子要勤俭持家。

渔家傲 秋思 / 范仲淹

塞下秋来风景异①,衡阳雁去无留意。四面边声连角起②。千嶂里③,长烟落日孤城闭④。

浊酒一杯家万里,燕然未勒归无计⑤。羌管悠悠霜满地⑥。人不寐,将军白发征夫泪!

【注释】

①塞下:边地。风景异:指景物与江南一带不同。②边声:马嘶风号之类的边地荒寒肃杀之声。角:军中的号角。③嶂:像屏障一样并列的山峰。④长烟:荒漠上的烟。⑤燕然:山名,即今蒙古境内之杭爱山。勒:刻石记功。据《后汉山·窦宪传》记载,东汉窦宪追击北匈奴,出塞三千余里,至燕然山刻石记功而还。燕然未勒:指边患未平、功业未成。⑥羌管:羌笛。霜满地:喻夜深寒重。

【赏析】

范仲淹曾亲历战场,带兵作战,许多军旅题材的词作广受青睐,最著名的便是这首《渔家傲·秋思》。开头两句是对塞外朔地景象的描绘,给人营造了一种开阔苍茫的气象。在这塞外守边征战,其艰苦是常人无法想象的,思乡变成了永久的话题,然而"浊酒一杯家万里,燕然未勒归无计"。战事未成,归家不得,这是种悲情,但同时似乎也蕴含着词人"不破楼兰终不还"的隐隐决心。词句彰显的是一位爱国文人的胸怀,这虽是一首边塞词,却不入俗臼,显得悲壮而不悲伤。结尾"人不寐,将军白发征夫泪",可堪可叹,苍苍白发,空对南飞大雁,一杯浊酒,闷对落日孤城。英雄情怀的悲歌与幻灭,都在这一刻随长烟腾起。

苏幕遮 怀旧 / 范仲淹

　　碧云天，黄叶地，秋色连波，波上寒烟翠。山映斜阳天接水，芳草无情，更在斜阳外。
　　黯乡魂①，追旅思②，夜夜除非，好梦留人睡。明月楼高休独倚。酒入愁肠，化作相思泪。

【注释】

　　①黯乡魂：黯，愁苦、沮丧。指思乡之愁苦令人黯然销魂。②追旅思：追，追缠不休。旅思，羁旅的愁思。

【赏析】

　　范仲淹工于诗文，除了家愁国忧之外，也有自己的一份闲情逸致，且写过许多描写景致的词，其中以这首《苏幕遮·怀旧》写得最是凄婉。
　　词开头两句"碧云天，黄叶地"，从天地大气之中抽取出无边秋色。然后是远山、斜阳、芳草，天水相连。感伤、旅怀、忧思、乡愁，令一切都黯淡无神。独倚栏杆，泪暗洒，一杯美酒，一怀愁绪，浓烈地在心里燃烧，化为无尽的相思泪。
　　自古文人多风流，而宋代文人由于生活的滋润与富饶，则更添几分情致。宋词中男欢女爱、相思成灾的词多如牛毛，但能够写到范仲淹这样沉痛的并不多。

千秋岁 / 张 先

　　数声鶗鴂，又报芳菲歇。惜春更把残红折。雨轻风色暴，梅子青时节。永丰柳①，无人尽日飞花雪。

　　莫把幺弦拨②，怨极弦能说。天不老，情难绝。心似双丝网，中有千千结。夜过也，东窗未白凝残月。

【注释】

　　①永丰：唐代长安有永丰坊。②幺弦：琵琶第四弦，因其最细，故称幺弦。

【赏析】

　　这首小词上下阕语意贯通，表达了爱情受阻的幽怨和坚定不移的决心。"天不老，情难绝"既化用了李贺的"天若有情天亦老"，又别出自心，肯定了天不会老，深情也不会断绝的信念。其中"心似双丝网，中有千千结"更是发挥了谐音的妙用，"丝"恰好暗示了"思"，寸寸相思，结成紧密的网，任谁也破坏不了。

　　张先的词上承花间下启苏轼，是宋词发展中的重要一环。陈廷焯在《白雨斋词话》中评价为："张子野词，古今一大转移也。"他的词作蕴意凝练，情感饱满，"才不大而情有余"，是婉约言情类的高手，而这首《千秋岁》更是个中翘楚。

浣溪沙 /晏 殊

一曲新词酒一杯,去年天气旧亭台①。夕阳西下几时回?
无可奈何花落去,似曾相识燕归来。小园香径独徘徊②。

【注释】

①"去年"句:语本唐人邓谷《和知己秋日伤怀》诗"流水歌声共不回,去年天气旧池台"。
②香径:花园里的小路。

【赏析】

这是晏殊最为著名的一首词作,词境直指人世无常,感慨世事变迁。

对酒当歌,试问"夕阳西下几时回"?夕阳西下,触动了词人的情思,彩虹易散琉璃碎,亭台楼阁依旧,而韶华流转却转眼成空。词人不仅描写了眼前事物,更有对世事无常的感喟。

"无可奈何花落去,似曾相识燕归来"两句更成为词坛绝唱。花开花落,春去秋来,美好事物的消长无法阻止,空留词人在园中徘徊独思。年年岁岁花相似,岁岁年年人不同。这种对人生哲理性的思考,令词作在语言和意境上都显示出卓尔不群的风采。

由于晏殊的位高权重,所以他不用像南宋很多词人那样,为晋级和交友而做些应制的唱和,他不用为酬答谢意而埋藏真性情,辱没自己的才学。

有人说晏词的清丽雅秀有花间词的遗风,但从晏殊这首《浣溪沙》来看,实在有"出于蓝而胜于蓝"的成就。

浣溪沙 / 晏 殊

一向年光有限身①，等闲离别易销魂②。酒筵歌席莫辞频。
满目山河空念远，落花风雨更伤春。不如怜取眼前人③。

【注释】

①一向：片刻，一晌。有限身：意思是人生短暂。②等闲：一般，平常。销魂：灵魂离开肉体，指极度悲伤、痛苦或快乐。③怜：怜爱，珍惜。取：语气助词。

【赏析】

这首《浣溪沙》是晏殊的代表作之一。词人哀怨的是时光有限，离别之情最是伤人。推杯换盏之际，良友相对，及时行乐方能排遣抑郁。满目山河空悲喜，落花时节，风雨更添春愁，不如把酒言欢，立足现实，珍惜眼前。

晏殊虽少时赐进士出身，但在论资排辈的封建官场，一切工作都要从基层做起。词人似乎能参透人生的憔悴易损，所以自然也不愿意让时光一去成空。与其悲辛无尽不如用心珍惜，正所谓："满目山河空念远，不如怜取眼前人。"而类似的主题，词人在他的《踏莎行》中也曾吟唱过："春光一去如流电。当歌对酒莫沉吟，人生有限情无限。"能够好好地珍惜眼前的一切，才能牢牢地抓住幸福的人生。这是词人的人生哲学。

蝶恋花 / 晏 殊

槛菊愁烟兰泣露①,罗幕轻寒②,燕子双飞去。明月不谙离恨苦,斜光到晓穿朱户③。

昨夜西风凋碧树,独上高楼,望尽天涯路。欲寄彩笺兼尺素④,山长水阔知何处!

【注释】

①槛:栏杆。②罗幕:丝罗质地的帷幕,富贵人家所用。③朱户:指大户人家。又言朱门。④尺素:书信的代称。古人写信用素绢,通常长约一尺,故称尺素。

【赏析】

这首小词以"昨夜西风凋碧树,独上高楼,望尽天涯路"三句闻名于世,是一首抒发离愁别恨的上乘词作。婉约派词人的怀远伤感之作,大抵都褪不去忧郁的底色,词境上也显得不够开阔。唯有此词,以高楼独倚的姿态,写尽天涯人生路上的孤独,读来不禁伤怀且蕴含了广大而深切的苍凉。其词意之悠远、格局之阔大,皆非同类婉约词所能比拟;一枝独秀,如寒梅傲雪,令人在"忘尽"之余,虽苍茫悲壮,却也辽远阔达。

王国维先生曾借用此三句来解释治学之道,认为乃为学三重天之第一境界。跳出了狭小的爱慕与柔情,王国维对词意的夸张似乎更显现出这首词的普适性。

人们无法揣测晏殊的爱情,只能从他的词作中,寻到些蛛丝马迹。就像这首词中的那些字眼,明月离恨、西风碧树、彩笺尺素……正是"山长水阔知何处",一片恋恋离愁低吟不绝。

生查子 元夕/欧阳修

去年元夜时①，花市灯如昼。月上柳梢头，人约黄昏后。
今年元夜时，月与灯依旧。不见去年人，泪满春衫袖。

【注释】

①元夜：农历正月十五夜，即元宵节，也称上元节。

【赏析】

　　这首《生查子·元夕》是欧阳修的代表作。通过主人公对"去年今日"的怀念和追忆，写出了物是人非之感，今昔对比，似乎是受唐代诗人崔护《题都城南庄》的启发。小词叙事清晰，构思巧妙，如上等香滑巧克力，入口即溶，绵绵情意唇齿留香。

　　在中国古代，元宵节相当于情人节，宋朝更是放长假五天。《岁时杂记》云："自非贫人，家家设灯。"可见欧阳修的"花市灯如昼"所言非虚，但看那"月上柳梢，人约黄昏"实在不像在人山人海的城里赏灯，倒像是青年男女的幽期密会。上阕至此戛然而止，言有尽而意无穷，如水穷之处坐看云起……只在下阕"不见去年人，泪满春衫袖"中约略可推断出当年甜蜜约会的场景。

　　月、柳、花灯，繁华并起一如往昔，却再也寻不到去年的佳人，怅然若失犹如一曲人生咏叹调。古人吟咏"元宵节"的诗词很多，佳作迭出，令人目不暇接。这首《生查子·元夕》堪称此类诗词中的上品。

临江仙 / 晏几道

梦后楼台高锁,酒醒帘幕低垂。去年春恨却来时①。落花人独立,微雨燕双飞。

记得小蘋初见②,两重心字罗衣③。琵琶弦上说相思。当时明月在,曾照彩云归④。

【注释】

①春恨:春日离别的情思。却来:又来。②小蘋:是晏几道朋友家歌女的名字。③心字罗衣:绣有心字图案的丝罗衣裳。④彩云:这里指小蘋。

【赏析】

这首《临江仙》是晏几道久负盛名的佳作,也是婉约词中的绝唱。午夜梦回,烟锁重楼;残梦醒来,见帘幕低垂,不禁悲从中来。去年的闲愁旧恨又纷至沓来,这恼春的情绪已非一日之功。想起当年初遇美女小蘋的时候,她穿着绣有双重"心"字的罗衫,仿佛也在期待日后的心心相印。娇柔的手指奏出美妙的琵琶乐,"低眉信手续续弹,说尽心中无限事"。明月当空,小蘋如彩云般飘然而归……

晏几道乃宰相晏殊第七子,字叔原,号小山,疏狂磊落,不慕荣利,称得上是豪门中的"异数"。他虽生于相府,却视功名利禄如粪土,倒是把姐妹们看得比生命都珍贵。

词作从"楼台酒醒"开始写起,时空交错,由眼前实景写入心中真情,由相思无尽想到前尘旧事;结尾处,虚景中暗藏孤单之意,却无愁凉之叹,朗月当空,顿挫曲折之情油然而生。"落花人独立,微雨燕双飞"虽化用了前人诗句,但与词情十分贴切。

陈廷焯在《白雨斋词话》中称赞这首词:"既闲雅,又沉着,当时更无敌手。"读《临江仙》,人们依然能够感受到小山当年呼之欲出的深情,后世也罕见敌手。

江城子 乙卯正月二十日夜记梦 / 苏轼

十年生死两茫茫①,不思量②,自难忘。千里孤坟,无处话凄凉。纵使相逢应不识,尘满面,鬓如霜。

夜来幽梦忽还乡③,小轩窗④,正梳妆。相顾无言,惟有泪千行。料得年年肠断处⑤,明月夜,短松冈⑥。

【注释】

①茫茫:渺茫,不知音信。②思量:思念,想念。③幽梦:梦境隐约,故云幽梦。④小轩窗:小室的窗前。轩,只有窗槛的小室。⑤料得:料想。⑥短松冈:种植小松树的山冈,指王氏墓地。

【赏析】

在诗人的妻子王弗祭日的十周年,苏轼梦魂相扰,夜半惊醒。他惶惶四顾,王弗对镜梳妆的样子已经随着梦醒被四周的黑暗吞掉,伸手一拭,双鬓已被眼泪浸湿,苏轼难掩心中沉痛,下床题了这首《江城子》。

据史料记载,王弗为人"敏而静",知书达理,秀外慧中。在与苏轼婚后的生活中,王弗总能在一些生活琐事上从旁点拨,对苏轼给予提醒,无论是待人接物,还是诗词赏析,苏轼都能从王弗那里得到不同的惊喜。相传当年北宋进士王方在四川眉州青神县的岷江河畔与友人相聚。此地在一片青翠俊秀的山峰连绵的云海间,其中一山名为中岩,名声在外。此山中有一汪清泉,水波清澈见底,而池中的游鱼更是颇具灵性,只要临池拍手,这些鱼儿便如同听到召唤一般纷纷游来。王方见到此景时爱不胜收,便命人为这池清泉取名,众人挠头深思时,一少年已经挥毫即就,写下了"唤鱼池"三个大字。笔法遒劲,取义深刻,王方对面前这个少年顿时生出几分赏识。

这个少年便是苏轼。因为年少才俊,苏轼被王方选为乘龙快婿,将自己16岁的爱女王弗嫁给了苏轼。才子佳人，珠联璧合，也算得上是一段人间佳话了。苏轼为人豁达，不拘小节，在与客人交往时，常会因无心之失而将人得罪。这时，王弗便凝立屏风之后，将苏轼之过谨记，然后婉言相告，言辞凿凿，令苏轼心悦诚服。王弗的病逝将两个人11年的幸福终结。王弗去世的第四年，苏轼续弦，娶了王弗的堂妹王闰之，也是一个温顺贤良的女子，有着和王弗相似的眉眼。恍惚中，苏轼似乎又能看到曾经的幕幕往事。

卜算子 黄州定慧院寓居作 / 苏 轼

缺月挂疏桐，漏断人初静①。谁见幽人独往来②，飘渺孤鸿影③。
惊起却回头，有恨无人省④。拣尽寒枝不肯栖，寂寞沙洲冷。

【注释】

①漏：古代盛水滴漏计时的器皿。漏断，漏壶水滴尽了，指时已深夜。②幽人：幽居之人，苏轼自谓。③飘渺：即缥缈，隐约悠远的样子。④省：明白。

【赏析】

这首词是苏轼被贬之后所作，众所周知，苏轼为人刚直，直言不讳，多次得罪当朝权贵，更因为参与"乌台诗案"深受牵连，被贬为黄州团练副使。那一次的政治跌宕是他政治生涯的一个低潮，但也正是现实生活中的不如意，令苏轼有了创作的灵感。他将对现实生活的不满和对未来、理想的期望都写到了诗词中，那段时间是他创作的高潮期。

心有所思，笔有所动，苏轼的这首《卜算子》将他当时所受的不公正待遇和委屈统统诉诸笔下。仔细品读这首词可以发现，苏轼所表达的这种愤慨并不是慷慨激昂，或是抑郁不能自已，而是一种淡淡的忧愁，这种忧愁徘徊在字里行间。

在苏轼的众多词作中，都可以发现这样一个规律，他不仅写离别之情，男女相思，而更多的是放眼社会现实。他将雄浑之风贯穿始终，抑扬顿挫间对词的格局和意境进行了新的洗礼。因此，这种悲情词便成了苏轼词作的闪光之处。

苏轼所感伤的并不是靡靡之音，而是在理性的大框架之下，跳脱出自怨自艾这个狭隘范畴的感情，情愫的基调奠定在深厚的精神基础上。苏轼淡然处之，虽然也有哀伤，却是适可而止，点到为止，词首不甚着意，却描画出惨淡的背景。

作为一个从小就接受封建正规的儒家教育，立志要抱负国家的士大夫，政治上的不断失意自然会引起苏轼情绪上的不满，但在苏轼发泄不满的词作中，却看不到他的浮躁。他以孤鸿自比，抒郁郁不得之志。

他在词中写道，残月当头，而所能看见的仅仅是头顶寥寥无几的枯叶，在万籁俱寂的时空下，词人感到孤独万分。这就是苏轼词中所营造的感伤情怀，一种"缥缈于天地间"只可意会不可言传的境界。

虽然苏轼心中悲凉，但他不是顾影自怜的无用书生，在感慨之后，他将笔锋一转："惊起却回头，有恨无人省。拣尽寒枝不肯栖，寂寞沙洲冷。"一语道出自己的豁达和胸襟。这个世上没有什么事情能令他心灰意冷的，再多的苦难对于苏轼来说都只是浮沉一梦。

念奴娇 赤壁怀古 / 苏 轼

大江东去，浪淘尽，千古风流人物。故垒西边，人道是，三国周郎赤壁①。乱石穿空，惊涛拍岸，卷起千堆雪。江山如画，一时多少豪杰！

遥想公瑾当年②，小乔初嫁了③，雄姿英发。羽扇纶巾，谈笑间，樯橹灰飞烟灭。故国神游，多情应笑我，早生华发。人生如梦，一樽还酹江月。

【注释】

①周郎：即周瑜。赤壁：赤壁之说不一，实际上三国时期周瑜击败曹操大军的赤壁是在湖北薄圻县西北、长江南岸。②公瑾：周瑜字公瑾。③小乔：周瑜的妻子。

【赏析】

写这首词时，苏轼正值不惑之年而遭流放，所以，他只能在闲暇之时凄然北望，遥想故人，看似游山玩水，实则是在山水中品咂人生的况味。词人心中虽然凄惶，却不影响豁达地看待人生。理想主义的人常常是这样的，他能够认清现实，却又不愿意向现实低头，他会用一些安慰之语劝解别人，而自己则在达观之外，兀自感慨。

其实，苏轼的词作中有一种固有的情感模式：伤感，感悟，放达。这便是苏轼历经一生磨难而终没能被打垮的秘诀。

苏轼一向被后人赞誉为豪放派的领军人物。在苏轼的作品中，不论是诗词还是散文，都蕴含着磅礴大气之感，令人读后荡气回肠。苏轼文化造诣颇高，被柏杨盛赞为"中国文学史上最杰出的明星，也是中国文学史上一位十项全能的人"。

满庭芳 / 秦 观

　　山抹微云①，天连衰草，画角声断谯门②。暂停征棹，聊共引离尊③。多少蓬莱旧事，空回首，烟霭纷纷④。斜阳外，寒鸦万点，流水绕孤村。
　　销魂。当此际，香囊暗解⑤，罗带轻分。谩赢得青楼，薄幸名存⑥。此去何时见也，襟袖上，空惹啼痕。伤情处，高城望断，灯火已黄昏。

【注释】

　　①抹：涂抹，染上。②画角：军中用的涂有颜色的号角。③引离尊：在饯别的筵席上连续不断地举杯劝酒。④烟霭：指云雾。⑤香囊：装香料的荷包。古代赠香囊以表示别情。⑥薄幸：薄情。

【赏析】

　　这首《满庭芳》开篇以"山抹微云，天连衰草"起笔，犹如一副精致工整的对联。既勾勒出天光云影的情致，也显示出作者心灵的秀巧。上联一个"抹"字，说得粉嫩、轻巧，如登台"献技"，总需对镜梳妆一番。下联一个"连"字，有"黏合"之意，却不需黏合那样用力，只微微地搭着，便对接得恰到好处。

　　在这样虚幻迷离的景致里，"多少蓬莱旧事，空回首，烟霭纷纷"，回望前尘，往事如烟，如烟霭纷纷，恰如开篇一抹微云，前后呼应成趣。而"斜阳外，寒鸦数点，流水绕孤村"三句更是写尽人间惆怅事，画尽人间无限情。斜阳、寒鸦、孤村，每一个词都看似闲笔，可读起来却满纸薄凉。

　　下阕忽然转入"销魂"，遥想定情之日，罗带轻解，香囊相赠，何等情深意重。不料想，如今却留下薄情郎的名声。此去一别，不知何时才能相见，襟袖上，只留下情人的点点泪痕。最后三句，写得尤为悲凉。回头远望，一灯如豆，漫入无边的黄昏。"伤情处"，意境全出，任是无情也动人。

　　这首佳作历来被人所赞赏，苏轼戏称，"露花倒影柳屯田，山抹微云秦学士"，说得正是秦观。

鹊桥仙 / 秦 观

纤云弄巧①,飞星传恨,银汉迢迢暗渡②。金风玉露一相逢③,便胜却人间无数。

柔情似水,佳期如梦,忍顾鹊桥归路④。两情若是久长时,又岂在朝朝暮暮。

【注释】

①纤云弄巧:是说纤薄的云彩,变化多端,呈现出许多细巧的花样。②银汉:银河。传说每年七夕牛郎织女渡河相会。③金风:秋风,秋天在五行中属金。玉露:秋露。金风玉露,喻指秋天,这句是说他们七夕相会。④忍顾:怎么忍心回顾。

【赏析】

秦观的这首《鹊桥仙》写的是中国一个传统而又美好的节日"七夕"。词作开篇点题,写出了漫天彩云都是织女的巧手所织,可惜如此聪颖的人却不能和心爱的人长相厮守。"盈盈一水间,脉脉不得语",银汉迢迢,若远若近,满腹深情暗渡。金风玉露,久别的情侣相会,胜过人间无数次的相聚!可惜,假期太短,倏忽间,温柔和缠绵还未褪尽,那条相逢的鹊桥便要成为织女的归途。不忍离去,却不得不回顾,只有一句"岂在朝朝暮暮"。

这首小词,看似写的是天上牛郎与织女,实写人间悲欢离合;欢乐中有离别的苦楚,相聚后有彼此的期待与鼓舞。"相见时难别亦难"乃人之常情,自古一理。

有人说,这是少游写给某个青楼女子的情诗,"两情若是久长时,又岂在朝朝暮暮"完全是一种托词,是对青楼女子的一种安慰。不论他是写给谁,这种对爱情的坚贞和笃信都值得推崇。

清代学者王国维评价秦观时说:"少游虽作艳语,终有品格,方之美成(周邦彦),便有淑女与娼妓之别。"可以说是对秦少游词品的极高评价。

踏莎行 郴州旅舍 / 秦 观

雾失楼台，月迷津渡①。桃源望断无寻处。可堪孤馆闭春寒②，杜鹃声里斜阳暮。

驿寄梅花③，鱼传尺素④。砌成此恨无重数。郴江幸自绕郴山⑤，为谁流下潇湘去？

【注释】

①津渡：渡口。②可堪：哪堪。③驿寄梅花：引用陆凯寄赠范晔的诗："折梅逢驿使，寄与陇头人。江南无所有，聊赠一枝春。"作者以远离故乡的范晔自比。④鱼传尺素：《古诗》中有"客从远方来，遗我双鲤鱼。呼儿烹鲤鱼，中有尺素书"。⑤郴：郴州，今湖南郴州市。幸自：本身。

【赏析】

秦观的这首词作从想象的世界入手，雾霭弥漫，失去了渡口的方向，陶潜先生当年的桃花源更是无处寻觅。寒舍孤馆，听得杜鹃声声，斜阳中阵阵悲鸣。书信与礼物如离恨般越积越多，愁苦无重数。

结尾处，词人以郴水绕郴山自喻，感叹好端端一个读书郎却被卷进政治的旋涡，对身世不幸躬身自省。秦观一生才华峻拔高超，却因新旧党派之争，屡遭贬谪，最后被贬到郴州，被削去了所有的官爵和俸禄，内心之愁苦彷徨可想而知。

当年柳永因为一句词作，便终身与仕途绝缘；而秦少游也因为新旧党派之争，被排挤在主流之外。此时的秦少游，写下这首飞升词坛的《踏莎行》，心已彻凉。

然而，不论是悲凉的身世之感，还是甜蜜的爱情传说，经少游妙笔，汩汩深情，便勾勒出一曲曲隽永的词作。"可堪孤馆闭春寒，杜鹃声里斜阳暮"一句历来为人所称道，王国维先生盛赞"词境最为凄婉"。

青玉案 / 贺 铸

凌波不过横塘路①,但目送芳尘去②。锦瑟华年谁与度③?月桥花院④,琐窗朱户⑤,只有春知处。飞云冉冉蘅皋暮⑥,彩笔新题断肠句⑦。试问闲情都几许⑧?一川烟草⑨,满城风絮,梅子黄时雨。

【注释】

①凌波:形容女子步态轻盈。②芳尘去:指美人已去。③锦瑟华年:指美好的青春时期。锦瑟,饰有彩纹的瑟。④月桥:赏月的平台。花院:花木环绕的房子。⑤琐窗:雕绘连琐花纹的窗子。朱户:朱红的大门。⑥蘅皋:长着香草的沼泽中的高地。⑦彩笔:比喻有写作的才华。见南朝江淹故事。⑧都几许:共有多少。⑨一川:遍地。

【赏析】

贺铸,字方回,是宋太祖贺皇后的族孙,妻子也是宗室之女。他始终不得志,初为武职,位低事烦;后改为文职,亦不能实现理想与抱负,终于请辞,定居苏州。

贺铸退居苏州时,碰到了一位妙龄女郎,心花怒放之际,写下的这首千古名篇《青玉案》。

词人说,姑苏水乡,横塘梦境,美人已去,却爱慕难忘。古人的"闲愁"相当于我们今天的"爱情",青草、柳絮、飞雨,铺天盖地,难以计算其多少;正如可遇而不可求的爱的愁绪。

此词一出,便传诵一时,成为词坛里又一朵奇葩,"一川烟草,满城风絮,梅子黄时雨"一句更是得尽好评,以至于贺铸因这首小词得"贺梅子"的雅称。

周汝昌说:"晚近时候再也没有听说哪位诗人词人因名篇名句而得名。"

如梦令 / 李清照

其一

常记溪亭日暮①，沉醉不知归路，兴尽晚回舟②，误入藕花深处。争渡，争渡，惊起一滩鸥鹭③。

其二

昨夜雨疏风骤④，浓睡不消残酒。试问卷帘人，却道"海棠依旧"。知否，知否？应是绿肥红瘦⑤！

【注释】

①常记：时常记起。"难忘"的意思。日暮：黄昏时候。②晚：指天黑路暗。回舟：乘船而回。③鸥鹭：海鸥和鹭鸶，这里泛指水鸟。④疏：指稀疏。⑤绿肥红瘦：绿叶繁茂，红花凋零。

【赏析】

两首词放在一起对照，可以比出诸多相似之处。旅游、吃酒、泛舟，第二天睡醒了，伸个懒腰，似乎没能散尽昨夜的浓酒，闲来无事，和丫鬟"斗嘴"，轻松快乐，饶有情趣。第一首小令中说"溪亭日暮，沉醉不知归路"，没有点明是和哪一个亲友出去游玩，但可以从词作中推测，她的郊游无比快乐，尽兴而归。

在封建男权社会里，能够为才女争得一席之地，且光芒万丈，千古不散，巍然屹立于词坛而毫无逊色的，除了李易安，恐怕找不出第二个人了。大体上，人们把李清照的词作分为前后两期。早期词作风格柔美、活泼，既有闺中女儿的自由，也有新婚宴尔的快乐。其中最为人所称道的当属这两首。

李清照能够在北宋词坛声名鹊起，不仅仅是个人才华的积累，也是历史的一个机缘。她生于北宋官宦之家，是标准的大家闺秀。资质聪慧，再经过艺术的熏陶和洗练，自然生出钟灵毓秀的神采。李清照生在士大夫之家，18岁时嫁给宰相之子赵明诚。夫妻二人志同道合，常常一起勘校诗文，收集古董，既是同舟共济的伴侣，也是志同道合的朋友。

永遇乐 / 李清照

　　落日熔金①，暮云合璧②，人在何处？染柳烟浓，吹梅笛怨③，春意知几许！元宵佳节，融和天气，次第岂无风雨④？来相召，香车宝马，谢他酒朋诗侣。

　　中州盛日⑤，闺门多暇，记得偏重三五⑥。铺翠冠儿，撚金雪柳⑦，簇带争济楚⑧。如今憔悴，风鬟霜鬓，怕见夜间出去。不如向、帘儿底下，听人笑语。

【注释】

①落日熔金：落日的颜色好像熔化的黄金。②合璧：像璧玉一样合成一块。③吹梅笛怨：指笛子吹出《梅花落》幽怨的声音。④次第：接着，转眼。⑤中州：这里指北宋汴京。⑥三五：指元宵节。⑦撚金雪柳：元宵节女子头上的装饰。⑧簇带：装扮之意。

【赏析】

　　这首词上阕写元宵节的热闹，令人恍惚间仿佛置身汴京的繁华。下阕遥想当年自己闲暇游乐之时，青春烂漫，无忧无虑，"铺翠冠儿，撚金雪柳，簇带争济楚"，少女的情状活灵活现。词末，笔锋忽转，讲到如今，霜染鬓白，憔悴难耐，对外面的繁华已经提不起半点兴趣，心灵也开始衰老。最后一句"不如向、帘儿底下，听人笑语"尤其悲凉。词人既怀念当初元宵胜景，又害怕触动往事的伤感。隔帘问话，不敢去触碰外面的繁华，只能躲在回忆中安慰自己的孤寂。历史变迁、人世沧桑，隔着一帘幽梦，忽觉还乡，笙歌曼舞之夜，独自垂泪、断肠。

　　南宋末年爱国词人刘辰翁曾说："余自乙亥上元诵李易安《永遇乐》，为之涕下。今三年矣，每闻此词，辄不自堪。"李清照这首《永遇乐》将身世之感、国家之叹，南宋的风雨飘摇和自己的今昔对照，全部容纳其中，读来令人心碎。

声声慢 / 李清照

寻寻觅觅,冷冷清清,凄凄惨惨戚戚①。乍暖还寒时候②,最难将息③。三杯两盏淡酒,怎敌他晓来风急④?雁过也,正伤心,却是旧时相识。

满地黄花堆积⑤,憔悴损,如今有谁堪摘⑥?守着窗儿,独自怎生得黑⑦?梧桐更兼细雨,到黄昏点点滴滴。这次第⑧,怎一个愁字了得!

【注释】

①"寻寻觅觅"三句:此词起拍连用十四叠字,既使词家倾倒,亦为历代论词者所称道,公认这在形式技巧上是奇笔,甚至谓其前无古人,后无来者。②乍暖还寒:脱胎于张先《青门引》的"乍暖还轻寒"之句,谓天气忽冷忽暖。③将息:调养休息,保养安宁之意。④晓来:今本多作"晚来"。⑤黄花:菊花。⑥有谁堪摘:有谁能与我共摘。一说言无甚可摘。⑦怎生:怎样,如何。⑧这次第:这情形,这光景。

【赏析】

李清照晚年隐居杭州,许多词作都透露出生活的凄苦和悲凉。李煜说"天上人间",李清照怕也是如此吧。正因为对当年生活的无比眷恋,才对如今愁云惨淡的日子体会更深。如鲁迅先生所说,"从小康之家而坠入困顿",似乎对生活的体会更加敏感而深刻起来,愁苦之感似乎最为动人。李清照这首著名的《声声慢》正是一例。

这首词以豪放之笔写悲怆之情,在词史上堪称一绝。后世把李清照的词尊为"易安体"。李清照志存高远,出淤泥而不染。晚年郁郁而没,事亦皆无可查证。一代才女,生前身后都令人哀婉叹息。

满江红 写怀 / 岳 飞

怒发冲冠①，凭栏处、潇潇②雨歇。抬望眼，仰天长啸，壮怀激烈。三十功名尘与土，八千里路云和月。莫等闲、白了少年头，空悲切。

靖康耻，犹未雪。臣子恨，何时灭！驾长车，踏破贺兰山缺。壮志饥餐胡虏肉，笑谈渴饮匈奴血。待从头、收拾旧山河，朝天阙③。

【注释】

①怒发冲冠：形容愤怒至极的样子。②潇潇：雨势急骤。③天阙：宫殿前的楼观。

【赏析】

岳飞生于北宋汤阴县的一户佃农家。根据对其身份的推测，恐怕岳母刺字的故事只一种是传说。但不管是否真有其事，岳飞的"精忠报国"之心，确是世所公认的。岳飞青年时期目睹了女真族大规模的掠宋战争，深刻地感受到人民的艰难生活，所以很早就树立了恢复国土、讨还山河的志向。及至成年，便和宗泽、韩世忠等英雄站到了抗金的第一战线。

岳飞一生留下的词作寥寥可数，这一首被学者认为是岳飞所写的唯一词作。整首词在风格上可谓气贯如虹，"怒发冲冠"四个字便使岳将军的形象兀立在读者眼前。全词节奏紧凑，用韵铿锵，顿挫有声，"莫等闲、白了少年头，空悲切"更成为激励才俊少年奋起立功的名句。"三十功名尘与土，八千里路云和月"，词从这句开始突然荡开，给人以气势开阔之感。

钗头凤 / 陆游

红酥手①，黄縢酒②。满城春色宫墙柳。东风恶，欢情薄，一怀愁绪，几年离索③。错，错，错。

春如旧，人空瘦。泪痕红浥鲛绡透④。桃花落，闲池阁，山盟虽在，锦书难托。莫，莫，莫！

【注释】

①红酥手：一种类似面果子一样的下酒菜。②黄縢酒：宋时官酒上以黄纸封口，又称黄封酒。③离索：离群索居，在此指分离的意思。④浥：沾湿的意思。鲛绡：泛指薄纱。

【赏析】

陆游与表妹唐琬相爱的时候，陆游将传家之宝凤钗送给表妹做定情信物，而写作这样一首《钗头凤》，词牌与经历暗合，也证明了陆游的深情。

望着表妹红润的玉手，接过她递来的温酒，这满城醉人的春色和柳条，勾起多少往事。分别几年来，惆怅满怀，如今桃花依旧凋落，当年的誓言还在耳边回响，而今连书信都没有半封。面对曾经的爱情，陆游脱口而出的"错、错、错"与"莫、莫、莫"，似乎在怀疑什么，又似乎在否定并拒绝接受现实。

陆游和表妹唐琬两小无猜，青梅竹马。成人后，按照封建社会的习俗，亲上加亲，结为夫妻。两人在一起琴瑟和谐，恩爱无比。但陆游的母亲非常不喜欢唐琬，具体情况有很多种说法。一说陆游的母亲在娘家的时候和嫂子（唐琬的妈妈）不和，所以看不上这个侄女；一说是陆母不喜欢唐琬的开朗；还有一说是唐琬和陆游结婚两年没有孩子，陆母为了后继有人，便责令陆游休了表妹。陆游不愿意，在别的地方置了一处房产，照样和唐琬开心地生活。但纸包不住火，陆母知道后，勒令陆游和唐琬断绝关系，当头一棒打散了这对鸳鸯。

陆游后来遵母命娶了一个温柔恭顺的女子为妻,很快生了个大胖小子。唐琬也在后来嫁给了皇族后裔赵士程。可以说唐琬是幸运的,赵士程温柔敦厚,同情唐琬的遭遇,对唐琬也是百般温存。在一次外出游玩中,唐琬夫妇恰遇陆游夫妇。唐琬来给表哥敬酒,大家稍坐叙旧,说了很多劝慰之语。至唐琬将要离开,陆游忽然心潮澎湃,提笔在沈园写下了这首《钗头凤》。唐琬读后伤心玉碎,感慨万千,于是也提笔和了一首《钗头凤》。

世情薄,人情恶,雨送黄昏花易落。晓风干,泪痕残,欲笺心事,独语斜阑。难,难,难!

人成各,今非昨,病魂常似秋千索。角声寒,夜阑珊,怕人寻问,咽泪装欢。瞒,瞒,瞒!

唐琬感慨人情薄如凉水,雨打落花的黄昏时刻,常常是以泪洗面,想要诉说这无尽的心事,却实在非常艰难。今天的你我,已经不能再重复昨天的故事,虽然心里情深依旧,却要对别人强颜欢笑。"难"与"瞒"暗示了唐琬虽然衣食无忧,但心中的凄苦却并不比陆游少半分,后来唐琬郁郁而终。而几十年之后,年逾花甲的陆游再游沈园,已是物是人非。而陆游也先后写作了四首梦游沈园的怀旧诗。80岁的那年春天,他再次暂居沈园,往事迢迢扑面而来,陆游饱含深情地写下了最后一首"沈园情诗":沈家园里花如锦,半是当年识放翁;也信美人终作土,不堪幽梦太匆匆。

陆唐二人的这两首《钗头凤》都是爱情绝唱,放在一起来读,真是深切婉转,如泣如诉。

诉衷肠 / 陆 游

当年万里觅封侯，匹马戍梁州①。关河梦断何处②，尘暗旧貂裘。胡未灭③，鬓先秋④，泪空流。此生谁料，心在天山⑤，身老沧洲。

【注释】

①梁州：今陕西南部汉中地区。②关河：关塞河防，山川险要之处。梦断：梦醒。③胡：本为古代对北方少数民族的泛称，在此指金兵。④鬓先秋：两鬓早已斑白，如秋霜。⑤天山：在今新疆境内，是汉唐时的边疆，这里代指抗金前线。

【赏析】

陆游生在北宋灭亡之际。不知道是不是因为这特殊的年代赋予了他的爱国情怀，令他的一生都深深地沉浸在这份激情与冲动之中。生于国家破败之时，复国之梦犹如不屈的灵魂，深深地注入陆游的血液中，并伴随岁月的起伏逐渐融化在他的心里。可惜的是，他一生无数次请缨，却屡遭罢黜，最后不得不退隐田园，发出"壮士凄凉闲处老，名花零落雨中看"的感慨。所有的悲凉、沉郁和顿挫，都化为一首首《诉衷肠》，深深地烙印在宋代的词史上。

写这首词的时候，陆游已经年近七十，回忆起当年往事，不胜欷歔。"胡未灭，鬓先秋，泪空流"三句，以"未、先、空"勾画出"烈士暮年，壮心不已"的感慨。心中报国之志犹存，不料身老沧州。

读至此，不免让人想起他的《十一月四日风雨大作》。在风雨之夜，陆游一个人躺在山野孤村之中，窗外雷鸣电闪；心里的孤寂、身世的悲凉、时代的风雨、国家的飘摇，都在这样一个夜晚涌上心头。然而诗人终其一生却都报国无门，正是此生谁料，心在天山，身老沧洲。"男儿到死心如铁"的决心与"报国欲死无战场"的愤懑，都在这首词中得到体现。其深切哀婉，遗憾与痛心，都深深地藏在字里行间，力透纸背，让人心碎。加上陆游一生的忠肝赤胆，不禁给人荡气回肠、绵绵不绝之感。

卜算子 咏梅 / 陆 游

驿外断桥边，寂寞开无主。已是黄昏独自愁，更著风和雨①。无意苦争春，一任群芳妒②。零落成泥碾作尘③，只有香如故。

【注释】

①著：值，遇。②一任：完全听凭。③碾：轧碎。

【赏析】

在这首词里，陆游用桥边寂寞的梅花，暗自开放的清香，来衬托自己高洁的气质，喻义丰富，词境高雅。梅花的清香扑面而来，陆游的风骨也同样显得卓尔不群。苏轼说，"江山风月，本无常主，闲者便是主人"。各花入各眼，有的人可以从自然常态、落花流水中读出青春易逝，人生苦短；而有的人却可以从中品咂出寂寞的况味、落寞的心酸。同样被不断吟唱的毛泽东的《卜算子·咏梅》，"待到山花烂漫时，她在丛中笑"，虽然用了同样的词牌，却完全是另一种激情，革命的浪漫与乐观充盈其间。

陆游不幸生于宋朝，生在离乱而又覆灭的年代，这似乎注定了他一生的漂泊与悲辛。和辛弃疾一样，他们常常因报国无门而不得不从战场上退回来，隐居在山野田园间。

中国文人的归隐一般分为主动和被动两种。陶渊明属于主动的，归去来兮，实在厌倦了官场的争斗，犹如神雕侠侣绝迹江湖，都是因为厌倦。而陆游和辛弃疾这种归隐，多半是因为屡遭贬谪，愿意退也得退，不愿意退也得退。

大宋朝"以和为贵"，对敌人奉若上宾，根本由不得陆游这样的人天天摇旗呐喊。识相的人都愿意安逸地享受杭州的生活，品味江南格调的优雅。"驿外断桥边，寂寞开无主"，美好景色也被陆游这种忧愤之士渲染得分外悲伤。

卜算子 / 严蕊

不是爱风尘①,似被前缘误②。花落花开自有时,总赖东君主③。去也终须去,住也如何住!若得山花插满头,莫问奴归处④。

【注释】

①风尘:古代称妓女为堕落风尘。②前缘:前世的因缘。③东君:司春之神,借指主管妓女的地方官吏。④奴:作者自指。

【赏析】

严蕊,字幼芳,是南宋时期江南一代名妓。宋人周密在《癸辛杂识》中称她"善琴弈、歌舞、丝竹、书画,色艺冠一时。间作诗词,有新语。颇通古今。"这首词是严蕊的代表作。上阕写沦入风尘、俯仰随人的苦楚。"似被前缘误"中的"似"字,既有对于宿命的叹息,也有迷茫、怀疑并期待脱离苦海的心理。"花落花开"两句,暗含了对自己身世飘零的感怀,也含蓄地表达了对岳霖解救自己的期待。下阕的"去与留",承接了上阕的花开花落,也设想了未来的生活:能够"山花插满头",做一个普通的农妇,就是自己最好的归宿了。

全词意境清幽,既陈述了委屈,又婉转地考虑到了官衙内特定的时间、地点和人物关系,用词委婉含蓄却不卑不亢,虽身为下贱却并不作践自己,铮铮铁骨朗朗可见。

青玉案 元夕 / 辛弃疾

东风夜放花千树①。更吹落、星如雨②。宝马雕车香满路③。凤箫声动④，玉壶光转⑤，一夜鱼龙舞⑥。

蛾儿雪柳黄金缕⑦，笑语盈盈暗香去⑧。众里寻他千百度⑨，蓦然回首⑩，那人却在，灯火阑珊处⑪。

【注释】

①花千树：花灯之多如千树开花。②星如雨：指焰火纷纷，乱落如雨。星，指焰火。形容满天的烟花。③雕车：豪华的马车。④凤箫：箫的名称。⑤玉壶：比喻明月。⑥鱼龙舞：指舞动鱼形、龙形的彩灯。舞鱼舞龙是元宵节的表演节目。⑦蛾儿雪柳黄金缕：皆古代妇女元宵节时头上佩戴的装饰品。这里指盛装的妇女。⑧盈盈：声音轻盈悦耳，亦指仪态娇美的样子。暗香：本指花香，此指女性们身上散发出来的香气。⑨千百度：千百遍。⑩蓦然：突然，猛然。⑪阑珊：零落稀疏的样子。

【赏析】

词人在开头似乎有意无意地巧妙化用了岑参的名句"忽如一夜春风来，千树万树梨花开"，这风还未及催得百花开，便已然吹醒了元宵夜的火树银花。一朵朵烟花怒放，在夜空中绽开无数的光亮，纷纷落下，如星光之雨降临人间，一时万物华彩。看街上，车水马龙，吹拉弹奏之声不绝于耳，人们载歌载舞，热闹非凡。

上阕以"宝马""雕车""玉壶"等词汇写景，其光月交辉、香影徘徊之绚烂扑面而来，其间或声色可闻，或环佩悦耳，或花灯迷眼，如梦亦如幻。然而，稼轩之高明，却不仅仅在于渲染节日的气氛。仅仅行笔至此只能沦为写景之佳作，却难以称得上极品。稼轩的盖世才华正是在下阕的意境之中才得以流露。

在这热闹的都市里，烟花如莲，在盛世天空次第开放，街灯与花灯闪烁，照得月夜如昼。女子们的头上插满了蛾儿、雪柳,一路欢笑着走过,只有笑声随着飘来的衣香缓缓飘散。词人众里寻她,辗转而不可得。心中的怅然若失不禁涌上心头。然而词人一转笔,蓦然回首之时,发现她正在灯火零落的地方,殷殷之情,一切的期待尽在不言中。

南宋词人写元夕,大多有一定的套路和结构,即上阕专属于繁华;下阕满眼惆怅。辛弃疾的这一首上阕写了元夜的灿烂与喧闹,歌舞升平之势不可挡,而下阕并没有沿袭陈规俗套,于片段言语中描写了自己的爱情,令人读后屡屡回头。

王国维曾说古今人治学问有三重境界,其中这"众里寻他"四句,为治学及人生的最高境界,似乎有恍然彻悟的意味。而稼轩正是捕捉到了人生这瞬间的惆怅与惊喜,将这份得失之间的感情发挥得淋漓尽致。热闹的元夕、喧嚣的城市、美丽的女子,都不如心上人的回眸一笑。在辛弃疾的笔下,这"蓦然回首"的情致竟是如此深婉。词到此处,戛然而止,但人们的想象却从未中断,可谓余韵悠长。

鹧鸪天 元夕有所梦 / 姜 夔

肥水东流无尽期①,当初不合种相思②。梦中未比丹青见③,暗里忽惊山鸟啼。

春未绿④,鬓先丝。人间别久不成悲。谁教岁岁红莲夜⑤,两处沉吟各自知。

【注释】

①肥水:源出安徽合肥西南紫蓬山,东流经合肥入巢湖。②种相思:种下相思之情。③丹青:泛指画像。④春未绿:本词作于正月,这时气候很冷,草未发芽,所以说春未绿。⑤红莲夜:指元夕。红莲,指花灯。

【赏析】

春天的绿色还没有到,双鬓的白发已经先染成了丝。"人间久别不成悲"看似劝慰自己和他人，实则却将浓厚的感情包藏在深沉的话语中。沧海桑田，入骨的相思已经不能再伤害自己，心灵仿佛生了老茧一般麻木，历尽坎坷却佯装无事的痛苦，令人不忍卒读。

"红莲"指灯节的花灯，红莲夜自然便是元宵灯节。"谁教岁岁红莲夜"一句似乎在抱怨年年元夕，可只有读到"两处沉吟"，才知情深义重，唯恐团圆之夜更添愁绪。

相传，这首词是姜夔二十几岁在合肥结识某女郎时所作。分手后，他依然对女子想念不已。"肥水东流"既暗示了悠悠远去的岁月，也像是姜夔漫长无尽的相思。真是不应该种下这不合适的情思，年年团圆夜，听山鸟幽怨地哀啼。就在元夕的夜里，姜夔梦到了自己昔日的情人。不知道这个时候她正卧于谁的身边，在哪一个枕榻边与人取暖。

"人间别久不成悲"，正是深深尝透了别离的滋味，作者才能发出这样的感慨。爱情虽然已经过去了，但曾经的爱，却总是被人深深地想起，纵然相隔天涯，却也"两处沉吟各自知"。

永遇乐 京口北固亭怀古① / 辛弃疾

千古江山,英雄无觅,孙仲谋处②。舞榭歌台,风流总被,雨打风吹去。斜阳草树,寻常巷陌,人道寄奴曾住③。想当年,金戈铁马,气吞万里如虎。

元嘉草草,封狼居胥,赢得仓皇北顾④。四十三年⑤,望中犹记,烽火扬州路。可堪回首,佛狸祠下⑥,一片神鸦社鼓⑦。凭谁问:廉颇老矣,尚能饭否?

【注释】

①京口:今江苏省镇江市。北固亭:在镇江东北北固山上,又名北顾亭。面临长江。②孙仲谋:孙权字仲谋,三国时吴国君主。③寄奴:南朝宋武帝刘裕的小名。④仓皇北顾:荒乱败退中回望追敌。⑤四十三年:辛弃疾于绍兴三十二年(1162年)渡江南归,至写此词时整43年。⑥佛狸祠:北魏拓跋焘的祠庙。⑦神鸦:祭祀时飞来觅食的乌鸦。社鼓:社日祭神的鼓声。

【赏析】

这首词写于1205年。当时,韩侂胄奉命北伐,而朝廷也启用了久被闲置的辛弃疾。可是,辛弃疾清醒地知道自己很难有所作为。一方面,多年来官场的险恶令他深恶痛绝;一方面,韩侂胄由此独揽朝政轻敌冒进令他担忧。

锣鼓齐鸣的战争又令词人热血沸腾,他很想跃马驰骋,纵横疆场。在这种失落与矛盾中,夹杂着久违的激情。在这种情绪的支配下,辛弃疾登高怀古,写下了这首忧思深远、千古传唱的名篇。

词作以怀念古代英雄的壮举为主线,间或穿插王朝兴衰成败的典故,借古喻今,将历史的恢宏与人物的命运相连,抒发了自己的愤懑与悲怆。而"四十三年,望中犹记,烽火扬州路"的感慨是辛弃疾最为伤痛的记忆。

辛弃疾极力主战却屡遭主和派暗算,不断受到排挤。后来干脆被朝廷安排了一个闲职,虽然逍遥,却与鸿鹄之志相去甚远。

但北方文化的粗犷却赋予了辛弃疾豪放的性格。广阔的胸襟,不羁的情怀,侠客的风范,这些都深深内化为一股精神的力量,慢慢融化在辛弃疾的词风中,令他的词作骨气奇高、卓尔不群。

清平乐 村居 / 辛弃疾

茅檐低小①,溪上青青草。醉里吴音相媚好②,白发谁家翁媪③。大儿锄豆溪东,中儿正织鸡笼;最喜小儿无赖④,溪头卧剥莲蓬。

【注释】

①茅檐:茅屋里的茅檐。②吴音:吴地的方言。泛指南方的方言。相媚好:这里指互相逗趣、取乐。③翁媪(ǎo):老翁、老妇。④无赖:指顽皮、淘气。

【赏析】

在辛弃疾的农村词作中,安居田园生活的作品不在少数,这首《清平乐》是佳作中的代表。小令惟妙惟肖地讲述了一家五口人悠闲自得的生活情趣。茅屋、小溪、青草,白发夫妻相伴,三个儿子不懂世事,自顾自地玩耍,秀美的农村风光深深地烘托了一家人的幸福时光。

按照辛弃疾的心志,他希望自己可以是战死沙场的将军,结果却回乡务农。这份苦闷诉诸词作中,只能变成读书人的一声长叹。

辛弃疾的词和苏轼齐名,并称"苏辛",其性情磊落,为词为文,如天地奇观。所以有人称赞他是"人中之杰,词中之龙"。后世常常把他和苏轼进行比较,盘点出各自的风貌。苏轼的词潇洒豁达,自有文人的一份浪漫与从容;而辛弃疾的词多沉郁悲凉,自有英雄落寞的一股苍茫与感伤。

这首《清平乐》是词人一生中极其少有的对田园闲事生活的描写,显得尤其珍贵,也更加动人。

梅花引 荆溪阻雪 / 蒋 捷

白鸥问我泊孤舟，是身留①，是心留②？心若留时，何事锁眉头？风拍小帘灯晕舞，对闲影，冷清清，忆旧游③。

旧游旧游今在否？花外楼，柳下舟。梦也梦也，梦不到，寒水空流。漠漠黄云④，湿透木绵裘⑤。都道无人愁似我，今夜雪，有梅花，似我愁。

【注释】

①身留：被雪所阻，被迫羁留下来。②心留：自己心里情愿留下。③旧游：指昔日漫游的伴友与游时的情景。④漠漠：浓密。黄云：指昏黄的天色。⑤木绵裘：棉衣。

【赏析】

这首词是南宋灭亡，蒋捷归隐后所作。当时恰值寒冬，他乘船在外，忽逢大雪，江面被冰雪阻挡，只得将小舟停于荒野之上，等风雪稍小后再启程上路。然而旅程漫漫，实在是寂寞难耐，枯坐在船舱中的蒋捷放眼望去，四周一片白茫境地，怀旧之情油然而生，便写下这首《梅花引》。

虽然风雪当头，但词人开篇并不写风雪，而是以虚写实，用白鸥发问引出自己去留不得的尴尬心情。"是身留，是心留？"词人嘴角挂着自嘲的笑容，其实身留又如何，心留又怎样？

这首词的上阕在疑惑是去还是留的问题，但纵观全词，通篇都在围绕一个"愁"字展开。"都道无人愁似我，今夜雪，有梅花，似我愁。"实际上，蒋捷并不是在这片江水之上难以决定自己的去留而发出这愁苦之声，他是在当时的整个时代洪流中难以找寻到自己的方向。

整首词虽然看起来是在为去留而烦恼，其实却是围绕着"心若留时，何事锁眉头？"这句而展开。不禁令人赞叹词人实在用心良苦。"梦不到，寒水空流"，那过去的一切就像身下悠悠而尽的江水，是他拼尽全力也无法抓住的往事。这是他心中所悲苦的事情。

词末，他提到了"今夜雪，有梅花，似我愁"。众所周知，蒋捷是爱梅之人。梅花高洁，开在苍茫的冬季，傲然独立于大风大雪中，正是蒋捷情操的依托与象征。梅花的傲雪迎风，不也正是他寂寞生活中深深的愁苦吗？一首《梅花引》道出了梅花的清妍之美，同时也说出了蒋捷自己的心境。

虞美人 听雨 / 蒋 捷

少年听雨歌楼上，红烛昏罗帐。壮年听雨客舟中，江阔云低，断雁叫西风①。

而今听雨僧庐下，鬓已星星也②。悲欢离合总无情，一任阶前，点滴到天明。

【注释】

①断雁：失群孤雁。②星星：形容白发很多。

【赏析】

这首《虞美人》从听雨入手，将蒋捷一生的境况一一表现，通过时空的跳跃，将其一生的心事都融汇在里面。人生如戏，不然，为何正是春风得意、意气风发时，命运的轨迹突然急转直下，将他送入暗不见底的深渊呢？

从此，再没有灯红酒绿的逐笑，也不会再有那风光无限的青春，一切来去都太过匆匆，甚至让人怀疑这是否就是自己曾经刻骨铭心经历过的岁月。抚今思昔、百感交集，蒋捷在太湖小舟上看湖面上落下的纤纤雨丝。看雨听风，人生在离乱后逐渐憔悴。

晚年的蒋捷心情复杂，在这首词里，作者听的写的其实不是雨，而是自己凄风苦雨、动荡不安的一生。他在追思自己一生颠沛流离的生活。

这首词所写的不仅是作者个人从风光到衰老的历程，其实也可透见南宋从兴盛到衰亡的嬗变轨迹。"一任阶前，点滴到天明"，从旧时的自己到而今的自己，在尝遍悲欢离合后，对待世事的态度已心如止水、波澜不惊了。

摸鱼儿 雁丘词/元好问

　　问世间，情是何物，直教生死相许？天南地北双飞客①，老翅几回寒暑②。欢乐趣，离别苦。就中更有痴儿女③。君应有语，渺万里层云，千山暮雪，只影向谁去？
　　横汾路④，寂寞当年箫鼓⑤，荒烟依旧平楚。招魂楚些何嗟及，山鬼暗啼风雨⑥。天也妒，未信与，莺儿燕子俱黄土。千秋万古，为留待骚人，狂歌痛饮，来访雁丘处。

【注释】

①天南地北：比喻距离很远。②老翅：鸟类及昆虫的翼，通常用来飞行。寒暑：冬、夏两个季节。泛指岁月。③就中：于此。④横汾路：汾河岸，当年汉武帝巡幸处，帝王游幸欢乐的地方。⑤箫鼓：用排箫与建鼓合奏，一般也用作仪仗音乐，有时乐工可以坐在鼓车中演奏。⑥山鬼：民间传说中的一位美丽女神。风雨：亦指男女幽会。

【赏析】

　　元好问进京赶考时，经并州。在那里，他遇到一个捕雁的人，听到了一个令他为之动容的故事。捕雁人那天刚好捕到了一只雁，另一只脱网而逃。可是当它看到爱侣已死的时候，悲鸣哀啼，盘旋上空不忍飞去。旋即，竟用尽力气投地而死，是以殉情。

此事，元好问在《摸鱼儿》前面题的小序中这样叙说："太和五年乙丑年，付试并州，道逢捕雁者云：'今日获得一雁，杀之矣。其脱网着悲鸣不能去，竟自投地死。'予因买得之，葬之汾水之上，累石为识，号曰雁丘。时同行者多为赋诗，予亦有《雁丘词》。"

元好问深切地懂得了两只大雁间生死不离弃的情感。他将两只亡雁买来，葬在汾水岸边，垒石头为记号，名为"雁丘"。故而这首词又名《雁丘词》。这首词虽是咏物，却紧紧围绕一个"情"字展开，从"世间"落笔，开篇便问情为何物？正所谓"情至极处，生者可以死，死者可以生"。故而元好问写下"直教生死相许"的契约。在词人心中，一份爱情，就应当像殉情的大雁这般至死方休。不仅是爱情，人世间的一切感情都应如此。

并州的会考，元好问没能取得名次，但是年少轻狂，落第的打击并没能扑灭元好问的热情。就像将一颗微小的石子投至表面光滑，丝毫未起涟漪的湖面，所激起的不过是转瞬即逝的波动而已。而后的岁月里，元好问才真正经历了人生的低谷。三十而立，正是成家立业、意气风发的时候，元好问却偏偏逢上了战祸。在家破人亡、科场再度失利、围城、汴京被破、被俘后被囚禁和关押的日子里，饥饿与忧愁，流泪与流血，生离与死别……一切都像活在噩梦里。

元好问一生几十年，经历了风云动荡的岁月，为官恤民、为士请愿、愤世吟诗、奔走存史，最终在1257年客死他乡。

第七篇 元曲，触及心灵的浅吟低唱

金元之际，游牧民族入主中原，文化的交融催生了元曲的兴盛。而元人独特的精神特质从元曲里可以看到七八分。天涯羁縻，西风寥落，元人的文字中流淌着的是旧年马蹄，是市井狎客、羁旅文人的种种情思。因一切向往而产生的温馨与美好，因一切专注而产生的哀怨与疯魔，因一切痴狂而产生的荒唐与罪恶，无不让人感到怜惜、肃然而又庄重。

一枝花 不伏老（节选） / 关汉卿

【梁州】我是个普天下郎君领袖，盖世界浪子班头。愿朱颜不改常依旧①，花中消遣，酒内忘忧。分茶颠竹②，打马藏阄，通五音六律滑熟，甚闲愁到我心头？伴的是银筝女③，银台前、理银筝、笑倚银屏；伴的是玉天仙，携玉手、并玉肩、同登玉楼；伴的是金钗客，歌金缕、捧金樽、满泛金瓯。你道我老也，暂休。占排场风月功名首，更玲珑又剔透，我是个锦阵花营都帅头，曾玩府游州。

【隔尾】子弟每是个茅草岗、沙土窝、初生的兔羔儿，乍向围场上走；我是个经笼罩、受索网、苍翎毛老野鸡④，踏踏的阵马儿熟。经了些窝弓冷箭镴枪头，不曾落人后，恰不道人到中年万事休，我怎肯虚度了春秋。

【尾】我是个蒸不烂、煮不熟、槌不匾、炒不爆、响当当一粒铜豌豆；恁子弟每谁教你钻入他锄不断、斫不下、解不开、顿不脱、慢腾腾千层锦套头。我玩的是梁园月，饮的是东京酒，赏的是洛阳花，攀的是章台柳。我也会围棋、会蹴鞠、会打围、会插科、会歌舞、会吹弹、会咽作、会吟诗、会双陆。你便是落了我牙、歪了我嘴、瘸了我腿、折了我手，天赐与我这几般儿歹症候，尚兀自不肯休。则除是阎王亲自唤，神鬼自来勾，三魂归地府，七魄丧冥幽，天哪，那其间才不向烟花路儿上走。

【注释】

①朱颜：红颜美色。②分茶颠竹：品茶、画竹。③银筝女：妓女。④翎毛：羽毛。

【赏析】

关汉卿此曲可谓字字珠玑，精彩异常，逐字逐句都是关汉卿个性的体现。在"梁州"的第一句中,关汉卿便自夸"普天下郎君领袖,盖世界浪子班头"。历史上敢于吹嘘自己是俏郎君,而且事事皆会的,除了汉代的东方朔以外,恐怕也只有关汉卿如此"大言不惭"了。然而,当时的很多文坛中人都说关汉卿的确风流倜傥、博学多才,无论吟诗、吹箫、弹琴、舞蹈、下棋、打猎等,无一不精。

关汉卿与马致远、王实甫、白朴并称为"元杂剧四大家"。关汉卿原本家学从医,曾在皇家医院任职,给皇上、娘娘们诊过脉、熬过药。他天生聪颖,学任何事情都一点就透,可偏偏对医学就是提不起兴趣,反而爱上了写剧本,天天在外游荡。

生活经历的扑朔迷离,并没有令关汉卿本人的性格变得难以揣测,相反,他个性十足,而且在当时的文坛上别树一帜,这在他的套曲《一枝花》里可以明显地看出。

在这首套曲中,最精彩的部分要数"尾"曲的前两句,关汉卿自称是"铜豌豆""千层锦套头",言下之意自己又硬又韧,谁也管不了,谁也劝不了,个性十足。他身在勾栏,周边美女如云,却并不爱人间情事、风花雪月。他只爱吹拉弹唱,处处留才。他希望人们通过他的笔和戏,看看这世界疯狂到什么程度。如果有人要迫他闭嘴,就算打断他的腿脚、打歪他的嘴巴、毁他的容,只要他还有表达的意识,就绝对不会善罢甘休。除非是"阎王亲自唤,神鬼自来勾,三魂归地府,七魄丧冥幽",他才能闭上自己的嘴。

元末剧作家贾仲明说关汉卿是"驱梨园领袖,总编修师首,捻杂剧班头"。此话可以说是对关汉卿最大的赞赏。国学大师王国维在讲到关汉卿的剧曲时说:"关汉卿一空倚傍,自铸伟词,而其言曲尽人情,字字本色,故当为元人第一。"

赵盼儿风月救风尘（节选）/ 关汉卿

【胜葫芦】你道这子弟情肠甜似蜜，但嫁到他家里，多无半载周年相弃掷，早努牙突嘴，拳椎脚踢①，打的你哭啼啼。

【幺篇】恁时节"船到江心补漏迟"，烦恼怨他谁？事要前思免后悔。我也劝你不得，有朝一日，准备着搭救你块望夫石。

【注释】

① 椎（chuí）：即打。

【赏析】

关汉卿的这部《赵盼儿风月救风尘》，讲的是妓女为生存挣扎的故事。在古代，许多妓女为了摆脱贫贱苦苦挣扎，拼命学艺以提高身价，希望能被懂得怜香惜玉的情人收为妾。对她们来说，如能觅得良缘，便是天大的幸运。

剧中的赵盼儿是关汉卿杜撰的一代名妓，是现实世界当中风尘女子的代表。剧中的她，有着风月女子的共性，年轻时对爱情有所向往，年长时才知道人间缺乏真爱，但她仍怜悯那些与她遭际相同的女子，希望帮她们找到真爱。

少女时期的赵盼儿貌如桃花、聪颖异常、天真烂漫，在心中勾勒过梦中情人的样子，想着和他携手畅游江南，在波光潋滟的西湖上荡舟对赋，过上惬意美满的生活。这是每个风尘女子的共同愿望。然而当时光匆匆而逝，赵盼儿才知飞上枝头不可能，找个理想男人嫁掉则更是做梦。十年风尘生活，让她说出了肺腑之言："待嫁一个老实的，又怕尽世儿难成对；待嫁一个聪俊的，又怕半路里轻抛弃。"这是妓女内心的最大矛盾，现实不由得她不清醒。因此当她看到了同行的小妹宋引章抛弃了好心的穷书生安秀实，打算嫁给浪荡子弟周舍时，坚决反对。

这两段唱腔是赵盼儿奉劝宋引章的话，阅人无数的她，对什么样的男子是好男儿，一眼就可以看出。周舍善于甜言蜜语，家里又是富贵人家，但并不等于他是好人。宋引章还是个小女儿家，贪图周舍的俊俏嘴脸，又觉得他比书生安秀实更能让自己过得殷实，便毁了与安秀才之间情定三生的约定。但赵盼儿看出了个中凶险，她断言周舍"酒肉场中三十载，花星整照二十年"，意思就是说周舍一肚子花花肠子，根本不是个值得托付终身的男子。但是，在赵盼儿苦劝之下，宋引章仍执意要嫁给周舍，盼儿无奈，预言引章必将经常遭受打骂，被丈夫冷落。因为官宦子弟大多把漂亮的妓女当作玩物，根本不把她们当人看。宋引章贪图一时之快，跟了周舍回其老家郑州。结果事情正如盼儿所料，宋引章婚后备受周舍的凌辱与折磨，只有写信向盼儿求救。

关汉卿写下《赵盼儿风月救风尘》的剧本，原因在于他同很多名妓相交至深，对她们的遭遇深表同情，亦希望她们能坚强地为命运拼搏。一个人拥有玉骨风姿，不是与生俱来，而是后天培养出来的气质。虽然那些沦为妓女的女子遭受了诸多不平的待遇，只要她肯抬头挺胸，并以自己高超的技艺和不屈的气节来应对世人，一样会得到尊重。

感天动地窦娥冤（节选）/ 关汉卿

【正宫·端正好】没来由犯王法，不提防遭刑宪，叫声屈动地惊天。顷刻间游魂先赴森罗殿，怎不将天地也生埋怨。

【滚绣球】有日月朝暮悬，有鬼神掌着生死权。天地也只合把清浊分辨，可怎生糊突了盗跖颜渊①：为善的受贫穷更命短，造恶的享富贵又寿延。天地也，做得个怕硬欺软，却元来也这般顺水推船。地也，你不分好歹何为地。天也，你错勘贤愚枉做天②！哎，只落得两泪涟涟。

【注释】

①盗跖：春秋时强盗，名跖。颜渊：孔子弟子，指贤人。②错勘：错误判断。勘，核对。

【赏析】

　　这里撷取的是《窦娥冤》中流传数百年的最经典的两段曲目。《窦娥冤》的故事背景是元代的淮安。来自山阴的书生窦天章因为无力偿还蔡婆的高利贷，只好把7岁的女儿窦娥抵给蔡婆当童养媳，自己则赴京求取功名，希望有朝一日出人头地。窦娥长大后成了蔡婆的儿媳，怎知道丈夫不到两年就死了，剩下她和蔡婆相依为命。不久，蔡婆向当地的赛卢医要债，赛卢医心生歹念，把蔡婆骗到郊外打算谋害，正巧被流氓张驴儿父子撞见，吓得赛卢医慌忙逃跑。

　　张驴儿父子本就不是正经人，知晓蔡婆有钱，窦娥又漂亮，便起了贪欲，要求蔡婆报答他们的救命之恩，迫她和窦娥招他们父子俩入赘。蔡婆自知被侮辱了，却不敢作声，反倒是窦娥闻讯坚决反抗。所谓好女不侍二夫，更何况对方还是个流氓，窦娥无论如何也不肯答应婚事。可是，张驴儿贼心不死，趁着蔡婆有病，送上混着毒药的羊肚儿汤给她喝，打算毒死她，就此抢占窦娥。哪知道他的梦做得美，却不料蔡婆闻汤后感到恶心，给了张驴儿的爹喝，结果一碗"索命汤"要了张驴儿老子的命。

　　世人讲，善有善报，恶有恶报。张驴儿害人不浅，反而害了自己的爹，本应该吸取教训，但他反而调转过来诬陷窦娥毒死自己的爹。官府的大老爷不明事理，不分青红皂白地对窦娥严刑逼供，窦娥终于屈打成招，遂被判了死刑。

　　窦娥深知通过官吏公正判决来为自己平冤已是泡影，她唯有心死，举头发下重誓，如果她是被冤枉的，头颅被砍下之后，鲜血必然一滴不剩地溅在飘飞的八尺素练上，六月飞雪将掩埋她的尸身，淮安一带必大旱三年。窦娥的诅咒果然一一应验，百姓们皆知窦娥确实是被冤而死。

　　窦娥惨死之后，人间终遭报应，但关汉卿并没有就此煞笔。他不但要通过上天为窦娥鸣冤，还要在人世当中还窦娥一个清白。窦娥的魂魄找到在京城里当上官员的父亲窦天章诉冤，窦天章遂千里迢迢回乡为女查案，终于把张驴儿千刀万剐，以命抵命。

　　关汉卿借窦娥的身世控诉当时社会的不公，元文人大多写四平八稳的文章，视野却越发变得狭隘，社会也变得萎靡不振。世态之颓气，并不是关汉卿能一扫而罢的，他自己很清楚，但他仍要用窦娥的魂灵，来惊动愚昧的现实世界，一扫世态的颓气。窦娥的精神正是关汉卿精神的写照。

好酒赵元遇上皇（节选）/高文秀

【牧羊关】见酒后忙参拜，饮酒后再取覆①，共这酒故人今日完聚。酒呵，则到永不相逢，不想今番重聚。为酒上遭风雪，为酒上践程途。这酒浸头和你重相遇②，酒爹爹安乐否？

【注释】

①取覆：回答。②酒浸头：原作骂人的话"酒鬼"。这里用以自指。

【赏析】

这是元代戏曲作家高文秀所作。讲的是一个叫赵元的"酒鬼"的故事。

这段故事由赵元的蛇蝎老婆刘月仙引起。此女嫌弃赵元不长进，暗暗在外面与东京臧府尹有暧昧关系，一心想要嫁给臧府尹，刘、臧二人为了做长久夫妻，遂设了一个诡计。臧府尹差赵元送文书到汴京给丞相赵普，却故意把文书晚三天交给赵元，让他延误日期。宋代官府有明文规定，延误一日杖四十，延误三日就处斩，赵元心知死路一条，又不得不送，满腹哀愁地上路了。一场梨花大雪来临，天寒地冻，不过赵元并没有对老天发出怨怼，反而感谢上天，因为大雪让自己躲进了路边酒馆。

此处选的就是酒馆中的情境。十分有趣，是赵元见到"酒"之后的表现。他一路冲进酒馆，叫来"酒大人"，对其又是参拜又是讨好。赵元视酒如亲人，还以为自己赴死之前肯定不能再见它，没想到因为暴风雪而与"亲人"重逢，实在让他又惊又喜。剧中第二折这段求爷爷告奶奶的感激话，读来让人忍俊不禁。他那充满谐趣的话被微服出巡、落脚酒店的宋太祖赵匡胤一行人听到，赵匡胤忍不住留意此人。

赵元一边喝一边唱，忽然听见旁边的掌柜在与人大声理论，顿觉对方打扰了他的酒兴。他上前一问掌柜，才知有几个人喝完酒却没钱付账，他便大方地替这些人付了钱。没有酒钱的几人正是赵匡胤一干人等，赵匡胤不小心丢了银子，所以无钱付账，他欣然接受了赵元的恩惠，并与赵元把酒言欢。二人聊得甚是投机，均觉得遇到了知己。赵元一时酒劲上来，便开始对赵匡胤诉苦，讲刘月仙和臧府尹如何害他。赵匡胤闻言思索半晌，声称自己认识宰相赵普，并且在赵元的手臂上写下了一封"求情信"。赵元带着手臂上的"求情信"到了京师，见到赵普之后，赵普立刻对他客客气气，还推荐他当上高官。

衣锦还乡的赵元，见到臧府尹被赵普发配边疆，刘月仙也被杖刑一百，两人都受到应有的惩罚，他便心满意足了，遂向朝廷辞去官职，回到了他的酒坛边，又开始了与美酒相伴的生活。

赵元自认自己是"愚浊的匹夫，不会讲先王礼数"，宁归隐而不进取。其实，他身上有着古代文人共同的气质，入仕之念并非一点没有，但他自言一介匹夫，是因为世上人心难测，伴君如伴虎。爱人的欺骗、上司的陷害令他对现实充满失望，而"酒大人"从不会骗人。在酒的面前人可以变得毫无心机，酒也可以为人解除一切烦恼。在赵元看来，贪杯是一种不可言喻的幸福，比升官发财更为现实。

素有"小关汉卿"美称的元代戏曲作家高文秀借赵元的故事发挥，写了《好酒赵元遇上皇》一剧，顿时在民间引起了不小的轰动，让市井之人再次肯定"酒"是好物。在高文秀的笔下，赵元历经酒难、酒缘、酒功、酒趣等过程，让观众着实为他捏了一把汗。看罢剧目之后，人们忍不住开怀叫好。

其实，高文秀之所以选中赵元的经历作为剧本的内容，也是想借他来影射自己。赵元因酒难而遇酒缘，巧得功名，是高文秀以及所有元文人的梦想。如果他们能赶上帝王微服出访，与帝王结缘，说不定也可入朝为官。可现实状况的悲惨又令元文人知道一切仅是梦想而已，所以高文秀又安排赵元回到"酒大人"身旁，这是元文人无奈之下的选择。郁结于心中的不甘之痛和不仕之忧，只能从舞台戏剧中寻求自我麻醉。

庆东原 / 白朴

忘忧草，含笑花，劝君闻早冠宜挂①。那里也能言陆贾？那里也良谋子牙？那里也豪气张华？千古是非心，一夕渔樵话②。

【注释】

①闻早：趁早。冠宜挂：宜辞官。②渔樵话：渔人樵夫所说的闲话。

【赏析】

《庆东原》一曲，是杂剧大家白朴的信手拈来之作，他曲中的主人公浅笑晏晏，将忘忧、含笑二草带在身边，告别悲伤的苦难。文辞看似浅显，实则意境深远。

人世的各种动荡，令诸多世人想抛却各种烦恼，消除自己苦难的记忆。曲中抱着忘忧、含笑草的人，是众生的化身，同时也是白朴自身的写照。他想借两种植株背后的内涵来奉劝世人，把功名利禄都抛却，因为它们到头来不过是一场空。

旧时人们把忘忧草叫作紫萱，认为吃了之后可以忘却一切凡尘俗事，故有其名；南方人把含笑花作为百花之首，四时皆开，奇香无比，妖娆娇俏。其实，忘忧草不过是黄花小菜，含笑花也不过是茉莉而已。然而，它们被想象力极丰富的先人赐予了古色古香、文气十足的别名，化作诗词歌赋里的托物，以言作者志向。白朴在他的《庆东原》开篇，同样挪用二草，来抒写他的真情。

作者甚是怕自己的奉劝不能打动人们追逐名利的心，便以许多因求名而变得不幸的古人来作证。他举了汉代能言善辩的陆贾、西周足智多谋的姜子牙、文韬武略的东晋大臣张华，这些大名鼎鼎的古人都遭遇被放逐远方的命运，是非功过不被帝王记着，反而成了渔樵茶余饭后的谈资。古人尚且如此，更别说我辈闲中人了。

作者的感叹不无道理。元王朝朝政黑暗，让身在官场的人心灰意冷，过去那些直到功成才打算身退的人，大多数没有好下场，非死即伤，因此何必留恋官场？不如看开，不想是非功名。《庆东原》中的寥寥几语，言辞看似轻松洒脱，事实上并不轻松。

墙头马上（节选）/白朴

【寄生草】柳暗青烟密，花残红雨飞。这人人和柳浑相类①，花心吹得人心碎②，柳眉不转蛾眉系。为甚西园陡恁景狼藉③？正是东君不管人憔悴④！

【醉春风】则兀那墙头马上引起欢娱，怎想有这场苦、苦。都则道百媚千娇，送的人四分五落，两头三绪。

【注释】

①人人：心上人。②花心：人心。③恁：那样。④东君：传说中的春神，这里即指春风。

【赏析】

《墙头马上》是白朴的最得意之作，倾注了他的很多感情。剧中的主人公李千金是洛阳官宦人家的小姐，刚过二八年华，小女儿的心事便由原来的红妆、刺绣及玩耍转变为考虑嫁人的问题。剧情是从李千金在某日趴于墙头向外张望开始写起。

"寄生草"是写李千金所住的园内情景："柳暗青烟密，花残红雨飞。"在李千金眼中，园内景物残破，徒惹佳人不快。实则是佳人不快，才看不惯园内的风光。就在她百无聊赖的时候，突然见到一个俊美至极的书生骑马经过。两人四目相对，风拂过，掀起二人的发丝，勾勒出他们清新的轮廓，那一瞬间，他们彼此均感如沐春风。千金脸上一红，急忙从梯子上下来，躲在墙后。

骑马的书生并不是普通人家的子女，而是工部尚书裴行俭的儿子裴少俊，但千金并不知晓。裴少俊当时年过18岁，墙头惊鸿一瞥，觉得千金貌若天仙，一时间心潮涌动，文思泉涌，便写了首诗，抛进了李家的墙内。躲在墙后的千金拾起诗来看了看，微笑着回赠一首抛出去。

后来李千金的乳母发现二人偷偷恋爱，可怜他们爱得辛苦，便帮他们两个私奔。裴少俊遂把李千金偷偷带回家藏在后院，整整7年，裴家人都没有发现千金的存在。在这7年当中，李千金还为裴少俊生了两个孩子：儿子端端6岁，女儿重阳4岁。天不从人愿，端端和重阳在玩耍的时候被工部尚书裴行俭发现了，后者几番追问裴少俊，才知道他竟然早已暗结连理，便大骂李千金不知礼数，迫使裴少俊休了她。李千金据理力争，但裴少俊拗不过父亲的威逼而休了她。

"醉春风"便是当时李千金痛苦的心声。李千金无奈之下唯有回到洛阳，却发现父母双亡，一时间悔恨不已。心念着"家万里梦蝴蝶，月三更闻杜宇"，想当初只顾着恋爱，可7年下来却落得被休的下场，父母又双双亡故，人生还有什么希望？万念俱灰之下，她去了父母的坟前守孝，寻个清净。

时光匆匆流逝，大半年过去了，裴少俊中了进士，担任洛阳令一职，将父母接到洛阳，打算与千金再识前缘。千金当时早就断绝了复婚的念头，而且她痛恨裴少俊就那样休了自己，缘分已被隔断，还有什么可续，于是死活不肯答应复婚。裴行俭这时知道了李千金竟然是自己的旧交李世杰之女，便主动跑去跟她道歉，希望她再做自己的儿媳妇。千金被求得心烦，又看到自己的儿女抱着她的大腿不肯松开，无奈之下只好原谅了裴少俊。

一个墙头、一匹高头马，成就了这段姻缘，所以白朴为李千金与裴少俊的故事起了《墙头马上》的名字，以言表对墙头、马背等"媒人"的感激。

天净沙 春夏秋冬/白朴

一

春山暖日和风，阑干楼阁帘栊①，杨柳秋千院中。啼莺舞燕，小桥流水飞红②。

二

云收雨过波添，楼高水冷瓜甜，绿树阴垂画檐。纱厨藤簟③，玉人罗扇轻缣。

三

孤村落日残霞，轻烟老树寒鸦，一点飞鸿影下。青山绿水，白草红叶黄花。

四

一声画角谯门④，半庭新月黄昏，雪里山前水滨。竹篱茅舍，淡烟衰草孤村。

【注释】

①帘栊：即窗帘。②飞红：落花。③簟：藤席。④谯门：建有望楼的城门。

【赏析】

这四首《天净沙》，写的是春、夏、秋、冬四个季节的景致。第一首大意是说春日的山水、风雨、花草、楼阁、亭台，无不是文人最容易注意到的地方。大地回春时，院内暖风拂过，柳枝摇曳，秋千微荡，小桥流水，落红旋舞，莺啼燕叫，引人相思。所谓思春，大概就是这些景物惹得人心发痒，无法按捺于室。白朴以《天净沙》作了8首小令，春、夏、秋、冬各两首，借四时的风光，来形容他一生的经历和心境起伏。上面这4首春、夏、秋、冬曲，即是从8首小令里撷选出来的。

白朴的幼年饱经战乱，回归家园后，与父亲重逢，又新婚不久，心中满是温情，所以春曲充满了温馨畅快的意味，而没有惆怅且充满沧桑之感。

第二首为夏令，虽然韵调和含义不及春、秋两曲，但满是甜蜜。云雨收罢，楼高气爽，绿树成荫，垂于廊道屋檐，微微颤动，极尽可爱。透过薄如蝉翼的窗纱，隐约见到一个身着罗纱、手持香扇的女子躺在摇椅上，扇子缓缓扇动，女子闭目假寐，享受夏日屋内的阴凉，那模样美得令人心动。

在这首小令中，白朴并没有交代那女子是谁，但以他和妻子多年痴恋的经历来看，此女最有可能是他的妻子。白朴爱妻甚深，妻子的一颦一笑、一举一动，都是他乐见喜闻的，而且在他的记忆中是那样清晰。夏日妻子乘凉的情景，一直都是他脑海中最美的画面。

在秋令当中，落霞中的村落不是热闹而是荒僻。轻烟袅袅，老树昏鸦，一点飞鸿成了夕阳中苍凉的魅影，更加勾起说不清的愁，明明还是青山绿水，却早已叶红草白，不是金黄的喜悦，而是不能回家的恨。这样的情景令人忆起马致远的"秋思"，一幕倾颓的画面从天而降，面对如此萧瑟之景，怎能不悲从中来、撕心裂肺？

最后一首写冬日黄昏日落，山坡上是皑皑的白雪，凉月照亮了半个庭院，眼前流淌过一条清冷的湾流，城门上所挂的警戒号角在冷风中微微晃动颤抖，碰撞到石墙上发出微弱的响动，越发显出冬日的冷清。竹篱茅舍变得枯黄，没有鸟儿肯在这里栖息，瑟瑟的寒意在静静流动，万籁俱寂。

白朴始终充满对现世的同情，对自己的怜惜。他所写的小令、杂剧，内涵只有一个：怜悯一切值得他怜悯的人，李千金、裴少俊、唐明皇、杨贵妃，还是那些香闺中的思妇、街头艺人、江上孤翁。

这四曲《天净沙》正是他的自怜之作。然而，白朴虽有落叶飘零之苦，有魂牵梦萦之痛，却没有半分怀才不遇之感，这恰是他的脱俗之处。

梧桐雨（节选）/白朴

【滚绣球】长生殿那一宵，转回廊，说誓约，不合对梧桐并肩斜靠，尽言词絮絮叨叨。沉香亭那一朝，按霓裳，舞六幺①，红牙箸击成腔调，乱宫商闹闹炒炒。是兀那当时欢会栽排下，今日凄凉厮辏着，暗地量度。

【三煞】润蒙蒙杨柳雨，凄凄院宇侵帘幕。细丝丝梅子雨，装点江干满楼阁②。杏花雨红湿阑干，梨花雨玉容寂寞。荷花雨翠盖翩翩，豆花雨绿叶潇条。都不似你惊魂破梦，助恨添愁，彻夜连宵。莫不是水仙弄娇，蘸杨柳洒风飘？

……

【黄钟煞】顺西风低把纱窗哨，送寒气频将绣户敲。莫不是天故半人愁闷搅？前度铃声响栈道。似花奴羯鼓调，如伯牙《水仙操》。洗黄花润篱落，渍苍苔倒墙角。渲湖山漱石窍，浸枯荷溢池沼。沾残蝶粉渐消，洒流萤焰不着。绿窗前促织叫，声相近雁影高。催邻砧处处捣，助新凉分外早。斟量来这一宵，雨和人紧厮熬。伴铜壶点点敲，雨更多泪不少。雨湿寒梢，泪染龙袍。不肯相饶。共隔着一树梧桐直滴到晓。

【注释】

①六幺：唐代著名曲子。②江干：江边。

【赏析】

这段唱腔讲的是唐明皇在马嵬坡杀死杨国忠、逼杨玉环自缢之后回宫时的情景。安史之乱渐渐平定，回到长安的玄宗不问世事，退居西宫颐养天年。可是痛失挚爱，他如同丧失了魂魄，而爱情沦丧之后他的权利又被架空，爱情与事业皆无好结果的玄宗凄凉不已。面对着西宫内杨玉环的画像，他更加心痛欲死。

"滚绣球""三煞""黄钟煞"三段均是描写唐玄宗当时的心情。他回想在长生殿的那晚，与杨玉环并肩坐在长廊上，对着在夜风中簌簌作响的梧桐，誓言生生世世不分离。还有在沉香亭的那天，玉环跳着绝美的舞蹈，他唱歌，她舞袖，彼此眉目传情，好不快活。这些好像都发生在昨日一样，一转眼物是人非事事休，只剩下自己对着凄迷细雨、冷冷殿阁，看百花落尽、绿叶萧条。

夜里西风寒气逼人，在窗棂间滑过时发出奇怪的声响，仿佛是西蜀栈道上的马铃声、渔阳鼙鼓的惊魂声，令玄宗冷汗淋漓。败落的花叶、月下阴影重重的山石、枯静的荷塘与翅沾湿露的蝴蝶，看上去死一般的寂静，然而他又看到昏黄的灯火在闪烁，耳边听到了虫燕喧闹泣鸣和恼人的捣衣声。玄宗弄不清自己究竟听到或看到什么，只因他心乱如麻、彷徨无措，有声也是无声，无情也是有情。这一夜梧桐雨，沾湿了周遭的事物，而他的泪早已打湿龙袍。

作者将玄宗放进了梦幻凄清的西宫，让他游离其内无法超脱。此举略显残忍，然而却可真实地反映出玄宗的情谊。

白朴一生在情感上饱经伤痛，这令他能深切体会这种苦痛，所以他对唐明皇与杨贵妃不免生出同情。

满庭芳 / 姚 燧

天风海涛,昔人曾此,酒圣诗豪①。我到此闲登眺,日远天高。山接水茫茫渺渺②,水连天隐隐迢迢③。供吟啸,功名事了,不待老僧招。

【注释】

①酒圣:酒中之圣,这里指"竹林七贤"之一刘伶。诗豪:诗中英豪,指刘禹锡。②茫茫渺渺:形容山水相连,浩渺无边的样子。③隐隐迢迢:同"茫茫渺渺"义。

【赏析】

这曲《满庭芳》没有了《醉高歌》的长吁短叹,也没有了《凭阑人》的伤心难过,开篇便直逼苏轼的"乱石穿空,惊涛拍岸,卷起千堆雪",有种天高海阔的气魄在其中。在酒圣诗豪常临的江南胜景面前,姚燧的情绪被迅速调动起来,他登高而招,远眺江山,山水迢迢,烟波浩渺,心胸豁然开朗,抬眼仰天长笑,什么功名利禄、荣辱富贵,都可以抛于脑后。他此刻的心境所容纳的只剩下眼前此刻的美景。

作者少年时非常不幸,出生不到三年时,父亲便辞世了,丢下他一人在尘世飘零。伯父姚枢见他可怜,便带他移居到边境。

姚燧的文学素养可能是在那段时间培养出来的,因为没有俗世的叨扰,他可以专心徜徉书海,年纪轻轻时便精通诗、词、曲、书、画,回到京城之后,迅速成为文坛的一颗新星,很快便被人推举到秦王府,后来进入朝廷担任翰林学士承旨。元成宗时期,姚燧当上了江西行省参知政事,与宰相之职只有一步之遥。

才华横溢、仕途顺利,按理说姚燧不应该痛苦,至少物质生活有保障,什么都不缺,应该快活才是。但他经历无数的政治风波,这并非他所愿,不是他能选择的,也由不得他选择。

寿阳曲 潇湘夜雨 / 马致远①

渔灯暗，客梦回，一声声滴人心碎。孤舟五更家万里，是离人几行情泪。

【注释】

①马致远：元代著名戏曲作家，散曲家，元大都（今北京）人，号东篱。其作品语言清丽，沉郁中亦显飘逸，有脱俗之风。

【赏析】

一曲《寿阳曲》，点点离人心碎声敲打着人们的心弦。本曲的曲名既为"潇湘夜雨"，可见马致远所在的地方必定是潇湘之地。潇湘本指湘、潇二水汇集的零陵郡，后来人们干脆用它来指代湖南等地。当地每逢夏秋便落雨不停，尤其是傍晚开始的淋漓小雨，激起浮动的江雾，一些渔人驾着小舟于雾间若隐若现，渔灯朦朦胧胧，更惹人遐想。

元代的人多离愁，有国家民族变乱的原因在里面，也有个人的情感在其中。过去人们表达情感的有诗词歌赋，也有民间传奇，不过表现张力比元代的杂剧和曲子显然要弱。另外，饱经离难的元人情感变得复杂得多，他们通过自己的笔墨，大量融合各民族、各地方言的感叹词，创作出易于弹唱的曲调和歌词，使得他们要表达的内容更加情深义重，催人泪下。

"离愁"之曲写得最让人魂断的当属马致远，他的《天净沙·秋思》已成绝响。在《汉宫秋》里他也曾借昭君王嫱之口道出"背井离乡，卧雪霜眠"的痛苦。离开家乡如同躺在霜雪上，实在难以忍受。而这首《潇湘夜雨》，肯定会让离家万里、心有所系的人在烟雨蒙蒙面前惆怅满腹，泪水涟涟。

像马致远这样的羁客遍布大江南北，因秋景而生乡情的人也比比皆是。

汉宫秋（节选） / 马致远

【醉中天】将两叶赛宫样眉儿画，把一个宜梳裹脸儿搽，额角香钿贴翠花，一笑有倾城价。若是越勾践姑苏台上见他，那西施半筹也不纳，更敢早十年败国亡家。

【梅花酒】呀！俺向着这迥野悲凉。草已添黄，兔早迎霜。犬褪得毛苍，人搦起缨枪，马负着行装，车运着糇粮①，打猎起围场。他、他、他，伤心辞汉主；我、我、我，携手上河梁②。他部从入穷荒；我銮舆返咸阳。返咸阳，过宫墙；过宫墙，绕回廊；绕回廊，近椒房；近椒房，月昏黄；月昏黄，夜生凉；夜生凉，泣寒螀；泣寒螀，绿纱窗；绿纱窗，不思量！

【注释】

①糇（hóu）粮：干粮。②携手上河梁：形容惜别之景。

【赏析】

昭君出塞，令自汉以来的无数后人唏嘘感慨，文人骚客不乏诗作。一个女人为了所谓的民族大义而牺牲"贞洁"，便是永世赞赏的对象。许多人可怜王嫱远赴千里，埋骨他乡，魂向中土不能回，为她写下不计其数的挽联，为她歌功颂德。

但是，马致远的《汉宫秋》不想苟同他人的看法，而是对元帝与王嫱不能情有所衷给予了最大的怜悯。马致远的《汉宫秋》作为元代的名剧，所写的虽然是昭君，但它的特别之处在于不以昭君出塞为主要内容，而是写了一段昭君与元帝相爱的过程。在全剧中，马致远尽情地发挥着自己的想象，放纵自己的笔调，去写一段欲舍难离、可歌可泣的爱恋。

这里选取的"醉中天"就是《汉宫秋》第一折中汉元帝与王昭君邂逅的一幕场景。

此女的面容倾国倾城，汉元帝一看到她，便惊为天人，比西施有过之而无不及。如果越王勾践早遇到她，西施也要被忽略不计。汉元帝十分不理解，就算自己终日在朝堂上忙于政事，也不可能轻易忽略这样的优雅女子，究竟原因为何？

让汉元帝深深着迷的女子，便是在汉宫中待了几年的王昭君。她没料到在半夜里弹琴，竟然会惊动帝王，犹以为自己身在梦中。想当年画师毛延寿从中作梗，在她的画像上点了丧夫痣，使她从一进宫就幽居冷殿。一晚，她忧思难消，本打算趁着夜里无人，拂曲聊以慰藉，竟然引来一心希冀见到的人。

剧中的元帝和王昭君，前者体贴，后者温柔，使他们相处的时光温馨无比。昭君得宠之后，画师毛延寿畏罪潜逃至匈奴，为了报复元帝和昭君，便将昭君的画像送给单于。单于顿时为王昭君的美貌所迷，本准备南下进攻的念头也打消了，派使者到汉室索婚，只要元帝将昭君奉上，一切皆可商量，要是汉元帝敢拒绝，匈奴百万雄兵将即日南侵，以决胜负。

汉元帝本以为满朝的文武百官会支持他打仗，哪知这班人马各个吓得屁滚尿流，哭爹喊娘地要求他把昭君送给匈奴王。面对这些，元帝一个人又能做什么？就这样，元帝忍着撕心裂肺的痛楚，在大殿上为王昭君和匈奴单于主持婚礼。

"梅花酒"是第三折中的一段曲子，此段所写的是元帝送别昭君时的痛苦心情。他在灞桥之上，远眺着护送王昭君的马车隐于荒草戈壁，感到自己的魂也快要离体追随而去。元帝一想到昭君从此便要受苦，终日对着荒草霜天，身边伴的不是贴心的人，他便痛苦难当。塞外的生活是何等凄苦，随处可见褪了毛的狗、扛着红缨枪的牧人，四处都是马负行装，荒凉不已，待在那里，过的日子也必定辛苦非常。昭君伤心地离开，目送她离去的元帝也不得不乘车回咸阳，可是每过一道宫墙，每走一条回廊，两个心爱之人的距离便远了几里。对元帝来说，汉宫之内，只余一片孤寂，只剩凉夜昏月，只闻寒蝉悲泣。再也听不到昭君的琵琶声了。

这一段曲子情感缠绵悱恻，马致远笔下的汉元帝，多情得超乎想象。但剧情没有就此打住，更悲惨的事情发生了。

得到王嫱的单于率兵北去，王嫱却做出惊世之举。她一方面不舍故土，另一方面思念元帝成疾，便在汉番交界的黑龙江投水而死。昭君死的当夜，汉元帝做梦惊醒，突闻窗外孤雁哀鸣，顿时泪如泉涌。他跌跌撞撞地跑出寝殿，叫宫人去打听昭君的消息，才知昭君已经自尽。而单于怕和汉室起干戈，遂将画师毛延寿遣送回来。元帝痛煞，几欲撞墙，下令叫人砍了毛延寿的脑袋，以慰藉昭君在天之灵。数年后，元帝也抑郁而亡。

在《汉宫秋》里，王嫱与元帝的爱情虽然生不能在一起，但得到了共同赴死的结局，这是马致远对忠贞爱情的理解。

西厢记（节选） / 王实甫

【秃厮儿】我则道神针法灸，谁承望燕侣莺俦①。他两个经今月余则是一处宿，何须你一一问缘由？

【圣药王】他每不识忧，不识愁，一双心意两下投。夫人得好休，便好休，这其间何必苦追求？常言道"女大不中留"。

【麻郎儿】秀才是文章魁首，姐姐是仕女班头②；一个通彻三教九流，一个晓尽描鸾刺绣。

【幺篇】世有、便休、罢手，大恩人怎做敌头？起白马将军故友，斩飞虎叛贼草寇。

【络丝娘】不争和张解元参辰卯酉③，便是与崔相国出乖弄丑。到底干连着自己骨肉，夫人索穷究。

【注释】

①燕侣莺俦（chóu）：形容男女欢爱如燕莺般谐和相伴。②班头：领头。③参辰卯酉：对头。十二时辰中，卯酉正相对，参、辰二星亦正相对。

【赏析】

这5段唱腔出于《西厢记》第四本第二折，是红娘最出彩的段子。"圣药王""麻郎儿""幺篇"三段曲子是红娘赞崔、张是才子佳人，情投意合，而张生的义兄还是大将军，与崔家门当户对；而"秃厮儿""络丝娘"两段里，红娘直接指责老夫人不守信用，坏人家因缘，连心头肉的好女儿都不管不顾。五曲铿锵有力，完全展露了红娘伶牙俐齿的一面。

老夫人被红娘一连串的抢白，弄得一句话也说不出来，思来想去，考虑到张生义兄杜确的身份，只有同意二人交往，但张生必须考取功名才能和崔莺莺结婚。不久，张生

　　果然考得状元，立刻赶往家中报喜。然而一波未平，一波又起，郑恒突然横插一脚，欺骗莺莺说张生已经成了卫尚书的东床快婿，意图染指莺莺。好在张生和杜确及时赶到，惩治了小人郑恒。而张生终于得偿所愿，抱得美人归。此时的张生早把答应红娘的事情忘在脑后，小小的红线人只能黯然退出了舞台。

　　红娘的可爱、大胆、泼辣赢得众多人喜爱，贾仲名在追忆王实甫时曾言："风月营密匝匝列旌旗，莺花寨明飙飙排剑戟。翠红乡雄赳赳施谋智。作辞章，风韵美，士林中等辈伏低。"每日混迹在妓馆市井的王实甫，见"卑贱者"无数，了解到他们每个人活着的方式都有所不同，生活际遇也大相径庭。他如此写红娘，一是对此类女性心存同情，二是真的想在戏曲中为普通世人争得永世流芳的机遇。

月明和尚度柳翠（节选）/ 李寿卿[①]

【混江龙】直待要削开混沌，月为精魄柳为魂。一任着纷纷白眼，管甚么滚滚红尘！恰才个袖拂清风临九陌，又早是杖挑明月可便扣三门。则为我这半生花酒为檀信，其实的倦贪名利，因此上不断您这腥荤。

【黄钟尾】你道是这回和月常相守，才赚的春风可便树点头。聚莺朋，会燕友，蜂衔喧，蝶梦幽，啭黄鹂，鸣锦鸠，噪昏鸦，覆野鸥，袅金丝，春水沟，拂红裙，夜月楼，酒旗前，望竿后，风又狂，雨又骤，霜正严，雪正厚，霜来欺，月来救，我救的这月里桫椤永长寿；我着你访灵山会首；也不索别章台的这故友；我则怕你又折入情郎画眉手。

【注释】

①李寿卿：元代剧作家。太原人。曾任官职。有杂剧10种，今存《伍员吹箫》《度柳翠》。

【赏析】

剧中第一个登场的不是柳翠也不是月明，而是观音菩萨。她手持玉瓶柳枝，忽然发现枝条上沾染了尘土，暗道原来柳枝仍没有摆脱尘俗的叨扰，便罚它下凡经历轮回之苦，30年后再度修炼成佛。于是这枝柳枝就投胎成了杭州抱鉴营的风尘妓女柳翠，被富户牛员外包养。虽然柳翠平时在外行为不检点，但因生得太漂亮而深得牛员外的欢喜。天上的佛祖怕柳翠无法自度成佛，派去了佛祖第十六尊罗汉月明尊者去人间点化她。

柳翠与转世的月明尊者邂逅是在柳翠父亲去世十周年的法事上。牛员外为了讨好柳翠，特别到蒿亭山显孝寺请了十个和尚下山为柳父超度。显孝寺很小，住持凑了半天才弄出九个和尚，思来想去只好把伙房做饭的疯癫和尚月明叫来凑数。这疯癫和尚正是月明尊者转世。

月明自称"疯魔"，没酒、没肉、没美女绝不下山，直到住持一一应允，他才跟着去了，并且打定主意要与柳翠见面。住持对他的想法心存唾弃，却不知他的目的其实是为了引导柳翠返本还原，重回西天。

"混江龙"内容充满了佛家因果轮回的思想，是月明下凡的理由。柳翠为因，月明为果，二者同下凡间互为因缘。月明虽在人间遭尽白眼，图得不是名、利、色，而是为柳翠打开一条偿还罪孽之路。于是，月明对柳翠的第一次度化开始了。他见到柳翠之后，便奉劝她快快脱离声色犬马的日子，早些超越生死，免却六道轮回。可柳翠舍不得青春少年，她可以凭借美貌和身材来换取钱财，以前过惯了享受的生活，若是半路出家，她就等于失去了一切可依仗的资本。

"黄钟尾"这段曲子是月明和尚给柳翠讲的一个佛偈。他打了一个有趣的比喻：在水沟边迎风飘零的垂柳，一生受尽蜂蝶百鸟鸣叫的折磨；在珠楼酒家旁的细柳，受尽脂粉与酒旗的沾染。二柳年年月月遭风霜雨雪的摧残，得百般凌辱，这是劫数也是历练，而帮助柳树脱离苦海的正是那天上明月。这个比喻的言外之意很明显，天上明月指的便是月明和尚，那二柳便指柳翠了。

柳翠因为心中有愧，夜夜梦中都会见到月明在跟她讲佛法，有时又梦到自己变成梨花猫儿思春。月明知道柳翠一面想要出家，一面又有贪恋凡尘的心思，便再去找柳翠劝说。不过，柳翠仍舍不得自己的三千发丝，却不知发丝正是她烦恼的来源。月明苦口婆心再三劝谏，又在睡梦中把柳翠引至阎神面前，让柳翠看清人死后的凄惨情景和投胎轮回于六道的境况，终令她点头答应出家修行。其实柳翠本身也是有慧根的，她前世为观音大士的柳枝，终日沐浴无边佛法，听月明和尚整天念叨，也听出些门道。

受教的柳翠心无杂念地决定出家，月明和尚的任务终于圆满完成，他打算脱离凡胎回佛门圣地灵山，等着二人再次相见。最后月明还怕柳翠再动凡心，特别再三嘱托她不要再堕落风尘。看过了世间种种绰约风姿，告别了生命里牵肠挂肚的人，柳翠追随在月明的身后，脱离苦海荣归西天，回到观音大士的玉瓶。

李寿卿想借《月明和尚度柳翠》一剧来度化那些还看不透人生疾苦的人们。剧中的词曲唱起来典雅脱俗，意境幽玄，叫人得到生命的顿悟。其实，所谓的"顿悟"都是李寿卿自身对生命和生活的诠释，这是他早凡人一步得到的慧根。

寿阳曲 答卢疏斋/朱帘秀[1]

山无数,烟万缕。憔悴煞玉堂人物[2],倚篷窗一身儿活受苦[3]。恨不得随大江东去!

【注释】

①朱帘秀:元代文学家,著名杂剧女演员,艺名珠帘秀,因排行第四故人称朱四姐。②玉堂人物:即指卢挚。玉堂,即翰林院,因当时文人聚集于此,故多称文士曰"玉堂人物"。③篷窗:船窗。

【赏析】

疏斋是卢挚的号,元人多用"斋"做号,以表示身心整洁。这支曲是为回答卢挚的《寿阳曲·别朱帘秀》。卢挚与朱帘秀此时情意相通。当朱帘秀收到卢挚《寿阳曲》这封"情书"时,一遍遍地读来,每一次都像在心口上割下一块肉般,痛彻难当,遂写下这曲《寿阳曲·答卢疏斋》,回应卢挚的深情。

坐在画舫里四处漂泊游艺的朱帘秀,凭依着船头的栏杆,看着无数山峦从画舫的窗前闪过,看着山野人家升起的青烟,黯然销魂。她早过惯了到处漂泊的日子,哪曾想卢挚会为她挂心消瘦。她不知道该是受宠若惊,还是应该伤心。坐在这船头心烦意乱,卢挚说他那边唯余下半江明月,自己又何尝不想成为江水,再次流到他的身旁,与他相守。

卢、朱二人隔着长江,一唱一答,词曲里的情谊珠联璧合。古人相信,"两情若是久长时,又岂在朝朝暮暮"。其实情到浓时,希望的正是日日缠绵。人们常说,短暂的分别是为了更长久的相见,然而又有多少爱侣因短暂一别而永世分离的呢?相见时难别亦难,别了之后再相见更为渺茫。如果相爱的两人身份有别,一个是高高在上的"玉人",一个是青楼里的"俗人",转身的瞬间就是天涯。

一年之后,朱帘秀回到扬州定居不走,但与卢挚的情不了了之。

清江引 / 贯云石

竞功名有如车下坡，惊险谁参破①！昨日玉堂臣②，今日遭残祸。争如我避风波走在安乐窝。

【注释】

①参破：佛家语，看破、看透。②玉堂：指翰林院。

【赏析】

这首《清江引》也写于贯云石旅居杭州之际，然而上一首的情感潇洒淡然，似乎还存有年轻人的洒脱与快活，与他刚让爵给弟弟时的情绪极其契合。但这首《清江引》却明显能感到他内心的凋零，归隐只为寻得片刻的安乐。

竞逐功名如同车下陡坡，凶险异常，弄不好一头扎进沟里，摔得遍体鳞伤，更有可能粉身碎骨、一命呜呼，那其中的未知之数叫人惊悚。身在官场也是一样，凶险不是简单可以参透，也许前一刻还是朝堂里的机密要臣，与皇帝"耳鬓厮磨"，下一刻已中暗箭，横死牢中，还不如像他一般远远地逃开，寻找一个可居之所。此曲的末尾一句，可看出贯云石对世间名利的完全参破。

"昨日玉堂臣，今日遭残祸"，作者似乎已然看透官场的凶险。仁宗延祐二年（1315年），贯云石避居杭州，在这里建起了属于自己的陋居，仿效陶渊明过着独自下地耕田的闲适生活。可每至午夜梦回，依然对当年在朝廷经历的那场"恢复科举风波"心有余悸。无奈的叹息之语，是作者沉迷显贵生活之后的"顿悟"，其中不乏那些不足为外人道的心酸。不过，他能及早抽身去寻求避居乐趣，却也是极为明智之举。而且恰恰是因为他避居江南杭州，在那西湖堤畔度过了他的似水年华，使他不断找到文学上的灵感，才攀上了词曲文学的高峰，令他的曲子灵秀清新，内容生动自然，唱起来朗朗上口。"争如我避风波走在安乐窝"，也是在这绿野山川中，贯云石参透了武修的至境：止戈终生，静以养性。

粉蝶儿 西湖十景 / 贯云石

描不上小扇轻萝，你便是真蓬莱赛他不过。虽然是比不的百二山河，一壁厢嵌平堤，连绿野，端的有亭台百座。暗想东坡，逋仙诗有谁酬和①？

漫说凤凰坡，怎比繁华江左。无穷千古，真是个胜迹极多。烟笼雾锁，绕六桥翠障如螺座。青霭霭山抹柔蓝，碧澄澄水泛金波。

我则见采莲人和采莲歌，端的是胜景胜其他。则他那远峰倒影蘸清波。晴岚翠锁，怪石嵯峨②。我则见沙鸥数点湖光破。咿咿哑哑橹声摇过。我则见这女娇羞倚定着雕栏坐恰便似宝鉴对嫦娥。

缘何？乐事赏心多，诗朋酒侣吟哦。花浓酒艳，破除万事无过。嬉游玩赏，对清风明月安然坐。任春夏秋冬天，适兴四时皆可。

【注释】

①逋仙：北宋诗人林逋，隐居孤山，以梅为妻，以鹤为子。②嵯峨：山势高峻的样子。

【赏析】

南宋时期，官宦游人为了表西湖之盛，"册封"了10处景观为美景之至，包括苏堤春晓、曲苑风荷、平湖秋月、断桥残雪、柳浪闻莺、花港观鱼、雷峰夕照、双峰插云、

南屏晚钟、三潭印月。十景各擅其胜，组合在一起又能代表古代西湖胜景精华。

西湖风光令贯云石兴致高涨，在泛舟之际他便写下了很多曲子，这套《粉蝶儿·西湖十景》，也是为表十处风景的华美，是专门赞誉西湖景致的。

作者在套曲第一段末尾提到了两个人的名字。数百年来，能够把杭州西湖的美和风韵表达得淋漓尽致的也就只有苏东坡的《饮湖上初晴雨后》与在西湖边隐居的林逋所写的隐逸情趣诗。所以贯云石自问文学素养达不到苏、林两位的程度，但也想试着描绘当地的胜迹。

在套曲第二段里，作者开篇说北方有一处胜地凤凰坡极其漂亮，但与江东各处的秀丽是无法比拟的，特别是杭州。他在西湖边上放眼远眺，六桥腾临苏堤上，近处波光潋滟，莲叶无穷，荷花别样，沙鸥点点；远处翠山碧水、怪石林立。采莲人高歌，闺中少女乘着船坊，以扇遮面，羞涩地坐在阑干旁赏湖。景好、花好、酒好、人好，贯云石如何能不乐不思蜀呢？而且身边还有好友张可久陪伴，二人喝酒吟诗，实在有说不出的兴致，多少烦恼都在这清风、明月、湖水中化为虚无。

贯云石的好友程文海曾言他是个"功名富贵有不足易其乐者"。因为贯云石认为，功名换不来逍遥的生活与心灵。

"清风荷叶杯，明月芦花被，乾坤静中心似水。"从得到"芦花被"、自诩"芦花道人"的一刻，贯云石已经心如止水，绝了名利场，宁"月明采石怀李白，日落长沙吊屈原"，也不爱荣华富贵。他避居杭州，偶尔出外采药，一面欣赏钱塘西湖风情，一面以卖药诊断为生。春至包家山修禅，夏季去凤凰山避暑，秋天钱塘观潮，冬季与普通百姓在街头吹拉弹唱，偶尔到天目山与著名的中峰禅师说佛论道，下山来路遇景致随意赋诗一首。就这样，贯云石在杭州城内城外亦隐亦现，其种种行迹，渐渐成了民间的美谈。

曲中所透露出来的"去留无意"的心境，应该足以概括贯云石的一生，不被纸醉金迷所惑，唯愿徜徉于西湖，问道于山水，求得文学圣境。后人将他与徐再思的曲并称"酸甜乐府"（徐再思号甜斋），且说他的曲风"擅一代之长"，能够引领当世的风尚。

赵氏孤儿 大报仇/纪君祥

【南吕·一枝花】兀的不屈沉杀大丈夫，损坏了真梁栋。被那些腌臜屠狗辈①，欺负俺慷慨钓鳌翁。正遇着不道的灵公，偏贼子加恩宠，着贤人受困穷。若不是急流中将脚步抽回，险些儿闹市里把头皮断送。

【双调新水令】我则见荡征尘飞过小溪桥，多管是损忠良贼徒来到。齐臻臻摆着士卒②，明晃晃列着枪刀。眼见的我死在今朝，更避甚痛笞掠③。

【驻马听】想着我罢职辞朝，曾与赵盾名为刎颈交。是那个昧情出告？元来这程婴舌是斩身刀！你正是狂风偏纵扑天雕，严霜故打枯根草。不争把孤儿又杀坏了。可着他三百口冤仇甚人来报？

【注释】

①腌臜：骂人的话，即"混蛋""无赖"。②齐臻臻：整齐的样子。③笞掠：拷打。

【赏析】

《赵氏孤儿》是中国古代最有名的复仇记之一。司马迁在《史记·赵世家》中详细地讲述了"赵氏孤儿"的故事，纪君祥为了使其变得更加富有戏剧性，在某些细节上投注了自己的臆想。

晋景公年间，大奸臣屠岸贾欲称霸皇廷，密谋陷害忠烈名门赵氏，并将其一家老小全部杀害。唯一漏网的是赵朔之妻，她是晋成公的妹妹，腹中怀有赵朔之子，由于她当时身在皇宫，才躲过此劫，并在不久后产下一名男婴。赵朔的好朋友程婴和门客公孙杵臼发誓要为赵朔报仇，将这名男婴秘密保护起来，但此事还是被屠岸贾发现，后者立刻下令追杀赵氏遗孤。

程婴一路逃亡，仍被屠岸贾的部将韩厥拦住去路。程婴本以为必死无疑，却没想到韩厥竟然放了他们。

杀一个手无寸铁的婴孩，对韩厥来说是不仁；想到赵氏一家若因自己的阻拦而不能报仇雪恨，他韩厥就是不义。不仁不义之事，韩厥自认绝对做不出来，思来想去，干脆自尽算了，成全了自己，也成全了别人。而程婴也以亲子之性命替下他人之子。此等忠义，古今罕见。

为了找到程婴和赵氏孤儿的下落，屠岸贾扬言要屠杀晋国所有一个月以上、半岁以下的婴儿。为避免连累无辜，程婴带着自己的儿子与公孙杵臼逃往一个方向，引敌人来找，另一方面让他的妻子带着赵氏遗子逃往另一个方向。屠岸贾果然率师追杀程婴和公孙二人。程婴假意投降屠岸贾，"出卖"公孙杵臼和婴儿。公孙杵臼心中明白他的苦衷，咬牙陪他演了这场"血泪秀"。

这三段唱腔，内容是公孙杵臼大骂朝廷败坏、昏君无道，竟让屠岸贾这等卑鄙小人位列三公。他直言皇帝老子简直有眼无珠，又假意骂程婴"狗贼"，"出卖"自己和赵氏。屠岸贾怕程婴作假，便让程婴鞭打公孙，程婴只好忍着心痛抽打公孙，而心却在淌血，几乎把银牙咬断。他暗道此仇不报，誓不为人。到最后，他只能眼见着亲生儿子死于乱刀之下，而好朋友公孙杵臼也头破血流而亡。

背着"忘恩负义"的骂名，程婴将赵氏遗子带在身边，躲在深山老林里隐居。在与世隔绝、青山绿水的桃源中，程婴将报仇的念头不断灌输给赵家遗子。这样做是对还是错，程婴一直在挣扎，但是想到赵家满门三百口皆死于屠岸贾之手，如果不除掉此人，恐怕连天都不容。不知不觉，赵氏遗子赵武立世成人，联合屠岸贾的"亲信"，里应外合将屠岸贾诛杀，还了赵氏和程婴等人的清白。然而，程婴想到自己的孩子和朋友皆不能复生，痛不欲生。他被接入了豪华的赵府，却并没有享受的心情，而是每日待在屋中，沉默地坐在案席之上，到了夜晚，对月无语。

在正史的记载中，程婴最后以死来祭奠朋友的魂灵。不过在《赵氏孤儿》这部剧中，纪君祥让程婴免于一死，或许多少削弱了悲剧的力量。

殿前欢 对菊自叹 / 张养浩

可怜秋,一帘疏雨暗西楼。黄花零落重阳后①,减尽风流②。对黄花人自羞。花依旧,人比黄花瘦③。问花不语,花替人愁。

【注释】

①黄花:指菊花。②风流:美好的风光。③人比黄花瘦:引自李清照《醉花阴》。

【赏析】

此曲是张养浩逛遍官场大熔炉之后所作。很多诗人、词人都好"自叹",因为自言自语是一种非常好的排遣抑郁的方式。张养浩的《殿前欢》中"自叹"的特别之处在于他找了一株菊花作为倾诉对象,因为菊花不会言语驳斥,可以听他任意牢骚。

作者推开了窗子,映入眼目的不是一帘幽梦,而是凄风疏雨。雨水从楼瓦淌下,化作雨帘。重阳节后,菊花凋零,曾经鲜艳夺目的花朵已落去大半。花虽败落,但那些在枝头盛放的秋菊仍保有风采。再看自己,却已瘦得不成人形,作者忍不住问花,自己该如何是好,花虽不语,想必它也在为自己感到忧愁。本曲以通感的手法来结束,一句"花替人愁",顿使曲子中的愁情变得更加浓郁。张养浩的自怜自惜赫然在目,令人也想化作秋菊,成为倾听他的对象。

张养浩本并非好隐逸之人,少年时才学便闻名天下,19岁入朝为官,在真正退隐前身居要职,高官厚禄享之不尽。他为官清廉、刚正不阿,"入焉与天子争是非,出焉与大臣辩可否",百官敬畏,民心拥戴。可是为官30年后,他突然感到"看了些荣枯,经了些成败",一切都显得那般无趣,遂辞官回家,隐居于世外。朝廷6次召他入宫,都被他婉言拒绝。

放下了朝政的担子,张养浩的心思全落在作曲弄文当中,对生活和命运的吟咏成了他的文学主题。一株菊花就这样化作他顾影自怜的倾听者。在《殿前欢》的曲了中,他本认为凋零的花应比他更自怜,但实际上菊耐秋风的能力远超乎他的想象,于是张养浩才想,也许菊花是在替他悲苦,是以纷纷凋谢。

张养浩之所以写"对菊自叹",其实还有另一层深意。菊花是陶渊明的最爱,陶渊明经常对菊咏叹,表明心迹。张养浩选用菊花,自然是说自己也想如陶渊明一样,成为一个不问世事的隐居者。往日的宦海风波已成过去,鸟儿返林、鱼儿纵渊,那时的陶公何等惬意,张养浩也想成为另一个陶公,过着池鱼在故渊的生活。

雁儿落兼得胜令 退隐/张养浩

云来山更佳,云去山如画,山因云晦明,云共山高下。倚仗立云沙,回首见山家①,野鹿眠山草,山猿戏野花。云霞,我爱山无价;看云行踏②,云山也爱咱。

【注释】

①山家:山那边。②行踏:走动。

【赏析】

这首《退隐》写的是作者脱离官场之后闲适的生活。他每日都到家门前的山中漫步,偶尔坐看晴空之上云来云去,欣赏如画山色,写下了上面这首曲子。举目望去,山色因云的有无而忽明忽暗,云则随着山的高低忽上忽下。天地间的景象真是奇妙。他挂着登山的拐杖,抬头看到云山相依相偎,低头可见山下的人家,周围则是山猴戏耍、野鹿徜徉,芳草遍地,如临九霄仙境。他就这样怡然自得地看呆了,恨不得扑进云团、扎身花野。没有了烦恼,一切都变得比以往更美好。这一刻,山水与他融为一体。

离了公堂回到家乡,每日对着荷花烂漫云锦香,张养浩玩得痛快。他还给自己的隐居别墅起了个浪漫的名字叫"云庄",意思是说自己能够身在云端无拘无束。庄内置有一座绰然亭,风姿绰绰,周围的花与竹无半点俗气,空气中飘着水和山的清香。此等"美色"当前,用张养浩自己的话来说就是:"著老夫对着无限景,怎下的又做官去?"美景在眼前,实在舍不得离开它而去做官。不过,处江湖之远,心虽不思庙堂,张养浩仍有很多挂牵。天历二年(1329年),朝廷以"关中大旱,饥民相食"为由请他担任陕西行台中丞前往赈灾。此时的张养浩身染重病,卧居云庄,多日不出,但想到灾民受苦受难,他强打起精神收拾包袱上任。途径潼关,看峰峦如聚,波涛如怒,张养浩不禁仰天悲呼:"兴,百姓苦;亡,百姓苦。"千年一叹,能有比此更沉痛的吗?

鹦鹉曲 / 白贲[①]

侬家鹦鹉洲边住[②]，是个不识字渔父。浪花中一叶扁舟，睡煞江南烟雨。觉来时满眼青山，抖擞绿蓑归去。算从前错怨天公，甚也有安排我处。

【注释】

①白贲：字无咎，元代文学家，南宋遗民诗人白挺的长子，也是元代最早的南籍散曲家之一。②鹦鹉洲：在今湖北武汉西南长江中。

【赏析】

此曲讲的是一个居住在武昌城外鹦鹉洲的渔翁，每日以打鱼为生，靠天吃饭，过着无拘无束的生活。

作者白贲是元代有名的大文人，乃白朴的仲父，字无咎。在当时，白贲的曲被广为传唱，是梨园众家最好吟唱的曲子。

关于这曲《鹦鹉曲》后世还有一个颇为有趣的故事。说是有一年，京城里最出名的酒楼请来了梨园的名角演唱，老板忙前忙后招呼着闻讯而来的客人，笑得合不拢嘴。就在这时，不知从哪里传来一阵珠落玉盘的琵琶声，奏的正是当时流行的白贲的《鹦鹉曲》。在大厅里已经摆好位置的乐师听到响动，立刻执起乐器附和。酒楼里也瞬间安静下来，人人都在屏息，准备聆听那似九天玄女发出的妙音。坐在雅座上的冯子振摸了摸唇上的小胡子，向身边的朋友低声问道："什么歌女伶人如此奇特，惹得这么多人来看？"朋友笑答："莫要小瞧了这歌女，她是梨园顶尖的歌伎御园秀。白贲的《鹦鹉曲》唱到低音时调涩幽咽，梨园众秀唯有御园秀善于驾驭。"

一曲终了，御园秀盈盈起身向观众谢礼。观者拼命地鼓掌，有人甚至向台上抛钱财献媚。这时却见御园秀脸色转为黯然，她柔声对台下众人说："这曲子恐怕是绝响了，唯有一首单曲,如是套曲该是多么美妙,可惜白贲辞世,再没有人为此曲做几套精妙的词出来。"她的话虽委婉,意思却是在说没人能在此曲上超越白贲。

最初只是在一旁听曲的冯子振本不以为然,但听她这样一说,颇感不服,仰头饮下杯中酒,喝道:"来人,笔墨伺候!"冯子振拿起笔来,疾书一个时辰有余,最后叫人将一叠纸稿交到御园秀手中,然后起身拉着朋友离去。接过纸稿的御园秀一篇篇翻看,仔细查来,上面竟有42篇《鹦鹉曲》,且曲曲韵脚工整,大都不输于白贲。

迷青琐倩女离魂(节选)/郑光祖[①]

【元和令】杯中酒和泪酌,心间事对伊道,似长亭折柳赠柔条。哥哥,你休有上梢没下梢。从今虚度可怜宵,奈离愁不了!

【后庭花】我这里翠帘车先控着,他那里黄金镫懒去挑。我泪湿香罗袖,他鞭垂碧玉梢。望迢迢恨堆满西风古道,想急煎煎人多情人去了[②],和青湛湛天有情天亦老。俺气氲氲喟然声不安交[③],助疏剌剌动羁怀风乱扫[④],滴扑簌簌界残妆粉泪抛,洒细蒙蒙邑香尘暮雨飘。

【柳叶儿】见渐零零满江干楼阁,我各剌剌坐车儿懒过溪桥,他兀蹬蹬马蹄儿倦上皇州道。我一望望伤怀抱,他一步步待回镳,早一程程水远山遥。

【注释】

①郑光祖:字德辉,平阳(今山西)人,元代著名杂剧家、散曲家,与关汉卿、马致远、白朴齐名,被后人合称为"元曲四大家"。②急煎煎:形容异常焦急。③喟然:叹息的样子。④疏剌剌:也写作"疎剌剌""疎辣辣""疎喇喇",象声词。

【赏析】

最早的"倩女离魂"来源于唐陈玄佑的《离魂记》。后来,元杂剧大家郑光祖辞官归隐，全身心投入戏剧创作，精心编排了这段故事，一部《迷青琐倩女离魂》的悲情戏就这样问世。

郑光祖的"倩女"是因情而差点离魂死去的富家小姐张倩。张倩与秀才王文举从小指腹为婚。王文举父母早亡，家庭落魄，适婚年龄时到张家提亲，不料张母嫌弃王家无权无势，打算悔婚。为了让王文举知难而退，张母便借口说只有他中了进士，才将张倩许配给他。张倩对情感格外忠贞，知道母亲有意为难，便在王文举赴京应试时来到柳亭与他告别，一面勉励，一面诉衷情。

这三段唱曲，便是张倩和王文举在亭中送别的情景。"元和令"一段单讲二人饮酒告别。和着泪饮一杯苦酒，张倩知道就算对王文举说尽千言万语，也不可能将他拉回身边，对方去赶考毕竟是为了自己，她所能做的只有折柳赠他，让他别把自己忘了。张倩怕王文举也做负心人，再三叮咛他不要三心二意，不然她对母亲表示坚持不改嫁就没了意义。

看着王文举的马渐行渐远，她也踏上了马车，但仍在掀帘眺望。"后庭花""柳叶儿"两段里便满含张倩告别之后不舍的情绪。望着古道迢迢，她在西风中垂泪，风过泪干，下一缕泪水又沾巾。"峨眉能自惜，别离泪似倾"，张倩克制住了临别时的泪水，却无法遏止别后的相思。所以王文举离去不久，她便思念成疾。

《迷青琐倩女离魂》此后的三折戏，即是张倩因为相思而离魂、由离魂再到回魂的经过。一开始，张倩只是终日做着王生归来的梦，听到些许动静便趴到阳台上去看。错认了人之后独自伤悲，恨自己不应该在柳亭赶王文举走。就这样在"远浦孤鹜落霞、枯藤老树昏鸦"中，听着长笛一曲，思念情郎，最后她病卧榻上，昏迷不醒。原来是魂魄不听人指挥，跟着王文举的脚步赴京赶考去了。

王文举还以为张倩真的追着自己来了，便高高兴兴地和她的魂魄在京城生活了三年，直到状元及第衣锦还乡，打算正式拜访岳母大人，于是便修书一封给张母。哪知道两人一回到家中，张母便狂奔出来说张倩是妖魅，自己的女儿则快要病死了。王文举闻言，大惊失色，拔剑就要杀了跟在自己身边三年的"人"。张倩一时凄苦，魂魄一下子竟回到了自己的卧房，看到自己的原身形销骨立，不成样子，不禁悲从中来。一时激动，魂魄瞬间又回归身体之内，整个人终于醒了过来。张倩与王文举的结局可想而知，在郑光祖的笔下得到了一个圆满的结局：二人厮守，皆大欢喜。

王妙妙死哭秦少游（节选）/ 鲍天祐[①]

【甜水令】则见那闹闹哄哄，聒聒噪噪，道姓题名，围前围后。湿浸浸冷汗遍身流。哭哭啼啼，凄凄凉凉，不堪回首，愁和闷常在心头。

【折桂令】困腾腾高枕无忧；却和你梦里相逢，原来是神绕魂游。一灵儿杳杳冥冥，哀哀怨怨，荡荡悠悠。凄惶泪流了再流，思量心愁上添愁，空教我淹损双眸。折散了燕侣莺俦，至老风流，佳句难酬；觑了这一曲新词，便是他两句遗留。

【注释】

① 鲍天祐：字吉甫，元代后期剧作家。杭州人，生卒年均不详。

【赏析】

《王妙妙死哭秦少游》一剧主要是讲妓女王妙妙与秦观（字少游）的一段情缘。秦观死后，此女千里哭丧，最终为秦观殉情。女主人公妙妙在历史上确有其人，但只是个名不见经传的歌伎，在宋人的笔记小说里连她的名字都没有记载。她是秦观一生所遇众多女人之一，与秦观的真正情人楼东玉和陶心儿相比，她几乎不值一提，但她能在历史中留下一个小小身影，并为后人传诵，原因大概就在于她的痴情吧。

秦观是宋代的风流人物，乃苏门四学士之一，好诗文又多情。试想，能写出"两情若是久长时，又岂在朝朝暮暮"的男人，就算女人没有见过他，也会被他的才情所迷。他一生只有一个正妻徐文美，但秦观并不爱她，也许是父母之命、媒妁之言得来的妻子，他痛恨这段婚姻，也因此冷落了娇妻。所以秦观把词文献给了很多名妓，却从不肯对妻子稍加辞色。婚姻生活的不顺令秦观流连在外，写出了无数风流词作，亦迷倒了远近的名伶。

"金风玉露一相逢，便胜却人间无数。"身居长沙的名妓王妙妙与秦观素未谋面，却因他的词而对他倾心不已，在她的心目中，秦观是个完美的神。她所唱的曲子均是秦观所作，长沙人皆知名妓妙妙的偶像是秦观。不久，秦观被贬谪到长沙，听闻此处有这样一个仰慕他的歌伎，便隐瞒身份接近妙妙，问她为何因三两句词爱上一个陌生男人，如此岂非草率？万一秦观貌丑如猪，妙妙岂不是吃亏？妙妙却说，如果能见到秦观的真人，无论怎样，就算做他的妾侍，她亦心满意足矣。

如此情真令秦观不禁暗暗咋舌，遂表明身份，与妙妙成了无话不谈的知己，甚至赠词答谢她的情意。然而好景不长，秦观需要再次南下，不能携她同行，两人只有分别。谁知此去一别千里，妙妙再闻秦观的讯息，二人已是天人永隔。

那一晚，午夜惊梦，梦中到处是一片闹哄哄和哭声，然后是一幕骇人的景象，将妙妙吓醒。她在梦中似乎看到少游掀帘而进，来到她的榻边，只是轻抚她的脸庞，没有说话，而是泪流满面。醒来的妙妙心中一阵哀怨，愁上添愁，暗道梦中的情景是不是有不好的寓意？难道是秦观的灵魂前来找自己道别吗？犹记得秦观临走时给自己赠诗的情景，可他一直未归，难道是出事了？

这两段曲子是《王妙妙死哭秦少游》残本里的片段，主讲妙妙在秦观走后的忐忑情绪。她为了给秦观守节，闭门不待客，也不去秦楼楚馆唱歌，只为了等秦观归来带她远走他乡。可是她却做了这么不好的梦，一时间心绪不宁，便叫人出去打听秦观的下落。果然不出三日，去打听的人带来一纸自雷州寄出的书信，上面竟是秦少游死于归途的噩耗。

鲍天佑是元代的杂剧家，遗留下来的作品残本仅有《史鱼尸谏》、《曹娥泣江》、《宋弘不谐班超》（与汪勉之合作）、《投笔哭秦少游》、《比干剖腹》、《杨震畏金为富不仁》。这些剧目大多是悲情作品，无论含义和情感，皆如"老蛟泣珠"，沉郁低吟，重而不闷，辛而不酸。所以他笔下的痴情人，越发显得情深义重。

拿着报丧信的妙妙顿感万事皆休，所有的希望化为灰烬，徒留自己为他喝上一杯痛煞人心的祭酒。她疯了一样回到住处，收拾细软，披上了丧衣，千里迢迢奔赴秦观去世的旅馆。当看到秦观的灵柩停放在那里，她走上前趴在棺沿上，伸手抚摸心爱之人的尸身，围着棺木缓缓移动着脚步。不知过了几时，运送棺木的人叫她起身，准备合棺，她却突然失声痛哭，低吟"去意难留"，仰天倒地，竟没了气息。王妙妙因爱秦观的才而爱其人，宁选择圆满亦不要分离，她当然值得后世赞赏，也难怪明代小说家冯梦龙称：千古女子爱才者，唯长沙歌伎王妙妙是一绝。

醉太平 寒食/王元鼎

声声啼乳鸦,生叫破韶华①。夜深微雨润堤沙,香风万家。画楼洗净鸳鸯瓦②,彩绳半湿秋千架。觉来红日上窗纱,听街头卖杏花。

【注释】

①生:偏偏。韶华:美好时光,这里指春光。②鸳鸯瓦:成对的瓦。

【赏析】

王元鼎的这曲《醉太平》延续了他惯有的风格——温柔缱绻。农历三月初,也正是清明前的那段日子,人们称其为寒食节。刚刚出生的小鸦最爱挑这个时间放声鸣叫,宣告春天即将离开,夏日便要到来。经过一夜春雨润万物之后,花香深入小巷人家,唤醒了人们萌动的心灵。民间都认为"春雨贵如油",其实不无道理,冰封大地之后,渴求水分的万物一得到点滴滋润,当然争先出土,一尝春天的滋味。在这种氛围下,不雅致的事物亦变得雅了起来。王元鼎甚至注意到了被雨水洗刷得晶莹剔透的楼上鸳鸯瓦,还有院中随风微微荡动的秋千。就在此时,被洗净的天际升起一轮红日,街头传来了叫卖杏花的声音。

"小楼一夜听春雨,深巷明朝卖杏花。"这是陆游的名句,被王元鼎化用成了《醉太平》的最后一句:"听街头卖杏花。"这一化用,令全曲瞬间发生了微妙的变化。有时候,后人在前人的诗词中常能觅得"芳草",放入自己的文章当中,成了文章的点睛之笔。

单从这一曲《醉太平》,便完全可见王元鼎曲风的迤逦柔美,王元鼎的写景曲子有名,闺情词更是出色,但若是与阿鲁威比起来,王元鼎的柔情似水的确欠缺了男子汉大丈夫应有的旷达胸怀。

塞鸿秋 / 薛昂夫

功名万里忙如燕,斯文一脉微如线①,光阴寸隙流如电,风霜两鬓白如练。尽道便休官,林下何曾见?至今寂寞彭泽令②。

【注释】

① 斯文:品格清高,文雅脱俗。② 彭泽令:指彭泽县令陶渊明。

【赏析】

这首曲子的大意是说:那些追求功名的人,每天就像燕子衔泥筑巢般忙个不停,所谓的士人清高早就丝脉悬卵,不值一提,前人常说的"斯文扫地"恐怕就是如此。日月如梭,飞如电光,两鬓已经如白练的文人个个都说要辞官归隐,可是到山野里去寻找,却很难见到他们的行迹,这些人大概是故作清高,以隐居来吸引别人请他们出去做官。也难怪曾经在彭泽做县令的陶渊明感到孤单,只因同路中人太少,借鸡生蛋者颇多。

据史载,薛昂夫是回鹘(今维吾尔族)人,生卒年月不详,祖辈曾做过官,他自己也做过一些官职,在晚年时辞官隐居,过着写书法、作曲子的田园生活。他不是被仕宦抛弃的人,而是厌倦官场后才选择归隐。所谓人在"江湖",对于那些苟求名利的士人,薛昂夫见得多了,深感不屑,便在曲子中化用了唐代灵沏和尚的诗句"相逢尽道休官去,林下何曾见一人",讽刺为了名利放弃尊严的假道学。

官场是什么呢?在薛昂夫的眼中不过是功名利禄和阴险危机堆砌起来的脆弱殿堂,虚伪至极,一击即破。

薛昂夫的这曲《塞鸿秋》传唱千古,不在于他将自己表现得如何"出淤泥而不染",而在于他痛斥一些人的虚伪作为,道破了某些"隐逸玄机",撕破了假隐士的面皮。该曲子铿锵有力,充满了辛辣讽刺的意味,是元曲中难得一见的清醒之作。

殿前欢 / 薛昂夫

捻冰髭①,绕孤山枉了费寻思,自逋仙去后无高士②。冷落幽姿,道梅花不要诗。

休说推敲字,杀效颦难似③。知他是西施笑我,我笑西施?

【注释】

①冰髭(zī):银白色的胡须。②逋仙:指林逋。高士:品行高尚的君子。③杀:竭力仿效。效颦:指东施效颦的典故。

【赏析】

此曲是薛昂夫于冬季所写,内容是一面观雪,一面寻觅隐居的高士。曲子虽然写的是冬景,但冬日在作者的笔下并不凄然,而是利落清爽的。拂去了衣服上的浮雪,看雪花在手背上结成了凝露,薛昂夫抚了抚挂上白霜的胡须淡笑。入山闲游间,眼前偶然出现了一片傲雪梅林,让他想起许多文人皆喜好咏梅的习惯,不知道是否能在这梅林间也见到踏雪寻梅的高士?

弃官隐退的薛昂夫去追求真正的居士生活。既然要出尘,便出尘个彻底,闲来无事看四时风景,四处去探访同道中人。寻寻觅觅,始终不见高士的踪影,薛昂夫颇感失望,又不得不释然。自从宋代最喜梅花的"梅仙"林逋成仙去后,世上便罕见真正的爱梅者。

心思百转,薛昂夫在恍惚间忘了时光的流逝,也忘记了身边散发着幽香的梅花,等他回过神来天色已晚。他自嘲地笑了,暗道还是不要写咏梅诗,如果写得不好,言语间出了纰漏,就像东施效颦一样,会笑煞"西施"(旁人)的。思及此处,薛昂夫哑然一笑,转身离去。无论是曲中的薛昂夫还是曲外的薛昂夫,都是闲适而洒脱的。

从宦海浮沉到世外仙居,薛昂夫心境在一点点地转变;从辣笔嘲讽到信笔游记,薛昂夫的文风也在发生悄然的改变。然而,悠然的生活不会磨平他的棱角,对于薛昂夫的文字,后人的评价始终如一:字如迸珠,干净利落;文风龙驹奋迅,如并驱八骏;想象一日千里、超越时空的界限;情感上讽世有余亦流露出悯世的沉重。

《殿前欢》一曲看似清兀雅适,然其中依然有着薛昂夫沉重的情感,一句"知他是西施笑我,我笑西施"流露的无奈,又有多少人能体会。汲汲营营的一生,是可笑的,苦觅终南的一生,是可悲的。作者参透了这一点,所以才写下了一曲曲警世之言,奉劝众生,不要再被表面上的浮华所欺骗。

柳营曲 叹世 / 马谦斋

手自搓，剑频磨，古来丈夫天下多。青镜摩挲①，白首蹉跎，失志困衡窝②。有声名谁识廉颇？广才学不用萧何③。忙忙的逃海滨，急急的隐山阿。今日个，平地起风波。

【注释】

①摩挲：抚摸。②衡窝：指代隐居者所住的简陋小屋。③萧何：汉高祖刘邦的开国功臣。

【赏析】

马谦斋，生卒年不详，约元仁宗延祐年间在世。他与当时著名的曲人张可久几乎生活在同一个时代。

空有抱负却出入无门，马谦斋在曲中流露出的抱怨在元代的各种文学作品中都比较多见，然而这首《柳营曲》却是其中最闪亮的一篇，因为此曲有辛弃疾的那种大开大阖、痛快淋漓、生动直率的风格。辛词在宋代独树一帜，乃豪放词中佼佼者。马谦斋在《柳营曲·叹世》里用了"手自搓，剑频磨"，不禁让人想到辛弃疾的"醉里挑灯看剑，梦回吹角连营"。辛词的悲伤原因在于未能完成守护宋室的大业，就已两鬓斑白，而马谦斋此曲充满的是无法施展抱负、被埋没于乡野的不甘。此外，马谦斋在自己的文中用了辛弃疾的《永遇乐·京口北固亭怀古》中有"廉颇老矣，尚能饭否"的语典。如此一来，越发显出马曲与辛词风格和意义上的相似。

作者搓着两手，把剑磨了再磨，心中思潮澎湃，追忆古往今来的大丈夫、大豪杰。对镜挑起白发，才想起岁月流逝，而自己却身居陋室不能一展长才。就算自己成为廉颇那样的一代名将，仍会遭受别人的非议，老矣无用；就算自己像萧何那样是通世才子，换到这个乱世亦恐怕也只有空嗟叹而已。

马谦斋的曲子中，虽然充满了对田园生活的热爱，事实上却在抨击元朝廷不重人才。在看似轻松活跃的"太平词话"中，有着马谦斋浓浓的悲伤和失望。

人月圆 / 张可久[①]

萋萋芳草春云乱[②]，愁在夕阳中。短亭别酒[③]，平湖画舫[④]，垂柳骄骢[⑤]。

一声啼鸟，一番夜雨，一阵东风。桃花吹尽，佳人何在，门掩残红。

【注释】

①张可久：元朝重要散曲家、剧作家，名伯远，字可久，号小山，与乔吉并称"双璧"，与张养浩合为"二张"。②萋萋：草长得茂盛的样子。③短亭：指送行饯别之处。④画舫：装饰华贵的游船。⑤骄骢：指骏马。

【赏析】

"柳"是古人送别必不可少的事物。原因是古人把"柳"视作"留"的谐音，表示挽留之意。当彼此分别时，折一枝柳条赠给赴远方的人，意即不想和他分别、恋恋不舍。相传古代长安灞桥的两岸，十里长堤十步一柳，由长安东去的人多在此处告别家人或朋友，都喜欢随手折柳相送。从那时开始，"柳"与文人的诗词一直有着不解之缘。

古人多喜好借柳抒情，但柳只是这曲《人月圆》的意象之一，并不能完全说明张可久的离愁。芳草萋萋、夕阳乱云、短亭画舫、马蹄东风、桃花虚门，除了垂柳以外，曲中的各种景致都蕴含着别情，丝丝入扣，寸寸沁心。

张可久开篇所用的"萋萋芳草"，是从秦观那里借来的灵感。秦观在他的《八六子》一曲中写道："恨如芳草，萋萋刬尽还生。"恨是一种绵长的痛，像芳草一样蔓延在心田，纵使野火焚烧亦春风再生。然而张可久从萋萋芳草那里得来的不是焚心的恨意，而是别绪，他的离愁情绪在夕阳中不断蔓延，使他的脑中闪现了无数离别场景：短亭践行时举杯相送；平湖画舫中分袂诀别；垂柳下，载伊而去的青马，这些情景历历在目，如何能不使他怆然而涕下？"一声鸟啼，一番夜雨，一阵东风"，便把作者的离愁别绪推向了高潮。然而桃花吹尽，佳人何在？门掩残红，花落人去，今日再回到曾经去过的地方，他看到的已经不是曾经熟悉的人了。

《人月圆》一曲最后一句隐含的其实是唐人崔护的典故。崔护因失去了心爱之人的踪影而凄绝，写下了"人面不知何处去，桃花依旧笑春风"的伤情句子。张可久借用此典，想必也是因为和"佳人"分别许久，回过头来发现佳人已经不在。张可久的"佳人"究竟是男还是女，是爱人还是好友，已经无从查知，但他的思念不比崔护轻浅，甚至有过之而无不及。

在短短的一曲中，景与情的交融没有半分罅隙，典故与内容没有半点脱节，不着一字，尽得神韵。高栻曾赞他"才华压尽香奁句，字字清殊"。可见张可久每言一句，皆可让人回味无穷。在这首曲中，他笔下的"柳"不着痕迹地成为他诉别情的工具，心甘情愿地化作张可久相思的寄托。

锦橙梅 遇美 / 张可久

红馥馥的脸衬霞①，黑髭髭的鬓堆鸦②。料应他，必是中人③。打扮的堪描画，颤巍巍的插着翠花④，宽绰绰的穿着纱。兀的不风韵煞人也嗏⑤。是谁家⑥，我不住了偷偷睛儿抹⑦。

【注释】

①红馥馥：红艳艳。②黑髭髭：黑而密。鬓堆鸦：这里形容鬓发像乌鸦的羽毛一样黑。③中人：此中之人，这里指歌伎。④颤巍巍：形容头上饰物震颤抖动的样子。⑤兀的：这样的。嗏：语气助词，无实义。⑥谁家：哪一个。⑦偷偷睛儿抹：偷偷看一眼。抹，看一下。

【赏析】

这首曲子中的女子，虽然没有曹植的"洛神"那样令人惊叹，但楚楚动人的模样依然让张可久甘愿丢了魂魄。此美人面如桃花，鬓如漆鸦，容光焕发的模样，令人想起《诗经·卫风·硕人》里那段形容女子的话："手如柔荑，肤如凝脂，领如蝤蛴，齿如瓠犀，螓首蛾眉，巧笑倩兮，美目盼兮。"

通常来说，女子的手、脖颈、齿鼻、眉目、笑容、肌肤都是容易被人注意的地方，哪一处有缺憾，都会破坏整体的美感。张可久所遇到的美女，对镜描妆，美艳动人，身着轻纱、头戴珠花，一举一动都媚态十足。在美女面前，张可久暴露了男儿痴状，这让他感到很不好意思，暗怪"是谁家，我不住了偷偷睛儿抹"。自己为什么不停地偷看人家，弄得自己好像登徒子一般。

天净沙 探海 / 徐再思[①]

昨朝深雪前村。今宵淡月黄昏。春到南枝几分？水香冰晕。唤回逋老诗魂。

【注释】

① 徐再思：元代散曲作家，字德可，浙江嘉兴人。

【赏析】

这首《天净沙》与前面所录的贯云石的《清江引》同写冬末春初时节月下赏梅，但情致不同。徐是闻香气而去寻梅，而贯则是为寻梅而闻香。

"春到南枝几分？"此时梅花开得并不多，必须去仔细探寻。作者已经寻了几天，先到前村，后到村外，终于见到了梅花。他看到的梅有着水一般的清新和冰一样的骨感。在黄昏之中，幽梅的姿态、香气、内涵均美到极致，甚至足以唤回梅仙林逋的魂魄。

后人常以"梅花香自苦寒来"来形容梅花的骄傲，只在寒冬腊月现身。而且很多诗人、词人自比梅子，想要从梅的身上沾得几分高洁的气息。梅花冰肌玉骨，傲绝于霜，独步早春，暗香浮动。唐李白、杜甫、柳宗元、白居易均爱梅的风骨，宋代的隐逸诗人林逋更视梅为妻子，为梅写了诸多小诗。

元人诸多陷于离难，能有情致赏梅的人不多，可一旦见到了梅花，依然肯为其奉上自己的心意和情感，其中以"酸甜乐府"二人为最。"酸甜乐府"即贯云石和徐再思，二人皆是心思敏感、懂得苦中作乐的人。他们乐山逸水，爱写男女相恋，酸甜莫辨。这二人都爱梅不已，不过一个是无意间与梅相恋，一个却是有意追随梅的影子。

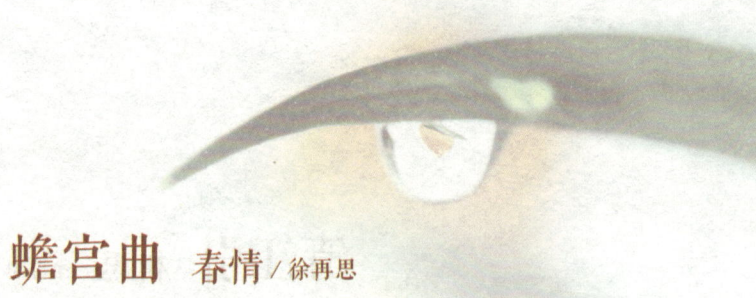

蟾宫曲 春情/徐再思

平生不会相思，才会相思，便害相思。身似浮云，心如飞絮，气若游丝。空一缕余香在此，盼千金游子何之①。征候来时②，正是何时？灯半昏时，月半明时。

【注释】

①千金：珍贵。②征候：症状。

【赏析】

许多散曲作家写男女相思，通常凭借外物来隐晦言明，徐再思的这首《蟾宫曲》句句都是"相思"二字，却丝毫不令人觉得啰唆。

题名既然是"春情"，自然与相思、思春有关。看曲子表达的口吻，主人公应当是少女，因为徐再思在第一句就说了"平生不会相思，才会相思"，显然这是初恋情怀。少女正值豆蔻年华、情窦初开之际，刚与爱人分别，便害起相思病。思来想去，浑身无力，好像生了重病，眩晕得如置身云端，心如飞絮，气若游丝。仔细嗅那空气中的味道，似乎还有俏郎君身上的气息残留，可是他的身影却已不见，好想他快一点回来。可是他到远方云游去了，何时才能回来呢？盼着盼着，月儿半落，灯儿忽明，依旧不见俏郎君的身影，相思更加刻骨铭心。

元曲当中，最会写少女怀春、日日相思的当属徐再思。他的名字是"徐再思"，即"再三思量"的意思，其曲的内容也大多有"再三思量"的意蕴。徐再思的恋情曲缠缠绵绵，用词和情感都能营造出回环往复的效果，这点并不是那些好以男性身份揣测女性心思的词曲作者能轻易做到的。

清江引 相思 / 徐再思

相思有如少债的，每日相催逼。常挑着一担愁，准不了三分利[①]，这本钱见他时才算得。

【注释】

① 准不了：低不了。

【赏析】

此曲与前一曲《春情》一样，也是徐再思的相思名作。他把思念比作欠债，而且这债还不起，放情债的每天都来催逼。终日背负这沉重的愁苦，不知道什么时候能偿还完，也不知道该偿还多少，恐怕只有见了思念中的人时，才知道如何计算本钱与利息。

这曲《清江引》，简简单单几十字，不用典，不取巧，只用本色语言，以债务来比喻相思，显得别致有趣。关汉卿也曾把思念比作高息贷款，却没有徐再思说得形象逼真。

清代的褚人获在《坚瓠集·丁集》里留有徐再思的一段轶闻，说他曾在外漂泊十余年不归家，很可能在太湖一带游荡。徐再思是元代后期出了名的才子，虽然没当过大官，但是很多文人雅士都听过他的名字。如此出色的人，在外漂泊肯定与其际遇有关。长期的游荡生活，令他的心脆弱而柔软，易触景生情，因此他的文笔总是那样柔情如水，易于渗入人的内心。

阳春曲 / 李德载

茶烟一缕轻轻飏,搅动兰膏四座香①,烹煎妙手赛维扬②。非是谎,下马试来尝。

蒙山顶上春光早,扬子江心水味高。陶家学士更风骚。应笑倒,销金帐饮羊羔。

金芽嫩采枝头露,雪乳香浮塞上酥,我家奇品世间无。君听取,声价彻皇都③。

【注释】

①兰膏:泽兰炼成的油。②维扬:即扬州。③声价:名声和社会地位。

【赏析】

咏茶的诗文在历代当中均产生过许多,尤以宋、金两代为甚。到了元代,饮茶成为一种较常见的休闲活动,李德载写过10首有关茶的小令。这10首咏茶曲,在言语的修饰上没有华丽辞藻,反而充满返璞归真的天然之美,比宋、金两代颇显雕琢的茶词更加耐读有味。

这3首曲子,均是李德载在茶肆里跟人聊天时所写。从曲子可以看出,作者当时的心情散漫而舒服,品茶成了他生活中必不可少的一部分。

第一首所讲的是李德载"烹茶"的过程。一缕茶烟升腾,搅动了人的视线,茶烟的后面是空蒙缥缈的山色,令人目眩。李德载烹茶所用的兰脂香膏燃烧时所产生的香气,通常会引人进入平和宁静的状态。人们经常说烹茶可以养生,也有这个原因。李德载自认烹茶很有一手,比之扬州煎茶第一人陆羽并不差,如有过路的人不信,可以下马亲自来品尝他的手艺。

"烹煎妙手赛维扬"一句中,所含的典故便是扬州陆羽善煎茶法。"维扬"二字是扬州的另一种称谓。相传陆羽是中国煎茶法的创始人，人们一直沿用着他的煎茶法。李德载在这里自诩比陆羽有过之而无不及，颇有点儿自傲的模样。不过，他在路边煎茶，倒也不是为了显摆自己的茶道，而是想与路边的人结交，多聆听一些江湖故事罢了。

在有人坐下饮茶之后，作者继续说自己的茶、水之妙。究竟妙在何处？第二首的前两句便已道出。原来他的茶水之妙在于，茶为四川著名的蒙顶茶，水为江苏镇江金山西的泠泉水。据说蒙顶茶奇香无比，在唐代就享有盛名，许多诗人在文中都曾提到；而"扬子江心水"指的是扬子江滩涂上的金山泠泉，素有天下第一泉之称。好茶好水煮出来的香茶一壶，抱着此茶的李德载，认为自己比陶公还要独领风骚，真是比在那销金帐内享受荣华富贵、吃尽山珍海味要舒适自在得多。

从煮茶到饮茶，这只是作者享受的过程，他更要去亲自体会采茶的乐趣。是以在第三曲中，李德载写下了亲自登山采茶和卖茶的过程。清晨早起，李德载去山中，将尚带甘露的嫩茶尖从枝头摘下，配以牛奶，煮出绝顶美味的奶茶。李德载称此等极品奶茶，天下只有他这一家。虽然很多人不相信他的奶茶品相极高，但不能否认的是，他的茶身价倍涨，甚至连皇族都争相订购。

这三曲咏茶曲，有作者的自夸在其中，同时他也是在为茶肆大做广告：茶既养生润性，茶道也是一种有趣的活动。

普天乐 / 张鸣善

雨儿飘，风儿扬①。风吹回好梦，雨滴损柔肠。风萧萧梧叶中，雨点点芭蕉上。

风雨相留添悲怆，雨和风卷起凄凉。风雨儿怎当②，雨风儿定当。风雨儿难当。

【注释】

①扬：吹动。②当：抵挡。

【赏析】

  风儿吹,雨儿飘,深夜之中,作者本在做着好梦,却忽然被冷风细雨的寒意激得惊醒过来,好梦摧断,愁肠千转。风吹得梧桐叶簌簌作响,雨打在芭蕉上发出响声,更使人的情感一发不可收拾。雨打芭蕉,半丝柔情半丝泪,张鸣善当时感到的不是柔情,而是凄清。在前半段曲子中,渗透的满是诗人的怅然。

  有人认为,这首曲中的主人公并不是张鸣善,而是一个和亲人离散的憔悴女子。如此雨夜,风雨交加,绵绵不绝,为人平添了悲怆。后半段的曲子好似一个女人对雨低喃,语言软软绵绵,意境痴痴缠缠,梧桐和芭蕉成了风雨徜徉的地方,同时也卷入了女子孤苦的泪与情。

  全曲像水一样,层层渗透着难过,沾湿了人的灵魂,悲得令人无力。反复读来,倒觉得主人公是不是女子并不重要,关键在于是张鸣善要通过它传递的愁意。司马青衫的琵琶女奏出了"大弦嘈嘈如急雨,小弦切切如私语";而张鸣善的曲中雨,嘈嘈切切错杂弹,幽咽而感人,尽是伤怀在其中。

  张鸣善是个充满战斗力的文人,因为语锋太利得罪了很多人,当然也获得了一些人的赏识。他的内心充满了生不逢时的郁闷,只有依靠讽刺来排遣抑郁。在他众多小令、散曲、套曲中,极难见到悲怆的语句。然而嬉笑怒骂一生的张鸣善,也会在寒雨夜里难挡寒意,写下"风雨相留添悲怆,雨和风卷起凄凉。风雨儿怎当,雨风儿定当。风雨儿难当"这样的句子。

普天乐 / 张鸣善

海棠娇，梨花嫩。春妆成美脸，玉捻就精神。柳眉颦翡翠弯，香脸腻胭脂晕。

款步香尘双鸳印，立东风一朵巫云。奄的转身①，吸的便晒，森的销魂。

【注释】

① 奄的：忽然。

【赏析】

据说，元朝末年，张鸣善担任淮东道宣慰司令史时，路遇一个美貌女子，对其喜爱不已，但他只是远观，并没有主动结识这女子。这名美女使他终生铭记在心，张鸣善特意为她作了这首《普天乐》。

这首曲子中的女子有海棠、梨花般的面容，冰肌玉骨的身体，巫山缥缈的长发，这种美态并非人间应有。她颦笑转身踏步、举手投足探身，无不叫张鸣善心驰神迷、陶醉其中。她有"硕人"的美貌、罗敷的风姿，堪比历朝的美女，她临走时送出的"秋波"，欲夺张鸣善的魂魄。张鸣善久久地凝视着美人的背影，即便美人早已消失不见，他依然站在斜阳下，不肯离去。

曲的前半部分是说女子世俗的美艳。但后半部分，作者笔锋一转，"款步香尘双鸳印，立东风一朵巫云"，于是女子转瞬又有了神女的意味了。这里化用了宋玉高唐赋里的巫山神女的意境，也不免让人想起曹植的《洛神赋》中所写的"翩若惊鸿，婉若游龙"，"皎若太阳升朝霞"，"灼若芙蕖出渌波"的句子来。只是结尾女子形象似乎又转入魅艳，"吸的便晒，森的销魂"倒真有几分摄人魂魄的意思了。

蟾宫曲 别友 / 周德清

倚篷窗无语嗟呀,七件儿全无,做甚么人家?柴似灵芝①,油如甘露,米若丹砂。酱瓮儿恰才梦撒②,盐瓶儿又告消乏③。茶也无多,醋也无多。七件事尚且艰难,怎生教我折柳攀花④。

【注释】

①灵芝:仙草。②撒:即"无"。③消乏:用完。④折柳攀花:"寻花问柳",即狎妓。

【赏析】

坐在破烂的窗前,抬头屋顶漏,低头水积洼,家里柴米油盐酱醋茶等生活必需品都凑不全。柴如灵芝般珍贵、油如清晨甘露般难采取,米贵如丹砂,其他的所剩无多。生活七大件短此少彼,倒也真够贫穷。人过得是这样的日子,哪还顾得上去"折柳攀花"、放浪生活呢?

周德清乃宋代周邦彦的后人,《录鬼簿续篇》对他的评价极高。周德清对作曲、作词甚有心得,终生未出仕。

元人多亡命天涯,如周德清般的著名儒生都度日艰难,更别说其他人了。根据史载,元中期名臣吕思诚未当官之前,家境贫寒,时值旱灾,家中没米没粮,他要把自己唯一的儒袍拿去典当,妻子非常不舍。为此吕思诚曾自嘲:"典却春衫办早厨,老妻何必更踌躇。瓶中有醋堪烧菜,囊里无钱莫买鱼。不敢妄为些子事,只因曾读数行书。严霜烈日皆经过,次第春风到草庐。"一个满腹经纶的书生,吃完上顿没下顿,穿的是破衣烂裤草鞋,那落魄滋味肯定不好受。文人尚且如此,更何况是普通百姓?对百姓来说,啃树皮、吃草根或许才是家常便饭。

士人之窘总是难以启齿的,所以多数人即便生活再落魄,也从未写自己吃不上饭的情况。对他们来说,宁饿死也不低头。周德清显然不这样认为。在这曲的末尾,流露出他对"气节"的鄙视:七件事尚且艰难,怎生教我折柳攀花?没饭吃的人还想着风花雪月,不是太不现实了吗?

一枝花 春日送别 / 刘庭信

丝丝杨柳风,点点梨花雨。雨随花瓣落,风逐柳条疏。春事成虚,无奈春归去。春归何太速?试问东君①,谁肯与莺花做主②?

【注释】

①东君:司春之神。②莺花:泛指春天的景物。

【赏析】

杨柳西风,梨花带雨,雨随花瓣落,风吹柳条疏,一幕柳、梨树旁依依告别的情景赫然在目。刘庭信的《一枝花》勾勒的便是这样一幅温柔的画面。画中的两人别得温柔婉约,没有疾风骤雨的痛,使别情反而更沁人心脾。简简单单一句"春日成虚",言尽别情之缠绵。春天就要走了,春的归去意味着人将离开,今后再有良辰美景都是虚设,斯人已经走远。问春日为何离开得如此之快,问司春之神为何要这么轻易地带走心上人,究竟谁能给他做主,把思念的人挽留呢?

刘庭信原名廷玉,在元代以闺情曲见长,相当有影响力。传闻他又黑又高,朋友赠他外号"黑刘五",大概因他是家中的第五子而得名。刘庭信虽然天生丑陋,却多情至极,他每日于脂粉堆里厮混,自然常注意女子的风貌和情态,所以极擅写她们的闺怨,鲜有人能比得了,是以他的风流之名远超同辈之人。他天性风流,喜好风花雪月的生活,以填词为自己人生的唯一爱好。在他的笔下,感情缠绵悱恻、难解难分,离别更是凄苦淋漓,看其人与其词,有点恍如隔世的感觉。后人在说起刘庭信时,必提到他的这首《春日送别》。

古人常说霸陵烟柳,柳与离情总有千丝万缕的联系。作者在这首曲子的开头亦是用了柳的意象,引起人的惜别之情。春日送别,愁思满腹。曲中人自比"莺花",应是个女子,在送别爱人时心情跌宕起伏,不能自抑。曲子的最后一句话,"试问东君,谁肯与莺花做主",更是把女子埋怨的情态写得惟妙惟肖。

小梁州 / 汤 式①

一

秋风江上棹孤舟②，烟水悠悠，伤心无句赋登楼。山容瘦，老树替人愁。樽前醉把茱萸嗅③，问相知几个白头。乐可酬，人非旧。黄花时候，难比旧风流。

二

秋风江上棹孤航，烟水茫茫，白云西去雁南翔。推蓬望，清思满沧浪。东篱载酒陶元亮，等闲间过了重阳。自感伤，何情况，黄花惆怅，空做去年香。

【注释】

①汤式：元末明初散曲作家，字舜民，号菊庄，浙江象山人。作品较多，多写景、咏史。今存有《笔花集》钞本名。②江：指长江。棹：划船。③茱萸：落叶小乔木，开小黄花，带有浓香。

【赏析】

九月九深秋之际，汤式不可避免地生出思亲的心绪，写下了两曲《小梁州》。

两曲的开篇皆是从秋风里的一叶孤舟开始写起，小舟的背景尽是烟水茫茫，绵远悠长，与马致远的"潇湘夜雨泊孤舟"颇有异曲同工之妙。首曲先是作者登上高楼，看山色萧条，禁不住伤心无语，感觉那枯黄的老树都在替自己哀愁。他手持茱萸艾草，鼻尖飘散的是清冷的草香和淡淡的酒气。汤式看着眼前桌案上的两樽水酒，这一方是给自己的，另一方座位上却空无一人，顿感空虚寂寞无人伴。他禁不住暗叹，自己都已经变老，那些家乡的故友亲人还有几个白首健在呢？快乐容易找到，但与旧人的友谊和情感却难以重拾，黄花依旧，人情已无。

作者登楼无语，因为怀念故人，这是前曲暗含的内容，后曲也交代了他突然思乡的

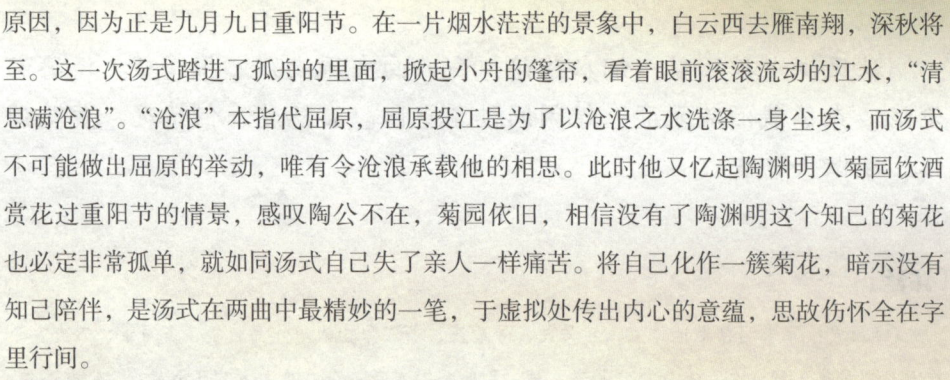

原因,因为正是九月九日重阳节。在一片烟水茫茫的景象中,白云西去雁南翔,深秋将至。这一次汤式踏进了孤舟的里面,掀起小舟的篷帘,看着眼前滚滚流动的江水,"清思满沧浪"。"沧浪"本指代屈原,屈原投江是为了以沧浪之水洗涤一身尘埃,而汤式不可能做出屈原的举动,唯有令沧浪承载他的相思。此时他又忆起陶渊明入菊园饮酒赏花过重阳节的情景,感叹陶公不在,菊园依旧,相信没有了陶渊明这个知己的菊花也必定非常孤单,就如同汤式自己失了亲人一样痛苦。将自己化作一簇菊花,暗示没有知己陪伴,是汤式在两曲中最精妙的一笔,于虚拟处传出内心的意蕴,思故伤怀全在字里行间。

后人评论汤式的散曲,虽然明艳工巧,却内涵不足,大多显得情感做作,大概也是因为经过苦难之后生活优越,而变得江郎才尽。此处所选这两首散曲很可能是在他漂泊时期所写,天涯羁縻的心意是无法刻意营造的,若不是经历长年的宦游和羁旅,作者是写不出"樽前醉把茱萸嗅,问相知几个白头","推蓬望,清思满沧浪","自感伤,何情况,黄花惆怅,空做去年香"这样的句子来。

这两曲《小梁州》写得甚是凄迷,首曲怀人,后曲伤己,大概是因为与家人朋友失散,又背井离乡多年,所以有感而发。情感到处,感人肺腑。

喜春来 四节 / 无名氏

海棠过雨红初淡,杨柳无风睡正酣,杏烧红桃剪锦草揉蓝①。三月三,和气盛东南。

垂门艾挂狰狰虎,竞水舟飞两两凫。浴兰汤斟绿醑泛香蒲②。五月五,谁吊楚三闾。

天孙一夜停机暇,人世千家乞巧忙。想双星心事密话头长。七月七,回首笑三郎。

香橙肥蟹家家酒,红叶黄花处处秋。极追寻高眺望绝风流。九月九,莫负少年游。

【注释】

①揉蓝:浸揉蓝草做成的染料,这里指湛蓝色。②醑(xǔ):美酒。

【赏析】

上面四曲均是写良宵佳节的作品,分别描述了三月三、五月五、七月七和九月九的节日习俗。这4个日子是中国最传统的节日,均由来已久,无名氏撷取这4个节日来作曲子,大概是看上其月日相衬,韵调好配,而且意义深远,寄托了很多忧思和情思。

三月三上巳节是古代"被除畔浴"、郊外游春的节日。王羲之在《兰亭集序》中写了他在三月初三与朋友到山中兰亭玩耍,曲水流觞,喝酒饮茶谈论趣事。这个时节是海棠春睡竞相绽放的日子,经过二月春风的洗礼,不但海棠花开,连桃花、杏花、嫩草也纷纷崭露头角,以沾春天的雨露。南风吹来,昭示着生气回归大地。

上巳节之所以需要沐水,是因为水可荡涤身心的尘埃,人的一年伊始要从下水沐浴干净才能开始。

五月初五是端午节,挂菖蒲、包艾叶、熏苍术、喝雄黄酒、吃粽子、赛龙舟,均是该节日的风俗。相传自屈原投江之后，吃粽子和赛龙舟被认为是纪念屈原而为，他令端午节蒙上了一层悲凉凄美的韵味。而无名氏笔下的端午，人们做着与前人相同的事，怀着与前人相同的缅怀之心。同时，作者也表达出对屈原的缅怀。许多名士达者荣枯一世，真心效仿和哀悼屈原的又有多少？

每年农历七月初七的"乞巧节"，是中国流传千年的情人节。王勃在《七夕赋》里曾写："伫灵匹于星期，眷神姿于月夕。"这话道出了一年四季此时是情爱最佳时节。代表织女的天孙星在这一刻才能静下来不再去终日织布，而是通过喜鹊搭桥与牛郎和两个孩子见上一面。

天上的团圆是地上女人们的话题焦点，除此之外，在这一天她们还有许多事情要做。当晚妇女需穿针乞巧、喜蛛应巧、投针验巧，做祈祷福禄寿喜的活动，礼拜七姐（织女）。一些少男少女都想在这一天碰上个好姻缘，所以特别定制新装，穿桂披霞，到街上行走，争相斗艳。

九月九日重阳节，这一天人们要登山入野"辞青"，因为草地就要枯黄，冷冬即将来临。上山之后必不可少地要观菊、饮酒、插茱萸，看山色明艳、红叶飘零，在野餐之中向一年告别。这样的日子本应该高兴，可是当人们想到又是一年匆匆而过，少年的轻狂时间再不多时，总会忍不住黯然神伤。不仅如此，一年年过去，人们失去的不仅是年华，还有与亲人相处的时光，一想到这些，浓浓哀愁便涌上心头。

第八篇 一生最爱纳兰词

被王国维评为「北宋以来，一人而已」的纳兰性德，词风淡雅又不乏真情实意，无数人为之倾倒。他是清朝第一大词人，又是武功出众的御前一品带刀侍卫；他是一个奇特的男子，几乎拥有了世间的一切，但独独没有快乐；他是情深不寿的最典型代表，生命短暂却磨难重重；他是古来难得一见的情种，也是受尽造化捉弄的失意之人……一尺华丽，三寸忧伤，拈一朵情花，呷一口词香，最清澈的小令长调里蕴含着最纯真的情。

调笑令

明月,明月。曾照个人离别。玉壶红泪相偎①,还似当年夜来。来夜,来夜,肯把清辉重借②?

【注释】

① 玉壶红泪:晋王嘉《拾遗记》卷七:"(魏)文帝所爱美人,姓薛名灵芸,常山人也……时文帝选良家子女以入六宫,(谷)习以千金宝赂聘之,既得,乃以献文帝。灵芸闻别父母,嘘唏累日,泪下沾衣。至升车就路之时,以玉唾壶承泪,壶则红色。既发常山,及至京师,壶中泪凝如血矣。"后因以"玉壶红泪"称美人泪。② 清辉:清澈明亮的光辉,多指日月之光,这里指月光。

【赏析】

其实,这首《调笑令》满含自嘲之意。

调笑令又名转应曲、三台令。关于这词牌名,在胡适《词选》中有一段解释:"调笑之名,可见此调原本是一种游戏的歌词;转应之名,可见此词的转折,似是起于和答的歌词。"纳兰以调笑之名写彼时的红妆相偎,是嘲弄命运无常,也是在自讽西风独自凉。

开篇直呼明月,似谪仙般的邀月?举杯邀明月,对影成三人。不知一向谨慎的他,会不会也拍着玉板月下长歌,对酒当歌,人生几何?明月,明月,纳兰是想劝慰吧?海内存知己,自然天涯共此时,何必以身形羁绊?或者也是在祝福,既不得相守,便不如放开心胸祈祷,但愿人长久,千里共婵娟。

然而那一片月明中,纳兰好似又眼睁睁地看见那个人由远及近渐渐走向了他,咫心之距时,又远远地推开了他,狠狠地退出了他的视野。他们心意相交,却最终天各一方。

永远,相守时难以实现的诺言;遥远,离别时执手相看泪眼,一个转身便耗尽了一生的时间。

"玉壶红泪"一说，来自三国时期魏文帝曹丕宠妃薛灵芸。灵芸本是当时东吴浙西常山赞乡人。怀着对父母兄弟和家乡风物的恋恋之情，怀着对那宫廷生活的陌生和恐慌，灵芸从江南远赴洛阳。这一路灵芸泪如泉涌，随从便用玉唾壶给她承接泪水，只见流进壶中的泪水都带着血红色。等到抵达洛阳，玉唾壶中已盛满了血泪，后世称女子的眼泪为"红泪"。

"夜来"之意还是取自薛灵芸。为了迎接灵芸，曹丕在洛阳城外筑土台，高三十丈，直入云间；在台下四周布满蜡烛，唤名"烛台"，蜡烛沿灵云入城的路线从烛台一路绵延至洛阳城郊。魏文帝在烛台静候佳人之时，远远望见车马滚滚，尘埃翻腾，宛如云雾弥漫，不由感叹："古人云，朝为行云，暮为行雨，今非云非雨，非朝非暮。"因而改薛灵芸的名字为"夜来"。

到这里，词意也豁然开朗，这个被纳兰以自嘲的笔触留在诗行间的女子，多半是纳兰思之念之而终不得相守的表妹。不似纳兰发妻卢氏离去时的痛彻心扉，直问"天为谁春"；不似沈宛不告而别返回故乡时，他叹息"等闲变却故人心，却最道故人心易变"。他久久珍藏于追忆中的这份情，不似烈火般的热情，却因为凄清更惹人疼惜。不知纳兰回忆起了表妹的哪般，只一句玉壶红泪诉尽相思意。玉壶红泪，盛着互诉衷肠的甜蜜，家族的殷殷期望，对未知前途的恐慌，还有那伴君千日、终须一别的结局。

行至下片，纳兰低叹，来夜，来夜，以轻不可闻的声音，简单得不能再缩略的呢喃，重温那个已经冷却的旧梦，就像东坡轻言"作个归期天定许"。或许纳兰也是怀着几许期待的吧，虽明知好景已逝，却依旧忍不住希望；虽然到头来只落得往事如风信子的花瓣一般，散落一地，惟余"缥缈孤鸿影"。

纳兰希冀的来夜，更多的怕是在追寻那些终成回忆的昨夜，春风拂面灯火阑珊的昨夜，与表妹相知相伴的昨夜，逝去的情意缱绻的昨夜。这一段往事像是中了岁月的魔咒被封在心底，既没有结果，也难以诉说，唯有叹息悠悠时常回荡于心间。多少年过去后，才终于明白，那时光的封印唤为"此情可待成追忆"。

罢了，借一缕清辉，想佳人旧影，凭栏凝望，还是那一轮明月，却是年年新月照旧人。连月色都已变换，谁又能回到过去？没有过不去的，只有回不去的，纵使相逢应不识吧。

记得席慕蓉曾写，我们也来相约吧，相约着要把彼此忘记。

还是明月如霜，还是好风如水，纳兰不知能否放下那份执着，与表妹相约，各自走各自的人生。

采桑子

而今才道当时错,心绪凄迷。红泪偷垂,满眼春风百事非。
情知此后来无计①,强说欢期②。一别如斯,落尽梨花月又西。

【注释】

① 无计:无法。② 欢期:佳期,欢聚的日子。

【赏析】

　　词人作词,多是有感而发,意由心生,纳兰的词总是那么精致,读后你说不清楚他想要表达的具体感情是什么,也说不清楚这首词究竟想要写什么,但每个词、每个字都能让你体会到灵魂深处的战栗,那是一种幸福的忧伤。

　　在纳兰的词里,这种幸福与忧伤相得益彰的表现形式十分多见,而在这首《采桑子》中,运用得更是出神入化。几个词语的铺陈,看上去犹如一幅水墨丹青,清爽宜人,但细细品味,却是能够看出一些意象堆砌出来的情怀。

　　正如纳兰的另一名句"人生若只如初见"一样,直抒胸臆却不让人感到唐突,脱口而出也不让人觉得造作,不加雕饰,反而更显得纯真无邪,平淡之中,透着几分灵性。

　　"而今才道当时错,心绪凄迷。"开篇道来,犹如当头一棒,让人灵台一片清明,但细细想来,这句话平淡无奇,现在才知道自己错了,心里迷惘万分。这样的话语实在没有什么值得推敲的地方,如果这句话用在别处,可能就如同脚下的石头,被人们忽视了,但放在纳兰的词里,却又是不一样的。

　　有些诗词是要历经岁月淘洗的,历久弥新,经过反复的吟诵,才能琢磨出其中的味道,要知道最好的菜肴,往往是那些最简单的菜式,平淡出真章,纳兰的平淡,往往是在第一眼就把人打动,从此让人欲罢不能。

　　纳兰的词如同纳兰的人生,"当时错",现在才明白了,才后悔了,可是,当时错的究竟在哪里？错在什么地方呢？古诗有云："人生自是有情痴，此恨不关风与月。"爱情最是难以讲究对错的，爱了就是爱了，没有对错。

无论纳兰探究当初是不该爱，还是不该走得太近，总之那段得到又失去的爱情令纳兰内心忐忑不安。一个"错"字，令人百转千回，牵肠挂肚。正因为有了之前的"错"，才有了下面的"泪"——"红泪偷垂，满眼春风百事非。"

前文我们已经讲过"红泪"这个典故，它一般是指女子伤心，纳兰将典故用于此，不知道是否有更加具象的所指。有情人无奈离别，这里的有情人是指他入宫的表妹，还是指江南的沈宛，后人不得而知，也说不清楚。

不过这已经不重要了，下一句"满眼春风百事非"，在春意盎然的时刻，有着悲伤的心绪，实在是更加令人感到凄凉。纳兰之所以受到人们的喜爱与推崇，就是因为他总是能明明白白地直指人心，轻易地说中每个在情场中辗转的男女心事。

这首词抒写词人凄迷的心绪：如今才知道当时自己是错了，不觉心绪凄迷。春光灿烂，人事全非，怎不叫人暗自垂泪！明知道以后的事情难以预料，却偏偏硬说可以再次欢聚。一别之后果然遥遥无期，如今梨花又落尽了，月亮也已偏西，相思的人唯有在这痛苦中饱受煎熬。

在上片的凄迷心情之后，下片则开始写出无可奈何的心境，在不知所以中还希望着能够相见。"情知此后来无计，强说欢期。"回想当时的分别，就已经知道了今生无缘，无法再相见，但偏偏还要告诉自己，来日方长，或许他日能够重逢。

这里的"欢期"是相见、欢聚的意思，而"强说"一词让这份期待中的欢期变得难以预见。明知道不能相见，却偏偏想要相见的矛盾心情，令这首词充满欲哭无泪、欲诉无言的悲凉。

纳兰自己或许也感觉到了自己的悲怆，他转笔结尾，写道："一别如斯，落尽梨花月又西。"人生或许就是这样，月圆月缺，这都是无可避免的，或许这就是应了那句"欲说还休，却道天凉好个秋"。

纳兰几笔淡淡的勾勒，整首词跃然纸上，令人读罢忍不住放手，这些千古名句如同一轮圆月，在漆黑的夜空，闪着清冷的光芒。

采桑子

拨灯书尽红笺也①,依旧无聊。玉漏迢迢②,梦里寒花隔玉箫③。几竿修竹三更雨④,叶叶萧萧。分付秋潮⑤,莫误双鱼到谢桥⑥。

【注释】

①红笺:红色笺纸,多用以题写诗词或做名片等。②玉漏:古代计时漏壶的美称。③寒花:寒冷时节开放的花,多指菊花。玉箫:人名。传说唐韦皋未仕时,寓江夏姜使君门馆,与侍婢玉箫有情,约为夫妇。韦归省,愆期不至,箫绝食而卒,玉箫转世,终为韦侍妾。事见唐范摅《云溪友议》卷三,多借指姬妾。后人以此为情人订盟之典。亦称玉箫侣约。④修竹:长长的竹子。⑤秋潮:秋季的潮水。⑥双鱼:指书信。谢桥:这里指情人所居之处。

【赏析】

在灯下给她写信,即使写满了信纸仍是意犹未尽,心里依旧惆怅无聊。偏又漏声迢迢相伴,不但添加愁绪,而且令人如醉如痴,仿佛在梦中与她相见,却又朦朦胧胧不甚分明。室外秋雨敲竹,滴在树叶上,点点声声,淅淅沥沥。将这孤独寂寞的苦情都付与此时的秋声秋雨中,不要忘了将书信寄给她才好。

世界之大,悠悠众生,能够有一个远方的人,付诸思念,也是幸福的事情吧。在昏黄的灯光下,将满腹的思恋都填于纸上,让飞鸿送去,我们天各一方,我对你无尽想念。这种悲伤无望,却又充满想象的爱情,看似无聊,却是持久永恒的。

纳兰将一首小词写得情谊融融,求而不得的爱情让他感到为难与痛苦时,也令他心中充盈着忽明忽暗的希望。

这首《采桑子》,一开篇便是无聊,写过信后,依旧无聊,虽然词中并未提及信的内容,信是写给谁的,但从"依旧无聊"这四个字中,就已经可以猜到一二了。纳兰总是有这样的本事,看似在自说自话,讲着不着边际的胡话,却总能营造出引人入胜的氛围,令读词的人不知不觉地沉沦。

纳兰将自己日常生活中的小事变为一台表演,读者成了观众,与他一起沉思爱恋。词中的"红笺"二字透露出纳兰所记挂的人定是一名令他着迷的女子,红笺是美女亲手制作,专门用来让文人雅客吟诗作对用的。

不过,诗词中红笺多是用来指相思之情,只要写出红笺,一切便都在不言之中了。下接一句"玉漏迢迢,梦里寒花隔玉箫",引自秦少游的词句"玉漏迢迢尽,银河淡淡横"。漏是古时候计时的一种器具,不过用到古诗词中,为了美观,常被叫作玉漏、银漏、春漏、寒漏,等等。

诗词中,"漏"一向是寂寥、落寞、时间漫长的意象,在这里也不例外。以"玉漏"表达长夜漫漫、时空横亘的无奈之情,时间是相思最大的敌人,纳兰大概在这首词中是想表达自己爱着一个人,却无法接近。在接下来一句"梦里寒花隔玉箫"中,揭晓了纳兰感慨时光的缘由。

"玉箫"并非是指乐器,而是一个典故,是一个人名,宋词里有"算玉箫、犹逢韦郎",玉箫和韦郎并称,讲的是一段郎情妾意的凄美爱情。玉箫是唐代韦皋的侍女,二人日久生情,定下终生。后来韦皋因事离开,和玉箫约定:少则五年,多则七年,一定会回来将玉箫接走,却没料到他一走之后便杳无音信。苦等了七年的玉箫想着情郎是不会回来了,便绝食而死,为这段无疾而终的情感殉葬。旁人可怜这个女子,便将韦皋留下的玉指环戴在了玉箫的中指上,然后下葬,在玉箫死后不久,当了大官的韦皋回来

了，看到玉箫的坟墓，他十分悲痛。其情感动了一位方士，施法术让玉箫的魂魄重新投胎，二十年后，一名女子来找韦皋，看她的中指，隐隐有一个环形的凸起，正是当年那个玉指环的形状。这名女子便做了韦皋的侍妾，弥补了上辈子的遗憾。

这个故事从此也令"玉箫"这个词成了情人誓言的典故，在纳兰这首词里，"玉箫"一词为心头所思念的情人。而"寒花"又为何物？

顾名思义，就是寒冷季节里开放的花，寒冷季节开放的花有梅花、菊花，纳兰在这里到底是指什么呢？其实根据上面的分析已经可以知晓，纳兰是在思念一位女子，这女子必然是他所钟爱的人，此刻他们分居两地，纳兰在梦中想要与她相见，但梦境毕竟不是现实，所以，就算再怎么思念，二人还是无法牵手相望。

所以，纳兰所谓的"寒花"大概也不过是借了一个"寒"字，来表达内心凄冷的感觉吧？下片不再写心情，转而写窗外的景色，既然无法入睡，那干脆看着外面的景色，来缓解内心的惆怅吧！

"几竿修竹三更雨，叶叶萧萧"，雨后的夜景，树木萧萧，好比自己的心情，无奈之中透着几分茫然。最后结尾"分付秋潮，莫误双鱼到谢桥"，呼应了开篇的那一句"拨灯书尽红笺也"，也算是一种心意的表达，希望能够凡事完满结束。

要交代一下的是，"分付秋潮"中的"秋潮"是有来历的，秋潮的意象表示：有信。潮水涨落是有一定时期和规律的。人们便将潮水涨落的时期定为约定之期限，在潮水涨落几番之后，要回来的人便要如约回归。

这是诗词中的一个主要意象，诸如唐诗名句"早知潮有信，嫁与弄潮儿"。"秋潮"在这里也是如此意境，上片一开始便是说词人正在写信，在词的结尾，词人写的这句"分付秋潮，莫误双鱼到谢桥"，便是说信要寄出去了。要将信托付给秋潮，告诉那个收信的人，自己的心意是怎样的。

整首词全是比喻和典故，基本上没有出现真实场景，但通读全词，每一句都是浑然天成，与下一句连接得十分巧妙。一首爱情小词能够写到如此的境界，纳兰的手笔，不愧为才子之法。

好事近

帘外五更风，消受晓寒时节。刚剩秋衾一半①，拥透帘残月。
争教清泪不成冰②，好处便轻别。拟把伤离情绪③，待晓寒重说。

【注释】

①剩：与"盛"音意相通。此"盛"犹"剩"字，多频之义。②争教：怎教。③伤离：为离别而感伤。

【赏析】

本篇是纳兰的一首简短小词，上片写相思，似乎是在回忆中找寻往昔的欢乐，又像是在怀念妻子，在她离去后产生了伤感之情，词意扑朔迷离，耐人寻味，有着重情重义之感，也有迷惘哀伤的纠结。

开头便直言了生命的不可承受之重，"帘外五更风，消受晓寒时节"。竹帘之外传来五更的寒风，在这清秋寒冷的早晨实在让人难以消受。这首词写与妻子乍离之后的伤感，写得如此直白动人，只怕是纳兰的内心真的是无法再忍耐下去了，爱情对于他来说是精神的一种很大寄托，但当他所依赖的爱情一份一份都离他而去的时候，再坚强的人，只怕也会难以承受了。

词一开始便颇有自怨多情之意。不过语言虽然直白粗浅，却真挚感人，情感不就是这样才最真实吗？越是直白简洁，便越是入情至深。而后接下去便说道："刚剩秋衾一半，拥透帘残月。"独自孤眠，秋夜冷冰冰的被子因多出了一半而晓寒难耐，于是拥被对着帘外的残月。夜半孤枕难眠，只能望着明月去回忆往昔，但可惜，月亮似乎也知道他的心事，窗外所对的只是一轮残月而已。

欢乐和幸福都是短暂的，世上没有什么事情是长长久久、永不变更的。纳兰而今只剩下独自一人，孤独无依，现在对着窗外的残月，更是加重了这种孤独感。纳兰自然是情难以自禁，泪流满面。

故而下片便写道"争教清泪不成冰"，自然承接了上片的情绪，没有什么过渡，也没有任何的引申，依然是简单的描述，将心情的糟糕写得入木三分。直白的描述有时起到的作用不可小觑，纳兰将人生苦短、情短苦多的情感纠葛写得让人无法不去动情。

想起往日的种种，而今自己独自一人赏月，怎教清泪不长流，空自凝噎呢？这句中的"成冰"更是写出清冷孤寂的意味了。泪流至结成冰，这该是怎样的一种哀愁，纳兰的孤独和寂寞，在卢氏离去后便更加明显，但凡卢氏之前用过的衣物、住过的楼阁，对纳兰来说，都是一种折磨。

所以，纳兰才会说"好处便轻别。拟把伤离情绪，待晓寒重说"。纳兰自己也知道，面对这样铺天盖地的哀伤，最好的方法就是不把离别之事放在心上。这离愁别绪待到天亮以后再去想吧。

如此哀伤，似真非真，似幻非幻，极富浪漫色彩。在词的最后，纳兰从回忆中抽身，回归现实，他知道现今已经是人去楼空，物是人非了，与其在回忆中痛苦挣扎，不如转身睡去，让梦境和睡眠赶走孤寂和寂寞。

这首悼亡词写痛苦写得淋漓尽致，既然相爱的人总有一天会因为生老病死种种原因而分开，那当初为何还要用情那么深，以至于到如今还难以消解遗忘？这恐怕是所有有情人的困惑和疑问，纳兰在这首词的最后做了解答。既然相爱，就去爱，一旦当爱不起的时候，便是再后悔也无用了。

相爱本身并没有错，错的是上天给相爱的人时间太短。纳兰这首词的最后以无言地睡去结束，一句话，便让一切尽在不言之中。全词平铺直叙，却是递进层深，读来令人黯然神伤。对于岁月的无情和短暂，纳兰作为一个失去至爱的男人，将自己的感慨抒发得令所有人都为之动容。情爱的神秘之处便在于无法控制，不可预知，你永远都无法知道，会在什么时候，什么地点，爱上一个什么样的人。

同样的，你也无法知道，会在一个什么地方，什么时候，与你相爱的人彻底分离，无法携手，到那个时候，即便你内心柔情万千，却也是无法跨过生死之间那千山万水的距离。

生死难料，唯独爱永恒，纳兰不但留下了他的词，更将他的爱留在了世间。

江城子

湿云全压数峰低①，影凄迷，望中疑。非雾非烟，神女欲来时②。若问生涯原是梦，除梦里，没人知。

【注释】

①湿云：湿度大的云，指云中满含雨水。②神女：谓巫山神女。《文选·宋玉〈高唐赋〉序》："昔者先王尝游高唐，怠而昼寝，梦见一妇人曰：'妾，巫山之女也。'"李善注引《襄阳耆旧传》："赤帝女曰姚姬（一作'瑶姬'），未行而卒，葬于巫山之阳，故曰巫山之女。楚怀王游于高唐，昼寝梦见与神遇，自称是巫山之女。"又《神女赋》序："楚襄王与宋玉游于云梦之浦，使玉赋高唐之事，其夜王寝，果梦与神女遇，其状甚丽，王异之，明日以白玉。"

【赏析】

巫山上雨雾缭绕，高高的山峰也似被沉沉的云压低下来，山影凄迷，一眼望去，并不分明。并非雾气，也非野烟，正是巫山神女快要腾云驾雾而来。

若觉得这生涯原是一场梦幻，人生美好只有在梦中，除此便没有人能知晓。正如苏东坡所说，"事如春梦了无痕"。

这词有些版本有词题《咏史》，说纳兰写这首词是发历史的感慨。当然，至于具体是否如此并非最重要的，姑且看看纳兰所要咏的这段历史。纳兰是对楚王"巫山云雨"的事有感慨。宋玉的《高唐赋》中讲了这个故事：

曾经，楚襄王曾带着我（宋玉）在云梦台一带游玩，遥望三峡高唐上面的楼台，看到高唐上面飘浮着一团非常独特的云气，形状像山一样突起，并一直往上升，突然又改变了形状，转眼之间，形状变化无穷。楚襄王问我：这是什么气啊？我告诉楚王说：这就是人们所说的"朝云"。楚襄又问道：什么是"朝云"呢？我告诉楚襄王说：过去，您的父亲楚怀王曾经游历高唐，因为困倦就在白天小睡了一会儿，睡着后梦见一个少

女,这个少女对楚怀王说:"我是住在巫山的女子,我是从别的地方来到这里的。听说您到这里来游玩,所以我过来向您推荐我自己,愿意陪您同床。"楚怀王于是与之同床。少女离去时向楚怀王告别说:"我在巫山南面,最高最险的地方,早晨我是一团云,傍晚时我又变成飘忽不定的阵雨。每天早晨晚上,我都在巫山南面一个高台靠下一点的地方。"第二天早晨,楚怀王一看,果然看到一团云在那里飘动,于是在那个平台上建了一座庙,取名为"朝云"。楚襄王说:朝云刚升起来的时候是什么样子的呢?我告诉楚襄王说:她刚开始出现的时候,茂茂盛盛像松树一样笔直,一会儿后,她光彩照人又像一位美丽的少女,她举起袖子遮住太阳,像在张望她思念的人;突然她又改变面貌,急驰像四匹马拉的战车,车上还插着战旗;你感到像风吹一样的凉,像冷雨一样的凄清。等到风止雨停,云也突然无影无踪了。

这个故事在中国历史上产生了很大影响,在历代的诗词中这一典故可谓俯拾皆是。纳兰写这件事也是有原因的,可以当作咏史,更可以看作是他自己在倾诉着自己对人生的看法,以及对昔日爱情的追忆。词中的巫山神女如何不可以当作纳兰的故妻、知己、恋人等呢?而他自己,好比楚怀王,而他们之间的关系,无论多么值得自己怀念,值得后人追忆,但总是一番云雨罢了,烟消云散以后,一切也就幻为无物。结尾"若问生涯原是梦。除梦里、没人知"是词的结尾,更表露出纳兰对于人生的看法,很有悲观主义的倾向,也应该是对于人生愁苦的总结。

纳兰继承了婉约派的传统,这种风格有一个很重要的情感来源,也就是词人自身的情感要细腻委婉,甚至他们个人的人生情感经历颇为坎坷心酸,如柳永、晏殊、李清照,等等。婉约词在取材方面,多写儿女之情、离别之绪,在表现方法上多用含蓄蕴藉方法将情绪予以表达,其风格是绮丽的。大抵以为"诗言情",不能把文章的社会责任放到诗词上来。在纳兰身上我们可以看到两方面都有体现,也能看到其中差异,便是婉约情感对他的巨大影响。

清平乐

将愁不去①,秋色行难住。六曲屏山深院宇②,日日风风雨雨。雨晴篱菊初香③,人言此日重阳。回首凉云暮叶④,黄昏无限思量。

【注释】

①将愁:长久之愁。将,长久。②六曲屏山:如山峦般曲折往复的屏风。③篱菊:谓篱下的菊花。语出晋陶潜《饮酒》诗之五:"采菊东篱下,悠然见南山。"后用以为典实。④凉云:阴凉的云。南朝齐谢朓《七夕赋》:"朱光既夕,凉云始浮。"

【赏析】

找不到烦恼的缘由,却总也挣不脱这种没有缘故的心情,失落是每个人都体会过的。人们在人生中不断追求、前行的过程中,难免会有不如意的时刻。纳兰却不应该是一个烦恼的人,在旁人眼中,他享尽了荣华富贵,可是在他自己看来,却并不满足。

这首词是重阳节的感怀之作:绵绵清愁挥之不去,无尽的秋色也难以留住。屏风掩映下那深深的庭院,整日愁风冷雨,不曾停歇。好不容易天晴了,菊花吐露出芬芳,听说今天正是重阳节。回望天边那阴云和暮色中的树叶,不由产生无限的思绪。

与纳兰的这首《清平乐》相似的一首,是晏殊所写的一首《清平乐》,晏殊作为有名的词人,可以说是纳兰的前辈,晏殊那首《清平乐》如下:

金风细细,叶叶梧桐坠。绿酒初尝人易醉,一枕小窗浓睡。
紫薇朱槿花残,斜阳却照阑干。双燕欲归时节,银屏昨夜微寒。

晏殊的这首小词抒发初秋时节淡淡的哀愁,语言十分有分寸,意境讲究含蓄,晏殊只是从景物的变更和主人公细微的感觉着笔,一直旁敲侧击地描写,而不是从正面来写情绪的波动。这首词读后,令人感到句句寓情、字字含愁。仔细品味之余,语言的清新、风格的婉约也是一大特色。

同样是抒发内心惆怅，纳兰的《清平乐》就显得更为简单直接一些，说愁便直接写愁，简单明了地道出自己的烦恼。"将愁不去，秋色行难住。"愁苦无法挥去，就连美丽的秋色都无法挥去愁闷。此处"将愁"表示长久的愁闷，秋色最是伤人的，因为寂寥，故而最能引起人们的伤感，因为迟暮，因而能让人们无法释怀。

在秋色中想挥手赶走哀愁，这无疑是愁上加愁，而纳兰也丝毫不避讳自己对于忧郁的无能为力，他坦然地告诉人们自己真的是"将愁不去"。比起晏殊的含蓄和隐藏，纳兰就好像一个孩子，毫无忌讳地将自己内心深处的感受讲出来，丝毫不怕被世人耻笑。

或者正是因为这份坦白，纳兰的词更显得有种直白的魅力，无人能够替代。而后接下一句：“六曲屏山深院宇，日日风风雨雨。"屏风掩映下的庭院，日日风雨，愁云惨淡，人在这里，怎会不被感染！

纳兰居住的庭院，为何会让他感到哀愁？其实境由心生，所谓的庭院深深，还不是自己内心凄苦，所以，才看什么都显出一副悲凉模样吗？是谁让纳兰如此哀伤，是谁家的女子让纳兰神色清洌地立于窗前，眉头紧锁，无限恨，无限伤。

纳兰的这首词是否为一个女子所作，不得而知。或者，这根本就不是纳兰为任何人写的词，而只是他在重阳之时，想起往昔，感怀往事的作品。我们无从知晓。纳兰的许多作品都是这样，看似表达了对某个人深深的思念，但其实这个人却好像虚无缥缈似的，让人摸不到任何踪迹。

"雨晴篱菊初香，人言此日重阳。"下片的风格稍显婉转，不再如上片那样晦涩，下片写天气放晴，菊花绽放，香气扑鼻。然后词人才恍然大悟，原来是正逢重阳之日。重阳是一个让人伤感的节日。

古人写道"每逢佳节倍思亲"，说的便是重阳，重阳节是个让人思念故人的节日。纳兰身逢重阳，想起往日，必然是感慨万千。今昔往日，多少不同，而今一同从脑海中掠过，那些过往，仿佛还历历在目。

黄昏正在换取这一天里最后的一抹阳光，暮日下的世界，被覆上了迷离的光芒。黑暗即将到来，带走这一天的明亮，重阳节也很快就会过去。第二天依然是崭新的一天，"回首凉云暮叶，黄昏无限思量"。

只是在这即将告别白日的时刻，纳兰回首天边的云朵和落木，心头不禁思绪万千。这首重阳节感伤的词，写出了词人深埋心底的忧伤。

长相思

山一程，水一程，身向榆关那畔行①，夜深千帐灯。
风一更，雪一更，聒碎乡心梦不成②，故园无此声。

【注释】

①榆关：山海关，古称渝关、临榆关、临渝关，明代时改为今名，其地古有渝水，县与关都以水得名。在今河北秦皇岛。那畔：那边。②聒：吵闹之声。乡心：思念家乡的心情。

【赏析】

　　清康熙二十一年（1682年）二月十五日，康熙因云南平定，出关东巡，祭告奉天祖陵。纳兰随从康熙帝诣永陵、福陵、昭陵告祭，二十三日出山海关。塞上风雪凄迷，苦寒的天气引发了纳兰对北京什刹海后海家的思念，这首词即在这个背景下写成。

　　词的开篇即指出到达塞上山水漫长路途遥远，"山一程，水一程"，仿佛是亲人送别了一程又一程，山上水边都有亲人的身影，这漫漫长路终究有亲人一直不舍不弃地萦绕山光水色心间。"身向榆关那畔行"，榆关在这里代指山海关，一行人马由于使命在身皆是行色匆匆，只全身心地奔赴山海关。"夜深千帐灯"则是康熙帝率众人夜晚宿营，众多帐篷的灯光在漆黑夜幕的反衬下独有的壮观场景。

　　这里借描述周围的情况而写心情，实际是表达纳兰对故乡的深深依恋和怀念。二十几岁的年轻人，风华正茂，出身于书香豪门世家，又有皇帝贴身侍卫的优越地位，本应春风得意，却恰好也是因为这重身份，以及本身心思慎微，导致纳兰并不能够安稳享受那种男儿征战似的生活，他往往思及家人，眷恋故土。严迪昌《清词史》：" '夜深千帐灯'是壮丽的，但千帐灯下照着无眠的万颗乡心，又是怎样情味？一暖一寒，两相对照，写尽了自己厌于扈从的情怀。"

　　"夜深千帐灯"既是上片感情酝酿的高潮，也是上、下片之间的自然转换。夜深人静的时候，是想家的时候，更何况还是这塞上"风一更，雪一更"的苦寒天气。风雪交加夜，一家人在一起什么都不怕。可远在塞外宿营，夜深人静，风雪弥漫，心情就大不相同。路途遥远，衷肠难诉，辗转反侧，卧不成眠。"聒碎乡心梦不成"的慧心妙语可谓是水到渠成。

　　纳兰思乡心切，孤单落寞，不由得生出怨恼之意：家乡就没有如此吵闹的声音。此处"故园无此声"看似无理实则有理：故园岂无风雪？但同样的寒宵风雪之声，在家中听与在异乡听，感受自然大不相同，在家中无论寒风如何呼啸，心中也是有所归依的暖着的，而如今身处异地，风声也就聒噪了起来，雪花也就凌乱吵闹了起来。纳兰的乡关之思和怨尤之情在此被表露得尤为明显。

　　"山一程，水一程"与"风一更，雪一更"的两相映照，又暗示出词人对风雨兼程人生路的深深厌倦的心态。首先山长水阔，路途本就漫长而艰辛，再加上塞上恶劣的天气，就算在阳春三月也是风雪交加，凄寒苦楚，这样的天气，这样的境遇，让纳兰对这表面华丽招摇的生涯生出了悠长的慨叹之意和深沉的倦旅疲惫之心。

　　从"夜深千帐灯"壮美意境到"故园无此声"的委婉心地，既是词人亲身生活经历的生动再现，也是他善于从生活中发现美，并以景入心，满怀心事悄悄跃然纸上。

　　天涯羁旅最易引起共鸣的是那"山一程，水一程"的身泊异乡、梦回家园的意境，信手拈来不显雕琢，王国维曾评："容若词自然真切。"

　　本词既有韵律优美、民歌风味浓郁的一面，如出水芙蓉纯真清丽；又有含蓄深沉、感情丰富的一面，如夜来风潮回荡激烈，深受后人喜爱。

　　纳兰将塞上风景、行军神态，以及自身的怨思之情婉转道来，画面壮美中不乏相思柔情，正所谓"刚柔相济"，尤其"夜深千帐灯"一句，取景新颖豪壮，深受国学大师王国维赞赏。不得不说这是一首描写边塞军旅途中思乡寄情的佳作。

浣溪沙

谁念西风独自凉？萧萧黄叶闭疏窗①。沉思往事立残阳②。被酒莫惊春睡重③，赌书消得泼茶香④。当时只道是寻常。

【注释】

① 萧萧：稀疏的样子。疏窗：刻有花纹的窗户。② 残阳：夕阳，西沉的太阳。③ 被酒：醉酒。④ 赌书：比赛读书的记忆力。典出宋李清照、赵明诚翻书赌茶之事。见李清照《金石录后序》。

【赏析】

　　西风吹来，谁会想到有人在这风中独自悲凉？"无边落木萧萧下"，遍地黄叶堆积，万物在沉寂前，似乎都要纷扬一番，如同蝴蝶一样地翻飞。秋也如此壮阔美丽。然而独坐闺中，疏窗紧闭，似乎与世相隔，只因为心中寂寥，独自凄凉。念起往事，独自沉思，在斜风残阳中，无限思量涌来，人何能禁？

　　醉酒得深沉，便不要在这春日里惊起，再感时伤春。怀想曾经与他赌书的日子，真是快乐至极，以至于茶杯翻覆，倒进怀中。这些在当时看来，自以为是平平常常，而今尽是伤心的回忆罢了！

　　这首词通过李清照的口吻，回忆和丈夫曾经的美好高雅的生活，表达天人相隔的无限伤感。

　　宋代著名词人李清照，十八岁时与右相赵挺之之子赵明诚结婚，夫妻生活甜蜜恩爱。两人志趣相投，一起收集古玩字画，并一起勘校、考订版本，生活十分闲适惬意。他们最常做的游戏就是在晚饭后猜书斗茶。两人先煮上一壶茶，然后轮流由一人说出一句或一段古人的诗文，让对方猜这句话出自哪本书、第几卷、第几页、第几行，以猜中与否分胜负，猜对了就优先喝一杯茶。由于李清照的记忆力特别强，几乎是每猜必中，赵明诚不得不甘拜下风。然而，聪明幽默的赵明诚也每每在李清照端起茶杯时讲笑话，结果常常引得她哈哈大笑,以致茶杯倾覆怀中,浇得一身湿漉漉。李清照将这些生活趣事记录在自己与丈夫合写的《金石录后序》中,成为才子佳人传诵的千古佳话。

事实上,纳兰性德写李清照、赵明诚夫妇相敬如宾,意趣高雅,一方面出于对古人的羡慕和替古人感伤,另一方面则是因回忆起自己与妻子的经历,从而生发一种顾影自怜的情绪。

这首《浣溪沙》中"沉思往事立残阳"与"当时只道是寻常"两句,情感极浓,情感上是递进式的:由不知人生为何如此辛苦而"沉思",思到头终究也无答案,却转头长叹"当时只道是寻常",如何的悲观决绝,如何的痛不欲生!所以王国维说:"纳兰容若以自然之眼观物,以自然之舌言情。此初入中原未染汉人风气,故能真切如此。北宋以来,一人而已。"这绝非溢美之词。或许王国维也知道后人也会不能理解他何以盛赞纳兰性德。王国维受德国哲学家叔本华的悲观主义影响,他尤为认同尼采"一切文学,余爱以血书者"以及歌德的"凡人生中足以使人悲者,于美术中则吾人乐而观之"。还自己说:"其使吾人超然乎厉害之外,而忘物我之关系。一旦入乎其中,犹集云弥月,而旭日杲杲也。"而词中这样的人并不是很多的,算来也只有纳兰性德是这种真性情的人了。所以我们完全可以理解他何以会盛赞纳兰性德,而众人又以为"过誉"云云。

浣溪沙

酒醒香销愁不胜，如何更向落花行。去年高摘斗轻盈。
夜雨几番销瘦了，繁华如梦总无凭①。人间何处问多情。

【注释】

① 繁华：是实指繁茂的花事，也是繁盛事业的象征。无凭：无所凭借、无所依托。

【赏析】

文章看似怜花，实际借花写出了对故人的思念。

一夜酒醒之后却发现柔弱的花儿已经凋零，只剩下片片花瓣残留，回忆起这些花儿仍在枝头绽放时的美丽容颜，谁能料到眼前这番颓败之景？如何能迈步再去赏花，如何舍得踏上这娇嫩的身躯，再给其沉重的破坏？

"去年高摘斗轻盈"，花儿已经凋零，逝去的美好不再复返。只有回忆慢慢升起，顺着血液在全身汩汩流淌，渐渐涌上心头：那悠远的场景缓缓出现，春红柳绿，听得到黄莺嘤咛，听得到笑声如铃，去年今日赏花时，高摘斗轻盈。一起攀上枝头摘取花儿，比赛谁的身姿更加轻盈，一路笑语不断，惊起一片飞鸟。伊人如画美如梅。当时只道是寻常，而今阴阳相隔，只能花下落泪，睹物思人，争教两处销魂！

"轻盈"二字出自于李白的《相逢行》：

怜肠愁欲断，斜日复相催。
下车何轻盈，飘然似落梅。

这首诗主要讲作者在谒见皇帝之后巧遇一位美丽的女子，惊鸿一瞥令他毕生难忘。于是他看着女子优美的身姿，从心里发出感慨："下车何轻盈，飘然似落梅。"性德在这里主要是来形容心上人美如白梅。

即便是众星拱月，拥有繁华富贵、功名利禄又能如何，谁解其中味？欲说却无言，锦绣丛中只落得满心荒芜。内心厌倦了现在的一切，但又无法逃离，只得佳人伴也就罢了，可总是天妒红颜，伊人早逝！

"夜雨几番销瘦了，繁华如梦总无凭。"风吹雨打，花儿怎禁得起如此，往日枝头的熙熙攘攘如烟如雾、如画如卷，如梦一场消逝了，不可依托。残留的花瓣无言地展示着时间的无情，繁华亦如此，不过是梦一场，不过是过眼云烟，欲借酒消愁，却愁更愁，醒来不过是更残忍的世界，绵绵阴雨带来的压抑加重了内心的孤寂，屋檐的水珠滴滴敲在心上。

落花飞尽，红消香断，往往惹得人吟出："一朝春尽红颜老，花落人亡两不知！"黛玉从小离开亲人进入荣国府，一介孤女只能在那样的大家庭中过着战战兢兢的日子，稍有不妥随时可能招来非议，于是她在《葬花吟》中感慨自己的身世是"一年三百六十日，风霜刀剑严相逼"，而生活在富贵之乡的性德不用担心自己寄人篱下看人眼色，但是他面临着更加无奈的局面：出身贵族、超逸脱俗、才华横溢、宦海生涯平步青云，一切在别人眼里都是值得羡慕的，但是谁能了解他的天性，对仕途的不屑，对功名的厌倦，对友情的追寻，对爱情的坚守？这些堆积在内心深处无处诉说的话渐渐形成一层层厚厚的锈迹，一颗玲珑剔透的心，充满了斑斑伤痕。

李煜成为亡国君主后，日日梦回往事，但国家已灭，明月、雕栏仍在，朱颜不再，此恨悠悠，于是他感慨道"问君能有几多愁"，将心中的遗恨表现得淋漓尽致，从而流传千古！但是他的"问君能有几多愁"尚有"恰似一江春水向东流"的下句，人间何处问多情呢？性德无法得出结论，他在反问这个世界，反问世人，反问自己。

醉时的梦幻、酒后的残酷，往往令人唏嘘不已。夕阳渐渐爬上墙头，时光易逝，红颜老去，只留一地余香借以缅怀，内心的孤寂只能独自品尝，何处问多情？

浣溪沙，淘尽了英雄红颜，只留下千载的孤寂与相思。

减字木兰花 新月

晚妆欲罢,更把纤眉临镜画①。准待分明②,和雨和烟两不胜③。莫教星替,守取团圆终必遂。此夜红楼,天上人间一样愁。

【注释】

①纤眉:纤细的柳眉。②准待:准备等待。③和雨:细雨。不胜:不甚分明。

【赏析】

这是一首咏物词,描写新月,比喻拟人,巧妙别致,颇有风格。

上片正面描写,通过比喻拟人表现新月。看那天边初升的新月,像一位美貌绝伦女子,正临镜梳妆时用那画笔画出的一条弯弯的眉毛。要等到夜色中的烟雾消散后,天空澄澈,那时才能看见这一轮新月的美丽——然而细雨烟中,不甚了然,满目还是一片迷蒙。上片虽主要写的是新月,却还应注意到一点,也就是情感上的表现。本来花了很长时间、很多心思,好好化了一番晚妆,要等人来欣赏自己,然而"准待分明"时,却发现"和雨和烟两不胜",竟然不能看清这美貌,如何不让人悲伤?这里将新月拟人化了,比成一位女子,弯弯的眉毛高高翘起,好像女子皱眉不高兴似的。但实际的情感从下片可知并不单单是新月的悲伤,而是"此夜红楼,天上人间一样愁"。

下片从侧面描写新月,并且把情感也从新月落到人身上。不要让星星替代了新月,让它们成为这漫漫黑夜的主角,慢慢坚持,总会有变成玉盘圆月的那一夜。

上片写景,下片抒情,上片写月,下片写人,最后一句"天上人间一样愁"将上下两片、天上人间联系起来,情景交融。

这首词中"红楼"可以有多种解释。一种是红色的楼房,如史达祖《双双燕》中"红楼归晚,看足柳昏花暝",洪昇《长生殿·偷曲》"人散曲终红楼静,半墙残月摇花影"。两句中的"红楼"都是指这个意思。第二种解释是富贵人家中,女子居住的闺房称为"红楼",如白居易《秦中吟》:"红楼富家女,金缕绣罗襦",王庭珪《点绛唇》词:"花外红楼,当时青鬓颜如玉"。第三种解释是旧时妓女居住的地方,周友良《珠江梅柳记》卷二载:"二卿有此才貌,误落风尘,翠馆红楼,终非结局,竹篱茅舍,及早抽身。"当然还有《红楼梦》之所谓"红楼",大概是由于曹雪芹于悼红轩中披阅十载、增删五次的缘故,这"红楼"应是第一种意思。

至于本首词中"红楼"的意思,向来应该是第二种,富贵家庭中女子的闺房,因为这符合词人的总体风格以及社会环境。事实上,明清以来,文人的诗词中妓女的成分已经远少于唐宋,原因就在于唐宋妓女一般是艺伎,她们多具有一定的艺术修养,或能歌善舞,或长于填词写诗歌,所以那时文人多喜欢来往其间;然而明清以来,妓院就成为真正的烟柳之地,文化氛围也消失殆尽,艺伎不是主流,文人也不齿于此了。所以从这两方面看,纳兰性德这里的红楼应该是第二种意思,或者是第一种。

鹧鸪天

冷露无声夜欲阑①,栖鸦不定朔风寒。生憎画鼓楼头急②,不放征人梦里还。

秋淡淡③,月弯弯,无人起向月中看。明朝匹马相思处④,知隔千山与万山。

【注释】

①冷露:清凉的露水。②画鼓:有彩绘的鼓。③淡淡:水波荡漾的样子。④匹马:一匹马,后常指单身一人。

【赏析】

在一个尚武不重文的王朝中,纳兰当然知道自己应该驰骋在沙场之上,建功立业,但是他偏偏是一个生有英雄志却又放不下儿女情的人,因此在羁旅行役中他创造了大量描写痴男怨女的相思怨怼之作，这首词就是其中的一首。

开篇两句，"冷露无声夜欲阑，栖鸦不定朔风寒"，夜色将尽，冷露无声，朔风猎猎，寒鸦飞起，一静一动，形成对比，恰似词人此时跌宕起伏的心境。在中国古典诗词中，乌鸦常与衰败荒凉的事物联系在一起，例如李商隐《隋宫》："于今腐草无萤火，终古垂杨有暮鸦。"马致远《天净沙·秋思》："枯藤，老树，昏鸦。"这首词的首句出现"栖鸦"，则表现出词人黯然愁思的心情。

"生憎画鼓楼头急，不放征人梦里还"，词人本想早点入睡，好在梦中与妻子相会，谁知可恶的鼓声偏又在楼头急响，声声恼人，导致他无法在梦里还乡。在这里，纳兰用哀伤的笔调对人生的怨憎进行了描写，同时也用反衬的手法来衬托出自己思念愁苦之情。

下片继续进行景物描写，"秋淡淡，月弯弯，无人起向月中看"。在中国古典诗词中，月亮这一意象往往成为人们思想情感的载体，有的人用月亮来渲染清幽气氛，从而烘托出一种悠闲自在、旷达的情怀，如王维的《山居秋暝》："明月松间照，清泉石上流"，有的人则通过描写月亮来寄托相思之情，抒发思乡怀人之感，如李白《静夜思》的"床前明月光，疑是地上霜，举头望明月，低头思故乡"。有的人则用月亮来渲染凄清的气氛，烘托孤苦的情怀，例如白居易的《暮江吟》："一道残阳铺水中，半江瑟瑟半江红。可怜九月初三夜，露似珍珠月似弓"。而在这首词中，秋波荡漾，月儿弯弯，本来是一派美好、宁静的景象，可是除了词人之外，竟没有旁人与他一起观赏，从而突出他的孤独寂寞。

结尾两句，"明朝匹马相思处，知隔千山与万山"，使思念具体化，纳兰此时已经想到明朝更会越行越远，归程阻隔，万水千山，而对妻子的思念之情则会变得越来越重。

鹧鸪天

十月初四夜风雨,其明日是亡妇生辰。

尘满疏帘素带飘①,真成暗度可怜宵②。几回偷湿青衫泪③,忽傍犀奁见翠翘④。

惟有恨,转无聊。五更依旧落花朝。衰杨叶尽丝难尽,冷雨西风罨画桥⑤。

【注释】

①疏帘:指稀疏的竹制窗帘。素带:白色的带子,服丧用。②真成:真个,的确。暗度:不知不觉地过去。③青衫:青色的衣衫,黑色的衣服,古代指书生。④犀奁:以犀牛角制作而成的梳妆盒。翠翘:古代妇人首饰的一种,状似翠鸟尾上的长羽,故名。这里指亡妻遗物。⑤冷雨西风:形容恶劣的天气或悲惨凄凉的处境。画桥:雕饰华丽的桥梁。

【赏析】

卢氏逝去的第二年,被葬于明珠家的祖茔,这首词作于卢氏下葬后不久,当时正值十月初四夜,窗外突然风雨大作,多情公子想到明天将是亡妻的生日,不由得悲从心起,于是,伴着凄风苦雨,纳兰赋词以寄哀思。

"尘满疏帘素带飘",妻子离去之后,屋子已经很久没有打扫,窗帘上早已落满了灰尘,室内一片死寂,只能看见素带飘动。其实,以纳兰显赫的家世,府中必定是奴婢成群,想来也不会如此狼狈,任凭"尘满疏帘",所以,这一切不过是纳兰的主观感受而已,这样写一方面表现出他内心的极度悲伤,另一方面也营造出物是人非的意境。

李清照在经历了国破之愁、家亡之恨、丧夫之悲、流离之苦后,才产生"物是人非事事休,欲语泪先流"的感受,而纳兰只经历了丧妻之痛就产生了"物是人非"的感觉,足见他对卢氏的感情之深。

十月初五是亡妻的生日，因此初四的夜晚必定是一个凄苦冷清的"可怜宵"，一个人在这种环境中，往往会睹物思人，纳兰自然也不可能例外，我们似乎能看到在这样一个寂寥的夜晚，纳兰独自一人在屋内徘徊，猛然间看到亡妻用过的妆奁翠翘，不觉暗自伤怀，几度清泪偷弹，甚至连衣袖都被泪浸得仿佛有千斤重了。

一个"偷"字，让人颇为费解，我们都知道，一个人在悲伤的时候，通常会找一个朋友倾诉，希望他能够安慰自己，化解自己的忧伤，那纳兰为什么要偷偷地流眼泪呢？其实，在封建社会中，由于受到社会道德规范的约束，一个男人如果不能抛却儿女私情，不仅会被其他人嘲笑为胸无大志，更会被其他男人视为异类，哪怕他哀悼的是自己的亡妻，所以纳兰只能无奈地"偷湿青衫泪"。

词到下片，纳兰将我们的视线带到了室外。"惟有恨，转无聊。五更依旧落花朝"，这两句毫无刻意雕饰之感，读起来就好像纳兰此时正站在你的面前，流着眼泪向你倾诉。转眼间就到了五更天，纳兰一夜未眠，可当他来到户外之后，看到的却不是艳阳高照，而是"葬花天气"。其实，十月并不是落花时节，这仍然是纳兰的主观感受而已，从而突出自己心中的无限悲伤。

全词以景物描写结束，强化了词人内心的愁苦。"衰杨叶尽丝难尽，冷雨西风幂画桥"，衰杨叶尽，景色依然，我和你却已生死殊途。此时凄风冷雨抽打着画桥，怎能不令人愁思满怀，百无聊赖。

这首悼亡词写得尤为低落惨淡，此时的纳兰已经英雄气短，唯有儿女情长，他失去了一生的红颜知己，虽然还有很多好友还陪伴在他的身边，但是妻子是他们所不能代替的，因此纳兰不会再有幸福，他甚至还在这首词中流露出对人生的厌倦。

荷叶杯

帘卷落花如雪,烟月①。谁在小红亭?玉钗敲竹乍闻声,风影略分明②。

化作彩云飞去,何处?不隔枕函边③,一声将息晓寒天④,肠断又今年。

【注释】

①烟月:云雾笼罩的月亮,朦胧的月色。②风影:随风晃动的物影。③枕函:中间可以藏物的枕头。④将息:调养休息、保养,这里是珍重、保重的意思。

【赏析】

写景一向都是纳兰的强项,这首《荷叶杯》以景喻相思,将落花与月夜结合得相得益彰,清幽淡雅之处隐隐透着些许沉郁,纳兰这首词,读起来如泣如诉,耐人寻味。词如其名,荷叶杯,这是很清丽的词牌名,来源于隋朝人士殷英童《采莲曲》中"荷叶捧成杯"一句,故此后便有了此名。

这首词的情感力量十分强大,虽然只读字面,并不觉得如此。但多留在心底回味几遍,便能感觉到这首词的婉转悠扬、连绵之美了。这是一首写景词,也是一首抒情词,抒发满腔抑郁、闷闷之情。

上片写幻象,在落花如雪的月夜里,朦胧中是谁伫立在小红亭里,偶尔传来几声玉钗敲竹般的声响,看去她身影历历,伫立风中。那身影蓦然化作彩云飞逝,要飞往何处?一切如梦如幻。然而与她在枕边的情义总是无法隔断、难以忘情的,道一声"珍重",又将天明,断肠人又要在愁苦中度过一年。

唐人以荷叶为杯,将其称为碧筒酒。古人喜欢附庸风雅,他们"接天莲叶无穷碧","淡妆浓抹两相宜"。纳兰将此风雅延续,烟水迷蒙,可以让人们联想到许多艳美之事,"帘卷落花如雪,烟月。谁在小红亭?"一声反问拉开词的序幕,遥远的故事重回心头,纳兰这首词的意境可谓美到了极致，"落花如雪"，落花犹如雪片一样纷纷扬扬飘落，而在月色下，显得十分凄迷，纳兰用一个"烟"字去衬托"月"，使得月夜下这场落花雪更为动人心魄。

在一场华丽的雕琢布景之后，纳兰的心事隆重出场："谁在小红亭？"一声疑问让后人读词时也疑惑不解，究竟是何种女子，竟然让纳兰如此神醉心迷。按照纳兰写这首词的时间推算，他应当是在怀念卢氏。

卢氏与纳兰的感情至深，感天动地。他们二人都是绝代佳人，真可谓是人似落花如雪，情如烟月。二人之间的情感一直被后世传唱。纳兰的痴情，卢氏的温婉，这二人似乎成了神仙眷侣的代言人，看到他们就看到了完美伴侣。

但是，越是完美的就越容易碎。卢氏的死带给纳兰很大的伤痛，他写了无数的悼亡词，只为纪念自己这位妻子。在这首词中，可以清晰地感受到纳兰内心的伤痛，他带着深深的怀念，写下和卢氏有关的词句。

"玉钗敲竹乍闻声，风影略分明。"这是虚写，是纳兰的想象，他仿佛看到妻子的玉钗在敲动竹竿，发出声响。风声掠过，人影憧憧，妻子似乎就在眼前不远处，向他微微一笑，鲜活的画面让整首词仿佛都活了起来。

但这毕竟是幻境，是纳兰自己的想象。妻子已经去世，怎么可能会在人世间留下任何一点影踪呢？纳兰自然也是明白这点的，于是，他的哀戚，好似天边的云彩，飞往远处，无法回还。

漫漫蓝天，小楼轻上，回忆往昔，那些过去的日子让人心里竟是如此安定。日子曾经是那般温顺，在北方这个荒芜的都市里，也有过一对眷侣，双宿双飞，可是而今，一切都不在了，过去的再也回不来了。

"化作彩云飞去，何处？"都化作了彩云飞去，飞往何处呢？放眼望去，找不到踪迹。世间的事，莫非就是如此！红颜命薄，黄沙掩埋玉体，仅仅三载光阴，便天人相隔，永无相见之日了。

在落花如雪的月夜里，纳兰的心思全是朦胧的想念。卢氏绰绰的身影，仿佛就在眼前。一声叹息，天边尽是断肠人。到底是谁寂寞？是去世的卢氏，还是仍然在世间苟活的纳兰，抑或是，这人世间，种种痴情的男女？

"不隔枕函边，一声将息晓寒天，肠断又今年。"月夜访竹，在一片夜色中思念故人。就仿佛这高洁的竹子，清洁如许，那份情感，天地可鉴。这些竹子，就好像纳兰的感情，日夜站在那里，千年不变。

这世间的情谊竟是如此不稳，忽而就永久地失去，再也看不到踪迹。但也正是如此，才更让那些痴情的人懂得情之艰难。